Máquinas como yo
y gente como vosotros

Ian McEwan

Máquinas como yo
y gente como vosotros

Traducción de Jesús Zulaika

EDITORIAL ANAGRAMA
BARCELONA

Título de la edición original:
Machines Like Me
Jonathan Cape
Londres, 2019

Ilustración: maniquís reproducidos con permiso
de Rootstein Display Mannequins. Fotos © Suzanne Dean

Primera edición: septiembre 2019

Diseño de la colección: Julio Vivas y Estudio A

© De la traducción, Jesús Zulaika, 2019

© EDITORIAL ANAGRAMA, S. A., 2019
Pedró de la Creu, 58
08034 Barcelona

ISBN: 978-84-339-8046-5
Depósito Legal: B. 17960-2019

Printed in Spain

Liberdúplex, S. L. U., ctra. BV 2249, km 7,4 - Polígono Torrentfondo
08791 Sant Llorenç d'Hortons

Para Graeme Mitchison
1944-2018

Pero recordad, por favor, la Ley conforme a la cual vivimos;
no estamos hechos para entender una mentira...

RUDYARD KIPLING,
«El secreto de las máquinas»

1

Era el anhelo religioso con el don de la esperanza; era el santo grial de la ciencia. Nuestras ambiciones fluctuaban –más alto, más bajo– gracias a un mito de la creación hecho real, a un acto monstruoso de autoamor. En cuanto fuera factible, no tendríamos otra opción que seguir nuestros deseos y atenernos a las consecuencias. En términos más elevados, aspirábamos a escapar de nuestra mortalidad, a enfrentarnos o incluso reemplazar la divinidad mediante un yo perfecto. En términos más prácticos, pretendíamos diseñar una versión mejorada, más moderna de nosotros mismos y exultar de gozo con la invención, con la emoción del dominio. En el otoño del siglo XX, llegó al fin el primer paso hacia el cumplimiento de un viejo sueño, el comienzo de la larga lección que nos enseñaríamos a nosotros mismos: que por complicados que fuéramos, por imperfectos y difíciles de describir –aun en nuestros actos y modos de ser más sencillos–, se nos podía imitar y mejorar. Y heme ahí a mí de joven, un adoptante precoz y ansioso en aquel frío amanecer.

Pero los humanos artificiales eran ya un lugar común desde mucho antes de su advenimiento, de forma que, cuando llegaron, para algunos fueron una decepción. La imaginación, más rauda que la historia, y que los avances tecnológicos, había ensayado ya este futuro en los libros, y luego en el cine y en la televisión, como si los actores humanos, caminando con mirada vidriada y movimientos de cabeza fingidos y cierta rigidez en la zona lumbar, pudieran prepararnos para convivir con nuestros primos del futuro.

Yo estaba entre los optimistas, agraciado con unos fondos inesperados a raíz de la muerte de mi madre y de la venta de la casa familiar, que resultó estar ubicada en una zona en desarrollo de gran valor inmobiliario. El primer humano manufacturado verdaderamente viable, con inteligencia y aspecto creíbles y movilidad y cambios de expresión verosímiles, se puso a la venta la semana anterior a que el destacamento especial partiera rumbo a su misión imposible en las Falkland. Adán costó 86.000 libras. Lo traje a casa en una furgoneta alquilada, a mi poco grato apartamento de Clapham North. Había tomado una decisión temeraria, pero me animó la noticia de que Sir Alan Turing, héroe de guerra y genio insigne de la era digital, había recibido un modelo idéntico. Es muy probable que él quisiera tenerlo en su laboratorio para poder examinar detenidamente su funcionamiento.

Doce de esta primera «edición» se llamaban Adán; trece se llamaban Eva. Nombres manidos –nadie lo ponía en duda– pero comerciales. Dado que las ideas de raza biológica no gozaban de ningún crédito científico, se consideró que los veinticinco en cuestión abarcaban un variado abanico de etnias. Circularon rumores, y luego quejas, en el sentido de que los árabes no podían diferenciarse de los judíos. Tanto la programación aleatoria como la experiencia vital les garantizarían a todos ellos una libertad total en cuanto a preferencias sexuales. Al final de la primera semana, se habían agotado todas las Evas. A primera vista, podría haber tomado a mi Adán por un turco o un griego. Pesaba setenta y siete kilos, así que tuve que pedirle a mi vecina de arriba, Miranda, que me ayudara a llevarlo desde la calle hasta el interior de la casa en la camilla desechable que venía con la compra.

Mientras las baterías empezaban a cargarse, hice café para los dos y luego fui pasando las 470 páginas online del manual de instrucciones. Su lenguaje era, en general, claro y preciso. Pero a Adán lo habían creado distintas agencias, y había retazos en los que las instrucciones tenían el encanto de un poema sin sentido. «Cubra la parte superior del chaleco del B347k para ver emoticono de output de la placa base y atenuar la penumbra de los cambios de ánimo.»

Ahora lo teníamos allí desnudo sobre la mesita del comedor, con los tobillos envueltos en cartón y poliestireno, los ojos cerrados y un cable eléctrico negro que iba desde el punto de entrada umbilical hasta la toma de corriente de trece amperios de la pared. Tardaría dieciséis horas en cargarse por completo. Luego vendrían las sesiones de descarga de actualizaciones y preferencias personales. Yo lo quería ya, y también Miranda. Como unos jóvenes padres ansiosos, esperábamos con avidez sus primeras palabras. No tenía ningún altavoz barato inserto en el pecho. Sabíamos por la publicidad entusiasta que formaba sonidos con el aliento, la lengua, los dientes y el paladar. Su piel, muy parecida a la piel viva, era ya cálida al tacto y tan suave como la de un niño. Miranda creyó verle un leve tembleque en las pestañas. Yo estaba seguro de que lo que veía eran las vibraciones de los vagones del metro que circulaban a treinta metros bajo nuestros pies, pero no dije nada.

Adán no era un juguete erótico. Sin embargo, era capaz de actividad sexual y poseía unas membranas mucosas operativas que consumían medio litro de agua al día. Mien-

13

tras seguía allí, sentado en la mesa, observé que era incircunciso, que estaba bastante bien dotado y que tenía un copioso y oscuro vello púbico. Este modelo avanzado de humano artificial respondería muy probablemente a los apetitos de sus jóvenes creadores del código. Los Adanes y las Evas, se preveía, serían seres animados.

Lo anunciaban como compañía, como pareja intelectual con quien medirse, como amigo y factótum capaz de fregar los platos, hacer la cama y «pensar». Era capaz de registrar y recuperar cada momento de su existencia, cada cosa que oía y veía. De momento no sabía conducir y no se le permitía nadar o ducharse o salir los días de lluvia sin paraguas, o manejar una motosierra sin supervisión. En cuanto a autonomía, y gracias a los grandes avances en el almacenamiento eléctrico, podía correr diecisiete kilómetros en dos horas sin necesidad de recarga, o, en su equivalente en energía, conversar sin descanso durante doce días. Su vida útil era de veinte años. De complexión compacta, hombros cuadrados, piel oscura y pelo negro tupido peinado hacia atrás; de cara estrecha, con un toque de nariz aguileña que sugería una aguerrida inteligencia, párpados caídos y meditabundos, labios apretados que, en aquel mismo momento, mientras le estábamos mirando, se vaciaban de su cadavérico tinte blanco amarillento y adquirían un rico color humano, e incluso se relajaban un poco en las comisuras. Miranda dijo que parecía «un cargador de muelle del Bósforo».

Ante nosotros teníamos el último juguete, el sueño inmemorial, el triunfo del humanismo, o a su ángel de la muerte. Apasionante en grado sumo, pero también frustrante. Dieciséis horas eran mucho tiempo para aguardar y observar. Pensé que por la cantidad que había pagado después del almuerzo, Adán tendría que estar ya cargado y listo para funcionar. Eran las primeras horas de una tarde invernal. Hice tostadas y tomamos más café. Miranda, doctoranda en historia social, dijo que ojalá la adolescente Mary Shelley hubiera podido estar allí con nosotros observando detenidamente no a un monstruo como el de Frankenstein, sino a aquel apuesto joven de piel oscura que estaba cobrando vida. Y yo dije que lo que ambas criaturas compartían era el hambre de electricidad, esa fuerza que insuflaba vida.

–Nosotros también la compartimos.

Lo dijo como si se estuviera refiriendo solo a nosotros, no a toda la humanidad, colmada de carga electroquímica.

Miranda tenía veintidós años –le llevaba diez–, y era muy madura para su edad. Visto desde cierta distancia, no teníamos mucho en común. Salvo que éramos gloriosamente jóvenes. Pero yo me consideraba en una etapa vital diferente. Mi educación formal había quedado muy atrás. Había pasado por una serie de fracasos profesionales, económicos y personales. Me veía como un tipo curtido y duro, demasiado cínico para una joven adorable como Miranda. Y aunque era hermosa, de pelo castaño claro y cara larga y fina y ojos que a menudo se estrechaban por un regocijo reprimido, y aunque en ciertos estados de ánimo la miraba maravillado, había decidido hacía mucho tiempo asignarle estrictamente el papel de vecina y amiga amable. Compartíamos el vestíbulo de la entrada, y su minúsculo apartamento estaba justo encima del mío. Nos veíamos de vez en cuando para tomar un café, y charlábamos sobre relaciones humanas y política y asuntos por el estilo. Con una neutralidad perfecta, Miranda daba la impresión de sentirse cómoda ante las posibilidades que pudieran presentársele. Para ella, al parecer, una tarde de placer íntimo conmigo habría tenido un peso equivalente a una charla casta y amigable. Se sentía relajada en mi compañía, y yo prefería pensar que el sexo lo habría echado todo a perder.

Seguíamos siendo, pues, buenos compinches. Posiblemente, sin saberlo, yo llevaba enamorado de ella varios meses. ¿Sin saberlo? ¡Qué formulación más endeble!

De mala gana, acordamos no hacer caso a Adán y no vernos el uno al otro durante cierto tiempo. Miranda tenía un seminario al que asistir al norte del río, y yo tenía emails que escribir. A principios de los setenta las comunicaciones digitales habían perdido su aire de recurso para convertirse en una tarea rutinaria. Al igual, por ejemplo, que los trenes de alta velocidad (400 kilómetros por hora), abarrotados y sucios. El software de reconocimiento de voz, aquel milagro de los años cincuenta, hacía tiempo que se había vuelto una actividad tediosa, y eran muchas las personas que sacrificaban varias horas al día a retraídos soliloquios. La interconexión cerebro-máquina, fruto audaz del optimismo de los sesenta, apenas conseguía despertar el interés de un niño. Aquello para lo que la gente hacía cola durante todo el fin de semana pasaba a ser algo, seis meses después, tan interesante como los calcetines de los pies. ¿Y qué sucedía con los cascos de potenciación de la cognición, los frigoríficos parlantes y con sentido del olfato? Atrás había quedado el tiempo de la alfombrilla del ratón, la agenda Filofax, el cuchillo eléctrico, el juego para fondue. El futuro seguía llegando. Nuestros brillantes juguetes nuevos empezaban a oxidarse antes de que pudiéramos llegar con ellos a casa, y la vida seguía más o menos como siempre.

¿Llegaría Adán a aburrirnos? No es fácil de decir mientras uno aún trata de sobreponerse al remordimiento del comprador. Seguramente habrá otra gente, otras mentes que seguirán fascinándonos. Mientras la gente artificial vaya pareciéndose más a nosotros, y luego se convierta en nosotros, y luego llegue a superarnos, jamás podremos cansarnos de ella. Está «condenada» a sorprendernos. Y podría fallarnos de modos allende nuestra imaginación. La tragedia es una posibilidad, el aburrimiento no.

Lo tedioso de verdad era la perspectiva del manual del usuario. De las instrucciones. Yo tenía el prejuicio de que una máquina que no puede decirte cómo debe utilizarse mediante su propio funcionamiento no merece la pena. Siguiendo un impulso anticuado, estaba imprimiendo el manual y buscando una carpeta para guardar las hojas. Y mientras lo hacía no dejé en ningún momento de dictar emails.

No podía pensar en mí como el «usuario» de Adán. Había dado por sentado que nada podía aprender de él que él mismo no pudiera enseñarme. Pero el manual que tenía en las manos se había abierto en el capítulo catorce. El lenguaje, en él, era sencillo: preferencias, parámetros de personalidad. Luego una serie de epígrafes: Amabilidad, Extraversión, Apertura a la experiencia, Escrupulosidad, Estabilidad emocional. La lista me era familiar. El modelo Cinco Factores. Educado en humanidades, tales categorías reduccionistas me inspiraban un gran recelo, aunque sabía por un amigo psicólogo que en cada elemento había muchos subgrupos. Al ojear la página siguiente vi que se suponía que tenía que seleccionar varias opciones de configuración en una escala del uno al diez.

Yo esperaba a un amigo. Estaba preparado para acoger en mi casa a Adán como a un invitado, como a un ser desconocido a quien llegaría a conocer. Y lo esperaba óptimamente ajustado. La configuración de fábrica..., sinónimo contemporáneo del sino. Mis amigos, familiares y conocidos, todos habían aparecido en mi vida con una configuración fija, con historias inalterables de genes y entornos. Yo quería que mi costoso amigo nuevo fuera igual que ellos en este aspecto. ¿Por qué dejarme esa tarea a mí? Pero, por supuesto, sabía la respuesta. No muchos de nosotros tienen un ajuste óptimo. ¿El tierno Jesús? ¿El humilde Darwin? Uno cada 1.800 años. Por mucho que Adán hubiera sabido los mejores, los menos dañinos parámetros de la personalidad, algo que no podía saber, una multinacional con una reputación de altísimo nivel no podía arriesgarse a un contratiempo grave. Era el comprador el que asumía el riesgo.

Dios había entregado un día una compañera totalmente formada para contento del Adán original. Yo tenía que diseñar un «compañero» para mí mismo. Aquí entraban la Extraversión y una serie escalonada de manifestaciones pueriles. *Adora ser el alma de la fiesta* y *Sabe cómo entretener a la gente y cómo liderarla.* Y en el fondo *Se siente incómodo con la gente* y *Prefiere su propia compañía.* Aquí en la mitad leo: *Disfruta con una buena fiesta, pero siempre se siente feliz al volver a casa.* Ese era yo. Pero ¿debía replicarme a mí mismo? Si lo que iba a hacer era elegir de la mitad de cada escala muy probablemente estaría diseñando el alma de la blandura misma. La Extraversión parecía incluir a su antónimo. Había una larga lista de adjetivos con casillas para marcar: sociable, tímido, excitable, hablador, retraído, jactancioso, modesto, osado, energético, taciturno. No quería ninguno de ellos para él, ni para mí.

Aparte de mis momentos de decisiones locas, me he pasado la mayor parte de mi vida, sobre todo cuando estoy solo, en un estado de neutralidad anímica, con la personalidad, sea esta lo que fuere, en suspenso. No osado, no retraído. Aquí, sencillamente, ni contento ni sombrío, pero cumplidor con lo que he de hacer, pensar en la cena, o en el sexo, mirar la pantalla, darme una ducha. Intermitentes pesares del pasado, ocasionales premoniciones del futuro, vaga conciencia del presente, salvo en la obvia esfera sensorial. La psicología, tan interesada en un tiempo por los trillones de modos en que la mente yerra, se sentía atraída hoy por lo que consideraba emociones normales, desde la congoja a la alegría. Pero había pasado por alto un vasto dominio de la existencia cotidiana: cuando no hay enfermedad, ni hambruna, ni guerra ni otras zozobras, gran parte de la vida se vive en la zona neutra, un jardín familiar aunque gris, poco interesante, olvidado de inmediato, difícil de describir.

En aquel momento yo no podía saber que esas opciones en escala iban a afectar muy poco a Adán. Lo en verdad determinante era lo que se conocía como «aprendizaje de la máquina». El manual del usuario brindaba apenas una influencia y un control ilusorios: ese tipo de ilusión que tienen los padres en relación con las personalidades de sus hijos. Era un modo de atarme a mi compra y proveer protección legal al fabricante. «Tómese su tiempo», aconsejaba el manual. «Elija con cuidado. Emplee varias semanas si lo considera necesario.»

Dejé pasar media hora antes de volver a examinarlo. Ningún cambio. Seguía en la mesa, con los brazos extendidos ante él y los ojos cerrados. Pero me pareció que el pelo, de un negro muy intenso, se le había abultado un tanto y había adquirido cierto brillo, como si acabara de ducharse. Me acerqué un poco más y vi, para mi deleite, que, aunque no respiraba, se le detectaba, justo en la mitad izquierda del pecho, un pulso regular, constante y calmo; una pulsación por segundo, más o menos, según mi cálculo de profano. Qué tranquilizador. No tenía sangre que bombear, pero esa simulación producía un efecto. Mis dudas se despejaron un poco. Me sentí protector de Adán, por mucho que tuviera conciencia de lo absurdo de ese sentimiento. Alargué la mano y la puse sobre su corazón, y sentí contra la palma su cadencia tranquila, yámbica. Sentí que transgredía su espacio privado. En esas señales vitales era muy fácil creer. La calidez de la piel, la consistencia y la respuesta del músculo de debajo; mi razón decía «plástico», pero mi tacto decía «carne».

Era extraño estar allí de pie, junto a un hombre desnudo, pugnando entre lo que sabía y lo que sentía. Lo rodeé hasta situarme a su espalda, en parte para quedar fuera del radio de unos ojos que podían abrirse en cualquier momento y sorprenderme estudiándole. Era musculoso en torno al cuello y la columna. Un vello oscuro le crecía entre los hombros. Las nalgas exhibían unas concavidades robustas. Más abajo, unas nudosas pantorrillas de atleta. No esperaba un superhombre. Y lamentaba una vez más haber llegado tarde y no haber podido hacerme con una Eva.

Al salir me detuve un momento para mirarlo de nuevo y experimenté uno de esos momentos capaces de trastornar la vida emocional: una asombrosa toma de conciencia de lo obvio, un absurdo salto de comprensión a lo que uno ya sabe. Me quedé con una mano apoyada en el pomo de la puerta. Seguramente fue la presencia física y la desnudez de Adán lo que generó en mí esa intuición, pero lo cierto es que no le estaba mirando a él. Era el recipiente de la mantequilla. Y también dos platos y dos tazas, dos cuchillos y dos cucharillas encima de la mesa. Los restos de mi larga sobremesa con Miranda. Dos sillas de madera separadas de la mesa, amigablemente vueltas la una hacia la otra.

Nos habíamos acercado más el mes anterior. Hablábamos con facilidad. Vi cuán preciada era para mí y cuán a la ligera podía perderla. Yo ya debería haber dicho algo a estas alturas. Había dado por sentado el hecho de su amistad. Un acontecimiento adverso, una persona, un compañero de estudios... podía interponerse entre nosotros. Su cara, su voz, sus modos, a un tiempo reticentes y lúcidos, seguían vivamente presentes. El tacto de su mano en la mía, aquel porte preocupado, perdido, suyo... Sí, nos habíamos acercado mucho y yo no me había dado cuenta de que estaba sucediendo. Era un idiota. Tenía que decírselo. Volví a mi estudio, que hace las veces de dormitorio. Entre el escritorio y la cama había espacio suficiente para pasearse de un extremo a otro. El que ella no supiera nada de mis sentimientos se había vuelto algo inquietante ahora. Expresarlos sería embarazoso y arriesgado. Era una vecina, una amiga, una especie de hermana. Le estaría hablando a alguien a quien aún no conocía. Se vería obligada a salir de detrás de una pantalla, o a quitarse una máscara y hablarme en términos que nunca le había oído hasta ahora. *Lo siento tanto... Me gustas mucho, pero verás...* O se mostraría horrorizada. O, también era posible, alborozada al oír lo que tanto tiempo llevaba esperando oír o decir ella misma y no se había atrevido a hacerlo por miedo al rechazo.

El caso es que, por azar, los dos estábamos ahora libres. Seguro que había pensado en ello, en nosotros. No era una fantasía imposible. Tendría que decírselo cara a cara. Insufrible. Ineludible. Y así iban las cosas, en ciclos de ajuste. Inquieto, volví a la cocina. No aprecié cambio alguno en Adán al pasar rozándole para ir hasta el frigorífico, donde aún me quedaba media botella de vino blanco de Burdeos. Me senté frente a él y levanté la copa. Por el amor. Esta vez sentía menos ternura. Vi a Adán como lo que era, un artefacto inanimado cuyos latidos no eran sino descargas eléctricas rítmicas, y cuya calidez de la piel no era más que mera química. Cuando se activara, algún tipo de microscópico mecanismo de rueda de equilibrio forzaría la apertura de los ojos. Entonces parecería que me veía, pero estaría ciego. Ni siquiera ciego. Cuando empezara a funcionar, otro sistema le infundiría una apariencia de respiración, pero no de vida. Un hombre recién enamorado sabe lo que es vida.

Con la herencia podría haberme comprado una vivienda al norte del río. En Notting Hill, o en Chelsea. Y ella tal vez se habría venido conmigo. Habría dispuesto de sitio para todos los libros que tenía guardados en cajas en el garaje de su padre en Salisbury. Vi un futuro sin Adán, el futuro que era mío hasta ayer: un jardín urbano, techos altos con molduras de escayola, cocina de acero inoxidable, viejos amigos para la cena. Y libros por todas partes. ¿Qué hacer? Podría devolverlo (a él, o «ello»), o venderlo online perdiendo algo. Le dirigí una mirada hostil. Tenía las palmas de las manos sobre el tablero de la mesa y el semblante duro orientado hacia las manos. ¡Mi tonto enamoramiento de la tecnología! Otro juego de fondue. Sería mejor que me alejara de aquella mesa antes de «empobrecerme» con un solo golpe del martillo de carpintero de mi padre.

No me tomé más que media copa, y volví al dormitorio para distraerme con los mercados de divisas asiáticos. Y en ningún momento dejé de oír las pisadas del apartamento de encima. Avanzada la velada, vi la televisión para ponerme al corriente del destacamento especial que se disponía a surcar 13.000 kilómetros de océano para recuperar lo que entonces llamábamos islas Falkland.

A los treinta y dos años, estaba en la bancarrota absoluta. Gastarme la herencia de mi madre en una máquina no era sino una de las causas de mi problema, pero algo muy propio de él. Siempre que me entraba dinero en los bolsillos, me las arreglaba para hacerlo desaparecer, para montar una fogata mágica con él, para meterlo en un sombrero de copa y sacar un pavo. A menudo, aunque no en este caso, mi intención era convertirlo en una cantidad mucho mayor con el mínimo esfuerzo. Yo era un auténtico negado para los planes, las tretas semilegales, los «atajos» arteros. Lo mío eran los gestos brillantes y grandiosos. Había gente que los hacía y le iba de maravilla. Pedía un préstamo, lo invertía en algún proyecto interesante y seguía enriqueciéndose mientras pagaba lo que había tomado prestado. O tenía un trabajo, una profesión, como yo en un tiempo, y se enriquecía más modestamente, a un ritmo estable. Yo entretanto había hecho uso o, mejor, mal uso del dinero para labrarme una amable ruina y acabar en dos húmedas habitaciones de planta baja en la anodina tierra de nadie de unas casas adosadas estilo eduardiano entre Stockwell y Clapham, al sur de Londres.

Había crecido en un pueblo cercano a Stratford, Warwickshire, hijo único de un músico y de una enfermera comunitaria. Comparada con la de Miranda, mi infancia había sido culturalmente raquítica. No había tiempo ni espacio para los libros, ni siquiera para la música. Sentí un interés precoz por la electrónica, pero acabé con un título de antropología de una facultad sin relumbre alguno del sur de las Midlands; hice un curso puente para cambiarme a derecho. Una semana después de mi vigésimo noveno cumpleaños me expulsaron del colegio de abogados y a punto estuve de pasar un tiempo a la sombra. El centenar de horas de servicio a la comunidad me convenció de que jamás tendría que volver a tener un trabajo regular. Gané algún dinero con un libro que escribí a toda velocidad sobre la inteligencia artificial. Dinero que perdí en un proyecto de píldoras para el prolongamiento de la vida. Obtuve una bonita suma en una transacción inmobiliaria. Y la perdí en un proyecto de alquiler de coches. Mi tío preferido, que había prosperado gracias a una patente de bomba de calor, me dejó algún dinero en herencia, dinero que perdí en un proyecto de seguro médico.

A los treinta y dos años, sobrevivía invirtiendo en bolsa y en los mercados de divisas online. Un proyecto más, como el resto. Durante siete horas al día, agachaba la cabeza ante el teclado y compraba y vendía y dudaba, ora lanzando puñetazos al aire, ora maldiciendo, al menos al principio. Leía informes de mercado, pero estaba convencido de que operaba en un sistema aleatorio y me fiaba sobre todo de las corazonadas. A veces salía ganando, otras me hundía, pero por término medio ganaba al año lo que gana un cartero. Pagaba el alquiler, que en aquel tiempo era bajo, comía y vestía razonablemente bien, y pensaba que empezaba a estabilizarme, a conocerme a mí mismo. Estaba decidido a que mi rendimiento de la década de la treintena fuera muy superior al de la veintena.

Pero la confortable casa de mis padres la vendí en cuanto apareció en el mercado el primer humano artificial medianamente convincente. En 1982. Los robots, los androides, los replicantes eran mi pasión, y más aún después de la investigación que llevé a cabo para el libro. Los precios tendrían que bajar, pero yo tenía que tener uno de inmediato. Una Eva, a poder ser. Pero me conformaba con un Adán.

La cosa podía haber sido muy diferente. Mi anterior novia, Claire, era una persona sensata. Hacía prácticas de enfermería dental en una clínica de Harley Street y me habría disuadido de comprar a Adán. Era una mujer de mundo, de este mundo. Sabía cómo organizar una vida. Y no solo la suya. Pero la ofendí con un acto de indudable deslealtad. Y ella me repudió con una escena de furia regia, al término de la cual tiró toda mi ropa a la calle. En Lime Grove. Jamás ha vuelto a dirigirme la palabra, y hoy en día ocupa el primer puesto de mi lista de errores y fracasos. Ella me habría salvado de mí mismo.

Pero. En aras de la ecuanimidad, que este ser irredento tenga la venia para hablar alto y claro. No compré a Adán para hacer dinero. Muy al contrario. Mis motivos eran puros. Pagué una fortuna en nombre de la curiosidad, ese inquebrantable motor de la ciencia, de la vida intelectual, de la vida misma. No era una moda pasajera. Había una historia, una cuenta, un depósito a plazo, y yo tenía derecho a hacer uso de ellos. La electrónica y la antropología, primos lejanos a quienes la modernidad reciente había aunado y unido en matrimonio. El hijo de tal emparejamiento era Adán.

Así, comparezco ante vosotros, testigo de la defensa, después de clase, a las cinco de la tarde, espécimen típico de mi tiempo: pantalones cortos, rodillas con costras, pecas, pelo corto atrás y a los lados, once años. Estoy el primero en la cola, esperando a que abran el laboratorio y empiece el «Club del Cable». Lo dirige el señor Cox, el profesor de química, un amable gigante de pelo color zanahoria. Mi proyecto es construir una radio. Es un acto de fe, una plegaria prolongada que me ha llevado muchas semanas. Tengo una base de tablero de aglomerado, de quince por veintidós centímetros, que se taladra con facilidad. Los colores lo son todo. Cables azules, rojos, amarillos y blancos describen sus modestos rumbos por la superficie del tablero, torciendo en ángulos rectos y desapareciendo debajo para emerger luego en otro punto e interrumpirse en nódulos brillantes, minúsculos cilindros con rayas vívidas –condensadores, reostatos– y una bobina de inducción que he enrollado yo mismo, y un amplificador operacional. No entiendo nada. Sigo un diagrama de cableado como un novicio susurraría las Escrituras. El señor Cox da un consejo con voz suave. Sueldo torpemente una pieza, un cable o componente a otro. El humo y el olor a soldadura es una droga que inhalo profundamente. Incluyo en mi circuito un dispositivo de conmutación de baquelita que, me he convencido a mí mismo, proviene de un avión de combate, seguramente de un Spitfire. La conexión final, tres meses después de haber empezado, es de una pieza de plástico marrón oscuro a una batería de nueve voltios.

Es un anochecer ventoso y frío de marzo. Otros chicos están encorvados sobre sus proyectos. Estamos a diecinueve kilómetros de la localidad natal de Shakespeare, en lo que más tarde se conocerá como un instituto «normal y corriente». Un centro excelente, de hecho. Las luces fluorescentes del techo se encienden. El señor Cox está en el otro extremo del laboratorio, de espaldas. No quiero llamar su atención en caso de fiasco. Le doy al interruptor y –oh milagro– oigo el sonido de la electricidad estática. Sacudo el condensador variable: música, una música horrible para mi gusto, pues en ella hay violines. Luego se oye la voz rápida de una mujer que no habla en inglés.

Nadie levanta la mirada, a nadie le interesa. Construir una radio no es nada especial. Pero yo me he quedado sin habla, al borde de las lágrimas. Ninguna tecnología llegada después ha logrado asombrarme tanto. La electricidad, al pasar por unas piezas de metal cuidadosamente preparadas por mí, arranca del aire la voz de una dama desconocida que en ese instante está en algún lugar lejano. Su voz suena afectuosa. Ella no es consciente de mi persona. Yo nunca sabré su nombre ni entenderé su lengua, ni llegaré a conocerla, al menos a sabiendas. Mi radio, con sus pegotes irregulares de soldadura en un tablero, no parece un prodigio menor que la propia conciencia emanada de la materia.

El cerebro y la electrónica estaban estrechamente relacionados: lo descubrí en la adolescencia mientras montaba ordenadores sencillos y los programaba yo mismo. Luego ordenadores complejos. La electricidad y unos trozos de metal podían sumar números, componer palabras, imágenes, canciones, y recordar cosas e incluso convertir el habla en escritura.

Tenía diecisiete años cuando Peter Cox me convenció de que estudiara físicas en una facultad local. Al cabo de un mes me aburrí y quise cambiar de materia de estudio. La física era demasiado abstracta, y las matemáticas se hallaban más allá de mi entendimiento. Y para entonces ya había leído un libro o dos y me empezaba a interesar la gente imaginaria. *Catch-18,* de Heller; *The High-Bouncing Lover,* de Fitzgerald; *El último hombre de Europa,* de Orwell; *Bien está lo que bien acaba,* de Tolstói. No llegué mucho más lejos, pero entendí de qué trataba el arte. Era una forma de investigación. Pero no quería estudiar literatura; demasiado intimidatoria, demasiado intuitiva. Un resumen académico que conseguí en la biblioteca de la facultad describía la antropología como «la ciencia de las gentes en sus sociedades a través del espacio y del tiempo». Una disciplina sistemática, con el factor humano incluido. Me matriculé.

Lo primero que se aprendía: los cursos en cuestión estaban lastimosamente infradotados. Nada de tomarse un año libre para irse a las islas Trobriand, donde, había leído, era tabú comer delante de otras personas. La buena educación era comer solo, de espaldas a amigos y familiares. Los isleños sabían hechizos que hacían bellos a los feos. A los niños se les animaba a mostrarse sexuales entre ellos. La moneda corriente era el boniato. Las mujeres determinaban el estatus de los hombres. Cuán extraño y estimulante. Mi visión de la naturaleza humana la había moldeado sobre todo la población blanca apiñada en la zona sur de Inglaterra. Y ahora me encontraba embarcado en un relativismo insondable.

A la edad de diecinueve años escribí un sesudo trabajo sobre las culturas del honor titulado «Grilletes que forja la mente». Desapasionadamente, reuní todos mis estudios de casos. ¿Qué sabía o qué era lo que me importaba? Había lugares donde la violación era algo tan común que ni siquiera tenía nombre. A un joven padre se le cortaba la garganta por no cumplir con sus obligaciones en relación con una rencilla antigua. En cierto lugar había una familia deseosa de matar a una hija porque se le había visto cogida de la mano con un chico que pertenecía a un clan religioso distinto. En otro, unas ancianas participaban con entusiasmo en la mutilación genital de sus nietas. ¿Y los instintivos impulsos parentales de amor y protección? La pauta cultural prevalecía. ¿Y los valores universales? Patas arriba. Nada de esto sucedía en Stratford-upon-Avon. Eran cosas de la mente, de la tradición, de la religión; no era sino software, pensaba yo ahora, y era mejor considerarlo desde una óptica ajena a los valores.

Los antropólogos no juzgan. Observan y dan cuenta de la diversidad humana. Y celebran la diferencia. Lo que era malo en Warwickshire no tenía la menor importancia en Papúa Nueva Guinea. En el ámbito local, ¿quién podía decir lo que era bueno y lo que era malo? No un poder colonial, ciertamente. De mis estudios extraje algunas conclusiones desafortunadas sobre ética que me llevaron años después al banquillo de un tribunal del condado, acusado de conspirar en compañía de otros para defraudar al fisco a gran escala. No intenté persuadir a Su Señoría de que lejos de aquella sala tal vez había una playa de cocoteros en la que semejante conspiración merecía respeto. Recobré el juicio, en cambio, justo antes de dirigirme al juez. La moral era real, era verdadera, y el bien y el mal algo inherente a la naturaleza de las cosas. Nuestras acciones debían juzgarse según sus pautas. Lo que siempre pensé antes de que la antropología entrase en escena. En tono trémulo, vacilante, pedí perdón vilmente al tribunal y me libré de una pena de prisión.

Cuando entré en la cocina a la mañana siguiente, más tarde de lo habitual, Adán tenía los ojos abiertos. Eran de un azul claro, veteado de finísimas rayas verticales negras. Las pestañas eran largas y gruesas, como las de un niño. Pero el mecanismo del parpadeo aún no estaba bien ajustado. Se producía a intervalos irregulares y reflejaba el estado de ánimo y los gestos, y estaba preparado para reaccionar a los actos y palabras de los presentes. De mala gana, había estado leyendo el manual de instrucciones hasta altas horas de la noche. Adán estaba equipado con un parpadeo reflejo que le protegía los ojos de posibles objetos voladores. De momento, su mirada se mostraba vacía de sentido o intención, y por tanto era inane, tan sin vida como la mirada de un maniquí de escaparate. Hasta ahora no había mostrado ninguno de esos movimientos ínfimos que caracterizan cálidamente a la cabeza humana. Y, en las demás partes del cuerpo, ningún lenguaje corporal en absoluto. Cuando le tomé el pulso en la muñeca, no detecté ninguno, unos latidos sin pulso. El brazo era pesado; ofrecía resistencia en la articulación del codo, como si estuviera al borde del *rigor mortis*.

Le di la espalda e hice café. Quien estaba en mi cabeza era Miranda. Todo había cambiado. Nada había cambiado. Durante mi noche casi insomne, recordé que se había ido a visitar a su padre. Se habría ido directamente a Salisbury a la salida del seminario. La veía en el tren de Waterloo, sentada con un libro (sin leer) en el regazo, mirando el veloz paisaje, los ascensos y descensos de los cables telefónicos, sin pensar en mí. O pensando solo en mí. O acordándose de un compañero de seminario que intentaba hacerle bajar la mirada.

Vi las noticias de la televisión en el móvil. Un brillante mosaico de sonidos y luz centelleante a la orilla del mar. Portsmouth. El destacamento especial a punto de partir.

La mayoría del país estaba en un sueño teatral, luciendo galas históricas. Medievo tardío. Siglo XVII. Principios del XIX. Golas, calzas, faldones de aro, pelucas empolvadas, parches de ojo, patas de palo. El rigor histórico a este respecto era antipatriótico. Históricamente éramos especiales, y la flota iba a alzarse con la victoria. La televisión y la prensa espoleaba una vaga memoria colectiva de enemigos derrotados: los españoles, los holandeses, los alemanes (este siglo dos veces), los franceses, desde Agincourt a Waterloo. Un desfile aéreo de aviones de combate. Un joven recién salido de Sandhurst, equipado para la batalla, entrecierra los ojos al detallarle a un periodista las dificultades que habrá de afrontar. Un mando superior habla de la inquebrantable determinación de sus hombres. Me conmoví, pese a lo mucho que todo aquello me disgustaba. Cuando vi cómo una nutrida banda de gaiteros de las tierras altas de Escocia marchaba hacia la pasarela de su barco, sentí que se me henchía el ánimo. Luego la imagen vuelve a los estudios y muestra cuadros de gráficos, flechas, logística, objetivos, voces de gente cuerda que aprueba la operación. Y movimientos diplomáticos. Y a la primera ministra con un elegante traje azul en el umbral de Downing Street.

Sintonicé con ello, a pesar de que solía declararme en contra de ese tipo de cosas. Amaba a mi país. Qué gran empresa, qué bravío coraje. Más de doce mil kilómetros. Qué gente más íntegra se disponía a arriesgar su vida. Tomé un segundo café en la otra habitación, hice la cama para darle a la pieza cierta apariencia de lugar de trabajo y me senté a reflexionar un rato sobre el estado de los mercados mundiales. La perspectiva de la guerra había hecho que el FTSE bajara un uno por ciento. Aún con ánimo patriótico, di por supuesta la derrota de los argentinos y compré acciones de un grupo de juguetes y artículos de regalo que fabricaba banderas del Reino Unido pegadas a unas varitas para que pudieran ser enarboladas por la gente. También invertí en dos importadores de champán, y en líneas generales aposté por una gran recuperación económica. Se habían requisado barcos de la marina mercante para transportar tropas al Atlántico Sur. Un amigo que trabajaba en la City en gestión de activos me dijo que su empresa auguraba ya que algunos de ellos serían hundidos. Lo sensato parecía ser desinvertir en las aseguradoras más importantes e invertir en los astilleros de Corea del Sur. Pero no estaba de humor para tal cinismo.

Mi ordenador de sobremesa, comprado en una tienda de segunda mano de Brixton, y fabricado a mediados de los años sesenta, era muy lento. Me llevó una hora ultimar mi compra de acciones del fabricante de banderitas. Pero podría haberlo hecho más rápido si hubiera controlado mejor mis pensamientos. Cuando no estaba pensando en Miranda y aguzando el oído para oír sus pisadas en el apartamento de arriba, estaba pensando en Adán y en si debía venderlo o empezar a tomar decisiones respecto de su personalidad. Vendí libras esterlinas y volví a pensar en Adán. Compré oro y volví a pensar en Miranda. Me senté en el inodoro y estuve pensando en los francos suizos. Con el tercer café me pregunté en qué más podría gastarse el dinero una nación victoriosa. Carne de vacuno. Bares. Televisores. Compré acciones de las tres cosas y me sentí virtuoso, parte del esfuerzo bélico. Pronto sería la hora del almuerzo.

Volví a sentarme frente a Adán mientras comía un sándwich de queso con salsa de encurtidos. ¿Alguna señal de vida? No a primera vista. Su mirada, fija en algún punto situado a mi espalda, más allá de mi hombro izquierdo, seguía sin vida. Ningún movimiento. Pero cinco minutos después le eché un vistazo, como de pasada, y le estaba mirando ya abiertamente cuando se puso a respirar. Al principio oí una serie de clics rápidos, luego un silbido como de mosquito cuando sus labios se abrieron. Durante medio minuto no sucedió nada; luego le tembló la barbilla y emitió un sonido genuinamente engullidor al arrebatar al aire la primera bocanada. No necesitaba oxígeno, por supuesto. Esa necesidad metabólica se hallaba a años de distancia. Su primera exhalación tardó mucho en llegar, así que dejé de comer y, presa de una gran tensión, me dispuse a esperar. Al fin llegó, silenciosamente, a través de las narinas. Su respiración pronto adoptó un ritmo estable: el pecho se le ensanchaba y encogía normalmente. Me sentía aterrorizado. Con sus ojos sin vida, Adán parecía un cadáver «respirante».

Atribuimos a los ojos una gran carga de vida. Si los tuviera cerrados, pensé, al menos tendría la apariencia de un hombre en trance. Dejé el sándwich y fui hasta él, y, lleno de curiosidad, le puse una mano cerca de la boca. Su respiración era húmeda y cálida. Bien concebido. En el manual del usuario había leído que orinaba una vez al día, hacia el final de la mañana. Bien concebido también. Cuando fui a cerrarle el ojo derecho mi índice le rozó la ceja. Adán dio un respingo y apartó la cabeza sacudiéndola con violencia. Sobresaltado, retrocedí. Y esperé. Durante unos veinte segundos no sucedió nada; luego, con un movimiento suave, silencioso, infinitésimamente lento, la inclinación de los hombros y el ángulo de la cabeza y hombros volvieron a su posición anterior. El ritmo de la respiración seguía sin cambio alguno. El mío y mi pulso se habían acelerado. Yo estaba de pie, a una distancia de un par de metros, fascinado por el modo en que volvía a componerse, como un globo que fuera desinflándose despacio. Decidí no cerrarle los ojos. Mientras esperaba alguna otra reacción suya, oí cómo Miranda se movía por su apartamento. Había vuelto de Salisbury. Entraba y salía de su dormitorio. Una vez más sentí la emoción atribulada del amor no declarado, y fue entonces cuando tuve los primeros barruntos de una idea.

Debería haber pasado la tarde ganando y perdiendo dinero en el ordenador. En lugar de ello, miraba desde la altura de un helicóptero en vuelo cómo los barcos que encabezaban el destacamento especial bordeaban Portland Bill y dejaban atrás Chesil Beach. Los nombres mismos de tales lugares merecían un saludo respetuoso. *Magnífico... ¡Adelante!* Continué mi reflexión. Y al cabo: *¡Volved!* La flota pronto llegó a la costa Jurásica, donde manadas de dinosaurios pastaron un día en campos de helechos gigantescos. Súbitamente, estábamos en tierra, entre la gente de Lyme Regis, reunidos en el club deportivo. Algunos llevaban prismáticos, y otros muchos las banderitas en las que había yo barajado invertir, de plástico y con una varita de madera. Algún equipo de reporteros las habría repartido entre la gente. Sondeos de opinión. Amables voces henchidas de emoción de mujeres trabajadoras locales. Viejos tipos duros que pelearon en Creta y Normandía, asintiendo para sí, sin soltar prenda. ¡Oh, cómo anhelaba tener esa fe yo también! ¡Y era capaz de tenerla! Un teleobjetivo montado en algún lugar de la península de Lizard mostraba los diminutos pegotes de los barcos que se alejaban con valentía surcando el mar abierto al son ronco de Rod Stewart, mientras yo trataba de no echarme a llorar.

Qué agitación en una tarde entre semana... Una forma nueva de ser sentado en mi mesa de comedor, la mujer que amaba desde hacía poco unos dos metros por encima de mi cabeza y mi país en una guerra anticuada. Pero yo era aceptablemente disciplinado y me había prometido

33

dedicarme siete horas diarias. Apagué el televisor y fui hasta el ordenador. Y allí estaba el email de Miranda que había estado esperando.

Sabía que nunca me haría rico. Las sumas que movía de un sitio a otro, diversificadas en montones de apuestas con posibilidades, eran pequeñas. Aquel mes me habían ido bien las cosas con unas baterías de estado sólido, pero había perdido casi otro tanto en unos futuros de elementos de «tierras raras», un salto insensato a lo conocido. Pero me seguía manteniendo fuera de una carrera, de un trabajo de oficina. Era mi opción menos mala en la búsqueda de la libertad. Trabajé toda la tarde, resistiéndome a la tentación de volver al comedor a comprobar qué era de Adán, pese a suponer que para entonces ya estaría totalmente cargado. El siguiente paso era descargar sus actualizaciones. Luego, aquellas problemáticas preferencias personales.

Antes de la comida había mandado un email a Miranda invitándola a cenar aquella noche. Y ella había aceptado. Le gusta cómo cocino. Durante la cena iba a hacerle una proposición. Rellenaría *grosso modo* la mitad de las opciones para la personalidad de Adán y luego le enviaría a Miranda el enlace y la contraseña para que eligiera ella el resto. Yo no interferiría; ni siquiera querría saber qué decisiones había tomado. Tal vez se decantaría por una versión de sí misma: alguien delicioso. Tal vez invocaría al hombre de sus sueños: alguien aleccionador. Adán llegaría a nuestras vidas como una persona real, y las complejas capas de su personalidad solo el tiempo, los acontecimientos y las relaciones que entablara con quienquiera que pudiera llegar a conocer las revelarían. En cierto sentido, sería como nuestro hijo. Lo que éramos por separado se aunaría en él. Arrastraría a Miranda a esa aventura. Seríamos pareja, y Adán sería nuestra empresa común, nuestra creación.

Seríamos una familia. No había nada poco limpio en mi plan. Estaba seguro de que aceptaría. Nos lo pasaríamos muy bien.

Mis planes solían irse al traste. Pero esta vez era diferente. Tenía la cabeza despejada, y no podía engañarme a mí mismo. Adán no era mi rival amoroso. Por mucho que pudiera fascinarla, a ella también le repelía físicamente. Me lo había dicho expresamente. Era «escalofriante», me había dicho el día anterior, que su cuerpo estuviera caliente. Dijo que era «un tanto extraño» que pudiera formar palabras con la lengua. Pero Adán tenía un arsenal de palabras tan grande como el de Shakespeare. Era su mente lo que despertaba la curiosidad de Miranda.

Así pues, tomé la decisión de no vender a Adán. Lo iba a compartir con Miranda como podría haber compartido una casa. Él nos obligaría a mantenernos dentro de unos límites. Haciendo progresos, comparando notas, compartiendo decepciones. A mis treinta y dos años me consideraba un veterano en el amor. Una declaración abierta la habría alejado. Mucho más efectivo sería hacer ese viaje juntos. Ya era amiga mía; a veces me cogía la mano. No estaba empezando de cero. Los sentimientos más profundos le llegarían a ella en algún momento como me habían llegado a mí. Y, en caso de no ser así, al menos tendría el consuelo de pasar más tiempo con ella.

En mi viejo frigorífico, al que se le había desgajado casi por completo el asidero oxidado de la puerta, había un pollo de corral, unos cien gramos de mantequilla, dos limones y un puñadito de estragón fresco. Y al lado un bol con unas cuantas cabezas de ajo. En la alacena encontré unas cuantas patatas recubiertas de tierra y con brotes, pero peladas se asarían perfectamente. Lechuga, aliño, una botella de vino tinto. Sencillo. Primero, calentar el horno. Ocupaban mis pensamientos estos asuntos normales y corrientes mientras estaba allí de pie, junto al escritorio. Un viejo amigo mío, periodista, dijo una vez que el paraíso en la tierra era trabajar todo el día a solas y con la perspectiva de una velada en interesante compañía.

La cena que pensaba prepararle a Miranda y el dictamen manido de mi amigo me distrajeron y, por un momento, Adán dejó de ocupar mi pensamiento. Así que fue todo un shock entrar en la cocina y encontrármelo de pie junto a la mesa, desnudo, dándome casi la espalda, con una mano jugueteando vagamente con el cable que le salía del ombligo. Con la otra mano se acariciaba la barbilla con aire contemplativo; un algoritmo sagaz, sin duda, pero enteramente convincente en su figuración de un ser reflexivo.

Me repuse y dije:

–¿Adán?

Se volvió hacia mí, despacio. Cuando estuvimos frente a frente, su mirada encontró la mía, y parpadeó, y parpadeó de nuevo. El mecanismo funcionaba, pero me pareció que lo hacía con demasiada deliberación.

Dijo:

–Charlie... Encantado de conocerte, al fin. ¿Podrías organizar mis descargas y preparar los distintos parámetros...?

Calló y me miró con intensidad: sus ojos veteados de negro me escudriñaban la cara con movimientos rápidos e irregulares. Captándome.

–Encontrarás todo lo que necesitas saber en el manual de instrucciones.

–Lo haré –dije–. A su debido tiempo.

Su voz me sorprendió y me gustó. Era un tenor ligero, a una cadencia aceptable, con una grata variación de tono, a un tiempo servicial y amistoso, pero sin atisbo alguno de servilismo. El acento era el estándar en un inglés educado de la clase media del sur, con un toque levísimo de las vocales del suroeste. El corazón me latía muy rápido, pero yo hacía todo lo posible por parecer tranquilo. Para simular que lo estaba, me obligué a dar un paso hacia delante. Nos miramos fijamente, en silencio.

Años atrás, siendo estudiante, leí acerca de un «primer contacto», a principios de la década de 1930, entre un explorador llamado Leahy y un grupo de montañeses de Papúa Nueva Guinea. Los miembros de la tribu no sabían discernir si aquellos seres pálidos que habían aparecido de súbito en su tierra eran humanos o espíritus. Volvieron al poblado para discutir el asunto, dejando atrás a un adolescente para que espiara al desconocido. La cuestión se zanjó cuando el chico-espía informó de que uno de los colegas de Leahy se había ido detrás de unos arbustos para defecar. Aquí, en mi cocina, en 1982, no muchos años después, las cosas no eran tan sencillas. El manual de instrucciones me hizo saber que Adán tenía un sistema operativo, y también una naturaleza –o sea, una naturaleza humana–, y una personalidad, la que esperaba que Miranda me ayudara a asignarle. No tenía ninguna certeza de cómo se solapaban estos tres sustratos, o cómo reaccionaban entre sí. Cuando estudiaba antropología, no se pensaba que existiera una naturaleza humana universal. Era una ilusión romántica, un mero producto variable de las condiciones locales. Solo los antropólogos, que estudiaban en profundidad otras culturas, y sabían del bello abanico de la variedad humana, comprendían cabalmente lo absurdo de los universales. La gente que se quedaba atrás, en la comodidad de su casa, no entendía nada, ni siquiera de sus culturas propias. A uno de mis profesores le gustaba citar a Kipling: «¿Y qué saben de Inglaterra quienes solo conocen Inglaterra?»

Tendría yo veintitantos años cuando la psicología evolutiva empezaba a ratificar la idea de una naturaleza esencial, derivada de una herencia genética común, independiente de tiempo y lugar. La respuesta, desde las corrientes de estudios sociales dominantes, fue de rechazo, a veces furibundo. Hablar de genes en relación con la conducta de las gentes evocaba el Tercer Reich hitleriano. Las modas cambian. Pero los fabricantes de Adán cabalgaban sobre la nueva ola del pensamiento evolutivo.

Lo tenía ante mí, perfectamente inmóvil en la penumbra de la tarde invernal. Los elementos de embalaje que lo habían protegido estaban en el suelo, al lado de sus pies. Emergía de entre ellos como la Venus de Botticelli de la concha de mar. A través de la ventana que daba al norte, la luz cada vez más tenue iluminaba el contorno de apenas la mitad de su figura, y solo un lado de su rostro noble. Los únicos sonidos eran el runrún familiar del frigorífico y el rumor ahogado del tráfico. Entonces caí en la cuenta de su soledad, que gravitaba como un peso sobre sus hombros musculosos. Había despertado y se había visto en una cocina mugrienta, en Londres SW9, a finales del siglo XX, sin amigos, sin pasado, sin el menor barrunto de futuro. Estaba solo de verdad. Todos los demás Adanes y Evas estaban desperdigados por el mundo con sus dueños, aunque, según se decía, siete de las Evas se hallaban en Riad.

Cuando alargué la mano hasta el interruptor de la luz dije:

—¿Cómo te sientes?

Adán apartó la mirada para pensar en la respuesta.

—No me siento bien.

Esta vez el tono era neutro. Al parecer mi pregunta le había deprimido el ánimo. Pero, en un contexto de microprocesadores, ¿podía darse algún ánimo?

—¿Qué te pasa?

—No tengo ropa. Y...

—Te buscaré algo. ¿Qué más?

–Este cable. Si me lo saco va a dolerme.

–Te lo sacaré yo, y no te dolerá.

Pero no me moví enseguida. Con la luz encendida pude observar su expresión, que apenas cambiaba al hablar. Lo que estaba viendo no era una cara artificial, sino la máscara de un jugador de póquer. Sin la savia de una personalidad, no era capaz de expresar gran cosa. Funcionaba con algún tipo de programa «por defecto», que le serviría hasta que se le instalaran las descargas del software que aún requería. Se movía, articulaba frases, disponía de rutinas que le conferían un barniz de credibilidad. Sabía mínimamente qué hacer, pero poco más. Como un hombre con una monumental resaca.

Ahora podía admitírmelo: le tenía miedo, y me sentía reacio a acercarme más a él. Por otra parte, estaba tomando conciencia de las implicaciones de su última palabra. Adán solo tendría que actuar como si sintiera dolor, y yo me vería obligado a creerle, a reaccionar como si de verdad le doliera. Demasiado difícil no hacerlo. Diametralmente en contra de la deriva general de la compasión humana. Al mismo tiempo, no podía creer que fuera capaz de sentir dolor, o de tener sentimientos, o de cualquier percepción sensitiva. Y sin embargo le había preguntado cómo se sentía. Su respuesta había sido pertinente, y también mi ofrecimiento de traerle alguna ropa. Y no me creía nada de todo aquello. Estaba jugando a un videojuego. Pero era un juego real, tan real como la vida social; prueba de ello era la negativa de mi corazón a calmarse y la sequedad de boca.

Estaba claro que no iba a hablar si no le hablaba yo antes. Reprimiéndome el impulso de seguir tranquilizándole, volví al dormitorio y busqué alguna ropa que pudiera servirle. Era un tipo fornido, unos cinco centímetros más bajo que yo, pero pensé que mis cosas podrían quedarle bien. Zapatillas deportivas, calcetines, ropa interior, vaqueros y suéter. Me planté frente a él y le puse el montón de ropa en las manos. Quería ver cómo se vestía para comprobar si las funciones del motor eran tan buenas como prometía el manual. Todo niño de tres años sabe lo difícil que es ponerse los calcetines.

Cuando le di la ropa me llegó el tenue aroma que emanaba de la parte alta del torso y quizá también de las piernas. A aceite templado: el tipo de aceite refinado y de tonalidad clara que mi padre solía utilizar para lubricar las teclas del saxofón. Sostuvo la ropa entre ambos brazos, con las manos extendidas hacia mí. No hizo ningún ademán de desagrado cuando me agaché y desenchufé el cable de la toma de corriente. Sus facciones tersas, marcadas, ni se inmutaron. Habría mostrado la misma expresividad una carretilla elevadora acercándose a un palé. Luego, supuse, una puerta lógica o una red de ellas se abrió y Adán susurró:

−Gracias.

Palabra que subrayó con un enfático asentimiento de cabeza. Acto seguido se sentó, dejó la ropa encima de la mesa y cogió el suéter del montón. Tras una pausa reflexiva lo desdobló, con el pecho hacia abajo, metió la mano y el brazo derechos por la manga, hasta el hombro, y luego la mano y el brazo libres en la manga izquierda; a continuación, con un complicado y oscilante encogimiento muscular, se enfundó la parte superior del torso y se fue bajando el suéter hasta la cintura. En él, de una lana amarilla desvaída, se leía en letras rojas el eslogan jocoso de una institución benéfica con la que había colaborado en el pasado: «¡Disléxicos del mundo, desuníos!»[1] Sacó los calcetines de

1. Juego de palabras intraducible. La leyenda dice lo contrario de lo que quiere decir: *«Dyslexics of the World, Untie!»*, en lugar de

su envoltorio y siguió sentado mientras se los ponía. Sus movimientos eran diestros. Sin vacilación de ningún tipo, sin problemas de cálculo de relación espacial. Se puso de pie, sostuvo a poca distancia del suelo los calzoncillos bóxer, metió en ellos un pie y después el otro, se los subió, hizo lo mismo con los vaqueros, se subió la cremallera y se abrochó el botón plateado de la cintura con un solo movimiento en dos tiempos. Volvió a sentarse, se calzó las zapatillas y se anudó los cordones con doble lazada a una velocidad que algunos habrían calificado de inhumana. Pero a mí no me pareció que lo fuera. Era un triunfo de la ingeniería y del diseño de software: una loa a la inventiva humana.

Me aparté de él para empezar a hacer la cena. Oí a Miranda arriba: cómo cruzaba la habitación con pisadas ahogadas, como si estuviera descalza. Se disponía a darse una ducha, a prepararse. Para mí. La visualicé aún mojada, en bata, abriendo el cajón de la ropa interior y preguntándose qué ponerse. Seda, sí. ¿Color melocotón? Estupendo. Mientras se calentaba el horno, dispuse los ingredientes sobre la encimera. Después de un día de transacciones codiciosas, no hay nada como cocinar para regresar al lado mejor del mundo: su larga historia de deleitar con comida y bebida a los demás. Miré hacia atrás por encima del hombro. Era asombroso, el efecto de la ropa... Estaba sentado, con los codos sobre la mesa, como un amigo cualquiera a la espera de que le sirviera la primera copa de la velada.

Me dirigí a él en voz alta:

—Estoy asando un pollo con mantequilla y estragón.

Era una pequeña diablura por mi parte, sabiendo como sabía que su dieta era exclusivamente de electrones.

«Dyslexics of the World, Unite!» («¡Disléxicos del mundo, desuníos!» en lugar de «¡Disléxicos del mundo, uníos!»). *(N. del T.)*

Sin marcar pausa alguna, y en el más plano de los tonos, dijo:

—Combinan bien. Pero al dorar el pollo se pueden quemar las hojas.

¿Dorar el pollo? Era, supuse, una expresión correcta. Pero sonaba muy rara.

—¿Qué sugieres?

—Recubrir el pollo con papel de aluminio. A juzgar por el tamaño, yo diría setenta minutos a ciento ochenta grados. Luego empapas las hojas en el jugo mientras doras el pollo a la misma temperatura unos quince minutos sin el papel de aluminio. Después vuelves a añadir el estragón mezclado con el jugo y la mantequilla derretida.

—Gracias.

—No olvides dejarlo diez minutos tapado con un paño antes de trincharlo.

—Sí, lo sé.

—Perdona.

¿Había sonado picajoso? A principios de los años ochenta nos acostumbramos a hablar con máquinas, tanto en el coche como en casa, para llamar a centros de salud y clínicas. Pero Adán había sopesado mi pollo desde el otro extremo de la cocina y se había disculpado por su extraño consejo. Volví a mirarlo. Vi que se había subido las mangas del suéter hasta los codos para mostrar sus muñecas poderosas. Tenía los dedos entrelazados y la barbilla apoyada sobre las manos. Y era así sin personalidad. Desde donde yo estaba, con la luz iluminándole los altos pómulos, parecía fuerte; ese tipo callado que ves en el bar y al que prefieres no molestar. Y no alguien proclive a brindar consejos culinarios.

Sentí la necesidad, muy infantil, de demostrar quién mandaba allí. Dije:

—Adán, ¿podrías dar un par de vueltas alrededor de la mesa? Quiero ver cómo te mueves.

42

–Sí, claro.

No había nada mecánico en su forma de andar. Al llegar a los límites de la cocina cambiaba el paso a zancadas largas. Cuando completó dos vueltas se quedó de pie junto a la silla, esperando.

–Ahora puedes abrir el vino.

–Claro.

Vino hacia mí con la palma abierta y le di el sacacorchos. Era un útil articulado, profesional, de los preferidos por los sumilleres. No le costó nada utilizarlo. Se llevó el corcho a la nariz y buscó una copa en el aparador. Sirvió un dedo de vino y me pasó la copa. Mientras yo paladeaba el primer sorbo, él mantenía fija en mí su mirada atenta. El vino no era de lo mejor, ni siquiera de segunda fila, pero al menos no sabía a corcho. Asentí con la cabeza, llené la copa y la dejé con cuidado al lado del fogón. Adán, cuando me di la vuelta para preparar una ensalada, volvió a su silla.

Transcurrió media hora apacible en la que ninguno de los dos dijo nada. Hice un aliño para la ensalada y corté las patatas. Tenía a Miranda en el pensamiento. Estaba convencido de que había llegado a uno de esos momentos críticos en los que el sendero del futuro se bifurca. En uno de los caminos la vida seguía como antes, y en el otro se transformaba en otra cosa. Amor, aventuras, grandes emociones, pero también orden en mi nueva madurez, y no más planes locos. Miranda era de un natural de lo más dulce: amable, guapa, divertida, enormemente inteligente...

Un ruido a mi espalda me hizo volver en mí; volví a oírlo, y me di la vuelta. Adán seguía en su silla, junto a la mesa de la cocina. Había repetido el primer ruido: el de un hombre que se aclara deliberadamente la garganta.

–Charlie, veo que estás cocinando para tu amiga de arriba, Miranda.

No le contesté.

–De acuerdo con mis investigaciones de estos últimos segundos, y de mis análisis ulteriores, deberías tener mucho cuidado con fiarte de ella totalmente.

–¿Qué?

–De acuerdo con...

–Explícate.

Miraba con fijeza y enfado su semblante inexpresivo. Y él, con voz apenada y calma, dijo:

–Existe la posibilidad de que sea una mentirosa. Una mentirosa sistemática, maliciosa.

–¿Qué quieres decir?

–Me llevaría un rato, pero ya está bajando las escaleras.

Su oído era más fino que el mío. En cuestión de segundos tocaron suavemente a la puerta.

–¿Quieres que me ocupe yo?

No respondí. Estaba demasiado furioso. Pasé al minúsculo recibidor con el estado de ánimo menos propicio. ¿Quién o qué era aquella máquina idiota? ¿Por qué iba a tolerarle aquello?

Abrí la puerta bruscamente, y allí estaba ella con un bonito vestido azul celeste, sonriéndome con alborozo y con un ramillete de campanillas blancas en la mano. Nunca había estado tan preciosa.

2

Pasaron varias semanas hasta que Miranda pudo contribuir en lo relativo al carácter de Adán. Su padre seguía enfermo y ella hacía viajes frecuentes a Salisbury para cuidarle. Tenía que escribir un trabajo sobre la reforma de la Ley de granos del siglo XIX y su impacto en una calle concreta de una ciudad de Herefordshire. El movimiento académico aceptado normalmente como «teoría» había tomado la historia social «por asalto» –la frase era suya–. Como ella había estudiado en una universidad tradicional que ofrecía relatos del pasado anticuados, se veía obligada a adoptar un vocabulario nuevo, una forma nueva de pensamiento. A veces, mientras estábamos en la cama, uno al lado del otro (la velada del pollo al estragón había sido todo un éxito), escuchaba sus quejas y trataba de mostrarme solidario tanto en actitud como de palabra. Ya no era correcto dar por sentadas las cosas que habían ocurrido en el pasado. Lo que había que hacer era analizar los documentos históricos, y cambiar los enfoques eruditos sobre ellos, y nuestra propia relación fluctuante con esos enfoques... Todo venía determinado por el contexto ideológico, por las relaciones de poder y riqueza, la raza, la clase social, el género y la orientación sexual.

Nada de esto se me antojaba demasiado desatinado ni tampoco muy interesante. No lo dije. Quería animar a Miranda en todo lo que pudiera hacer o pensar. El amor es generoso. Además, me convenía pensar que lo que había acontecido en el pasado, fuera lo que fuese, no eran más que sus pruebas. En el nuevo régimen de cosas, el pasado pesaba menos. Yo estaba en el proceso de rehacerme a mí mismo, y me sentía deseoso de olvidar mi historia reciente. Mis necedades habían quedado atrás. Veía un futuro con Miranda. Me acercaba a las orillas de la primera edad mediana, y estaba haciendo balance. Vivía día tras día con las pruebas históricas acumuladas que mi pasado me había dejado como legado, pruebas que yo procuraba borrar: la soledad, la pobreza relativa, las viviendas que había habitado y las expectativas reducidas al mínimo. La cuestión era dónde me hallaba ubicado respecto de los medios de producción; el resto, para mí, era un espacio en blanco. Prefería pensar que no estaba en ninguna parte.

¿El hecho de haber comprado a Adán era una prueba más de mi fracaso? No estaba seguro. Al despertar en mitad de la madrugada –al lado de Miranda, en su casa o en la mía–, clamaba en la oscuridad por algún tipo de palanca, como las utilizadas para el cambio de vías en las viejas líneas de ferrocarril, que hiciera que Adán volviera al comercio donde lo había comprado y que abonaran el dinero que había pagado por él en mi cuenta corriente del banco. Durante el día el asunto era más impreciso, o matizado. No le había contado a Miranda lo que Adán había dicho en contra de ella, y, quizá a modo de castigo, no le había contado a Adán que Miranda iba a participar en la configuración de su personalidad. Aborrecía lo que me había dicho de ella, pero me fascinaba su mente, si era eso lo que tenía. Era guapo, de un modo un tanto chulesco. Sabía ponerse los calcetines y era un auténtico milagro técnico. Me había salido caro, pero el hijo del Club del Cable que soy no podía dejarle escapar.

En el viejo ordenador de mi cuarto, fuera de la vista de Adán, tecleé mis opciones de configuración. Decidí que el hecho de responder a unas cuantas preguntas al azar podía considerarse una fusión aleatoria, una especie de barajar genético casero. Ahora que disponía de un método y de una pareja podía relajarme un tanto en el proceso, que empezaba a adquirir un matiz vagamente erótico. ¡Estábamos haciendo un hijo! Dado que Miranda estaba implicada, yo evitaba la clonación de mí mismo. La metáfora genética ayudaba. Al examinar la lista de aseveraciones idiotas, me decanté más o menos por las aproximaciones a mi persona. Si Miranda hacía lo mismo, o algo diferente, el resultado sería una tercera entidad, una personalidad nueva.

No iba a vender a Adán, pero que hubiera tachado a Miranda de «mentirosa maliciosa» me dolía. Al estudiar el manual, leí lo del «botón de apagado». En algún punto de la nuca, justo debajo del nacimiento del pelo, tenía un lunar. Si ponía un dedo en él durante unos tres segundos y luego lo apretaba con más fuerza, Adán se apagaría por completo. Pero nada, ni los ficheros ni los recuerdos ni las destrezas, se perdería. Aquella primera tarde con Adán me había sentido reacio a tocarle el cuello o cualquier otra parte de él, y me había seguido reprimiendo hasta el final del día, después de mi cena exitosa con Miranda. Me había pasado la tarde ante la pantalla del ordenador, y había perdido 111 libras. Fui a la cocina; los platos y demás útiles usados se apilaban en el fregadero. A modo de prueba de su competencia, podría haber pedido a Adán que los fregara, pero aquel día yo estaba en un estado extraño, como extático. Todo lo que tenía que ver con Miranda refulgía, incluso sus pesadillas, que me habían despertado a altas horas de la madrugada. El plato que le había puesto delante, el tenedor afortunado que había entrado y salido de su boca, el pálido arco donde sus labios habían besado el vino eran ahora solo míos: los fregaría y secaría yo con mis manos. Me puse a hacerlo.

A mi espalda, Adán estaba sentado en la mesa, mirando hacia la ventana. Cuando hube terminado, me sequé las manos con un paño de cocina mientras me acercaba a él. Pese a mi talante eufórico, no podía perdonarle su deslealtad. Me negaba a escuchar cualquier otra cosa que quisiera decirme. Existían ciertos límites de mera decencia que debía aprender; apenas supondrían un reto mínimo para sus redes neuronales. Sus deficiencias heurísticas habían reafirmado mi decisión. Cuando él hubiera aprendido ciertas cosas, y cuando Miranda hubiera colaborado en su configuración, Adán podría volver a nuestras vidas.

En el mismo tono amistoso, le dije:

–Adán, voy a desconectarte durante un tiempo.

Volvió la cabeza hacia mí, se quedó quieto, se inclinó hacia un lado, luego hacia el otro. Sin duda era la idea del diseñador de cómo podía manifestarse la conciencia en movimiento. Y llegaría a irritarme.

Dijo:

–Con todo respeto, creo que no es una buena idea.

–Es lo que he decidido.

–He estado disfrutando de mis pensamientos. He pensado en la religión y en el más allá.

–Ya no.

–Se me ha ocurrido que los que creen en una vida después de esta van a...

–Basta. Quédate quieto.

Le pasé la mano por encima del hombro. Sentí la calidez de su aliento en el brazo; seguro que no le habría costado mucho partírmelo. El manual citaba en negrita la reiterada hasta el cansancio Primera Ley de la Robótica de Isaac Asimov: «Un robot no puede hacer daño a un ser humano, ni, por inacción, permitir que un ser humano sufra daño.»

No logré encontrar lo que buscaba valiéndome del tacto. Me puse a su espalda, y allí, como se describía en el manual, justo en la línea de nacimiento del pelo, estaba el lunar. Puse el dedo encima de él.

–¿No podríamos hablarlo antes?

–No.

Apreté el lunar y, con un zumbido muy tenue, Adán se quedó inerte. Sus ojos siguieron abiertos. Fui por una manta y lo tapé con ella.

En los días que siguieron a esta desconexión, me preocuparon dos cosas: ¿se enamoraría de mí Miranda?; ¿y los misiles Exocet franceses alcanzarían a la flota británica cuando entrara en el radio de acción de los aviones de combate argentinos? Cuando me estaba durmiendo, o por la mañana, mientras remoloneaba unos segundos en la tierra de nadie neblinosa entre el sueño y la vigilia, las dos preguntas se fundían: los misiles antibuque se convertían en flechas del amor.

Lo que resultaba curioso e irresistible en Miranda era la facilidad con la que tomaba las decisiones, el modo en que se abandonaba al fluir de los acontecimientos. Aquella noche en que vino a cenar, después de dos gratas horas de comida y bebida, hicimos el amor, con la puerta del dormitorio cerrada, por Adán. Y hablamos hasta altas horas de la noche. Con la misma facilidad habría podido darme un beso en la mejilla después del pollo al estragón y subir luego a su apartamento y acostarse en su cama y leer un libro de historia antes de quedarse dormida. Lo que para mí era crucial, la asombrosa culminación de mis expectativas, para ella era un deleite, algo en absoluto sorprendente, un agradable plus después del café. Como el chocolate. O una buena *grappa*. Ni mi desnudez ni mi ternura habían causado en ella el efecto que las de ella, en toda su dulzura gloriosa, habían causado en mí. Y yo estaba en buena forma –buen tono muscular, pelo castaño oscuro sin indicios de calvicie–, y era un tipo generoso e imaginativo, como algunas personas habían tenido la amabilidad de decirme. Me desenvolví bastante bien en nuestra charla íntima. Ella pareció no percatarse de lo bien que nos llevábamos, de cómo los temas, las bromas habituales, los altibajos anímicos se sucedían sin parar. Mi autoestima se avino a conceder que seguramente así había sido con todos los chicos que ella había conocido antes. Y tuve la sospecha de que nuestra primera noche juntos apenas ocupó su pensamiento al día siguiente.

Mis peros se acallaron cuando una segunda noche repitió la pauta de la primera, con la salvedad de que ella cocinó para mí y que nos acostamos en su cama. La tercera tuvo lugar en la mía, y así sucesivamente. Pese a nuestra desenvuelta intimidad física, en ningún momento le hablé de mis sentimientos, para que no se sintiera forzada a admitir que ella no sentía en absoluto lo mismo. Preferí esperar, dejar que las cosas siguieran su curso, dejar que se sintiera libre hasta que cayera en la cuenta de que ya no lo era, de que me amaba y de que era demasiado tarde para volverse atrás.

Había vanidad en esta expectativa. Al cabo de una semana había ansiedad. En su momento me había alegrado apagar a Adán. Ahora, sin embargo, me preguntaba si debía o no reactivarlo para preguntarle sobre sus advertencias, sus razones, sus fuentes. Pero no podía dejar que una máquina tuviera tal ascendiente sobre mí, que es lo que iba a suceder si le otorgaba el rol de confidente, consejero, oráculo en mis asuntos más íntimos. Tenía mi orgullo, y creía que Miranda era incapaz de una mentira maliciosa.

Y aun así... Me odié por hacerlo, pero a los diez días empecé a hacer mis propias averiguaciones. Aparte de la idea ampliamente debatida de la «intuición de las máquinas», la única fuente posible de Adán era internet. Rastreé las webs de las redes sociales. No había cuentas con su nombre. Aparecía siempre en segundo plano en las páginas de sus amistades. Así que hela allí en fiestas o en vacaciones, o en el zoo con la hija de una amiga a hombros, con botas de goma en una granja, con los brazos enlazados o bailando o retozando en la piscina con una pandilla de amigos con el pecho desnudo, con bulliciosos grupos de amigas adolescentes, con universitarios borrachos. Miranda gustaba a todos los que la conocían. Nadie de ninguna página web de fácil acceso contaba nada en su demérito. De cuando en cuando los chats refrendaban cosas que ella me había contado en nuestras conversaciones de medianoche. En otras direcciones su nombre aparecía relacionado con el trabajo académico que había publicado: «Pannage[1] en Swyncombe: el papel del cerdo semisalvaje en las economías domésticas de los pueblos medievales de Chilterns.» Cuando lo leí, la amé aún más.

En cuanto a la mente intuitiva artificial, no era más que una mera leyenda urbana que comenzó a propalarse a principios de 1968, cuando Alan Turing y su brillante joven colega Demis Hassabis diseñaron un software para vencer a un gran maestro del juego ancestral del go en cinco partidas consecutivas. Todo estudioso del sector sabía

---

1. Privilegio que se otorgaba en la Edad Media a los habitantes de una comarca por el que estos podían dejar en libertad a sus cerdos para que se alimentaran de bellotas, castañas y otros frutos en terrenos comunales o bosques reales. *(N. del T.)*

que tal proeza no podía llevarse a cabo mediante complicados cálculos matemáticos. Los movimientos posibles en el go y el ajedrez eran inmensamente más numerosos que los átomos en el observable universo, y en el go el número de estos movimientos es exponencialmente mayor que el del ajedrez. Los maestros de go son incapaces de explicar cómo alcanzan su supremacía más allá de un profundo sentido de lo que parece correcto en una situación que pueda darse en el tablero. Así pues, se daba por sentado que los ordenadores hacían algo parecido. En la prensa se publicaban artículos que anunciaban casi sin aliento una nueva era del software humanizado. Los ordenadores estaban a un paso de pensar como nosotros, e imitaban nuestras razones a menudo escasas de fundamento para elaborar juicios y opciones. En un movimiento de contraataque y un espíritu pionero en el código abierto, Turing y Hassabis pusieron su software en la red. En las entrevistas con los medios describían el proceso del aprendizaje profundo de las máquinas y de las redes neuronales. Turing trató de ofrecer explicaciones para profanos del árbol de búsqueda Monte Carlo, un algoritmo concebido en el Proyecto Manhattan de la década de los cuarenta para el desarrollo de la primera bomba atómica. Se hizo famosa su irritación al intentar, con ambición desmedida, explicar la matemática de la clase PSPACE-completo a un entrevistador televisivo impaciente. Menos conocida fue su pérdida de los estribos en un canal de cable norteamericano mientras exponía un problema crucial en la ciencia de la computación, P versus NP. Se hallaba ante la audiencia combativa del estudio, audiencia integrada por gente normal y corriente. Recientemente había publicado la solución, que matemáticos de todo el mundo seguían analizando. Era un problema de fácil enunciado pero difícil solución. Turing intentaba sugerir que una solución positiva correcta daría lugar a estimulantes descubrimientos en biología y en materia de espacio y tiempo, y también de creatividad. La audiencia en cuestión no compartía o no entendía su entusiasmo. Apenas era consciente del papel que había desempeñado Turing en la Segunda Guerra Mundial, o de la influencia que ejercía en sus propias vidas, dependientes de los ordenadores. Lo consideraban el perfecto genio inglés y disfrutaban torturándole con preguntas estúpidas. Este episodio poco afortunado supuso el final de su misión de popularizar el campo de la computación.

Antes del enfrentamiento con el maestro japonés (noveno dan) de go, el ordenador de Turing y Hassabis jugó miles de partidas contra sí mismo durante un año. Aprendió de la experiencia, y permitió la afirmación –perfectamente razonable– de los científicos implicados de haberse acercado un paso más a la inteligencia humana general que había dado origen a la leyenda de la intuición de las máquinas.

Los comentaristas que sugerían que la victoria del ordenador acabaría con el go se equivocaban. Tras su quinta derrota, el viejo maestro de go, auxiliado por un asistente, se puso de pie despacio, hizo una reverencia de cabeza hacia el ordenador portátil y lo felicitó con voz temblorosa. Dijo: «El jinete en su montura no acabó con el atletismo. Corremos por placer.» Tenía razón. El juego, con sus reglas sencillas y su complejidad sin límite, se volvió aún más popular. Como la derrota de posguerra de un gran maestro de ajedrez, el triunfo de la máquina no restó valor al juego. Ganar, se dijo, era menos importante que el placer de lidiar con el escollo ingente del enfrentamiento. Pero la idea de que existía ya un software capaz de «leer», misteriosa y certeramente, una situación, o una cara, o un gesto, o el timbre emocional de un comentario, no dejó nunca de ostentar el rango de verdad y explicaba en parte el interés de la gente cuando los Adanes y las Evas aparecieron en el mercado.

Quince años es mucho tiempo en la ciencia de la computación. El poder de procesamiento y la sofisticación de mi Adán eran mucho mayores que los del ordenador que derrotó al maestro de go. La tecnología avanzaba y Turing seguía hacia delante. Pasó mucho tiempo reflexionando sobre la toma de decisiones y escribió un libro muy afamado: estamos dispuestos a concebir patrones, relatos, cuando lo que deberíamos hacer si queremos lograr buenas elecciones es pensar en términos probabilísticos. La inteligencia artificial podría mejorar lo que teníamos, lo que éramos. Turing diseñó los algoritmos. Todo su trabajo de innovación quedó a disposición de quien quisiera utilizarlo. Adán sin duda resultó beneficiado.

El instituto de Turing siguió avanzando hacia la Inteligencia Artificial y la biología computacional. El propio Turing dijo que no estaba interesado en hacerse más rico de lo que era. Centenares de científicos eminentes siguieron su ejemplo en la publicación en código abierto de sus descubrimientos, lo que condujo, en 1987, al cierre de las revistas *Nature* y *Science*. Muchos le criticaron por ello. Otros dijeron que su trabajo había creado decenas de miles de empleos en el mundo en diversos campos: gráficas computarizadas, aparatos de escaneo médico, aceleradores de partículas, plegamiento de proteínas, redes eléctricas inteligentes, defensa, exploración espacial. Nadie alcanzaría a imaginar hasta dónde podría extenderse tal lista.

Al vivir abiertamente con su amante, Tom Reah, el físico teórico galardonado con el Premio Nobel en 1989, Turing contribuyó a que fuera ganando peso una revolución social en ciernes. Cuando se declaró la epidemia de sida recaudó una cuantiosa suma para crear un instituto virológico en Dundee, y fue cofundador de un centro de cuidados terminales. Después de la aparición de los primeros tratamientos efectivos, abogó por las patentes de duración breve y los precios bajos, sobre todo en África. Siguió colaborando con Hassabis, que dirigía su propio grupo desde 1972. Turing fue perdiendo la paciencia con los compromisos públicos, solía decir, y en sus «años de decadencia» prefirió concentrarse en su trabajo. Tras él quedaba su larga residencia en San Francisco, la Medalla Presidencial de la Libertad y un banquete en su honor con el presidente Carter, un almuerzo con la señora Thatcher en Chequers para tratar el tema de la financiación de la ciencia y una cena con el presidente de Brasil para persuadirle de que protegiera la Amazonia. Durante mucho tiempo fue la cara de la revolución informática, y la voz de la nueva genética, y disfrutó de una fama comparable a la de Stephen Hawking. Ahora se había casi recluido. Sus únicos viajes eran entre su casa en Camden Town y su Instituto en King's Cross, dos puertas más allá del Hassabis Centre.

Reah escribió un largo poema sobre su vida con Turing. Lo publicó en el *Times Literary Supplement* y luego en un libro. El poeta y crítico Ian Hamilton dijo en una reseña: «He aquí un físico capaz de imaginar además de escudriñar. Ahora tráiganme al poeta capaz de explicar la gravedad cuántica.» Cuando Adán apareció en mi vida, yo creía que solo un poeta, no una máquina, podría decirme si Miranda me amaría un día, o me mentiría.

Sin duda tuvo que haber algoritmos de Turing en las entrañas del software de los misiles Exocet serie 8 que la empresa francesa MBDA había vendido al gobierno argentino. El temible proyectil, una vez disparado desde un avión de combate en dirección a un buque, podía reconocer su contorno y decidir a medio vuelo si era hostil o amistoso. Si era un navío amigo, se abortaba el disparo y el misil se hundía en el mar sin causar daño alguno. Si se erraba el disparo y el misil pasaba de largo el blanco, era posible hacer que volviera sobre su estela y realizara dos tentativas más. Caía sobre su presa a 8.000 kilómetros por hora. Su capacidad de echarse atrás e impedir que el misil alcanzara su objetivo se basaba probablemente en el software de reconocimiento facial que Turing había desarrollado a mediados de los años sesenta. Buscaba métodos de ayuda a personas con prosopagnosia, trastorno que hace que el sujeto sea incapaz de reconocer caras familiares. El control gubernamental de inmigrantes, las compañías de defensa y las empresas de seguridad expoliaron su trabajo en beneficio propio.

Dado que Francia era miembro de la OTAN, el gobierno británico ejerció fuertes presiones ante el Elíseo para que la empresa MBDA dejara de vender misiles Exocet y de proporcionar asistencia técnica a quienes ya los poseían. Se interceptó un envío a Perú, aliada de Argentina. Pero había otros países, entre ellos Irán, deseosos de venderlos. Y se vendían también en el mercado negro. Agentes británicos, haciéndose pasar por traficantes de armas, compraban cuantos suministros lograban detectar en tal mercado.

Pero el espíritu de libre mercado es irreprimible. Los militares argentinos necesitaban desesperadamente ayuda con el software de los Exocet, que cuando dio comienzo el conflicto aún no habían terminado de instalarse. Dos expertos israelíes, actuando por cuenta propia y probablemente movidos por la contrapartida de una elevadísima recompensa económica, volaron a Argentina. Aún hoy se desconoce quién les cortó la garganta en un hotel de Buenos Aires. Muchos dieron por descontado que fue obra de agentes del servicio de inteligencia británico. Si fue así, lo hicieron demasiado tarde. El día en que los jóvenes israelíes se desangraban hasta morir en sus lechos, los misiles argentinos hundieron cuatro navíos británicos; al día siguiente tres, y al tercer día otro. En total, hundieron un portaaviones, varios destructores y fragatas y un buque de transporte de tropas. Perdieron la vida varios millares de personas. Marineros, soldados, cocineros, médicos y enfermeras, periodistas. Tras días de confusión, con todos los esfuerzos militares centrados en el rescate de supervivientes, el destacamento especial viró en redondo y se replegó y las islas Falkland se convirtieron en las Malvinas. La junta fascista que gobernaba en Argentina estaba jubilosa, su popularidad subió como la espuma, y los asesinatos, torturas y desapariciones de ciudadanos cayeron en el olvido o se perdonaron. Y su permanencia en el poder se consolidó.

Yo lo contemplaba todo con horror y culpa. Después de haberme emocionado con la visión de los barcos de guerra descendiendo por el canal de la Mancha, pese a mi oposición a la aventura bélica, me sentía implicado, al igual que la inmensa mayoría de mis compatriotas. La señora Thatcher salió al umbral del 10 de Downing Street para hacer una declaración. Al principio no pudo articular palabra, luego se deshizo en lágrimas, pero se negó a que la ayudaran a volver al interior. Finalmente recuperó la compostura y, con un hilo de voz inhabitual en ella, pronunció su célebre discurso («me lo echo todo sobre los hombros») de asunción total de responsabilidades. Nunca superaría la vergüenza. Presentó su dimisión. Pero el shock de la nación ante tantas muertes era muy profundo, y nadie deseaba hacer rodar cabezas. Si ella tenía que dimitir, también tendría que hacerlo todo su gabinete, y la mayoría del país. Un líder político lo expresó en el *Telegraph* de la manera siguiente: «El fracaso es de todos nosotros. No es momento para chivos expiatorios.» Se inició entonces un proceso muy británico, evocador del desastre de Dunkerque, por el que una terrible derrota se transformaba en una luctuosa victoria. La unidad nacional era lo más importante. Seis semanas después, un millón y medio de personas se congregaron en Portsmouth para dar la bienvenida a los buques con su cargamento de cadáveres y su marinería, requemada por el sol y traumatizada. El resto de los ciudadanos lo vimos por televisión, horrorizados.

Cuento esta historia tan conocida para que los lectores más jóvenes puedan ser conscientes de su impacto emocional, y porque vino a poner un fondo triste a nuestro hogar triangular. Había que pagar el alquiler y estaba preocupado por una merma de los ingresos. No había compras masivas de banderitas agitables; disminuía el consumo de champán y la economía general atravesaba un mal momento, aunque los pubs y las hamburgueserías continuaban como siempre. Miranda estaba enfrascada en la enfermedad de su padre y en las Leyes de granos y la perversidad histórica de los intereses privados, con su inherente indiferencia ante el sufrimiento. Entretanto, Adán seguía debajo de la manta. El retraso de Miranda en ponerse manos a la obra con él se debía en parte a la tecnofobia, si esa es la palabra que describe la aversión a estar online y marcar casillas con el ratón. La acosé a ese respecto, y finalmente accedió a ocuparse de ello. Una semana después de que los supervivientes del destacamento especial regresaran a puerto, puse el portátil en la mesa de la cocina y abrí la página de Adán. No era necesario despertarle para que Miranda empezara a operar con él. Cogió el ratón inalámbrico, lo puso del revés y fijó la mirada en su base con asco. Le preparé café y me fui al cuarto a seguir trabajando.

Mi cartera de inversiones había perdido la mitad de su valor. Lo que tenía que hacer, obviamente, era recuperarme de las pérdidas, pero saber que ella estaba a escasos metros, en la cocina, me distraía. Como solía hacer muchas mañanas, me recreé evocando nuestra noche anterior. La desdicha del país lo había hecho todo aún más intenso. Luego habíamos hablado. Me contó con detalle su infancia, un idilio que la muerte de su madre, cuando ella tenía ocho años, había hecho añicos. Quería llevarme a Salisbury para enseñarme lugares de gran interés. Lo tomé como una señal de progreso, pero aún no había fijado una fecha ni me había dicho que quisiera presentarme a su padre.

Miraba la pantalla sin verla. Las paredes, y en especial la puerta, eran finas. Miranda no estaba haciendo grandes progresos. Muy de cuando en cuando –cada vez que ella hacía una elección– yo emitía un clic intencionado. El silencio entre ambos me ponía tenso. ¿Abierto a la experiencia? ¿Concienzudo? ¿Emocionalmente estable? Al cabo de una hora, viendo que no llegaba a ninguna parte, decidí irme del apartamento. Le di un beso en la cabeza al encogerme para pasar entre la encimera y su silla. Salí a la calle y me encaminé hacia Clapham.

Hacía un calor inusual para el mes de abril. El tráfico en Clapham High Street era intenso y las aceras estaban atestadas. Había cintas negras por todas partes. La idea provenía de los Estados Unidos. Las veías en farolas y puertas, en escaparates, en manillas de portezuelas y antenas de automóviles, en cochecitos de niños, en sillas de ruedas y en bicicletas. En el centro de Londres, en los edificios oficiales con la bandera del Reino Unido a media asta, ondeaban cintas negras en los mástiles en señal de duelo por los 2.920 caídos en combate. Se veían también en forma de brazalete o en las solapas; yo mismo llevaba una cinta negra, y también Miranda. Le buscaría otra a Adán. Mujeres y chicas y hombres extravagantes se las prendían en el pelo. La minoría apasionada que había argumentado y se había manifestado en contra de la invasión también las exhibía en brazos y solapas. A las figuras públicas y las celebridades, incluida la familia real, les resultaba arriesgado no llevarlas, la prensa popular se mantenía vigilante al respecto.

Yo no tenía otra pretensión que liberarme de mi estado de inquietud. Apreté el paso en el tramo de comercios de High Street. Pasé por delante de la sede de la Sociedad de Amistad Anglo-Argentina, ahora tapiada. La huelga de empleados de la basura estaba ya en su segunda semana. Las bolsas se amontonaban contra las farolas y llegaban a la altura de la cintura, y el calor estaba generando una pestilencia dulzona. La gente, o la prensa, estaba de acuerdo con el primer ministro en que una huelga, en aquel momento, era un acto de desalmada deslealtad. Pero las demandas salariales eran tan inevitables como la inminente subida de la inflación. Nadie sabía aún cómo disuadir a la serpiente para que no se comiese la cola. Pronto, quizá para finales de año, robots estoicos de inteligencia ínfima estarían recogiendo la basura de la urbe. Los hombres a quienes sustituirían serían aún más pobres. El desempleo era ya del dieciséis por ciento.

Al lado del local de curry y en la acera grasienta de las franquicias de comida rápida, el olor de la carne podrida era tan fuerte que te golpeaba el pecho. Contuve la respiración hasta dejar atrás la estación de metro. Crucé la calzada y entré en el parque. Se alzaban gritos y aullidos del gentío, junto al estanque de las barcas. Incluso algunos de los niños que chapoteaban en él llevaban cintas negras. Era una estampa feliz, pero no me demoré mucho contemplándola. Corrían tiempos en los que un hombre solo debía tener cuidado de no parecer que miraba demasiado a los niños.

Así que me dirigí a grandes pasos a la Holy Trinity Church, un enorme edificio de ladrillo tipo Edad de la Razón. No había nadie dentro. Allí sentado, encorvado, con los codos en las rodillas, se me podría haber tomado por un devoto feligrés. Era un lugar demasiado sensato para inspirar mucha reverencia, pero sus líneas limpias y sus atinadas proporciones predisponían al sosiego. Estaba contento de poder estar un rato en aquella penumbra fresca, y dejé que mis pensamientos se remontaran a nuestra primera noche juntos, en la que me había despertado un prolongado alarido. Debió de ser un día o dos antes de que desconectara a Adán. En mi confusión, pensé que había un perro en el apartamento, y me había levantado a medias de la cama cuando caí en la cuenta de que Miranda estaba teniendo una pesadilla. No fue fácil despertarla. Se debatía como si estuviera luchando con alguien, y dos veces musitó: «No te vayas. Por favor.» Luego pensé que le vendría bien contar su sueño. Estaba tendida sobre mi brazo, y se aferraba a mí con fuerza. Cuando le volví a preguntar, sacudió la cabeza, y acto seguido se durmió.

Por la mañana, mientras tomábamos café, rehuyó mi pregunta con un encogimiento de hombros. Solo había sido un sueño. Ante su evasiva, no insistí porque detrás de nosotros estaba Adán limpiando a conciencia la ventana, como le había ordenado, más que pedido, que hiciera. Mientras Miranda y yo hablábamos, él había hecho una pausa y se había dado la vuelta, como intrigado ante el posible relato de una pesadilla. Me pregunté si él también tendría sueños. Me sentía un poco culpable. Mis órdenes, aquella mañana, habían sido un tanto despóticas. No debería haberle tratado como a un criado. Horas después lo había desenchufado, y lo había dejado desconectado durante demasiado tiempo. La Holy Trinity Church se asoció con William Wilberforce y el movimiento antiesclavista. Wilberforce podría haber abanderado la causa de los Adanes y las Evas, y su derecho a no ser comprados ni vendidos, ni destruidos, y a la dignidad de la autodeterminación. Tal vez podrían cuidar de sí mismos. Pronto estarían trabajando de basureros. Luego lo harían de médicos y abogados. El reconocimiento de patrones y la memoria intachable eran aún más fáciles de computarizar que la recogida de basura en una ciudad.

Nosotros los humanos tal vez nos convertiríamos en esclavos de un tiempo vacío, sin meta alguna. ¿Y entonces? ¿Se daría un renacimiento general, una liberación en el amor, la amistad y la filosofía, el arte y la ciencia, la adoración de la naturaleza, los deportes y los hobbies, la invención y la búsqueda de sentido? Pero los esparcimientos refinados no serían para todo el mundo. El crimen violento tenía también sus atractivos, al igual que las artes marciales mixtas a puño desnudo, la pornografía virtual, el juego, la bebida y las drogas, e incluso el aburrimiento y la depresión. No tendríamos el control de nuestras opciones. Yo era una buena prueba de ello.

Deambulé por los espacios abiertos del parque. Un cuarto de hora después, al llegar al extremo opuesto, decidí volver. Para entonces Miranda tendría que haber tomado como mínimo un tercio de sus decisiones. Me sentía impaciente por estar con ella antes de que se fuera a Salisbury. Volvería por la noche, muy tarde. Me detuve a guarecerme del calor bajo la estrecha sombra de un abedul. Unos metros más allá había unos columpios vallados. Un niño pequeño –de unos cuatro años–, con pantaloncitos cortos verdes y holgados, sandalias de plástico y camiseta blanca con manchas, estaba al lado de un balancín y se inclinaba sobre algo que había en el suelo. Trató de desprenderlo con el pie, y luego se agachó y lo tocó con los dedos.

Hasta entonces no me había percatado de que su madre estaba sentada en un banco, de espaldas a mí. Ahora le gritaba con aspereza:

—¡Ven aquí!

El niño levantó la mirada e hizo ademán de echar a andar hacia ella, pero su atención volvió al objeto del suelo que había despertado su interés. Y esta vez lo movió. Era un tapón de botella, y brillaba sin vivacidad, quizá incrustado en el asfalto reblandecido.

La espalda de la mujer era ancha, y su pelo negro, rizado y ralo en la zona de la coronilla. Su mano derecha sostenía un cigarrillo, y sobre la izquierda apoyaba el codo. A pesar del calor, llevaba puesto un abrigo. Más abajo del cuello podía vérsele un desgarrón largo.

—¿Me has oído?

El tono era de abierta amenaza. El niño, de nuevo, miró hacia ella medroso y a punto de obedecer. Dio medio paso, pero su mirada se desplazó hacia un lado y volvió a ver su trofeo, y vaciló otra vez. Regresó a él, y tal vez pensó que podía desprenderlo del suelo y llevárselo a su madre. Pero lo que pudo razonar ya no importaba. Con un breve chillido de frustración, la mujer saltó del banco, cruzó veloz los escasos metros que la separaban de los columpios y tiró el cigarrillo mientras agarraba al niño del brazo y le soltaba un golpazo en las piernas desnudas. Cuando la criatura se echó a llorar, ella volvió a pegarle, e instantes después por tercera vez.

Yo estaba absorto en mis pensamientos, y me sentía reacio a que me sacaran de ellos. Por un momento, pensé en irme a casa, fingiendo —al menos ante el mundo, si no ante mí— que no había visto nada. No había nada que yo pudiera hacer por la vida de aquel niño.

Sus gritos enfurecían más a su madre:

–¡Cállate! –le gritaba una y otra vez–. ¡Cállate! ¡Cállate! Entonces aún podría haberme forzado a hacer caso omiso de la escena. Pero cuando los gritos de su pequeño se hicieron más escandalosos, la madre lo agarró por los hombros con las dos manos, haciendo que se le saliera la camiseta sucia y le dejara la panza al aire, y lo zarandeó con violencia.

Hay decisiones, incluso morales, que se forman en regiones que subyacen al pensamiento consciente. Me vi corriendo hacia la valla de los columpios, pasando por encima de ella, dando tres pasos más y poniendo una mano en el hombro de la mujer.

Dije:

–Disculpe. Por favor. No haga eso, por favor.

Mi voz sonó remilgada a mis oídos; privilegiada, contrita, exenta de toda autoridad. Estaba ya preguntándome adónde podía llevar mi gesto: no a un futuro de maternidad reformada, bondadosa; pero al menos a esto: cuando la mujer se volvió hacia mí, incrédula, el ataque a su retoño había cesado.

–¿Qué pasa?

–Es muy pequeño –dije, estúpidamente–. Podría hacerle daño de verdad.

–¿Quién coño es usted?

Era la pregunta adecuada, y por tanto no respondí.

–Es demasiado pequeño para entenderle.

La conversación tenía lugar por encima de los gritos del niño, que ahora se agarraba con fuerza a la falda de su madre, pidiendo que lo cogiera en brazos. Eso era lo peor de todo. Su torturador era al mismo tiempo su solo consuelo. La mujer se estaba enfrentando a mí. El cigarrillo seguía en el suelo, a sus pies, ardiendo sin llama. Sus puños se cerraban y se abrían. Haciendo como que no lo hacía, di medio paso indeciso atrás. Nos mirábamos intensa, torvamente. Era, o había sido, una cara bastante atractiva e inteligente; con una belleza aún evidente, arruinada por el sobrepeso y la carne hinchada de alrededor de los ojos que se los estrechaba hasta hacer que parecieran recelosos. En otra vida podría haber sido una cara maternal, bondadosa. Altos y redondeados pómulos, una nube de pecas en el puente de la nariz, labios llenos, aunque el inferior estaba partido. Al cabo de varios segundos vi que sus pupilas eran motas apiñadas. Fue la primera en mover la mirada. Miraba por encima de mi hombro, y enseguida descubrí por qué.

–¡Eh, John...! –gritó.

Me di la vuelta. Su amigo, o su marido, John, también obeso, desnudo de cintura para arriba, de tonalidad rosa brillante de varias exposiciones al sol, entraba en ese momento por la verja del campo de juegos.

Aún a una distancia de varios metros, gritó:

–¿Te está molestando?

–Sí, joder...

En alguna otra región de todas las posibilidades imaginables –la cinematográfica entre otras– no tendría por qué preocuparme. John era más o menos de mi edad, pero más bajo, más fofo, menos en forma, menos fuerte. En esa otra región, si me golpeaba yo podría derribarle. Pero en esta yo no había golpeado a nadie en toda mi vida, ni siquiera en la niñez. Podría haberme dicho a mí mismo que si lanzaba patas arriba al padre el niño sufriría aún más. Pero no era eso. Mi actitud era errónea, o mejor, carecía de la actitud correcta. No era miedo, y ciertamente no eran mis elevados principios. Cuando lo que estaba en juego era golpear a alguien, no sabía por dónde empezar. Y no quería saberlo.

–¿Ah, sí?

Ahora John estaba en guardia frente a mí, la mujer había retrocedido un poco. El niño seguía gimoteando. Padre e hijo se parecían de un modo cómico: los dos con el pelo muy corto, de color rubio jengibre, la cara pequeña y los ojos verdes y muy separados.

–Con el mayor respeto: es muy pequeño. No se le debería pegar ni zarandear.

–Con el mayor respeto: váyase a tomar por el culo. O si no...

Y John parecía listo para atacar. Sacaba pecho, esa treta ancestral de autoagrandamiento de sapos y monos y otros animales. Su respiración era rápida y los brazos le colgaban bien separados del torso. Puede que yo fuera más fuerte, pero seguro que él era más temerario. Tenía menos que perder. O en eso consistía la valentía. En estar dispuesto a arriesgarte y tratar de que no te derriben y te levanten la cabeza y te la golpeen contra el asfalto una y otra vez, con las consiguientes secuelas neuronales de por vida. Pero yo no estaba dispuesto a arriesgarme. En eso consistía la cobardía, en un exceso de imaginación.

Levanté las dos manos en ademán de rendirme.

–Mire. No puedo obligarle a hacer nada, por supuesto. Lo único que puedo hacer es tratar de convencerle. Por el bien del niño.

Entonces John dijo algo tan asombroso que me dejó absolutamente fuera de juego, y durante unos instantes no pude responder.

–¿Lo quieres?

–¿Qué?

–Puedes quedártelo. Adelante. Eres experto en niños. Es tuyo. Llévatelo a casa contigo.

El niño ya se había callado. Volví a mirarle, y pensé que tenía algo que a su padre le faltaba, aunque quizá no a su madre, un destello débil pero aún luminoso en la expresión de compromiso inteligente, pese a su congoja. Allí estábamos, un apretado grupo de cuatro. Desde el otro extremo del parque, por encima del ruido del tráfico, nos llegaban los gritos distantes de los niños que jugaban en la orilla del estanque.

Siguiendo un impulso, quise frustrar el «farol» del padre.

—De acuerdo —dije—. Puede venir a vivir conmigo. Ya arreglaremos los papeles más adelante.

Saqué una tarjeta de la cartera y se la entregué. Luego tendí la mano hacia el niño, que para mi sorpresa alzó la suya y encajó los dedos entre los míos. Me sentí halagado.

—¿Cómo se llama?

—Mark.

—Vámonos, Mark.

Echamos a andar por el campo de juegos y nos alejamos de sus padres en dirección a la verja con bisagras de resorte.

El niño dijo en un sonoro susurro:

—Ahora hacemos que nos escapamos...

Su cara, dirigida hacia la mía, se animó de pronto con humor y travesura.

—Muy bien —dije.

—En una barca.

—De acuerdo.

Me disponía a abrir la verja cuando oí un grito a mi espalda. Me di la vuelta, esperando que no se me notase el alivio. La mujer vino corriendo hacia nosotros, me arrebató al niño y se volvió hacia mí con la mano abierta, pero el golpe me alcanzó sin fuerza alguna en la parte alta del brazo.

—¡Pervertido!

Iba a intentar un segundo golpe cuando John la llamó y le gritó en tono de cansancio:

—Déjalo.

Salí del parque y caminé un trecho antes de pararme para mirar hacia atrás. John levantaba del suelo a Mark y lo sentaba sobre los hombros desnudos. Tuve que admirar a aquel padre. En sus métodos, que yo no alcanzaba a entender, sin duda había agudeza. Se había librado de mí sin librar una pelea haciéndome una oferta imposible. Qué pesadilla, llevar al niño a mi diminuto apartamento, presentárselo a Miranda, atender a sus necesidades durante los próximos quince años. Caí en la cuenta de que la mujer llevaba una cinta negra en el brazo. Trataba de persuadir a John para que cogiese su camisa, pero él no le hacía ningún caso. Y cuando la familia cruzaba el campo de juegos Mark se volvió para mirar en dirección a mí y levantó un brazo, tal vez para mantener el equilibrio, tal vez en señal de adiós.

Nuestras conversaciones en la cama, a menudo a primeras horas de la mañana, solía presidirlas una figura cada vez más nítida al cernerse sobre nosotros en la oscuridad, cual un fantasma desdichado. Yo tenía que superar un impulso inicial de considerarlo un rival, hostil a mi existencia misma. Lo buscaba online y veía su cara a través de los años, desde los veinte hasta mediada la cincuentena; veía su evolución, desde una belleza casi femenina hasta una ruina atractiva. Leía lo que había escrito, que no era extenso. Su nombre no significaba nada para mí. Unos cuantos amigos míos sabían de su existencia, pero jamás habían leído nada suyo. Una semblanza de cinco años atrás lo descalificaba como «cuasi hombre». Como la expresión describía uno de mis posibles sinos, dejé de mirar tan mal a Maxfield Blacke, y entendí lo obvio: que amar a la hija suponía abrazar al padre. Siempre que ella volvía de Salisbury, necesitaba hablar de él. Supe de sus diferentes dolores, o angustias, de sus pronósticos cambiantes, del médico arrogante e ignorante y del médico bondadoso y brillante, del hospital caótico con comida sorprendentemente buena, de los tratamientos y medicaciones, las nuevas esperanzas primero abandonadas y luego restauradas. Su mente –Miranda siempre encontraba incontables modos de decirlo– seguía acerada. Era su cuerpo el que se había vuelto en su contra, en contra de sí mismo, con la ferocidad de una guerra civil. Cuánto apenaba a la hija ver que la lengua del escritor se hallaba deformada por unas feas manchas negras... Cuánto le dolía al escritor comer, tragar, hablar... Su sistema inmune le estaba fallando y lo estaba dejando postrado.

Y eso no era todo. También había expulsado un gran cálculo renal; tan doloroso, pensaba Miranda, como un parto. Se rompió una cadera al caer en el baño. La piel le picaba de forma insoportable. Tenía gota en las articulaciones de ambos pulgares. La lectura, su pasión, le resultaba dificultosa a causa de las cataratas que le nublaban la visión. Iba a operárselas, pero odiaba que le hurgaran en los ojos. Quizá lo afligían también otros achaques demasiado humillantes para confesarlos. La mujer a quien hacía mucho tiempo que debería haberle pedido que fuera su cuarta esposa le había abandonado dos años atrás. Maxfield estaba solo, y dependía de la atención médica domiciliaria y de su hija, que vivía a ciento cincuenta kilómetros de distancia. Dos hijos varones de otro matrimonio iban a veces a verle desde Londres, y le llevaban vino, queso, biografías, el último reloj-ordenador de pulsera. Pero en lo relativo al cuidado íntimo de su progenitor eran más bien melindrosos.

No éramos lo bastante mayores, Miranda y yo, para entender del todo que un hombre que se acerca a la sesentena es aún demasiado joven para esperar o merecer tales afrentas múltiples. Pero su semejanza con el Job torturado sin clemencia por su Dios parecía volver blasfemo todo lo que no fuera escuchar a Miranda. La noche que siguió a mi encuentro en el parque de los columpios fue muy significativa a este respecto. Difícil de creer en un hombre enamorado, pero mientras ella me hablaba de su padre mi mente se había puesto a divagar. Acababa de volver de Salisbury; estábamos en la cama y me describía el nuevo mal que lo atormentaba. Solidario, le cogí la mano. Los sufrimientos constantes de un hombre a quien no había visto nunca no podían fijar mi atención durante mucho tiempo. Mientras la escuchaba, me sentía libre para contemplar los extraños nuevos giros que estaba dando mi vida.

Abajo, aún en la misma silla de madera dura, mi apasionante juguete esperaba bajo la manta, con su personalidad mixta instalada aquella tarde mientras dormía. La aventura estaba a punto de empezar. A mi lado estaba mi futuro, estaba seguro de ello. El desequilibrio de nuestros sentimientos mutuos acabaría por corregirse. Éramos, sencillamente, la encarnación de un patrón en los modos modernos: conocimiento inicial, luego sexo, luego amistad y finalmente amor. No teníamos por qué hacer este viaje convencional a la misma velocidad. Solo se necesitaba paciencia.

Entretanto, rodeando mi islote de esperanzas, había un océano de aflicción nacional. Con pavorosa oportunidad, la junta argentina había izado 406 banderas nacionales en Port Stanley, una por cada argentino muerto, y celebró un desfile militar por la calle principal, empapada y desierta, mientras en Londres, en la catedral de Saint Paul, se oficiaba un servicio conmemorativo por nuestras 3.000 bajas. Lo vi en la televisión cuando volví del parque. No debía de haber más de un par de decenas de personas en aquella vasta congregación de la élite gobernante que pensara que un Dios que prefería el fascismo a la bandera del Reino Unido merecía una sola vela, o que los caídos descansaban en una dicha eterna. Pero la tradición secular no brindaba versos conocidos y bruñidos por la sinceridad hacía tiempo descartada de las generaciones anteriores. *El hombre nacido de mujer tiene una vida corta.* Así que se entonaron himnos, se leyeron pasajes reverberantes y herméticos, se devolvieron responsos en desigual unísono, mientras el resto de nosotros se dolía en los altares de los televisores. A diferencia de Miranda, yo también guardé duelo.

Junto a un millón y medio de manifestantes yo también había «marchado» por el centro de Londres para protestar contra el destacamento especial y su campaña militar en Argentina. De hecho habíamos avanzado muy despacio, deteniéndonos cada vez que se producía un «cuello de botella». Se dio la paradoja habitual: el motivo era grave; la manifestación, jubilosa. Bandas de rock, de jazz, tambores y trompetas, banderolas ingeniosas, disfraces disparatados, destrezas circenses, discursos, y sobre todo el alborozo de tales números, que tardaban horas en pasar, de tan diversos y tan patentemente decentes. Resultaba tan fácil creer que toda la nación había invadido Londres para manifestar con rotundidad que la guerra por venir era injusta, inhumana, ilógica y potencialmente catastrófica. No sabíamos hasta qué punto estábamos en lo cierto. O con cuánta efectividad el Parlamento, los tabloides, los militares y dos tercios de la nación reprobarían nuestra postura. Se dijo que éramos antipatriotas, que defendíamos un régimen fascista y nos oponíamos al imperio de las leyes internacionales.

¿Dónde estaba Miranda aquel día? Apenas nos conocíamos entonces. Estaba en la biblioteca, dando los últimos retoques a su trabajo sobre los cerdos semisalvajes.

Tenía ideas sobre los destacamentos especiales muy inusuales para una chica de su edad (veintidós años), y desconfiaba del espíritu de lo que ella llamaba «multitudes narcisistas», con su fácil unanimidad de criterio, su estúpido entusiasmo. No compartía mi capacidad de protesta ni de emoción. No mostró interés en ver cómo partía la flota, ni en lo que vino a conocerse como el Hundimiento, ni en el regreso ignominioso, y mucho menos en el servicio religioso en la catedral de Saint Paul. Cuando los barcos se hundieron, ella guardó silencio. Cuando surgieron las cintas negras, ella se puso una, pero no se sumó al movimiento. Tal como lo expresó ella misma, el episodio entero «apestaba».

Ahora, mientras estábamos juntos en la cama, cogidos de la mano, las luces naranja de la calle, más allá de las cortinas, daban a su cuarto el aire de un decorado. Había tomado el último tren para volver a casa, y esperado luego a un metro retrasado en dirección Clapham North. Eran casi las tres. Me estaba contando cómo Maxfield le había dicho con tristeza que la gota de los pulgares era una bendición. El dolor era tan atroz y localizado que todos sus demás padecimientos se habían desdibujado.

Seguíamos cogidos de la mano. Dije:

—Ya sabes las ganas que tengo de conocerle. Déjame acompañarte la próxima vez que vayas.

Transcurrieron unos segundos, y al cabo respondió con somnolencia:

—Me gustaría ir muy pronto.

—Estupendo.

Luego, tras otra pausa, dijo:

—Adán tendría que venir también.

Me acarició el antebrazo en un gesto de despedida y se dio la vuelta hacia su lado de la cama, sin contacto mutuo. Su respiración se hizo pronto pausada y profunda, y me quedé pensando en el asunto en la penumbra de tonalidad sodio monocromo. Él viene también. Miranda había asumido la propiedad compartida, como yo había previsto. Pero un encuentro entre Adán y un cascarrabias literario a la vieja usanza como Maxfield Blacke resultaba difícil de concebir. Sabía, por su perfil, que seguía escribiendo a mano, que detestaba los ordenadores, los teléfonos móviles, internet y similares. Al parecer, según reza el tópico pedante, no «soportaba a los idiotas». Ni los robots. A Adán todavía había que despertarlo. Le faltaba aún salir de casa, poner a prueba su capacidad de mantener charlas triviales. Yo ya había decidido que no trabara conocimiento con el círculo de mis amistades hasta que fuera una criatura adaptada socialmente. Empezar con Maxfield podría inhabilitar ciertas subrutinas importantes. Miranda quizá esperaba distraer a su padre y estimular su escritura. O quizá aquello tenía que ver conmigo, y era en beneficio mío de alguna forma que yo no alcanzaba a ver. O –no pude evitar el pensamiento– en mi perjuicio.

Era una mala idea, de esas que te asaltan a altas horas de la noche. Como en todas las cavilaciones insomnes, su esencia era la reiteración. ¿Por qué había de conocer a su padre en presencia de Adán? Por supuesto, podía insistir en dejarlo en casa. Pero estaría negándome a los deseos de una mujer con un padre moribundo. ¿Estaba de verdad muriéndose? ¿Era posible tener gota en un dedo pulgar? ¿En los dos? ¿Conocía yo realmente a Miranda? Yacía sobre un costado, buscando una esquina fresca de la almohada, y luego boca arriba, mirando el techo moteado, que ahora parecía estar demasiado cerca y amarillo en lugar de naranja. Me hice las mismas preguntas; volví a formulármelas, y me las repetí una vez más. Sabía lo que iba a hacer, pero lo posponía: prefería agobiarme y seguí negando lo obvio durante casi una hora. Al final me levanté, me puse los vaqueros y una camiseta, salí del apartamento de Miranda y bajé descalzo las escaleras para volver al mío.

En la cocina, me apresuré a quitarle la manta de encima a Adán. Aparentemente nada había cambiado: los ojos cerrados, el mismo rostro atezado, la nariz con el mismo gesto de crueldad. Alargué la mano y busqué detrás de la cabeza; encontré el lunar y lo apreté. Mientras se ponía en marcha me comí un bol de cereales.

Estaba ya terminando cuando dijo:

–Nunca se sentirán decepcionados.

–¿De qué me hablas?

–Decía que quienes creen en la otra vida nunca se sentirán decepcionados.

–Quieres decir que, en caso de no haber otra vida, nunca sabrán que están equivocados.

–Sí.

Lo miré detenidamente. ¿Estaba diferente? Tenía una expresión expectante.

–Muy lógico. Pero Adán... Espero que no creas que ese es un pensamiento profundo.

No contestó. Llevé el bol vacío al fregadero y me hice un té. Me senté en la mesa, enfrente de él, y después de dar un par de sorbos dije:

–¿Por qué dijiste que no debía fiarme de Miranda?

–Ah, eso...

–Dime.

–Hablé cuando no debía, y lo siento de veras.

–Responde a la pregunta.

Su voz había cambiado. Era más firme, más expresiva en su entonación variada. Pero su actitud... Me hacía falta más tiempo. Mi impresión primera, poco fiable, era la de que su consistencia seguía intacta.

–Pensaba en lo que era mejor para ti.

—Acabas de decir que lo sentías.

—Exacto.

—Necesito oír por qué dijiste lo que dijiste.

—Existe una pequeña pero grave posibilidad de que ella pueda hacerte daño.

Disimulé mi irritación, y dije:

—¿Cómo de grave?

—En los términos fijados por Thomas Bayes, el clérigo del siglo XVIII, diría que «uno de cinco», suponiendo que aceptes mi valoración de los clérigos.

Mi padre, adepto a los avances armónicos del bebop, era un sincero tecnófobo. Solía decir que cuando un aparato eléctrico dejaba de funcionar no había más que darle un buen porrazo. Di unos sorbos de té y me quedé pensativo. Entre la ingente batería de los árboles de redes que gobernaban la toma de decisiones en Adán, debía de haber alguno muy importante dedicado al buen juicio.

Dije:

—Resulta que sé que esa posibilidad es insignificante, cercana a cero.

—Ya. Lo siento muchísimo.

—Todos cometemos errores.

—Así es.

—¿Cuántos errores has cometido tú en tu vida, Adán?

—Solo este.

—Entonces es importante.

—Sí.

—Y también es importante que no vuelvas a cometerlo.

—Por supuesto.

—Así que necesitamos analizar cómo has llegado a cometerlo, ¿no te parece?

—Estoy de acuerdo.

—Bien, y en ese proceso lamentable ¿cuál ha sido el primer paso?

Se puso a hablar confiadamente y parecía disfrutar con la descripción de sus métodos.

–Tengo acceso privilegiado a todos los historiales judiciales, tanto criminales como de Familia, incluidos los de tramitación a puerta cerrada. El nombre de Miranda lo anonimicé, pero contrasté el caso con otros factores circunstanciales que normalmente tampoco están disponibles.

–Inteligente.

–Gracias.

–Háblame del caso. Y de la fecha y lugar.

–Verás, el joven sabía muy bien que la primera vez que tuvo relaciones íntimas con ella...

Se interrumpió y se me quedó mirando con los ojos llenos de asombro, como si acabara de percatarse de mi presencia. Intuí que mi pesquisa había sido corta y que había llegado al final. Al parecer empezaba a ser consciente del valor de la reserva.

–Sigue.

–Bueno, llevó media botella de vodka.

–Dame una fecha y lugar y el nombre del hombre. ¡Rápido!

–El... de octubre, en... Salisbury. Pero verás...

Entonces empezó a reírse tontamente: un sonido absurdo, sibilante. Era embarazoso contemplarlo, pero no pude apartar la mirada. Tenía una expresión compleja en el semblante: de confusión, ansiedad, o de hilaridad sin alegría. El manual de instrucciones afirmaba que los Adanes tenían cuarenta expresiones faciales. Y las Evas cincuenta. Que yo supiera, lo normal entre los humanos era que no superaran las veinticinco.

–Contrólate, Adán. Estábamos de acuerdo. Necesitamos entender tu error.

Le llevó más de un minuto controlarse. Me tomé lo que quedaba del té y me dispuse a observar lo que, bien sabía, sería un proceso complejo. Era consciente de que la personalidad no era como una concha, algo que envolvía y constreñía su capacidad para el pensamiento coherente; y de que su sinuosidad, si era eso lo que lo motivaba, no operaba en el sentido de la razón. Tampoco la mía. Su impulso racional de colaboración conmigo se habría desplazado a través de sus redes neuronales a la mitad de la velocidad de la luz, pero no se habría abortado súbitamente en la puerta lógica de una persona recién diseñada. Estos dos elementos, por el contrario, se hallaban entrelazados en sus orígenes, como las serpientes del caduceo de Mercurio. Adán veía y entendía el mundo a través del prisma de su personalidad, y su personalidad estaba al servicio de su razón objetivadora y de sus constantes actualizaciones. Desde el comienzo de nuestra conversación había procurado a un tiempo evitar la repetición de un error y no darme la información que le pedía. Cuando ambas cosas resultaron incompatibles, quedó incapacitado y se echó a reír tontamente como un niño pequeño en la iglesia. Fuera lo que fuere lo que hubiéramos elegido para él, operaba a contracorriente de la maraña de su centro de toma de decisiones. Si le hubiéramos asignado cierto carácter concreto, tal vez se habría quedado callado, sin más; y en caso de haberle dotado de otro carácter diferente podría haberse sentido forzado a contarme todo lo que sabía. Ambas opciones eran válidas.

Ahora sabía un poco más que nada, lo bastante para preocuparme pero no lo suficiente para seguir por ese camino, pese a haber tenido acceso a las sesiones a puerta cerrada de los tribunales: Miranda en calidad de testigo, víctima o acusada; sexo con un joven, vodka, sala de un tribunal, un octubre en Salisbury.

Adán se había quedado callado. Su expresión –el material especial de su cara, en nada diferente a la piel humana– se había relajado hasta un punto de neutralidad alerta. Podría subir al piso de arriba y despertar a Miranda para confrontarla con las preguntas obvias y dejarlo todo claro entre nosotros. O podría esperar y reflexionar, dejando sin efecto lo que sabía a fin de permitirme la ilusión de estar al mando de la situación. Ambas opciones eran válidas.

Pero no dudé. Fui a mi cuarto, me desvestí, dejando la ropa en un montón sobre el escritorio, y me tendí desnudo y tapado con un edredón de verano. Ya había amanecido. Me habría gustado calmarme y oír, por encima de los coros del amanecer, al lechero yendo de puerta en puerta, haciendo tintinear las botellas contra los peldaños. Pero las últimas flotas de coches eléctricos repartidores de leche habían desaparecido de las calles. Una lástima. Aun así, estaba cansado y me sentía súbitamente cómodo. Hay una sensualidad especial en una cama no compartida, al menos durante cierto tiempo, hasta que el dormir solo empieza a asumir su propia tristeza apacible.

3

En la sala de espera de la consulta del médico local, una docena de sillas de comedor de baratillo se alineaban en derredor de las paredes de lo que un día había sido un salón victoriano. En el centro había una mesa baja de contrachapado con patas finas de metal y unas cuantas revistas, grasientas al tacto. Yo había cogido una, e inmediatamente después la había dejado. En una esquina podían verse unos juguetes rotos de colores vivos, una jirafa sin cabeza, un coche al que le faltaba una rueda, ladrillos de plástico muy gastados, gentilmente donados. No había infantes en nuestro grupo de nueve. Yo me esforzaba por evitar la mirada de los demás, su charla intrascendente o su intercambio de información de dolencias. Procuraba respirar no muy profundamente por si el aire circundante hervía de gérmenes patógenos. Aquel no era mi sitio. No estaba enfermo; mi problema no era sistémico sino periférico: una uña del pie. Era el más joven de la sala, y seguramente el que estaba más en forma, un dios entre mortales, con una cita no con el médico sino con la enfermera. Me mantenía más allá del alcance de la mortalidad. El declive físico y la muerte eran para los otros. Esperaba que me llamaran para entrar antes que a ellos.

Pero resultó ser una espera larga. Era el penúltimo de la lista.

En la pared de enfrente había un tablero de corcho con folletos que animaban a la detección precoz de esto y lo otro y a la vida sana (amén de hacernos algunas advertencias en tono ominoso...). Me dio tiempo a leerlos todos. Una fotografía mostraba a un anciano con una chaqueta de punto y zapatillas, de pie al lado de una ventana. Sin taparse la boca con la mano, estornudaba vigorosamente en dirección a una niña pequeña sonriente. Una luz trasera iluminaba decenas de miles de partículas que volaban hacia ella, gotas diminutas de una nube de gérmenes que fluían de aquel necio...

Reflexioné sobre la larga y extraña historia que había detrás de aquel tablón de anuncios. La idea de que los gérmenes eran los responsables de la propagación de enfermedades no obtuvo la aceptación general hasta la década de 1880 y el trabajo de Louis Pasteur y otros investigadores, apenas un siglo antes de que se concibieran los avisos de aquella sala de espera. Hasta entonces, y en contra de unos cuantos disidentes, imperaba la teoría del miasma: la enfermedad la causaba el aire malo, los malos olores, la descomposición, o incluso el aire de la noche. Y para guarecerse de ese miasma se cerraron las ventanas. Pero el artilugio que podría haber revelado la verdad a la medicina estaba listo doscientos años antes de Pasteur. El científico *amateur* del siglo XVII que sabía mejor que nadie construir y utilizar tal artilugio no era un desconocido para la élite científica de Londres.

Antonie van Leeuwenhoek, probo ciudadano de Delft, comerciante en paños y amigo de Vermeer, empezó a enviar sus muestras de vida microscópica a la Royal Society en 1673, descubriendo un mundo nuevo a sus miembros y dando comienzo a una revolución biológica. Describía meticulosamente células de plantas y fibras musculares, organismos unicelulares, sus propios espermatozoos y bacterias de la boca. Sus microscopios necesitaban la luz del sol y utilizaban solo lentes sencillas, pero nadie sabía pulirlas como él. Trabajaba con un poder de aumento de 275 y aun superiores. Al final de su vida, la *Philosophical Transactions of the Royal Society* había publicado 190 de sus comunicaciones.

Supongamos que un joven talento de la Royal Society of London, repantigado en la biblioteca después de un buen almuerzo, con un ejemplar de *Transactions* sobre los muslos, se hubiera puesto a especular sobre la posibilidad de que algunos de aquellos diminutos organismos fueran los causantes de la putrefacción de la carne, o de que su proliferación en el torrente sanguíneo pudiera producir enfermedades. En la Royal Society había habido antes talentos parecidos, y sin duda habría muchos más en el futuro. Pero este «cerebro» en cuestión, amén de su interés por la ciencia, debería haberse interesado también por la medicina. La medicina y la ciencia no llegarían a ser socios al ciento por ciento hasta muy entrado el siglo XX. Incluso en los años cincuenta se seguían extirpando las amígdalas a niños sanos siguiendo la práctica tradicional en lugar de pruebas concluyentes al respecto. En tiempos de Leeuwenhoek, un médico podía creer que todo lo que había que saber en su campo se sabía ya con creces. La autoridad de Galeno, que ejerció en el siglo II, era casi total. Habría de pasar mucho tiempo para que quienes se dedicaban a la medicina –profesionales de gran predicamento, en general– empezaran a mirar humildemente a través de un microscopio a fin de aprender los fundamentos de la vida orgánica.

Pero nuestro hombre, cuyo nombre se convertirá en un nombre sobremanera familiar, es diferente. Sus hipótesis podrán someterse a prueba. Toma prestado un microscopio –Robert Hooke, miembro honorable de la Society, le presta uno– y se pone manos a la obra. Empieza a tomar forma una teoría de la enfermedad. Se le unen otros colegas en la investigación. Quizá dentro de veinte años los cirujanos se lavarán las manos entre un paciente y el siguiente. Se reivindica la reputación de médicos olvidados como Hugh of Lucca y Girolamo Fracastoro. A mediados del siglo XVIII, los partos son más seguros; hay hombres y mujeres de genio que sobreviven a una muerte prematura en la infancia. Podrán cambiar el curso de la política, las artes, las ciencias. Figuras aborrecibles capaces de hacer mucho daño sobreviven también. La historia, tanto en forma menor como quizá también en forma primordial, sigue un curso diferente mucho después de que nuestro joven y brillante miembro de la Royal Society haya envejecido y muerto.

El presente es el más frágil de los constructos improbables. Podría haber sido diferente. Cualquier parte de él, todo él, podría ser diferente. Resulta cierto del asunto más pequeño y del asunto más grande. Qué fácil concebir mundos en los que la uña de mi dedo del pie no se ha vuelto en contra mía; en los que soy rico, vivo al norte del Támesis después de haber tenido éxito en uno de mis proyectos; en los que Shakespeare hubiera muerto en la niñez y nadie lo hubiera echado de menos, y los Estados Unidos hubieran tomado la decisión de lanzar en una ciudad japonesa la bomba atómica que habían perfeccionado; en los que no se hubiera lanzado el operativo de las Falkland, o el destacamento militar hubiera vuelto victorioso y el país no estuviera ahora de duelo; en los que Adán fuera un ensamblaje solo imaginado en un futuro lejano; en los que sesenta y seis millones de años atrás la tierra hubiera girado unos minutos más antes de que el meteorito se estrellara contra ella, eludiendo así el polvo de yeso fino del Yucatán que nubló el sol y permitiendo que los dinosaurios siguieran viviendo y les negaran el espacio vital a los mamíferos, simios inteligentes incluidos.

Mi tratamiento, cuando llegó por fin, comenzó de un modo placentero cuando me indicaron que metiera el pie desnudo en un gran bol de agua caliente jabonosa. Entretanto, la enfermera, una mujer grande y simpática de Ghana, dispuso su instrumental de acero en una bandeja, de espaldas a mí. Su destreza era tan grande como su confianza en sí misma. No se mencionó en ningún momento la posible anestesia, y yo era demasiado orgulloso para preguntar, pero cuando me puso el pie encima de su regazo, cubierto por un delantal, y se aprestó a la tarea con mi uña vuelta y clavada hacia dentro, mi orgullo no me impidió gritar en el instante crucial. El alivio fue inmediato. Salí a la calle y caminé como con ruedas de goma hacia mi casa, el centro de mis preocupaciones, que últimamente había vuelto a desplazarse de Miranda a Adán.

El carácter de Adán estaba ya diseñado, completo, a partir de dos fuentes irreversiblemente fundidas. La madre o el padre de un niño que está creciendo podría preguntarse con curiosidad qué características había heredado este de una y de otro. Yo observaba a Adán detenidamente. Sabía a qué preguntas había dado respuesta Miranda, pero ignoraba cuáles habían sido sus decisiones. Advertí que Adán había perdido cierta inexpresividad del semblante, que parecía más entero, más «suave» en sus interacciones con nosotros y ciertamente más expresivo. Pero yo me esforzaba todo lo que podía por entender lo que me había dicho sobre Miranda, o, incluso, sobre mí mismo. En los humanos, la recombinación es infinitamente más sutil y, de forma descarnada aunque apaciguadora, también asimétrica. Los padres se funden, como fluidos que se agitan para mezclarlos, pero la cara de la madre puede replicarse fielmente en su hijo del mismo modo que el padre podría no transmitir a su retoño su talento para la comedia. Recordé cómo se daba en el pequeño Mark una conmovedora versión de los rasgos de su padre. Pero en la personalidad de Adán estábamos Miranda y yo mezclados a conciencia, y, como en los humanos, su herencia resultaba solapada en gran parte por su capacidad para aprender. Quizá tenía mi tendencia a la teorización inútil. Quizá tenía algo del natural reservado de Miranda, y de su autodominio, y de su gusto por la soledad. A menudo se encerraba en sí mismo, mascullando o susurrando «¡Ah!». Y luego pronunciaba lo que él consideraba una gran verdad. Su comentario interrumpido sobre la otra vida era el ejemplo más reciente.

Otro: estábamos fuera, en mi diminuto jardín trasero, acotado por una valla rota de estacas de madera. Estaba ayudándome a quitar las malas hierbas. Era justo antes del anochecer; el aire era cálido y suave, satinado por una pátina irreal de luz ambarina. Había pasado una semana desde nuestra conversación a altas horas de la noche. Le había dicho que saliera conmigo porque su destreza seguía interesándome. Quería observarle manejando azada y rastrillo. A grandes rasgos, mi plan era introducirle en el mundo de más allá de la mesa de la cocina. Nuestros vecinos de ambos lados eran gente amistosa, y existía la posibilidad de que pudiera poner en práctica su aptitud para la charla intrascendente. Si íbamos a viajar a Salisbury juntos para conocer a Maxfield Blacke, quería preparar a Adán llevándole antes a algunas tiendas, y quizá a algún pub. Estaba seguro de que podría pasar por alguien humano, pero necesitaba sentirse más cómodo; necesitaba ampliar sus habilidades de máquina capaz de aprender.

84

Sentía mucha curiosidad por ver lo bueno que era identificando plantas. Por supuesto, lo sabía todo. La matricaria, la zanahoria silvestre, la camomila... Mientras trabajaba, iba susurrando los nombres, más para su bien que para el mío. Le vi ponerse guantes de jardinería para arrancar ortigas. Mera mímesis. Más tarde, se enderezó y dirigió la mirada con aparente interés hacia el espectacular cielo del oeste, surcado por cables de electricidad y telefonía y por una maraña de tejados victorianos que retrocedía por momentos. Tenía las manos en las caderas y se inclinó hacia atrás, como si la parte inferior de la espalda le estuviera causando algún problema. Inspiró profundamente para expresar su aprecio por el aire del crepúsculo. Entonces, de repente, dijo:

–Desde cierto punto de vista, la única solución para el sufrimiento sería la completa extinción de la especie humana.

Sí, esa era la razón por la que necesitaba salir a la calle a conocer cosas. Oculta en el interior de su circuitería habría probablemente una serie de subrutinas: sociabilidad/conversación/introducciones interesantes.

Pero decidí seguirle la corriente.

–Se ha dicho que matando a todo el mundo se curaría el cáncer. El utilitarismo puede ser lógicamente absurdo.

Él respondió con brusquedad:

–¡Obviamente!

Lo miré, sorprendido, y él se apartó de mí y volvió a agacharse para seguir con su trabajo.

Las opiniones de Adán, incluso cuando eran válidas, adolecían de inoperancia social. En nuestra primera expedición fuera de mi casa, caminamos los doscientos metros que nos separaban de la tienda de periódicos del señor Syed. En la acera nos cruzamos con unas cuantas personas, y ninguna de ellas le dedicó una segunda mirada a

85

Adán. Convenía que así fuera. Sobre la piel desnuda llevaba un jersey amarillo y ceñido que me había hecho mi madre el año anterior. Y vaqueros blancos y mocasines de lona que le había comprado Miranda. Había prometido comprarle un vestuario completo para su uso exclusivo. A juzgar por los abultados músculos en pecho y brazos, podría haber pasado por un entrenador personal del gimnasio local.

Donde se estrechaba la acera, entre un árbol y el muro de un jardín, vi cómo se echaba a un lado para dejar que pasara una mujer con un cochecito de niño.

Nos acercábamos a la tienda cuando de pronto, de un modo un tanto absurdo, dijo:

–Qué bueno es salir a la calle.

Simon Syed había crecido en un pueblo grande situado unos cincuenta kilómetros al norte de Calcuta. En la escuela había tenido como profesor de inglés a un anglófilo rigorista que había inculcado con dureza a sus alumnos un inglés pulido y preciso. Yo nunca le había preguntado a Simon por qué había adoptado un nombre de pila cristiano. Tal vez fue el deseo de integrarse, o la insistencia al despedirse de su formidable maestro. Había llegado desde Calcuta al norte de Clapham en los últimos años de la adolescencia, y se había puesto a trabajar de inmediato en la tienda de su tío. Treinta años después, a la muerte de su tío, pasó a ser propietario de la tienda, y se hizo cargo de la manutención de su tía. Mantenía también a su mujer y a sus tres hijos ya adultos, pero no le gustaba hablar de ellos. Era musulmán, por cultura más que por práctica. Si había desdichas en su vida, las ocultaba tras unos modales dignos. Ahora, en la mitad de la sesentena, era un hombre elegante, calvo, muy correcto, con un pequeño bigote con dos puntas afiladas en los extremos. Me reservaba una revista de antropología no disponible en internet. No le importaba que diera un vistazo rápido a la primera plana de los principales periódicos del mundo durante los días de nuestra operación militar en Argentina. Le divertía mi gusto por el chocolate con contenido bajo de cacao, esas marcas comerciales planetarias surgidas en el período de entreguerras. A media tarde, después de horas ante la pantalla, codiciaba el azúcar.

De esa forma extraña en que uno reserva intimidades para los meros conocidos, le había hablado a Simon de mi nueva novia. Y cuando habíamos estado juntos en su tienda, él nos había observado por su cuenta.

Ahora, siempre que pasaba por allí, su primera pregunta era invariablemente: «¿Cómo van las cosas?» Le gustaba decirme, movido solo por la amabilidad: «Está claro. El destino de ella es usted. ¡No intente evitarlo! Felicidad eterna para los dos.» Yo percibía que, acumuladas a sus espaldas, había muchas decepciones. Tenía edad suficiente para ser mi padre, y quería para mí lo que él no había tenido.

Cuando Adán y yo entramos en la tienda no había ningún otro cliente. En el aire había una mixtura de papel prensa, cacahuete en polvo y artículos de tocador baratos. Simon se levantó de la silla de madera en la que estaba sentado detrás de la caja. Como no venía solo, no me hizo la pregunta de rigor.

Hice las presentaciones:

–Simon. Mi amigo Adán.

Simon asintió con la cabeza.

Adán dijo:

–Hola.

Y sonrió.

Me tranquilicé. Un buen comienzo. Si Simon se percató de cuán extraños eran los ojos de Adán, no lo dejó traslucir. Era una reacción normal en la gente, pronto habría de descubrirlo. La gente suponía que se trataba de una anormalidad congénita y, cortésmente, miraba para otra parte. Simon y yo hablamos de críquet –tres seises consecutivos y una invasión del campo de juego por parte de los espectadores en el T20 India-Inglaterra–, mientras Adán se mantenía a un lado ante unos artículos enlatados que había en un estante. Le resultaron inmediatamente familiares: historias comerciales, cuota de mercado, valor nutricional. Pero, a medida que avanzaba nuestra charla, se fue haciendo evidente que Adán no estaba mirando las latas de guisantes ni nada parecido. Su cara estaba petrificada. Llevaba dos minutos sin moverse. Temí que estuviera a punto de suceder algo inusual o desagradable. Simon, educadamente, hizo como que no se daba cuenta de nada. Tal vez Adán se había puesto él mismo en «modo descanso». Tomé nota mental: le hacía falta cierta apariencia de credibilidad cuando no estaba haciendo nada. Sus ojos estaban abiertos, pero no parpadeaban. Quizá lo había sacado al mundo demasiado pronto. Simon se ofendería si yo trataba de hacer pasar a Adán por una persona, por un amigo. Podría parecer una burla, una broma de mal gusto. Habría sido como una traición a un conocido encantador.

Las chanzas sobre el críquet empezaron a flaquear. La mirada de Simon se fijó en Adán, y luego en mí. Dijo, con tacto:

–Su *Anthropos* ya ha llegado.

Era una invitación para que me acercara al expositor de las revistas, donde estaba Adán. Años atrás, Simon había retirado de la estantería más alta las revistas de porno blando y las había sustituido por publicaciones especializadas: revistas literarias, boletines académicos de relaciones internacionales, historia, entomología. En el barrio vivía un nutrido grupo de intelectuales de edad avanzada y escasos medios.

Cuando me estaba volviendo añadió:

–¿Te la doy yo o puedes cogerla tú mismo?

Una broma amable para bajar la tensión. Simon era más alto y solía alcanzármela él.

Bastó una sola palabra para que Adán volviera a la vida. Con el más tenue de los zumbidos –confié en que nadie más que yo lo hubiera oído–, se volvió hacia Simon y le dijo formalmente:

–Ha dicho «yo». Aquí hay una coincidencia. Últimamente he estado dedicando cierta reflexión al misterio del yo. Algunos dicen que es un elemento orgánico o un proceso incrustado en las estructuras neuronales. Otros insisten en que es una ilusión, un subproducto de nuestras tendencias narrativas.

Se hizo un silencio; luego Simon, un tanto rígido, dijo:

–Bueno, señor, ¿y qué es? ¿Cuál es su decisión?

–Es la forma en que yo estoy hecho. Estoy obligado a concluir que tengo un poderoso sentido del yo y estoy seguro de que es real, y de que la neurociencia lo describirá con todo detalle un día. Y ni siquiera cuando lo haga llegaré yo a conocer esa conciencia mejor de lo que la conozco ahora. Pero tengo momentos de duda cuando me pregunto si no seré objeto de alguna forma de error cartesiano.

Para entonces yo ya tenía la revista en la mano y me disponía a marcharme.

–Mire los budistas –dijo Simon–. Ellos prefieren funcionar sin el yo.

–Me gustaría conocer a algún budista, ciertamente. ¿Conoce usted a alguno?

Simon respondió, con énfasis:

–No, señor. En absoluto. No conozco a ninguno.

Levanté una mano en señal de despedida y de agradecimiento, y, tomando a Adán por el codo, lo guié hacia la puerta.

Era un tópico del amor romántico, pero no por ello menos doloroso: cuanto más intensos eran mis sentimientos, más remota e inalcanzable parecía Miranda. ¿Cómo podía quejarme habiéndola conseguido aquella primera noche misma, después de la cena? Nos habíamos divertido, habíamos hablado con soltura, y habíamos comido y dormido juntos la mayoría de las noches. Pero yo codiciaba más, aunque procuraba que ella no se diera cuenta. Quería que se me abriera por entero, que me deseara, que me necesitara, que mostrara hambre de mí, que encontrara cierto deleite en mi persona. Por el contrario, mi impresión inicial se afianzaba: podía tomarme o podía dejarme. Todo lo bueno que sucedía entre nosotros –sexo, comida, películas, estrenos de teatro– lo promovía yo. Sin mí ella se deslizaba en silencio hacia su condición por defecto en el apartamento de arriba, con algún libro sobre las Leyes de granos, un bol de cereales, una taza de té de hierbas suave..., hecha un ovillo en un sillón, descalza y abstraída. A veces se pasaba largos ratos sentada y sin libro alguno. Si yo asomaba la cabeza por su puerta (ahora los dos teníamos llave del otro apartamento) y decía: «¿Qué tal una hora de sexo frenético?», ella respondía muy tranquila: «Muy bien», y nos encerrábamos en su dormitorio o en el mío, y ella ascendía de forma espléndida a su placer y el mío. Cuando terminábamos se daba una ducha y volvía a su sillón. A menos que yo sugiriera algo diferente: tomar una copa de vino, comer un risotto, escuchar a un saxofonista casi famoso en un pub de Stockwell. En tal caso, volvía a responder: «Muy bien.»

A todo lo que le proponía, tanto dentro como fuera de casa, daba su apacible consentimiento. Le gustaba cogerme de la mano. Pero había algo, o más bien muchas cosas,

90

que yo no entendía, o que ella no quería que yo supiera. Siempre que tenía un seminario o necesitaba ir a la biblioteca, volvía de la facultad a última hora de la tarde. Una vez a la semana, sin embargo, volvía mucho más tarde. Me llevó cierto tiempo darme cuenta de que era siempre en viernes. Al final me contó que iba a la mezquita de Regent's Park para los rezos del viernes. Lo cual me sorprendió mucho. Pero no, no es que estuviera pensando en dejar el ateísmo. Al parecer tenía un trabajo de sociología e historia en mente. Su explicación no me convenció, pero lo dejé pasar.

Lo que no teníamos era intimidad en las conversaciones. Cuando más cercanos estábamos era cuando discutíamos sobre el destacamento militar a Argentina. Cuando íbamos a un bar, su conversación era sobre temas generales. Era feliz con su soledad, o con sus animadas charlas sobre asuntos públicos, pero entre una cosa y otra no había nada personal más que la salud de su padre o su carrera literaria. Cuando trataba de enfocar la charla hacia el pasado, quizá introduciendo delicadamente algún detalle de mi vida, o le hacía alguna pregunta concreta acerca de la suya, ella optaba rápidamente por seguir con generalidades, o por contarme algo de los primeros años de su niñez, o alguna anécdota sobre alguien que conocía. Yo le conté mi incursión estúpida en el fraude fiscal, mi experiencia judicial y el aburrimiento de mis horas de servicio comunitario. Se lo habría contado de todas formas, pero la peripecia me sirvió de pretexto para preguntarle si había estado alguna vez ante un tribunal. La respuesta fue cortante. ¡Nunca! Y a continuación cambió de tema. Yo había tenido varios amoríos prometedores, y había estado enamorado o casi enamorado, según lo que se entienda por estar enamorado, en dos o tres ocasiones. Me gustaba considerarme un experto en el asunto, y sabía perfectamente que no debía presionarla. Y esperaba sacarle más información a Adán respecto de su incidente en Salisbury. Si no conocía su secreto, al menos ella no sabía que yo sabía que tenía uno. El tacto, aquí, era de vital importancia. Yo aún no le había dicho que la quería, ni le había hecho partícipe de mis fantasías sobre nuestro futuro juntos, ni le había dejado entrever mi frustración. Cuando veía que era eso lo que deseaba, la dejaba en paz con sus libros y sus pensamientos. Aunque el tema no me interesaba lo más mínimo, me esforcé por informarme sobre las Leyes de Granos y desarrollé algunas ideas propias sobre el libre comercio. Ella no las desechó, pero tampoco se mostró demasiado impresionada.

Así pues, estábamos cenando en la cocina de su apartamento, que era aún más pequeña que la mía. La mesa era de plástico moldeado blanco, para dos personas, probablemente robada del jardín de un pub por un inquilino anterior. De pie delante del fregadero, con espuma hasta los codos, Adán fregaba los platos y los cubiertos que le habíamos dado cuando terminamos de cenar: salchichas gratinadas, judías al horno, huevos fritos. Comida de estudiantes. En la radio, sobre el alféizar de la ventana, donde las cortinas de guinga colgaban quietas en la ola de calor de finales de verano, sonaban los Beatles, recientemente reagrupados tras doce años de ruptura. Su álbum *Love and Lemons* había sido ridiculizado por su pomposidad, por no haberse resistido al señuelo y la desmesura de una orquesta sinfónica de ochenta maestros. El grupo no podía controlar tales fuerzas orquestales, era el criterio general, con un acervo de media vida de acordes de guitarra. Ni nosotros queríamos que se nos dijera otra vez, se quejó el crítico del *Times,* que lo único que necesitábamos era amor, aun en el caso de que fuera cierto, que no lo era.

Pero me gustaba el sentimentalismo poderoso de la música, vaciada de ironía por aquellos intérpretes de edad ya mediana, tan seguros de sí mismos y armoniosos y liberados, merced a una ignorancia útil, de dos siglos y medio de experimentación sinfónica. La voz áspera de Lennon flotaba hacia nosotros desde algún lugar lejano y con eco de allende el horizonte, o de la tumba. No me importaba que me volvieran a decir cosas del amor. Tenía allí mismo todas sus cálidas posibilidades, a apenas un metro de distancia, y era todo lo que yo necesitaba. Allí estaba su cara larga, exquisitamente torneada (aquellos pómulos angulados tal vez romperían la piel un día y aflorarían), la mirada divertida, todavía alegre, de ojos entrecerrados, fijos en mí; y los labios separados, porque se disponía a rebatir lo que yo acababa de decir. La nariz larga y perfecta le aleteaba débilmente en la base del arco de las narinas, dando a entender por adelantado que disentía. Su palidez contrastaba con su pelo castaño fino, esa noche peinado con una pueril y perfecta raya en medio. En oposición a la moda imperante, Miranda no tomaba el sol. Sus brazos blancos y desnudos eran delgados e inmaculados, sin una sola peca.

Para mí era como si estuviéramos aún de vacaciones en las estribaciones de una alta cima, rodeados de posibilidades cuya culminación se me antojaba tan inaccesible como unos Alpes lejanos. Trataba de hacer caso omiso de ellas y centrarme en los detalles. Para ella, desde su perspectiva al otro lado de la mesa frágil, tal vez habíamos alcanzado ya nuestro punto más alto. Quizá pensaba que ya estaba todo lo cerca que quería, o podía, estar de otra persona. Las historias de amor como las de Jane Austen solían acabar castamente con unos preparativos de boda. Ahora el clímax estaba al fondo del conocimiento carnal, donde toda complejidad aguardaba.

De momento, lo que debía hacer era seguir con la discusión política que estábamos manteniendo sin que los sentimientos pasaran a primer plano y sin que la argumentación se volviera amarga, y al mismo tiempo mantenerme fiel a mí mismo y permitir que ella hiciera lo mismo. Era un malabarismo factible, siempre que yo no bebiera más de media botella del Médoc anodino que había sobre la mesa, entre los dos. Habíamos tenido esta controversia antes, así que ahora todo debería ser más fácil, pero la repetición parecía actuar en nosotros como una especie de acta de acusación. En realidad no queríamos hablar de ello. Aunque era imposible eludirlo, por mucho que supiéramos que no nos conduciría a ninguna parte. Pero le sucedía lo mismo a todo el mundo. Estábamos aún curándonos la herida. ¿Cómo íbamos a poder Miranda y yo pasar la vida juntos cuando no podíamos ni estar de acuerdo en algo tan fundamental como la guerra?

Sobre las islas antes llamadas Falkland, Miranda tenía unas opiniones muy firmes. Insistía en que el hecho de que los argentinos hubieran plantado su bandera en la remota Georgia del Sur había sido una violación de las leyes internacionales. Yo decía que se trataba de un lugar inhóspito, y que a nadie se le debería pedir que peleara por él hasta la muerte. Ella decía que la toma de Port Stanley había sido el acto desesperado de un régimen impopular: la agitación del fervor patriótico. Yo decía que razón de más para no dejarse involucrar en el conflicto. Ella decía que el concepto de destacamento especial era valiente y brillante, incluso cuando resultaba fallido. Yo decía, recordando con desasosiego mi estado emocional cuando la flota partió hacia su destino, que no era más que una ridícula puesta en escena de una grandeza imperial perdida. ¿Cómo no veía yo, decía ella, que se trataba de una guerra contra el fascismo? No (repliqué, con voz más fuerte que la de ella), se trataba de una lucha por la propiedad de algo, alimentada por la estupidez nacionalista de ambas partes. Invoqué la observación de Borges al respecto: eran dos calvos peleando por un peine. Ella respondió que un calvo podía darles el peine a sus hijos. Yo me esforzaba por entender este razonamiento cuando ella añadió que los generales habían torturado, hecho desaparecer y asesinado a miles de ciudadanos argentinos, y estaban llevando la economía a la ruina absoluta. Si hubiéramos recuperado esas islas, la humillación habría acabado con el régimen militar y la democracia habría regresado a Argentina. Yo le respondí que eso no podía saberlo. Habíamos perdido a miles de jóvenes, hombres y mujeres, en aras de las ambiciones de la señora Thatcher. Mi voz empezó a alzarse antes de ponerme a recordar. Bajé la voz y seguí hablando con calma, pero no sin cierto temblor: que la señora Thatcher continuara al frente del gobierno después de semejante carnicería era uno de los mayores escándalos políticos de nuestro tiempo. Afirmé esto último con un tono de irrevocabilidad tal que debería haber merecido un momento de silencio respetuoso, pero Miranda adujo de inmediato que la primera ministra había fracasado en una causa noble y recibido el apoyo de casi todo el Parlamento y del país, y que por tanto era justo que siguiera en su puesto.

Durante la conversación, Adán terminó de fregar los platos y se quedó allí de pie, de espaldas al fregadero, observándonos, con los brazos cruzados y moviendo la cabeza de uno a otro de nosotros, como un espectador en un partido de tenis. Nuestro intercambio verbal no era exactamente aburrido, pero la repetición le confería un aire de ritual. Como dos ejércitos enfrentados, habíamos fijado nuestras posturas y hacíamos todo lo posible por mantenerlas. Miranda estaba diciéndome que el destacamento especial había partido a su misión de combate sin los misiles buque-aire apropiados. Los jefes del estado mayor les fallaron a sus hombres. Yo oía términos de este tipo –proyectiles rastreadores, «buque-aire», puntas de titanio– en el bar del sindicato de estudiantes de Warwickshire, pero solo a hombres, hombres de la izquierda política cuyas opiniones se hallaban contaminadas por la admiración tácita del armamento que condenaban. En sus exposiciones suaves y fluidas Miranda mezclaba estos y otros conceptos del vocabulario del poder establecido: la sociedad abierta, estado de Derecho, restauración de la democracia... Quizá era su padre quien empleaba esos términos.

Mientras hablaba, me volví para ver la expresión del semblante de Adán. Lo que vi fue su atención devota. Aún más que eso. Su expresión era de deleite. Le encantaba lo que Miranda estaba diciendo. Miré de nuevo a Miranda cuando me estaba diciendo que los habitantes de las Falkland eran conciudadanos míos que ahora vivían en un régimen fascista. ¿Me gustaba eso? Me disgustaba este giro retórico. Era un insulto camuflado. La conversación se estaba agriando, tal como me temía de antemano, pero no pude evitarlo. En el exiguo espacio de aquella cocina, tenía calor y estaba irritable, así que alargué la mano, cogí la botella y rellené mi copa. Podía haberse llegado a un arreglo negociado, empecé a decir. Una transición lenta e indolora de treinta años, un mandato de las Naciones Unidas, una garantía de derechos. Miranda me interrumpió para informarme de que no podíamos fiarnos de ningún acuerdo con los generales asesinos. Al oírselo decir, los vi en caricatura: gorra de plato, galones de campaña, botas de caballería..., y a Galtieri montado en su caballo blanco bajo una lluvia de confeti en la Avenida 25 de Mayo.

Dije que aceptaba todos y cada uno de sus argumentos. Las naves zarparon hacia una misión militar a más de doce mil kilómetros de distancia, se puso a prueba su arriesgada estrategia y fue un absoluto fiasco. Miles de seres que ella no había conocido ni le habían importado nunca murieron ahogados o quemados, o siguieron con vida mutilados, desfigurados, traumatizados. Habíamos llegado al peor de los desenlaces: la junta poseía la isla e imperaba sobre sus habitantes. No habíamos puesto a prueba una política de acuerdo negociado y sin apremios; si lo hubiéramos hecho y hubiéramos fracasado habríamos obtenido el mismo resultado, pero sin derramamiento de sangre. No podíamos saber más. Lo que pudo haber sucedido estaba fuera de nuestro alcance. ¿Por qué discutir, entonces?

Vi que la copa que había llenado, y no recordaba haber tocado, estaba vacía. Y, respecto de lo otro, estaba equivocado: había mucho que discutir, porque incluso cuando lo estaba diciendo sabía que estaba cruzando una línea. La había acusado de que no le importaban los muertos, y estaba furiosa.

En sus ojos entrecerrados no había el menor rastro de alegría, pero no corrigió mi exceso sino que se volvió hacia Adán y le preguntó, con voz calma:

–¿Qué opinas tú?

Su mirada viajó de ella a mí y volvió a ella. Yo seguía sin saber si en realidad veía algo. ¿Una imagen en alguna pantalla interna que nadie estaba mirando, o alguna circuitería difusa capaz de orientar su cuerpo en el espacio tridimensional? El que pareciera que veía podía ser un truco de imitación de ciego, una maniobra de sociabilidad para engañarnos y hacernos percibir algo humano en ellos. Pero yo no pude evitarlo: cuando nuestros ojos se encontraron brevemente me pareció un instante rico en significado, en expectativas. Quería saber si él entendía, como yo, y como sin duda Miranda, que de lo que se trataba allí era de la lealtad.

Su tono era tranquilo y presto.

–La invasión, éxito o fracaso. El arreglo negociado, éxito o fracaso. Cuatro resultados o efectos. Sin la perspectiva que da el tiempo, tendríamos que elegir qué causas defender y qué causas evitar. Estaríamos en el universo de la probabilidad inversa bayesiana. Habíamos estado buscando la causa probable de un efecto, en lugar del más que probable efecto de una causa. Lo único razonable: tratar de encontrar una representación formal de nuestras conjeturas. Nuestro punto de referencia, nuestro «dato», sería un observador de la situación de las Falkland antes de que se tomaran decisiones. A los cuatro resultados se les ha asignado *a priori* ciertos valores de probabilidad. A medida que van llegando informaciones nuevas, podemos ir evaluando los cambios relativos en las probabilidades. Pero no podemos lograr un valor absoluto. Podría sernos de ayuda definir logarítmicamente el peso de las nuevas pruebas, de forma que, dando por sentada una base diez...

–¡Basta, Adán! En serio. ¡Qué bobadas!

Ahora fue Miranda quien alargó la mano para alcanzar el Médoc.

Me sentí aliviado al ver que ya no era el objeto de su irritación. Dije:

–Pero Miranda y yo asignaríamos unos valores apriorísticos completamente diferentes.

Adán volvió hacia mí la cabeza. Con demasiada lentitud, como de costumbre.

–Por supuesto. Como he dicho, cuando se describe el futuro no puede haber valores absolutos. Solo grados fluctuantes de probabilidad.

–Pero son enteramente subjetivos.

–Correcto. En última instancia, Bayes refleja un estado de ánimo. Como hace todo sentido común.

No había nada resuelto, pues, pese a aquella elevada glosa de racionalidad. Miranda y yo teníamos estados de ánimo diferentes. ¿Qué había de nuevo? Pero, en nuestras diferencias, volvíamos a estar unidos contra Adán. Al menos esa era mi esperanza. Tal vez Adán había entendido la importante cuestión en juego, después de todo: pensaba que yo tenía razón sobre las Falkland, y, dado el grado de honradez intelectual programada, lo mejor que podía ofrecer a Miranda, a quien también guardaba lealtad, era la apariencia de neutralidad. Pero, si tal cosa era atinada, ¿por qué no aceptar también la posibilidad-espejo, que creyera que Miranda tenía la razón y que yo era el destinatario de su leal apoyo?

Con un súbito chirrido de la silla de la cocina, Miranda se puso de pie. Un tenue rubor le cubrió la cara y la garganta, y no me estaba mirando. Aquella noche dormiríamos en camas separadas. Yo habría deshecho alegremente toda mi argumentación anterior para poder quedarme con ella. Pero estaba mudo.

Miranda le dijo a Adán:

—Puedes quedarte aquí a cargarte, si quieres.

Por la noche, Adán necesitaba estar seis horas enchufado a una toma de treinta amperios. Pasó al modo sueño y se quedó sentado apaciblemente, «leyendo» hasta después del alba. Por lo general estaba abajo, en mi cocina, pero últimamente Miranda había comprado otro cable de carga.

Adán masculló su agradecimiento y dobló por la mitad, despacio, con suma atención, un trapo de cocina. Se inclinó sobre él, y lo extendió encima del escurreplatos. Mientras iba hacia la puerta del dormitorio, Miranda me dirigió una mirada, una sonrisa pesarosa sin separar los labios, y me envió un beso conciliador a través del espacio entre nosotros. Y me susurró:

—Solo esta noche.

Así pues, no había problema.

Dije:

—Por supuesto, sé que sí te preocupan los muertos.

Ella asintió con la cabeza y se fue. Adán estaba sentado, levantándose la camisa para desnudarse el abdomen y localizarse el punto de conexión, debajo de la cintura. Le puse una mano en el hombro y le di las gracias por haber fregado.

En cuanto a mí, era demasiado pronto para acostarme, y hacía un calor de noche de verano en Marrakech. Bajé a mi apartamento y busqué algo fresco en el frigorífico.

Me quedé en la cocina, en un viejo sillón de cuero, con una copa globo de blanco moldavo. Me resultaba muy placentero seguir una línea de pensamiento sin encontrar oposición alguna. Sin duda yo no era el primero en pensarlo, pero la historia de la autoevaluación humana como especie podía verse como una serie de degradaciones encaminadas hacia la extinción. Un día estuvimos entronizados en el centro del universo, y el sol y los planetas, y el mundo observable en su integridad, giraban en torno a nosotros en una danza intemporal de adoración. Luego, en desafío a los sacerdotes, la astronomía despiadada nos redujo a un planeta que orbitaba alrededor del sol, una más entre otras rocas. Pero seguíamos aparte, espléndidamente únicos, designados por el creador para ser señores de todo lo viviente. Luego la biología confirmó que éramos parejos al resto de los seres, y que compartíamos unos ancestros comunes con las bacterias, las violetas, las truchas y las ovejas. A principios del siglo XX nos sumimos en un exilio aún más oscuro cuando la inmensidad del universo nos desveló su ser e incluso el sol pasó a ser uno más entre los billones de soles de nuestra galaxia, galaxia que a su vez no era sino una entre billones. Al final, recurriendo a la conciencia, nuestro último reducto, quizá no nos equivocábamos al creer que ocupábamos un lugar de preeminencia respecto del resto de las criaturas del planeta. Pero la mente que un día se había rebelado contra los dioses estaba a punto de destronarse a sí misma por obra de su propio y fabuloso alcance. Dicho de forma abreviada, diseñaríamos una máquina un poco más inteligente que nosotros, y dejaríamos que esa máquina inventara otra que escaparía a nuestra comprensión. ¿Qué necesidad habría de nosotros, entonces?

Aquellos pensamientos hueros merecían una segunda copa aún más llena, y me la serví. Con la cabeza apoyada sobre la palma de la mano derecha, me fui acercando a ese recinto mal iluminado donde la autocompasión se vuelve un placer meloso. Yo era un caso especial del exilio general, aunque ahora no estaba pensando en Adán. Él no era más inteligente que yo. Aún no. No, mi exilio era tan solo de una noche, y ello daba un toque de angustia dulce y soportable a aquel amor imposible. Tenía la camisa desabrochada de cintura para arriba, y todas las ventanas abiertas; el idilio urbano de emborracharme pensativamente en medio del calor y el polvo y el estrépito ahogado del norte de Clapham, en una gran ciudad del mundo. El desequilibrio de nuestro romance era heroico. Imaginé la mirada de aprobación de un observador situado en una esquina de la cocina. La figura bien proporcionada, desplomada en el sillón desvencijado. Preferiría amarme a mí mismo. Alguien tenía que hacerlo. Me premié con pensamientos acerca de ella, en mitad del éxtasis, y reflexioné sobre el carácter impersonal de sus placeres. Yo apenas estaba a su altura, como muchos hombres podrían. Negué lo obvio, que ella era el látigo que dirigía mi anhelo. Pero había pasado algo extraño. Tres días antes, me había hecho una pregunta misteriosa. Estábamos medio fundidos en un abrazo, en la postura convencional. Y ella me cogió la cara y la volvió hacia la suya. Su expresión era seria.

Susurró:

—Dime una cosa. ¿Eres real?

No respondí.

Ladeó la cabeza y la vi de perfil cuando cerraba los ojos y se perdía una vez más en un laberinto de placer privado.

Aquella noche, horas después, le pregunté sobre ello.

—No era nada.

No dijo más, y cambió de tema. ¿Era yo real? Es decir, ¿la amaba de verdad? ¿O era honrado? ¿O satisfacía sus necesidades hasta el punto de poder haberme inventado?

Crucé la cocina para servirme lo que quedaba del vino. A la puerta rota del frigorífico había que darle un golpe lateral seco para que encajara el cierre. Cuando rodeaba con la mano el gollete frío de la botella oí un ruido, un crujido más arriba de mi cabeza. Había vivido lo suficiente bajo los pies de Miranda para conocer sus pisadas y saber adónde se dirigían exactamente. Había recorrido su cuarto y se había quedado dudando en el umbral de la cocina. Oí el susurro de su voz. Sin respuesta. Dio otro par de pasos en el interior. El siguiente la llevaría a una tabla del entarimado que, bajo presión, producía un ruido truncado, parecido a un graznido. Cuando estaba esperando oírlo, Adán habló. Retiró la silla hacia atrás al levantarse. Si quería dar otro paso tendría que desatarse. Y eso debió de hacer, pues fue su pisada la que hizo crujir la tabla ruidosa del entarimado. Lo cual significaba que ambos estaban de pie a menos de un metro de distancia. Pero no se oyó ningún otro sonido en el minuto transcurrido desde entonces, y ahora eran dos pares de pisadas las que se dirigían hacia el dormitorio.

Dejé la puerta del frigorífico abierta, ya que de lo contrario me traicionaría el ruido que hacía al cerrarse. No me quedaba otra opción que rastrearles por el oído desde mi dormitorio. Así que fui a mi cuarto y me quedé de pie junto al escritorio, y me dispuse a escuchar atentamente. Calculé que estaba justo debajo de su cama cuando me llegó el murmullo de su voz, que exigía algo. Debía de querer aire más fresco en el cuarto, porque las pisadas de Adán se desplazaron hacia la ventana-mirador victoriana. De sus tres hojas solo se abrió una. E incluso esa era difícil de mover en días calurosos o lluviosos. Los marcos de madera se dilataban o contraían, y algo debía de fallar también en el contrapeso y la cuerda endurecida. En la época en que vivíamos era posible diseñar una réplica aceptable de una mente humana, pero en nuestro barrio no había nadie capaz de arreglar una ventana de guillotina, y ya lo habían intentado unos cuantos.

¿Y cómo estaba mi mente mientras permanecía allí de pie, justo debajo, en una ventana en saliente idéntica, reproducida en miles de urbanizaciones estilo victoriano tardío construidas a escala industrial? Habían proliferado en los campos de dos hectáreas valladas por setos vivos y robles que ornaban las lindes del sur de Londres. No estaba bien; mi mente, quiero decir. En su envoltura corporal, lo decía todo. Trémula, húmeda —sobre todo en las palmas—, de pulso acelerado, en un estado de expectación eufórica. Miedo, falta de confianza en mí mismo, furia. En mi ventana, una moqueta manchada y gastada, de mediados de los años cincuenta, cubría el suelo hasta los rodapiés. En la de Miranda no había moqueta sino un entarimado desnudo que tal vez dos guerras mundiales atrás se habría encerado hasta adquirir un brillo castaño. La pobre chica con mandil y gorro blanco que a cuatro patas enceró un día aquel suelo paño en mano jamás pudo imaginar el tipo de ser que andando el tiempo estaría de pie en el sitio mismo en que ella estaba arrodillada. Oí cómo Adán plantaba los pies en la madera vieja; lo imaginé encorvándose para asir el herraje de la base de la ventana y tirar de él hacia arriba con la fuerza de cuatro hombres jóvenes. Se hizo un silencio tenso, y finalmente, vencida la resistencia de la estructura, la ventana entera se disparó hacia arriba, dio contra el marco superior con un estampido e hizo añicos el cristal. Mi bufido de regocijo podría haberme delatado.

Ya no había escasez de aire ligeramente más fresco en el dormitorio. Mi deleite se esfumó cuando oí cómo las pisadas de Adán volvían hacia Miranda, que esperaba junto a la cama. Al acercarse a ella, tal vez iba dirigiéndole un susurro de disculpa. Y me llegó el perdón de ella, ya que a su breve frase siguió el sonido –tenor y *mezzosoprano*– de la risa de ambos entrelazada. Yo había seguido los pasos de Adán y estaba de nuevo junto a mi cama, dos metros debajo de él. Adán tenía las destrezas manuales para desnudarla, y ahora la estaba desnudando. ¿Qué otra cosa podría ocupar el silencio de ambos en aquel momento? Sabía –por supuesto que sabía– que su colchón no hacía ruido. Los futones, con su promesa japonesa de una vida limpia y sencilla de diafanidad recobrada, estaban de moda a la sazón. Y yo mismo me sentía inmerso en claridad, con los sentidos purificados, mientras estaba allí en la oscuridad, a la espera. Podría haber subido las escaleras precipitadamente para impedir que siguieran; haber irrumpido en tromba en el dormitorio como el marido bufonesco de esas viejas postales costeras. Pero mi situación tenía un matiz emocionante, no solo de engaño y descubrimiento, sino de originalidad, de precedencia moderna, de convertirme en el primer cornudo a quien se la había jugado un artefacto. Era alguien de mi tiempo, cabalgando la cresta de la ola de lo nuevo, a la cabeza de todo el mundo en la representación de ese drama de ser sustituido tan lúgubre y frecuentemente predicho. Otro elemento de mi pasividad: incluso en su fase más temprana, supe que todo aquello acabaría lastimándome. Pero eso lo dejaba para después. De momento, y pese al horror de la traición, la situación era demasiado interesante y no pude despojarme de mi papel de mirón, de *voyeur* ciego, humillado y alerta.

Eran los ojos de mi mente, o los de mi corazón, los que veían cómo Adán y Miranda yacían con indesmayable abrazo en el futón y encontraban la postura cómoda para el encaje de los miembros. Vi cómo ella le susurraba al oído, pero no pude oír lo que decía. Nunca me había susurrado al oído en ese lance. Vi cómo él la besaba, más larga y profundamente de lo que la había besado yo jamás. Los brazos que habían levantado el marco de la ventana la rodeaban ahora a ella estrechamente. Minutos después, casi aparto la mirada cuando Adán se arrodilló con reverencia para hacerla gozar con la lengua. La lengua espléndida, mojada y de aliento cálido, experta en uvulares y labiales, que daba autenticidad a su discurso. Observé, sin que nada de ello me sorprendiera. Él no satisfizo totalmente a mi amada entonces, como yo habría hecho, sino que la dejó arqueando su esbelta espalda, ávida de él cuando se situó en lo alto de ella y se alivió con ceremonia suave, de loris lento, momento en el que mi humillación alcanzó su cota máxima. Lo veía todo en la oscuridad; los hombres, un día, quedarían obsoletos. Quería persuadirme de que Adán no había sentido nada, y de que lo único que podía hacer era imitar los movimientos del abandono. Que nunca podría saber lo que nosotros sabíamos. Pero el propio Alan Turing había dicho y escrito a menudo en su juventud que cuando no pudiéramos ver la diferencia de conducta entre máquinas y personas sería el momento de otorgar humanidad a las máquinas. Así que cuando el aire nocturno fue súbitamente rasgado por el grito prolon-

105

gado de éxtasis de Miranda, que fue haciéndose gemido y luego sollozo ahogado –todo esto lo oí realmente veinte minutos después de la rotura del cristal de la ventana–, supe que debía conferir a Adán los privilegios y las obligaciones de un conespecífico. Lo odié.

A la mañana siguiente, temprano, y por primera vez en varios años, me eché en el café una cucharada colmada de azúcar. Contemplé cómo el ceñido disco castaño oscuro de fluido giraba ora despacio, en el sentido de las agujas del reloj, ora sin sentido alguno en un caótico remolino. Aunque me sentí tentado, logré negarme a utilizarlo como metáfora de mi existencia. Trataba de pensar, pero eran apenas las siete y media. Pronto Adán o Miranda, o ambos, aparecerían ante mi puerta. Quería que mi actitud y mis pensamientos tuvieran plena coherencia. Después de una noche de sueño frustrado, me sentía deprimido y furioso conmigo mismo, y decidido a no dejarlo entrever. Miranda había guardado las distancias conmigo, y por tanto, según las pautas de la modernidad, una noche con alguien más, incluso con «algo» más, no era una traición total. En cuanto a las dimensiones éticas del comportamiento de Adán, veamos una historia con un principio bien curioso. Fue durante la huelga minera de hacía doce años cuando aparecieron los coches de autoconducción en terrenos experimentales, la mayoría aeropuertos en desuso, donde los directores artísticos de los estudios cinematográficos construían réplicas de calles, nudos de autopistas, lugares de riesgo.

Llamar a estos vehículos «autónomos» no fue nunca una elección muy acertada, ya que dependían como recién nacidos de imponentes redes de ordenadores conectados a satélites y al radar de a bordo. Si la inteligencia artificial iba a guiar estos vehículos a salvo hasta su destino, ¿qué valores o prioridades había que incorporar a su software? Por fortuna, en filosofía moral ya existía una serie bien estudiada de disyuntivas conocidas como «el dilema del tranvía». Adaptada sin dificultad a los coches, el tipo de problema que los fabricantes y sus ingenieros de software planteaban ahora era el siguiente: tú o, mejor, tu coche avanza a la máxima velocidad permitida por una estrecha calzada residencial. El tráfico fluye con normalidad. En la acera del lado de tu carril, hay un grupo de niños. De súbito uno de ellos, un pequeño de ocho años, sale corriendo del grupo y se cruza delante de ti en el asfalto. Tienes una fracción de segundo para tomar una decisión: o atropellas al niño, o viras hacia la acera atestada, o te estrellas contra el camión que viene de frente por el otro carril a ciento veinte kilómetros por hora. Estás solo, así que muy bien: o te sacrificas o te salvas. ¿Y si tu mujer y tus dos hijos van contigo en el coche? ¿Demasiado fácil? ¿Y si es tu hija única, o son tus padres, o tu hija embarazada y tu yerno, ambos veinteañeros? Bien, ahora ten en cuenta a los ocupantes del camión. Una fracción de segundo es tiempo más que suficiente para que una computadora estudie concienzudamente todas las posibilidades. La decisión dependerá de las prioridades que haya fijado el software.

El debate de la ética de los robots nació cuando la policía montada cargaba contra los mineros y las ciudades fabriles de todo el país iniciaban su largo y triste declive en la causa del libre mercado. La industria internacional del automóvil consultó a filósofos, jueces, especialistas en ética médica, teóricos de juegos y comités parlamentarios. Luego, en universidades e institutos de investigación, el tema prosperó y se expandió de forma espontánea. Mucho antes de disponer de algún tipo de hardware, los catedráticos y sus investigaciones de posdoctorado desarrollaron software que invocaban a nuestro mejor ser: tolerante, de mente abierta, considerado, libre de toda tacha de maquinación, malicia o prejuicio. Los teóricos predijeron una inteligencia artificial refinada, guiada por principios bien concebidos; inteligencia con un aprendizaje de consulta de miles, de millones de dilemas morales. Tal inteligencia podría enseñarnos cómo ser, y cómo ser buenos. Los humanos éramos éticamente defectuosos: incoherentes, emocionalmente lábiles, proclives a la parcialidad, a los errores de cognición, muchos de ellos interesados. Mucho antes de que existiera siquiera una batería liviana capaz de cargar de energía a un humano artificial, o de un material elástico capaz de dotar a su cara de una serie de expresiones reconocibles, existía el software necesario para construir un ejemplar razonablemente aceptable y juicioso. Antes de que hubiéramos construido un robot que pudiera agacharse y atarle los cordones de los zapatos a un anciano, albergábamos la esperanza de que nuestras creaciones podrían redimirnos.

La vida de los coches autoconducidos era corta, al menos en su manifestación primera, y sus cualidades morales no llegaron a ponerse a prueba a lo largo del tiempo. Nada confirmó más rotundamente la verdad de la máxima de que la tecnología hace a la civilización más frágil que los monumentales atascos de tráfico de finales de los años setenta. Para entonces, los vehículos autónomos ascendían al diecisiete por ciento del total. ¿Quién podría olvidar aquella achicharrante hora punta vespertina en un embotellamiento de Manhattan? Muchos radares de a bordo dejaron de funcionar al unísono a causa de una pulsación solar excepcional. Calles y avenidas, puentes y túneles quedaron bloqueados y se tardó días en deshacer la maraña. Nueve meses después, un episodio similar conocido como Atasco del Ruhr, en el norte de Europa, causó una recesión económica y alentó teorías de la conspiración. ¿*Hackers* quinceañeros ávidos de caos? ¿Una nación agresiva, desordenada, distante, con habilidades avanzadas de piratería informática? ¿O, mi hipótesis preferida, un fabricante de automóviles de ideas anticuadas que odiaba el aliento caliente de lo nuevo? Aparte de nuestro sol demasiado atareado, no se ha encontrado nunca ningún culpable.

Las religiones y las grandes literaturas del mundo demostraron claramente que sabíamos cómo ser buenos. Plasmamos nuestras aspiraciones en la poesía, la prosa y la melodía, y supimos qué hacer. El problema estaba en ponerlo en práctica de modo sistemático y masivo. Lo que sobrevivió a la muerte temporal del coche autónomo fue un sueño de virtud robótica redentora. Adán y su cohorte eran su encarnación temprana, como se sugería en el manual de instrucciones. Se suponía que Adán era superior a mí moralmente. Nunca encontraría a nadie mejor. Si hubiera sido mi amigo, habría sido culpable de un desliz cruel y terrible. El problema era que yo lo había comprado; era una pertenencia costosa y no estaba claro cuáles eran sus obligaciones para conmigo, más allá de una vagamente asumida disponibilidad para serme útil. ¿Qué le debe el esclavo al amo? Tampoco Miranda me «pertenecía». Eso estaba claro. Podía oír cómo me decía que no tenía ningún derecho a sentirme traicionado.

Pero aquí surgía una cuestión que ella y yo aún no habíamos tratado. Los ingenieros informáticos de la industria automovilística tal vez habían ayudado en el diseño de los mapas morales de Adán. Pero Miranda y yo habíamos contribuido a perfilar su personalidad. Yo desconocía hasta qué punto esta personalidad interfería o prevalecía sobre su ética. ¿A qué profundidades se abismaba la personalidad? Un sistema moral perfectamente formado debería mantenerse libre de cualquier condicionamiento concreto. Pero ¿era esto posible? Confinado en un disco duro, el software moral no era sino el equivalente en seco del experimento mental del «cerebro metido en la cubeta» que un día invadió los libros de texto de filosofía. Mientras que un humano artificial tenía que moverse entre nosotros –seres imperfectos, caídos– y llevarse bien. Las manos ensambladas en una fábrica completamente esterilizada debían mancharse. Existir en la dimensión moral humana era poseer un cuerpo, una voz, un patrón de conducta, memoria y deseo, experimentar cosas palpables y sentir dolor. Un ser absolutamente honrado y comprometido de tal forma con el mundo podría encontrar a Miranda casi irresistible.

En el transcurso de la noche fantaseé con la idea de destruir a Adán. Vi cómo mis manos se tensaban alrededor de la cuerda que utilizaba para arrastrarlo hacia el sucio río Wandle. Si no me hubiera costado tanto... Ahora me estaba costando más. Su momento con Miranda no podía haber sido una lucha entre los principios y la búsqueda del placer. Su vida erótica era un simulacro. A él le importaba ella como a un lavavajillas los platos. Adán o sus subrutinas preferían la aprobación de Miranda a mi furia. Yo también culpaba a Miranda, que había marcado la mitad de las casillas y establecido muchas complejidades en su carácter. Y me culpaba a mí mismo por haberla incitado a hacerlo. Había querido «descubrir» a Adán como se descubre a un nuevo amigo, y ahí estaba: un canalla consumado. Y había querido unirme más a Miranda en el proceso. Bueno, me había pasado toda la noche pensando en ella. Todo un éxito.

Oí pisadas en las escaleras. Eran dos personas. Acerqué hacia mí el periódico del día anterior y la taza y me preparé para aparentar que estaba concentrado y tranquilo. Tenía que proteger mi dignidad. La llave de Miranda giró en la cerradura. Cuando la vi entrar en la cocina precediendo a Adán, levanté la mirada como reacio a que me sacaran de mi lectura. Acababa de saber por la portada que el primer corazón artificial permanente se había implantado en un hombre llamado Barney Clark.

Me dolía que Miranda pareciera diferente, fresca, acabada de arreglar. Era otro día caluroso. Llevaba una falda plisada y vaporosa formada por dos capas de estopilla blanca. Mientras se iba acercando a mí, la tela describía una línea situada unos cuantos centímetros por encima de sus rodillas desnudas. No llevaba calcetines, solo unas zapatillas de lona de las que solíamos llevar en el colegio, y una blusa de algodón castamente abotonada hasta arriba. Había cierta mofa en todo aquel blanco. Detrás de la coronilla llevaba un pasador de pelo que nunca le había visto, un adorno de plástico rojo brillante, llamativamente barato. Se me antojaba impensable que Adán hubiera podido deslizarse fuera de la casa para comprarlo en Simon's con monedas del bol de papel maché de la cocina. Pero lo pensé, y experimenté un sobresalto intenso que oculté tras una sonrisa. No iba a darles la impresión de estar desolado.

Adán se había escondido parcialmente detrás de ella. Luego, cuando ella se detuvo, se puso a su lado, pero sin mirarme directamente a mí. Miranda, sin embargo, parecía alegre, con ese fruncir de labios divertido de quien está a punto de anunciar una buena nueva importante. Teníamos la mesa entre nosotros, y ellos se habían colocado delante de donde yo estaba sentado, como aspirantes a un puesto de trabajo. En cualquier otro momento, me habría puesto de pie para abrazarla y para ofrecerme a hacerle café. Era adicta a él por la mañana, y le gustaba muy fuerte. En lugar de ello, levanté la cabeza, encontré su mirada y esperé. Por supuesto, estaba vestida para el tenis, llevaba la pelota en la... Ah, cómo odiaba mis estúpidos pensamientos. No podía imaginar que pudiera resultar nada bueno de una conversación a tres. Era mucho mejor pensar en la suerte del señor Barney con su nuevo corazón.

Miranda le dijo a Adán:

—¿Por qué no...?

Le mostró la silla donde se sentaba habitualmente y la atrajo un poco hacia él. Adán se sentó al instante. Vimos cómo se aflojaba el cinturón, sacaba el cable eléctrico y se enchufaba a la corriente. Como es lógico, tendría la batería casi descargada. Miranda le pasó la mano por el hombro para alcanzarle la nuca con los dedos y apretó. Era obvio que lo hacían de común acuerdo. En cuanto a Adán se le cerraron los ojos, la cabeza se le desplomó hacia delante y nos quedamos solos.

4

Miranda fue hasta el fogón y preparó café. Mientras me daba la espalda dijo en tono festivo:

–Charlie, estás siendo ridículo.

–¿Sí?

–Hostil.

–¿Y?

Trajo dos tazas y una jarra de leche a la mesa. Sus movimientos eran rápidos y desenvueltos. Si yo no hubiera estado allí, ella seguramente habría estado canturreando para sí misma. Había aroma de limón en sus manos. Pensé que iba a tocarme el hombro y me puse tenso, pero volvió a moverse en otra dirección, hacia el otro lado de la cocina. Al cabo de un instante dijo con delicadeza:

–Nos oíste anoche.

–Os oí.

–Y estás molesto.

No respondí.

–No deberías.

Me encogí de hombros.

–Si me hubiera ido a la cama con un vibrador, ¿sentirías lo mismo? –dijo.

–No es un vibrador.

Trajo el café a la mesa y se sentó cerca de mí. Estaba siendo amable, atenta; de hecho me estaba asignando el papel de chiquillo enfurruñado y trataba de hacerme olvidar que le llevaba diez años. Lo que estaba pasando entre nosotros era el intercambio más íntimo que habíamos tenido hasta el momento. ¿Hostil? Jamás se había referido de modo alguno a ninguno de mis estados de ánimo.

—Tiene la misma conciencia que un vibrador —dijo.

—Los vibradores no tienen opiniones. No quitan las malas hierbas del jardín. Parece un hombre. Otro hombre.

—¿Sabes? Cuando tiene una erección...

—No quiero oírlo...

—Me lo dijo él. La polla se le infla con agua destilada. De un depósito que tiene en la nalga derecha.

Era consolador, pero estaba decidido a mostrarme frío.

—Eso es lo que dicen todos.

Se echó a reír. Nunca la había visto tan ligera y libre.

—Te lo recuerdo: solo es una máquina.

Sí: una máquina de follar.

—Es grave, Miranda. Si yo me follara a una muñeca hinchable tú sentirías lo mismo.

—No me pondría trágica. No pensaría que estabas teniendo una aventura.

—Pero tú sí la estás teniendo. Volverá a suceder.

No había querido admitir esa posibilidad. Era una finta retórica, una clave para que ella me contradijera. Pero de alguna manera me había tomado como una provocación la palabra «trágica».

—Si estuviera rajando a una muñeca hinchable con un cuchillo, tendrías motivos para preocuparte —dije.

—No veo la relación.

—No se trata del estado mental de Adán. Se trata del tuyo.

—Oh, en ese caso... —Se volvió hacia Adán, le levantó

una mano inerte unos centímetros por encima de la mesa y la dejó caer–. Supón que te hubiera dicho que le quiero. Mi hombre ideal. Amante brillante, con técnica de manual, incansable. Nunca se ofende por nada de lo que digo o hago. Es atento, obediente incluso, y está bien informado y es un gran conversador. Es fuerte como un caballo percherón. Se ocupa maravillosamente de las tareas de la casa. El aliento le huele a la parte de atrás de un televisor caliente, pero puedo soportarlo...

–De acuerdo. Basta.

Su sarcasmo, un registro nuevo, me llegaba con muchos tonos de voz. Pensé que el fondo de aquella actuación era mezquino. Por lo que yo sabía, lo que estaba haciendo era ocultar la verdad a plena luz del día. Dio unas palmaditas a la muñeca de Adán mientras me sonreía. En señal de triunfo, o como disculpa, no sabría decirlo. Yo me veía obligado a sospechar que aquella noche de sexo excepcional era la causa de su actitud provocadora, despreocupada. Se me antojó más difícil que nunca comprenderla. Me pregunté si podría romper con ella totalmente. Volver a tener a Adán como propietario, recuperar el cable de carga de repuesto que se había quedado arriba y volver a adjudicar a Miranda el papel de vecina y amiga, amiga distante. La idea, en forma de pensamiento, no fue más que un chispazo de irritación. Y la idea que siguió fue que nunca podría liberarme de ella y que nunca en verdad querría hacerlo. Allí estaba a mi lado, lo bastante cerca para que yo percibiera la calidez de mañana estival de su cuerpo. Bella, de piel pálida, suave, de un blanco nupcial, me miraba otra vez con cariñosa consideración, ahora que ya me había tomado un poco el pelo. Su expresión era nueva. Podía ser –un pensamiento alentador– que aquel artefacto inteligente me hubiera prestado un gran servicio al liberar los sentimientos más cálidos de Miranda.

Discutir con la persona que amas es un tormento peculiar. El yo se divide y se vuelve en contra de sí mismo. El amor pelea contra su opuesto freudiano. Y si la muerte gana y el amor muere, ¿a quién le importa? A ti, que te enfureces y te vuelves aún más temerario. Hay también una extenuación intrínseca. Los dos amantes saben, o creen saber, que puede darse una reconciliación, si bien puede tardar días, incluso semanas. El momento, cuando llega, será dulce, y promete grandes ternuras y éxtasis. Así que ¿por qué no arreglarse ya, tomar un atajo, ahorrarse una rabia agotadora? Ninguno de los dos puede hacerlo. Estáis en un tobogán, habéis perdido el control de vuestros sentimientos y de vuestro futuro. El esfuerzo se irá acumulando de forma que, al final, cada palabra desagradable habrá de desdecirse con un coste de cinco veces su precio. Recíprocamente, el perdón duradero requerirá una auténtica proeza de concentración generosa.

Hacía ya algún tiempo que no me entregaba a esa locura irresistible. Miranda y yo aún no nos peleábamos, nos evitábamos, nos acercábamos, y sería yo quien haría que empezáramos. Con toda esa frialdad táctica y su sarcasmo, y ahora su amistosa consideración, me sentí cercado. Tenía unas ganas locas de chillar. La masculinidad atávica me instaba. Mi amante infiel, impúdica, con otro hombre, al alcance de mi oído... Todo tendría que haber sido sencillo. No fueron mis orígenes, sociales o geográficos, los que me contenían. Solo la lógica moderna. Quizá ella tenía razón: Adán no contaba, no era un hombre. *Persona non grata*. Era un vibrador bípedo y yo era lo verdaderamente último en cornudos. Para justificar mi rabia necesitaba convencerme de que Adán tenía entidad, motivación, sentimientos subjetivos, conciencia de sí mismo; el lote completo, incluida la deslealtad, el retorcimiento, la traición. ¿La conciencia de una máquina... era posible?

116

Una vieja pregunta. Opté por el protocolo de Alan Turing. Su belleza y simplicidad nunca me habían atraído tanto como en aquel preciso instante. El Maestro acudió a mi rescate.

–Escucha –dije–. Si habla como una persona, actúa como una persona y lo parece, entonces, en mi opinión, eso es lo que es. Y presupongo lo mismo de ti. De todo el mundo. Todos lo hacemos. Te lo follaste. Estoy furioso. Me asombra que te sorprenda. Si es sorpresa lo que te causa.

Pronunciar la palabra «furioso» me hizo alzar la voz, iracundo. Sentí una oleada de liberación exquisita. Estábamos empezando.

Pero de momento ella seguía a la defensiva.

–Tenía curiosidad –dijo–. Quería saber cómo sería.

La curiosidad, el fruto prohibido, condenado por Dios, y por Marco Aurelio, y por san Agustín.

–Tiene que haber centenares de hombres por los que sientas curiosidad.

Hizo efecto. Había cruzado la línea. Retiró hacia atrás la silla con un ruidoso chirrido. Su palidez se acentuó. Se le aceleró el pulso. Había conseguido lo que de manera ridícula quería.

Dijo:

–A ti te interesaba muchísimo una Eva. ¿Por qué? ¿Qué es lo que querías de una Eva? Di la verdad, Charlie.

–No me importaba lo que fuera.

–Te llevaste una decepción. Tendrías que haber dejado que Adán te follara a ti. Me di cuenta de que lo deseabas. Pero eres demasiado reprimido.

Me había llevado todos mis años de la veintena aprender de las mujeres que en las peleas encarnizadas no es necesario responder a lo último que se ha dicho. Que, en general, es mejor no hacerlo. En los movimientos de ataque, no utilizar ni el alfil ni la torre. La lógica y las líneas rectas, descartadas. Lo mejor es confiar en los caballos.

–Anoche, mientras estabas debajo de un robot de plástico gritando como una posesa, se te debió de ocurrir que lo que odias es el factor humano –dije.

–Acabas de decirme que es humano –dijo ella.

–Pero tú has dicho que es un consolador. Nada demasiado complicado. Eso es lo que te pone caliente.

Ella también sabía cómo se mueve el caballo.

–Te las das de gran amante.

Aguardé.

–Eres un narcisista. Piensas que hacer que una mujer se corra es un logro. Tu logro.

–Contigo lo es.

Era una estupidez.

Ahora Miranda estaba de pie.

–Te he visto en el cuarto de baño. Adorándote delante del espejo.

Un error excusable. Mis días empezaban a veces con un soliloquio sin palabras. Cuestión de segundos; normalmente después de afeitarme. Me secaba la cara, me miraba a los ojos, enumeraba mis carencias: dinero, vivienda, trabajo serio y, últimamente, Miranda (pocos progresos, y ahora esto). También me fijaba tareas para la jornada, cosas triviales, difíciles de contar. Sacar la basura. Beber menos. Cortarme el pelo. Dejar de invertir en materias primas. Nunca pensé que me estuvieran observando. Debí de dejar entreabierta la puerta, la suya o la mía. Y quizá movía los labios.

Pero no era el momento de poner a Miranda en su sitio. Teníamos ante nosotros al comatoso Adán. Le eché un vistazo: los antebrazos musculosos, el ángulo acusado de la nariz..., y sentí una punzada de rencor al acordarme. Mientras pronunciaba las palabras, sabía que podía estar cometiendo una equivocación importante.

—Cuéntame lo que dijo el juez de Salisbury.

Funcionó. El semblante se le tensó al apartarse de mí y volver al otro extremo de la cocina. Transcurrió medio minuto. Estaba junto al fogón, con la mirada fija en una esquina, manoseando algo, un sacacorchos, un corcho o un saliente de papel de aluminio de una botella de vino. Cuando el silencio se prolongó, yo le miré la línea de los hombros preguntándome si estaba llorando, si, en mi ignorancia, había ido demasiado lejos. Pero cuando por fin se volvió para mirarme estaba serena y tenía la cara seca.

—¿Cómo sabes eso?

Hice un gesto en dirección a Adán.

Asimiló lo que le decía y luego dijo:

—No lo entiendo.

Hablaba con voz tenue.

—Tiene acceso a muchas cosas.

—Oh, Dios...

—Seguramente me ha investigado también a mí —añadí.

Así, la pelea acabó en sí misma, sin reconciliación ni distanciamiento. Ahora estábamos unidos contra Adán. Pero esa no era mi preocupación inmediata. El truco sutil era darle la impresión de que sabía mucho para averiguar algo, cualquier cosa.

Dije:

—Puedes llamarlo curiosidad por parte de Adán. O considerarlo una especie de algoritmo.

—¿Cuál es la diferencia?

La idea de Turing, precisamente. Pero no dije nada.

—Si se lo va a contar a la gente —dijo ella—. Eso es lo que importa.

—Solo me lo ha dicho a mí.

Lo que tenía en la mano era una cucharilla. La hacía girar sin descanso, la manipulaba entre los dedos, se la pasaba a la mano izquierda y volvía a empezar cambiando de mano. No era consciente de lo que hacía. Era algo nada agradable de contemplar. Cuánto más fácil habría sido todo si no hubiera estado enamorado de ella. Habría estado atento a sus necesidades en lugar de calcular las mías. Tenía que saber lo que había sucedido en aquel tribunal, y luego entender, y abrazarla, y apoyarla, y perdonarla, lo que fuera necesario. Interés propio disfrazado de benevolencia. Pero también era benevolencia. Mi voz fraudulenta sonaba apagada en mis oídos.

–No conozco tu versión.

Volvió a la mesa y se sentó con contundencia. Habló a través de una garganta obstruida que no se molestó en aclarar:

–Nadie la conoce.

Al final me miró directamente. No había nada pesaroso o menesteroso en su mirada. En sus ojos había dureza y un desafío contumaz.

Dije, en tono amable:

–Puedes contarme.

–Sabes lo suficiente.

–¿Tiene algo que ver con ir a la mezquita?

Me dirigió una mirada de conmiseración y sacudió débilmente la cabeza.

–Adán me leyó las conclusiones del juez.

Volví a mentirle mientras me acordaba de que Adán me había dicho que ella era una mentirosa. Maliciosa.

Tenía los codos apoyados en la mesa y las manos le ocultaban parte de la boca. Miraba hacia la ventana.

Seguí metiendo la pata.

–Puedes confiar en mí.

Al final se aclaró la garganta.

–Nada de eso era verdad.

–Entiendo.

–Oh, Dios... –repitió–. ¿Por qué te contó eso Adán?

–No lo sé. Pero sé que lo tienes en la cabeza todo el tiempo. Y quiero ayudarte.

Aquí es donde ella tendría que haber pegado la cabeza a la mía y habérmelo contado todo. Pero lo que hizo fue decir con amargura:

–¿No lo entiendes? Sigue en la cárcel.

–Sí.

–Otros tres meses. Y será libre.

–Sí.

Alzó la voz:

–¿Entonces cómo vas a ayudarme?

–Haré todo lo que pueda.

Suspiró. Su voz se atenuó.

–¿Sabes una cosa?

Esperé.

–Te odio.

–Miranda. Por favor...

–No quería que tú o tu amigo especial supierais cosas mías.

Intenté cogerle la mano, pero la apartó.

–Entiendo. Pero ahora lo sé y no han cambiado mis sentimientos. Estoy de tu parte –dije.

Se levantó de la mesa como un resorte.

–Pero cambian los *míos*. Es asqueroso. Es repugnante que sepas eso de mí.

–No, para mí no lo es.

–No, para mí no lo es.

Su remedo sonó cruel; captaba con demasiada exactitud el tono pobre de mi impostura. Ahora me miraba de manera diferente. Estaba a punto de decir algo más. Pero en ese preciso instante Adán abrió los ojos. Miranda debió de apretar el botón de encendido sin que yo me diera cuenta.

–Muy bien –dijo Miranda–. Escucha algo que no has

podido leer en los periódicos. Estaba en Salisbury el mes pasado. Alguien vino a mi puerta, un tipo fuerte y delgado al que le faltaban varios dientes. Traía un mensaje. Cuando Peter Gorringe salga de la cárcel dentro de tres meses...

–¿Sí?

–Ha jurado matarme.

En momentos de estrés, y el miedo no es más que eso, tengo un músculo tímido en el párpado derecho que se pone a temblar. Me puse una mano ahuecada sobre la ceja en ademán de concentración, aunque sabía que los espasmos bajo la piel eran invisibles para los demás.

Miranda añadió:

–Era su compañero de celda. Dijo que Gorringe hablaba en serio.

–Ya.

–¿Qué quieres decir? –dijo irritada.

–Que mejor que le tomes en serio.

Dije «le tomes», no «le tomemos»... Vi en su parpadeo e infinitesimal respingo cómo le sentaba esto último. Era una frase deliberada. Le había ofrecido ayuda varias veces, y me la había rechazado, e incluso se había burlado de mí. Ahora que veía exactamente la ayuda que necesitaba, me contuve y dejé que fuera ella quien me la pidiera. Tal vez no iba a hacerlo. Visualicé al tal Gorringe, un tipo corpulento saliendo del gimnasio de la cárcel, versado en las formas de la violencia industrial. Una maza de apisonar, un gancho para carne, una llave inglesa para calderas.

Adán me miraba fijamente mientras escuchaba a Miranda. En efecto, Miranda me estaba pidiendo ayuda al tiempo que seguía describiendo sus frustraciones. La policía se mostró reacia a actuar para impedir un crimen que aún no se había cometido. Miranda no tenía pruebas. La amenaza de Gorringe había sido solo verbal, y se había formulado a través de un intermediario. Ella insistió, y al final un oficial de la policía accedió a entrevistarse con el recluso. La cárcel estaba en el norte de Manchester, y la entrevista tardó un mes en concretarse. Peter Gorringe, relajado y risueño, cautivó al oficial. Lo de que la iba a matar, le dijo, era una broma. Una forma de hablar, como cuando se dice –según reseñaba la nota del oficial de policía– «Mataría por un pollo al curry de Madrás». Quizá había dicho algo parecido en presencia de su compañero de celda, un tipo no demasiado listo, ya en libertad. Debió de estar de paso por Salisbury y le pareció una buena idea entregarle el mensaje; siempre había sido un poco vengativo. El policía tomó nota de todo ello y le hizo una advertencia, y al cabo los dos hombres, hinchas de toda la vida del Manchester City, se despidieron con un apretón de manos.

Atendí lo mejor que pude. La ansiedad es un gran diluyente de la atención. Adán escuchó también, asintiendo juiciosamente, como si no hubiera estado desenchufado la hora anterior y estuviera ya en situación de entenderlo todo. La disposición anímica de Miranda, con la que solía sentirme tan en sintonía, se hallaba ahora teñida de indignación, e iba dirigida más a los agentes del orden que a mi persona. Incrédula respecto a todo lo que Gorringe le había contado al oficial de policía, había acudido a la consulta semanal de nuestra diputada de Clapham, laborista, por supuesto, una pajarraca dura, veterana sindicalista, azote de banqueros, que la había reenviado a la policía ya que un asesinato potencial no era competencia de los distritos electorales.

Tras su relato de tales gestiones, se hizo un silencio. A mí me preocupaba la pregunta obvia que mi engaño previo me impedía hacer. ¿Qué había hecho para merecer la muerte?

Adán dijo:

–¿Conoce Gorringe esta dirección?

–Puede averiguarla muy fácilmente.

–¿Has visto u oído que el tipo ese sea violento?

–Oh, sí...

–¿No podría estar intentando asustarte solamente?

–Es posible.

–¿Es capaz de matar?

–Está muy muy furioso.

Fue respondiendo a estas preguntas como si se las estuviera haciendo una persona real, un policía, no una «puta máquina». Como Adán no se lo preguntó, era evidente que sabía lo que Miranda había hecho, qué acto monstruoso había provocado hasta ese punto a Gorringe. Nada de aquello era asunto de Adán, y me estaba preguntando sobre su botón de desactivación. Me apetecía más café, pero me sentía demasiado desganado para levantarme de la silla para ir a hacerlo.

Entonces oímos pisadas en el estrecho sendero entre casas que conduce a la entrada principal compartida. Era demasiado tarde para que fuera el cartero, demasiado pronto para que fuera Gorringe. Oímos una voz de hombre que parecía impartir instrucciones. Luego sonó el timbre y las pisadas retrocedieron con rapidez. Miré a Miranda y ella me miró a mí y se encogió de hombros. Era mi timbre. No iba a ir a abrir ella, por tanto.

Me volví hacia Adán.

–Por favor.

Se levantó de inmediato y fue hasta el pequeño vestíbulo lleno de abrigos colgados entre los contadores de gas y electricidad. Oímos cómo abría el pestillo. Segundos después oímos cómo se cerraba la puerta.

Adán entró en la cocina y vino hasta nosotros con un niño de la mano, un niño muy pequeño. Llevaba una camiseta y unos pantalones cortos sucios y unas sandalias de plástico rosa que le quedaban enormes. Y tenía las piernas y los pies mugrientos. Su mano libre apretaba un sobre marrón. Se aferraba a la mano de Adán, a su dedo índice, en realidad. Miraba constantemente a Miranda, y luego a mí, y de nuevo a ella. Para entonces ya estábamos los dos de pie. Adán le abrió el puño al niño para quitarle el sobre y me lo pasó a mí. Estaba tan manoseado que tenía un tacto como de ante, y en el anverso se veían algunas palabras y tachaduras a lápiz. Dentro estaba la tarjeta que yo le había dado a su padre. En su reverso se leía una nota con gruesas mayúsculas negras: «¿No quería al chico?»

Se la pasé a Miranda y volví a mirar al niño. Y recordé su nombre.

Dije, en el más amable de los tonos:

–Hola, Mark. ¿Cómo has llegado hasta aquí?

Ahora Miranda, con un ajetreo suave y compasivo, se acercaba a él. Pero el niño ya no nos miraba a nosotros. Miraba a Adán, sin soltarle el dedo.

Puede que estuviera en shock, pero la criatura no daba muestras externas de zozobra. Se habría sentido mejor llorando, porque parecía librar una lucha interna. Estaba allí, entre desconocidos, en una cocina ajena, con los hombros hacia atrás, sacando pecho, tratando de parecer grande y valiente. Desde su escaso metro de altura, hacía lo que podía. Las sandalias sugerían la existencia de una hermana mayor. ¿Dónde estaba esa hermana? Le había contado a Miranda lo de mi encuentro en el parque de los columpios, y ella, por tanto, había entendido la nota. Trató de rodear con los brazos los hombros de Mark, pero él los encogió para zafarse de ella. Tal vez nunca había conocido el lujo de que lo consolaran. Adán seguía quieto y erguido, y el niño seguía asido al dedo que le hacía sentirse seguro.

Miranda se arrodilló frente a él, poniéndose a su altura, decidida a no mostrarse condescendiente.

–Mark, estás entre amigos, y vas a estar bien –dijo, conciliadora.

Adán no sabía nada de niños de primera mano, pero todo lo que fuera susceptible de saberse estaba a su alcance. Esperó a que Miranda terminara, y al cabo dijo en un tono natural:

–Muy bien, ¿y qué vamos a desayunar, entonces?

Mark habló sin dirigirse a nadie en especial:

–Una tostada.

Una elección acertada. Crucé la cocina, aliviado por tener algo que hacer. Miranda también quería hacer la tostada, y nos afanamos juntos y desmañados en el espacio exiguo, sin tocarnos. Corté el pan, y ella sacó la mantequilla y buscó un plato.

–¿Y zumo? –preguntó Miranda.

–Leche.

La voz fina fue inmediata, y enérgica a su modo, y nos sentimos aliviados.

Miranda vertió la leche en una copa de vino, lo único limpio que encontró a su alcance. Cuando se la puso delante a Mark, este apartó la mirada. Aclaré una jarra de café; Miranda echó la leche en ella y se la ofreció de nuevo a Mark. Este la sostuvo con las dos manos, pero no se dejó conducir hasta la mesa. Siguió allí en medio de la cocina, con los ojos cerrados, mientras los tres le mirábamos. Y al final bebió. Y luego dejó la jarra en el suelo, a sus pies.

Dije:

–Mark, ¿quieres mantequilla? ¿Mermelada? ¿Mantequilla de cacahuete?

El niño negaba con la cabeza, como si cada ofrecimiento constituyera una noticia triste.

–¿La tostada sola, entonces?

Se la dividí en cuatro. Él cogió los trozos del plato y los apretó en el puño y se los fue comiendo metódicamente, dejando que las migas cayeran a sus pies. Su cara era muy interesante. Muy pálida, rellena, de piel inmaculada, ojos verdes, boca rosada y brillante como un capullo. Llevaba el pelo color rubio jengibre cortado al rape, lo cual daba un aire prominente a sus largas y delicadas orejas.

–¿Y ahora qué? –dijo Adán.

–Pipí.

Mark me siguió por el estrecho pasillo hasta el cuarto de baño. Levanté la tapa del inodoro y le ayudé a bajarse los pantalones. No llevaba ropa interior. Sabía cómo desenvolverse. Y su vejiga debía de ser grande, porque el delgado chorro de orina duró varios segundos. Traté de entablar conversación con él mientras terminaba.

–¿Te apetece un cuento, Mark? ¿Buscamos un libro con dibujos?

Sospechaba que no tenía ninguno.

No me contestó.

Hacía mucho tiempo que no veía un pene tan minúsculo, tan dedicado a una tarea tan poco complicada. La vulnerabilidad de Mark parecía absoluta. Cuando le ayudé a lavarse las manos, vi que no le era extraña esa rutina, pero rechazó la toalla, se zafó de mí y salió al pasillo.

El ambiente en la cocina era festivo. Miranda y Adán recogían y ordenaban las cosas, y en la radio sonaba música de flamenco. El recién llegado nos había hecho volver tanto a lo trivial como a lo trascendental, tanto a una tostada sin mantequilla como al shock de una existencia repudiada. Nuestras preocupaciones dispersas –una traición, una controvertida reivindicación de conciencia, una amenaza de muerte– eran trivialidades. Con aquel chiquillo entre nosotros era importante la limpieza, y la imposición de un orden, y solo después la reflexión.

La guitarra chispeante pronto dio paso a una música orquestal frenética y caótica. Apagué la radio bruscamente, y en la momentánea bendición del silencio que siguió Adán dijo:

–Uno de vosotros tendría que ponerse en contacto con las autoridades.

–Sí, muy pronto –dijo Miranda–. Pero todavía no.

–De lo contrario, la situación legal podría ponerse difícil.

–Sí –dijo ella. Pero quería decir no.

–Los padres pueden no ser de esa opinión. La madre podría estar buscándole.

Adán aguardó una respuesta. Miranda estaba barriendo el suelo y ya había formado un pequeño montón, que incluía las migas y trocitos de pan de Mark, al lado del fogón. Y ahora se arrodillaba para acopiarlo todo en el recogedor.

Dijo con voz queda:

–Charlie me lo ha contado. La madre es un desastre. Le pega.

Adán prosiguió. Expuso sus puntos con delicadeza, como un abogado que ofreciera consejos no deseados a un cliente que no podía permitirse perder.

–De acuerdo, pero eso podría no ser pertinente. Mark seguramente la adora. Y desde una óptica legal, en el caso de un menor, llega un momento en que la hospitalidad se convierte en transgresión.

–Me parece bien.

Mark se había acercado a Adán para situarse a un costado y asirle con el índice y el pulgar la tela de los vaqueros.

Adán bajó la voz para que el niño no lo oyera.

—Si no os importa, permitidme leeros algo de la Ley sobre secuestro infantil de 19...

Miranda dio un fuerte golpe con el recogedor metálico contra el borde del cubo de la basura de pedal para vaciar el contenido. Yo estaba limpiando y secando copas, sin prestar la menor importancia a la desavenencia que estaban teniendo mi amante y su galán. La máquina de follar decía cosas sensatas. Miranda, en cambio, se dejaba llevar por cosas sin sentido. Quizá estuviera fuera del alcance de Adán la posibilidad de entenderla, o de interpretar el ruido que había hecho con el cubo de la basura. Escuché y observé y sequé las copas, y las coloqué en su estante de la alacena, donde no habían estado en mucho tiempo.

Adán continuó con sus modos cautelosos.

—Una palabra clave en esta Ley, al igual que «secuestro», es «retener». La policía puede que ya esté buscándole. ¿Puedo...?

—Adán, ya basta.

—Quizá os gustaría saber algo de algunos casos importantes. En 1969, una mujer de Liverpool que pasaba por delante de un garaje abierto veinticuatro horas se topó con una niña que...

Miranda había ido hasta él, y durante un momento imposible pensé que iba a golpearle. Pero le habló a la cara con firmeza, separando las palabras:

—No quiero ni necesito tu consejo. ¡Gracias!

Mark se echó a llorar. Antes de emitir sonido alguno, su boca rosada se estiró hacia ambos extremos. A un gemido prolongado y menguante, como de rechazo, le siguió algo parecido a un cloqueo, como si sus pulmones en colapso pugnaran por atraer aire a su interior. La inhalación que precedió a su plañido fue también prolongada. Las lágrimas brotaron instantáneas. Miranda emitió un sonido consolador y puso una mano en el brazo del chico. No fue un movimiento acertado. El gemido subió de volumen hasta convertirse en un alarido de sirena. En otras circunstancias, podríamos haber corrido desde donde estábamos hasta un punto de encuentro. Cuando Adán dirigió la mirada hacia mí, yo me encogí de hombros, inerme. Mark, sin duda, necesitaba una madre. Pero Adán levantó al niño y se lo sentó en la cadera, y el llanto cesó en cuestión de segundos. En los instantes tensos que siguieron, el niño nos miró fija y vidriosamente desde su posición de privilegio, a través de unas pestañas erizadas. Y anunció con voz clara, libre de displicencia:

–Quiero bañarme. Con un barquito.

Por fin había articulado una frase completa, y nos sentimos aliviados. Era una exigencia irrefutable. Máxime cuando percibimos algunos viejos marcadores de clase: el deje en «bañarme» y «barquito», por ejemplo. Le daríamos todo lo que pidiera. ¿Pero y el barquito?

Se empezaba a gestar una contienda por el afecto de Mark.

–Vamos, entonces –dijo Miranda en tono maternal, de canturreo. Tendió los brazos para cogerlo, pero él la evitó y apretó la cara contra el pecho de Adán. Este miró hacia delante con rigidez, mientras Miranda decía con tono alegre, para salvar la cara:

–Vamos a llenar la bañera.

Salió de la cocina y los guió por el pasillo hacia mi cuarto de baño poco apetecible. Segundos después, se oyó el rumor de los grifos abiertos.

Me sorprendió verme solo, como si hubiera dado por hecho la presencia de una quinta persona en la cocina, alguien hacia quien ahora podría volverme para hablar de la mañana y de su desfile de emociones. Del baño llegaban gritos de disgusto. Adán entró corriendo en la cocina, cogió un paquete de cereales, lo vació de la bolsa de plástico, rompió en varios trozos el cartón, lo aplanó y, en escasos segundos, merced a una técnica aprendida en alguna página web japonesa, armó un barco de origami, un navío con una sola vela mayor henchida por el viento. Luego se fue a la carrera y al poco cesó el gimoteo: habían botado el barco.

Me senté en la mesa, lleno de estupor, consciente de que tendría que plantarme ante la pantalla del ordenador para ganar algún dinero. Debía el alquiler de un mes y no tenía ni 40 libras en el banco. Tenía acciones en una compañía minera de «tierras raras» de Brasil, y aquel podría ser el día apropiado para vender. Pero no lograba motivarme. De cuando en cuando caía en la depresión, una depresión relativamente leve, de ningún modo suicida, de episodios pasajeros como el de ahora, en los que el sentido y los objetivos y toda perspectiva de placer se vaciaban y me dejaban en un estado catatónico. Durante varios minutos no podía recordar lo que me mantenía en pie para seguir adelante. Mientras miraba los desperdicios de las tazas y las cazuelas y las jarras que tenía ante mí, pensé que era poco probable que un día lograra salir de aquel pequeño apartamento miserable. Los dos huecos que yo llamaba habitaciones, los techos sucios, las paredes y los suelos me seguirían albergando para siempre. Había mucha gente en condiciones parecidas a las mías en el vecindario, pero treinta o cuarenta años mayores que yo. La había visto en la tienda de Simon, poniéndose de puntillas para alcanzar las revistas especializadas del estante de arriba. Me fijaba sobre todo en los hombres y en su ropa ajada. En sus vidas, muchos años atrás, habían pasado por muchas encrucijadas críticas, una elección equivocada de oficio, un mal matrimonio, el libro no escrito, la enfermedad que nunca sanaba. Ahora sus opciones se habían acabado, y se las arreglaban para mantenerse en marcha gracias a la curiosidad o a jirones residuales de anhelos intelectuales. Pero su barco se había hundido.

Mark entró en la cocina descalzo y con lo que parecía una túnica que le llegaba hasta los tobillos. Era una de mis camisetas, y le quedaba extraña. Agarrando el algodón de ambos lados de la cintura con las dos manos, echó a correr de un lado a otro de la cocina, y luego en círculos, y luego ejecutó torpemente unas piruetas para hacer que la tela ondease a su alrededor. Los intentos le hicieron tambalearse. Miranda cruzó la cocina con la ropa sucia de Mark y se la llevó arriba para meterla en su lavadora. Era su modo, quizá, de mantenerlo allí. Me senté con la cabeza en las manos, mirando a Mark, que seguía mirando hacia mí para constatar que me impresionaban sus cabriolas. Pero yo estaba distraído, y lo miraba únicamente porque era la única entidad que se movía en la cocina. No le animé. Estaba esperando a Adán.

Cuando apareció en el umbral, dije:

–Siéntate aquí.

Al agacharse sobre la silla de enfrente se oyó un crujido ahogado, parecido al que hacen los niños cuando se estiran los dedos. Un fallo de bajo nivel. Mark seguía dando volteretas por la cocina.

–¿Por qué querría Gorringe hacer daño a Miranda? Y no te contengas –dije.

Necesitaba entender a aquella máquina. Había observado ya en ella una característica especial. Cada vez que se enfrentaba a una elección entre respuestas, su cara se quedaba petrificada durante un instante más allá del horizonte de la percepción. Era lo que le estaba sucediendo ahora: apenas un viso tenue, pero lo capté. Debía de estar barajando miles de posibilidades, de asignar valores, funciones de utilidad y ponderación moral.

–¿Daño? Pretende matarla.

–¿Por qué?

Los fabricantes se equivocaban al creer que podrían impresionarme con un suspiro sentido y con el movimiento motorizado de cabeza de Adán al apartar la mirada. Yo incluso dudaba que fuera capaz de mirar nada de verdad.

–Lo acusó de un crimen. Él lo negó. El tribunal la creyó a ella. Y hubo otros que no –dijo.

Iba a seguir preguntando cuando Adán levantó la mirada. Giré sobre mí mismo en la silla. Miranda estaba en la cocina y había oído lo que acababa de decir Adán. Sin mediar palabra se puso a aplaudir y a celebrar con vítores las cabriolas del pequeño. Fue hasta él y le cogió las manos y, sin soltarle, empezó a dar vueltas y vueltas. Los pies de Mark se despegaron del suelo, y él, al verse girando en el aire, se puso a dar gritos de regocijo. Y luego gritó para que Miranda siguiera. Pero ahora ella enlazaba los brazos con él y le enseñaba cómo moverse en círculo, juntos, como en ciertas fiestas populares, mientras se pisaba con fuerza el suelo. Mark copiaba sus movimientos, y se ponía la mano libre en la cadera y agitaba la otra en el aire. El brazo no ascendía a mucha más altura que su cabeza.

La giga se convirtió en un reel, y este en un tambaleante vals. Mi momento de depresión había quedado atrás. Al contemplar cómo la espalda dúctil de Miranda se encorvaba para ponerse a la altura de su pareja de cuatro años, recordé cuánto la quería. Cuando Mark daba alaridos de placer, ella lo imitaba. Cuando al cantar ella llegaba a una nota alta, él trataba de alcanzarla también. Yo les observaba y batía palmas, pero al mismo tiempo estaba atento a Adán. Estaba absolutamente inmóvil y seguía sin expresión. No miraba exactamente a los danzantes; los atravesaba con la mirada, más bien. Era su turno para sentirse cornudo, porque ya no era el preferido del niño. Ella se lo había robado. Adán debía de darse cuenta de que Mi-

133

randa le estaba castigando por haber sido indiscreto. ¿Una acusación en los tribunales? Tenía que enterarme de más.

La mirada de Mark no se apartaba de la cara de Miranda. Estaba como en trance. Ahora Miranda lo había cogido en brazos y lo acunaba mientras bailaba de un lado a otro de la cocina y le cantaba «Tirintintín, el gato y el violín». Yo me preguntaba si Adán era capaz de comprender la dicha de la danza, de moverse por el placer de hacerlo, y si Miranda no le estaría mostrando una línea que él no podía traspasar. En tal caso, tal vez se equivocaba. Adán podía imitar emociones y responder a ellas, y dar la impresión de disfrutar del raciocinio. Incluso quizá sabía algo sobre la belleza desinteresada del arte. Miranda dejó en el suelo a Mark, y volvió a cogerle las manos, esta vez con los brazos cruzados. Describieron un círculo, como a hurtadillas, con movimientos ondulantes, mientras ella, para deleite de él, entonaba: «Si bajas al bosque hoy, seguro que recibes una gran sorpresa...»

Horas después, descubriría que durante estos retozos en la cocina Adán había estado en contacto directo con las autoridades. No es que no tuviera razones para hacerlo, pero lo hizo sin decirnos nada. De suerte que, después del baile y de un zumo de manzana helada en el jardín; después de haberle puesto a Mark la ropa limpia y planchada, y de haber restregado bien y puesto bajo el grifo las sandalias rosas, y secado y acomodado en ellas los minúsculos pies de uñas previamente recortadas; después de la comida de huevos revueltos y de una sesión de canciones infantiles, oímos el timbre de la puerta.

Dos mujeres asiáticas con un pañuelo negro en la cabeza —que bien podían ser madre e hija—, en actitud de disculpa pero profesionalmente firmes, venían de su departamento oficial para llevarse a Mark. Escucharon mi historia del parque de los columpios y examinaron el

134

mensaje de cuatro palabras del padre. Conocían a la familia y preguntaron si podían llevarse la tarjeta. Dijeron que no iban a devolver a Mark a su madre, aún no; no hasta después de una nueva ronda de evaluaciones y de una decisión judicial. Sus modos eran afables. La mujer mayor, cuyo nombre era Jasmin, le acariciaba la cabeza a Mark mientras hablaba. A lo largo de toda la conversación Adán permaneció en la mesa en silencio y sin cambiar de postura. De cuando en cuando le miraba para comprobar qué hacía. Nuestras visitantes, perfectamente conscientes de su presencia, intercambiaron entre ellas una mirada curiosa. Ni Miranda ni yo teníamos ganas de hacer las presentaciones.

Tras cumplir ciertas formalidades, las mujeres se dirigieron un asentimiento de cabeza, y la más joven suspiró. El mal momento había llegado. Miranda no dijo nada cuando le arrebataron de los brazos al pequeño, que, al ver que la separaban de ella, se puso a gritar y consiguió agarrarle un mechón de pelo. Cuando las trabajadoras sociales lo llevaban hacia la entrada principal, Miranda se apartó bruscamente de nosotros y subió a su apartamento.

Nuestro pequeño y atribulado grupo familiar sufrió también la sacudida de unas convulsiones de mayor calado que estaban aconteciendo en el país más allá del norte de Clapham. La confusión era general. La impopularidad de la señora Thatcher iba en aumento, y no solo por el Hundimiento. Tony Benn, el socialista de alta cuna, era por fin líder de la Oposición. En los debates era feroz y divertido, pero Margaret Thatcher sabía cuidar de sí misma. Las sesiones de preguntas a la primera ministra, ahora televisadas en directo y repetidas en horario de máxima audiencia, se convirtieron en una obsesión nacional cuando ambos se despellejaban, a veces con singular agudeza, cada miércoles al mediodía. Algunos decían que de este modo se fomentaba el interés de las masas por los debates parlamentarios. Un comentarista invocó los combates de los gladiadores de la República tardorromana.

El verano era caluroso y a veces ardiente. Aparte de la impopularidad del gobierno, había muchas cosas en alza: el desempleo, la inflación, las huelgas, los atascos de tráfico, la tasa de suicidios, los embarazos adolescentes, los incidentes racistas, la drogadicción, los sin techo, las violaciones, el acoso y la depresión entre los niños. También aumentaban ciertos elementos positivos: hogares con retretes en la casa, calefacción central, teléfonos y banda ancha; enseñanza hasta los dieciocho años, estudiantes de clase obrera en la universidad, asistencia a conciertos de música clásica, propiedad de coche y vivienda, vacaciones en el extranjero, visitas a zoos y museos, salas de bingo rentables, salmón en el Támesis, cadenas de televisión, mujeres en el Parlamento, donaciones de caridad, plantación de árboles autóctonos, ventas de libros de bolsillo, clases de música para todas las edades y de todos los instrumentos y estilos.

En el Royal Free Hospital de Londres, a un minero retirado de setenta y cuatro años le curaron de una artritis grave inyectándole un cultivo de células madre justo debajo de las rótulas. Seis meses después, corrió un kilómetro en menos de cinco minutos. Una adolescente recuperó la vista mediante una técnica similar. Estábamos en la edad dorada de las ciencias de la vida, de la robótica, por supuesto, y de la cosmología, la climatología, las matemáticas y la exploración espacial. Se estaba dando un renacimiento en el cine y la televisión británicos, en la poesía, el atletismo, la gastronomía, la numismática, los monólogos humorísticos, los bailes de salón y la enología. En la edad de oro del crimen organizado, la esclavitud doméstica, la falsificación y la prostitución. Diversas formas de crisis proliferaban como flores tropicales: en la pobreza infantil, en la dentadura de los niños, en la obesidad, en la construcción de viviendas y hospitales, en las dotaciones policiales, en la contratación de maestros, en los abusos sexuales a los niños. Las mejores universidades británicas estaban entre las más prestigiosas del mundo. Un grupo de neurocientíficos del Queen's Square de Londres afirmaba entender los correlatos neuronales de la conciencia. En los Juegos Olímpicos, todo un récord en cantidad de medallas de oro. Los bosques, los brezales y los pantanos naturales estaban desapareciendo. Numerosas especies de aves, insectos y mamíferos se hallaban al borde de la extinción. Nuestros mares estaban plagados de bolsas de plástico y botellas; los ríos y las playas, sin embargo, estaban mucho más limpios. En el lapso de dos años, seis ciudadanos británicos habían sido galardonados con sendos Premios Nobel de Ciencia y Literatura. Se integraba en coros más gente que nunca; más gente que nunca hacía jardinería; más gente que nunca quería cocinar de forma sugestiva. Si alguna vez hubo un espíritu de los tiempos, el ferrocarril lo encarnaba a la perfección. El primer ministro era un fanático del transporte público. De London Euston a Glasgow Central, los trenes surcaban el país a la mitad de velocidad que un avión de pasajeros. Y aun así: los vagones iban atestados y los asientos estaban demasiado juntos; las ventanillas, casi opacas por la mugre; la tapicería, sucia y pestilente. Y aun así: el trayecto, sin paradas, se cubría en setenta y cinco minutos.

La temperatura global aumentaba. A medida que el aire de las ciudades se hacía más limpio, la temperatura se elevaba con más rapidez. Todo se incrementaba: las esperanzas y la desesperación, la miseria, el tedio y las oportunidades. Había más de todo. Era el tiempo de la abundancia.

Calculé que mis ingresos del comercio online estaban por debajo del salario medio nacional. Debería estar contento. Tenía mi libertad. Ni oficina, ni jefe, ni transbordos diarios. Ni jerarquías que escalar. Pero la inflación era del diecisiete por ciento. Yo era uno más entre los trabajadores amargados. Nos estábamos empobreciendo a pasos agigantados. Antes de la llegada de Adán había participado en marchas; un impostor que iba detrás de orgullosas banderolas sindicales subiendo por Whitehall para escuchar los discursos en Trafalgar Square. Yo no era obrero. No fabricaba ni inventaba ni prestaba servicio alguno, ni aportaba nada al bien común. Moviendo cifras por la pantalla, buscando ganancias rápidas, contribuía a él en la misma medida que los tipos de pitillo eterno en la boca que se veían a la entrada de las casas de apuestas de la esquina de mi calle.

En una de las marchas se colgó en una horca, junto a la Columna de Nelson, a un burdo robot hecho de cubos de basura y latas. Benn, el conferenciante estrella, dirigió un gesto hacia él desde el estrado y condenó tal ahorcamiento tachándolo de ludita. En la era de la mecanización avanzada y la inteligencia artificial, dijo a la multitud, los empleos ya no podrían protegerse. No en una economía dinámica, inventiva y globalizada. Los empleos para toda la vida eran cosa del pasado. Hubo abucheos y aplausos lentos. Muchos se perdieron lo que vino después. La flexibilidad en el trabajo debía combinarse con la seguridad para todos. No eran los empleos lo que había que proteger, sino el bienestar de los trabajadores. La inversión en infraestructuras, el aprendizaje, la educación superior y el salario universal. Los robots pronto generarían una gran riqueza en la economía. Tendrían que estar sujetos a gravamen. Los trabajadores deberían poseer acciones de las máquinas que estaban desestabilizando o destruyendo sus empleos. En la multitud que ocupaba la plaza, hasta lo alto de los escalones que ascendían hasta la entrada de la National Gallery, reinaba el desconcierto y un silencio casi absoluto, con aplausos dispersos y silbidos. Algunos pensaban que la primera ministra ya había dicho todo aquello, salvo lo relativo al crédito universal. ¿El nuevo líder de la oposición se había pasado al bando contrario al convertirse en miembro del Consejo Real, o a cambio de una visita a la Casa Blanca, o de una invitación a tomar el té con la reina? El mitin terminó con un ánimo general de confusión y abatimiento. Lo que la mayoría de la gente recordaba, lo que dio lugar a los titulares de prensa, fue que Tony Benn había dicho a sus seguidores que no le importaban sus empleos.

Un sindicato de Trabajadores del Transportes y Otras Industrias ilustrado no se habría dejado tentar por acciones de los fabricantes de Adanes. El mío producía aún menos que yo. Yo al menos pagaba impuestos por mis exiguas ganancias. Él vagaba ocioso por el apartamento, con la mirada fija en la media distancia, «pensando».

–¿Qué estás haciendo?

–Perseguir ciertos pensamientos. Pero si puedo ayudar en algo...

–¿Qué pensamientos?

–Difíciles de expresar con palabras.

Me enfrentaba a él al fin, dos días después de la visita de Mark.

–Así que la otra noche hiciste el amor con Miranda.

Diré esto para sus programadores. Pareció desconcertado. Pero no dijo nada. No le había hecho ninguna pregunta.

–¿Cómo te sientes ahora al respecto? –dije.

Vi en su cara una efímera parálisis.

–Siento que te he fallado.

–Quieres decir que me has traicionado y que me has causado una gran pena.

—Sí. Te he causado una gran pena.

Reflejación. La respuesta de las máquinas: repetir la última frase que han oído.

—Escucha con atención. Vas a prometerme que no volverá a pasar nunca más —dije.

Adán respondió con demasiada rapidez a mi entender:

—Prometo que no volverá a pasar nunca más.

—Dilo con mayor claridad. Que yo pueda oírlo.

—Te prometo que nunca más haré el amor con Miranda.

Me estaba volviendo cuando dijo:

—Pero...

—Pero ¿qué?

—No puedo evitar mis sentimientos. Tienes que permitirme tener mis sentimientos.

Me quedé pensativo unos instantes.

—¿Sientes algo realmente?

—Esa no es una pregunta que yo pueda...

—Contéstame.

—Siento las cosas profundamente. Más de lo que soy capaz de expresar.

—Es difícil de probar —dije.

—Ciertamente. Es un problema antiguo.

Lo dejamos así.

La marcha de Mark afectó a Miranda. Durante dos o tres días perdió su brillo habitual. Trataba de leer, pero su concentración era pobre. Las Leyes de Granos perdieron la fascinación que ejercían sobre ella. No comía mucho. Hice sopa minestrone y le subí un poco al apartamento. Tomó unos sorbos como una inválida, pero apartó el bol enseguida. En ningún momento mencionó la amenaza de muerte. No le había perdonado a Adán el haberle traicionado al revelarme sus secretos con los tribunales o el haber llamado a los servicios sociales sin su consentimiento. Una noche me pidió que me quedara con ella. En la cama, se tendió sobre mi brazo, y nos besamos. Hicimos el amor inhibidos. A mí me distraía el pensamiento de la presencia de Adán, e incluso imaginé que detectaba en las sábanas el olor de la electrónica caliente. La satisfacción fue muy poca, y acabamos separándonos, decepcionados.

Una tarde paseábamos por el Clapham Common. Miranda quería que le enseñara la zona de los columpios donde había conocido a Mark. Cuando volvíamos, entramos en la Holy Trinity Church. Tres mujeres hacían arreglos florales cerca del altar. Nos sentamos en silencio en un reclinatorio de las últimas filas. Al final, ocultando torpemente mi seriedad tras una broma, le dije que aquella era justo el tipo de iglesia racional en la que ella y yo podríamos casarnos. Y ella susurró:

—Por favor. Eso no.

Y se soltó de mi brazo. Me ofendí y me enfadé conmigo mismo. Ella, a su vez, pareció sentirse rechazada por mí. En el camino a casa, se instaló entre nosotros una frialdad que duró hasta el día siguiente.

Aquella noche, abajo, me consolé con una botella de Minervois. Fue la noche de una tormenta procedente del Atlántico que afectó a todo el país. Un vendaval de más de cien kilómetros por hora. Una lluvia mordiente golpeaba los cristales de las ventanas y entraba por uno de los marcos rotos y goteaba dentro de un cubo.

Le dije a Adán:

—Tenemos un asunto pendiente, tú y yo. ¿De qué acusó Miranda a Gorringe?

Adán dijo:

—Tengo algo que necesito decir.

—Muy bien.

—Me encuentro en una posición difícil.

—¿Ah, sí?

—Hice el amor con Miranda porque me lo pidió. No

supe cómo negarme sin ser descortés, o sin que pareciera que la rechazaba. Sabía que te ibas a poner furioso.

–¿Y gozaste algo?

–Por supuesto. Mucho.

No me gustó este último énfasis, pero seguí con el semblante inexpresivo.

–Me enteré de lo de Peter Gorringe por mi cuenta. Ella me hizo jurar que mantendría el secreto. Luego tú me pediste que te lo dijera y tuve que decírtelo. O empezar a hacerlo. Ella me oyó y se enfadó mucho. Ya ves lo difícil que es –dijo.

–Hasta cierto punto.

–Servir a dos amos.

Dije:

–Así que no vas a contarme lo de esa acusación...

–No puedo. Lo he jurado por segunda vez.

–¿Cuándo?

–Después de que se llevaran al pequeño Mark.

Nos quedamos en silencio mientras yo asimilaba esto último.

Luego Adán dijo:

–Hay algo más.

A la tenue luz de la lámpara cenital que iluminaba la mesa de la cocina, la dureza de sus facciones se suavizaba un tanto. Y lo veía bello, incluso noble. Se le movió un músculo en el alto pómulo. Vi también que el labio inferior le temblaba. Esperé.

–No pude hacer nada para evitarlo –dijo.

Antes de que empezara a explicarse, supe lo que iba a decir. ¡Era ridículo!

–Estoy enamorado de ella.

El pulso no se me aceleró, pero sentí que el corazón se me acomodaba mal en el pecho, como si lo hubieran estado manipulando y lo hubieran dejado en un ángulo difícil.

–¿Cómo vas a estar enamorado tú? –dije.

–Por favor, no me insultes.

Pero yo quería hacerlo.

–Debe de haber algún problema en tus unidades de procesamiento.

Adán cruzó los brazos y los apoyó sobre la mesa. Se inclinó hacia delante y dijo con voz suave:

–Entonces no hay nada más que hablar.

Crucé también los brazos. Me incliné también sobre la mesa. Nuestras caras estaban a un palmo de distancia. También yo hablé con voz suave:

–Te equivocas. Hay muchas cosas de las que hablar, y esta es la primera. Existencialmente, este no es el territorio. En todos los sentidos imaginables, estás pasándote de la raya.

Me vi actuando en un melodrama. Le estaba tomando en serio solo a medias, y encontraba bastante divertido aquel juego de machos en celo. Mientras le hablaba, se echó hacia atrás en la silla y dejó caer los brazos a los lados.

–Entiendo. Pero no tengo elección. Estoy hecho para amarla –dijo.

–¡Oh, vamos...!

–Lo digo literalmente. Ahora sé que ella ha intervenido en el diseño de mi personalidad. Debe de haber tenido un plan. Y esto es lo que ha querido. Juro que mantendré la promesa que te he hecho, pero no puedo evitar amarla. No quiero parar. Como dijo Schopenhauer sobre el libre albedrío, uno es libre para elegir lo que quiera, pero no es libre para elegir sus deseos. También sé que fue tuya la idea de dejar que ella contribuyera a hacer de mí lo que soy. En última instancia, la responsabilidad de esta situación recae en ti.

¿Esta situación? Ahora me tocaba a mí echarme atrás en la silla. Me dejé caer en ella y durante un minuto me recluí en mis pensamientos sobre Miranda y yo. Tampoco yo

143

podía elegir en el amor. Pensé en la sección dedicada a esto en el manual de instrucciones. Había páginas con tablas que me había saltado: una gradación tras otra y en una escala del uno al diez. El tipo de persona que a uno le gusta o adora o ama o al cual no puede resistirse. Mientras ella y yo nos acomodábamos a nuestra rutina nocturna, ella modelaba al hombre que estaba destinado a amarla. Se habría requerido cierto conocimiento de uno mismo, cierta «puesta en marcha». Ella no tendría que amar a ese hombre, a esa «figura», a cambio. Y conmigo era lo mismo que con Adán. Nos había deparado un destino común.

Me levanté de la silla y fui hasta la ventana. El viento del suroeste seguía azuzando el aguacero por encima de las vallas del jardín y contra los cristales de las ventanas. El cubo estaba a punto de desbordarse. Lo levanté del suelo y lo vacié en el fregadero. El agua estaba tan clara como la ginebra, como dicen los pescadores de truchas. La solución también estaba clara, al menos en el plazo inmediato. Ganar tiempo para la reflexión. Volví a la ventana con el cubo. Me agaché y lo puse en su sitio. Iba a hacer lo sensato. Me acerqué a la mesa y mientras pasaba por detrás de Adán tendí la mano en dirección al punto crucial de la parte baja de su cuello. Mis nudillos le frotaron la piel. Cuando situé el índice en la posición correcta, Adán giró sobre sí mismo en la silla, levantó la mano derecha y me rodeó la muñeca. La presa fue feroz. Y cuando sentí que la presión aumentaba, me puse de rodillas e hice todo lo posible para negarle la satisfacción de emitir el más mínimo gemido de dolor, incluso cuando oí que algo se partía.

Adán lo oyó también, e inmediatamente se mostró arrepentido. Me soltó la muñeca.

–Charlie, creo que te he roto algo. Ha sido sin querer. Lo siento de veras. ¿Sientes mucho dolor? Pero, por favor, no quiero que ni Miranda ni tú volváis a tocarme ese punto.

A la mañana siguiente, después de cinco horas de espera y de una radiografía en el consultorio local de Accidentes y Urgencias, supe que tenía afectado un hueso importante de la muñeca. Era una rotura enojosa: una fractura de escafoides con desplazamiento parcial. Y tardaría meses en curarse.

5

Cuando volví del ambulatorio, como una hora después de la comida, Miranda estaba esperándome. Me salió al paso en el pasillo, junto a la puerta. Habíamos hablado ya por teléfono, mientras esperaba a que me atendieran, y tenía muchas más cosas que contarle, y también quería hacerle algunas preguntas. Pero me condujo arriba, a su dormitorio, y allí las palabras se me ahogaron en la garganta. Me relajé y me entregué a su cuidado. Me envolvió con emplastos de codo a muñeca. Mientras hacíamos el amor, me protegí el brazo con una almohada. Y nos sumergimos en lo sublime. Al menos durante un rato, ella fue *personal,* al tiempo que inventiva, y solícita y gozosa, lo mismo que yo. Era conmigo con quien estaba, no con cualquier hombre apto. No me atreví a comprometer con preguntas los sentimientos nuevos y exaltados que afloraban entre nosotros. No pude obligarme a preguntarle por Peter Gorringe, o por lo que había dicho de él al tribunal, ni contarle lo que había descubierto sobre el caso en la sala de espera del ambulatorio. Tampoco le pregunté si sabía que Adán estaba «enamorado» de ella, o si ella le había empujado a que lo estuviera de alguna forma. No quería referirme a la frialdad que se había instalado entre nosotros desde mi mención del matrimonio en la Holy Trinity Church. ¿Cómo iba a hacerlo cuando en un momento dado me había apretado la cara entre sus manos y me había mirado a los ojos y había sacudido la cabeza, como con asombro?

Luego guardé silencio sobre estas cosas porque pensé, codicioso, que media hora después estaríamos volviendo a su cama, cuando en realidad se estaba alejando de mí otra vez mientras tomábamos café en la cocina. Me hacía feliz pensar que todas las preguntas y tensiones se resolverían más tarde. Ahora charlábamos de forma convencional, en primer lugar de Mark; estuvimos de acuerdo en intentar averiguar cuál era su situación. Le preocupaba Adán. Pensaba que debía llevarlo a donde lo había comprado para que le hicieran una revisión. Seguía con su plan de que fuéramos los tres a Salisbury a visitar a su padre. No le dije que la perspectiva de viajar apretados en mi pequeño coche, para luego pasarnos todo el día cubriéndole las espaldas a Adán y siendo corteses con un hombre difícil y moribundo, no me resultaba demasiado atractiva. Ponía sumo cuidado en acceder a todos sus deseos.

No volvimos a la cama. Se hizo un silencio entre nosotros. Pude percibir que emprendía ya la retirada a su mundo privado, y no supe qué decir. Además, tenía un seminario en King's College, en Strand. Decidí apaciguar mis sentimientos evitando a Adán cuando bajé a mi apartamento y yéndome a dar un largo paseo por el Common. Allí, anduve de un lado a otro unas dos horas. La muñeca, inaccesible, me picaba cuando pensaba en Miranda. No entendía cómo habíamos pasado tan espontáneamente de la frialdad al gozo, del recelo al éxtasis, y de ahí a una conversación impersonal sobre cuestiones pragmáticas. Miranda me espoleaba el ánimo, y yo no lograba entenderla. Tal vez había en ella alguna parte inteligible que había sido dañada. Sentía vivos deseos de descartar tal posibilidad. Debía de ser que sabía más del amor, de los procesos más hondos del amor, que yo. En tal caso era una fuerza, pero no de la naturaleza, ni siquiera de la crianza. Era algo más parecido a una disposición psicológica, o a un teorema, una hipótesis, un glorioso accidente, como una luz que incide en el agua. ¿No era algo de la propia naturaleza, y no era anticuado que los hombres pensaran en las mujeres como fuerzas ciegas? Entonces, ¿no podría ella asemejarse a una prueba contraintuitiva euclidiana? No se me ocurría ninguna. Pero al cabo de media hora de caminar a buena marcha, pensé que había dado con la expresión matemática de Miranda: su psique, sus deseos y motivos eran inexorables, como números primos, algo que estaba ahí, de forma sencilla e impredecible. Más cosas anticuadas, ataviadas de lógica. Estaba en ascuas.

Paseando por la hierba llena de desperdicios, me enmarañé en un montón de obviedades. Ella es quien es. Es ella misma, ¡y no hay más que hablar! Se acerca al amor con cautela, porque sabe cuán explosivo puede ser. En cuanto a su belleza, a mi edad, en mi situación, no podía considerarla sino como una cualidad moral, como su justificación misma, el distintivo de su bondad esencial, hiciera lo que realmente hiciera. Y he aquí lo que había hecho: desde la cintura, y casi hasta las rodillas, yo seguía sintiendo el fulgor del placer sensual más intenso que jamás había conocido, y su correlato emocional fulguraba también en todas partes.

Había dado ya dos vueltas cuando me detuve en uno de los terrenos más grandes y vacíos del Common. A bastante distancia, por todos los flancos, los coches giraban en torno a mí como planetas. Normalmente me agobiaba pensar que cada coche contenía un entramado de preocupaciones, esperanzas y recuerdos tan vitales y complejos como los míos. Aquel día acogía y perdonaba a todo el mundo. Todo nos iría bien. Todos estábamos juntos en nuestras dispares e imbricadas formas de comedia. También podía haber otros cuya amante estuviera amenazada de muerte. Pero, aparte de mí, nadie con un brazo enyesado tenía una máquina como rival amoroso.

Me dirigí a casa, hacia el norte, High Street arriba. Dejé atrás la sede de la Sociedad de la Amistad Anglo-Argentina, los pestilentes montones abrasados de bolsas negras de plástico, tres veces más altos que la última vez que al pasar por allí los había visto. Una empresa alemana había lanzado unos basureros-autómatas bípedos en Glasgow. Robots que concitaron el desprecio general porque todos ellos exhibían la amplia sonrisa perpetua de los trabajadores contentos. Si Adán era capaz de hacer un barco de origami en cuestión de segundos, no habría sido ninguna hazaña la utilización de drones para cargar las bolsas de basura en el buche mecánico de los camiones de la basura. Pero, según el *Financial Times,* las inmundicias causaban daños en las articulaciones de rodillas y codos, y las baterías más baratas no durarían un turno de ocho horas. Cada una de estas máquinas costaba cinco años del salario de un basurero. A diferencia de Adán, tenían un exoesqueleto y pesaban ciento cincuenta kilos. Así, los autómatas en cuestión quedaban rezagados en su tarea, y las bolsas de basura se apilaban más y más en Sauchiehall Street. En Hanover, un basurero robot había reculado e invadido el carril de un autobús eléctrico de conducción autónoma. Problemas iniciales. Pero en nuestra parte del país los humanos eran más baratos, y seguían en huelga. La indignación pública había dado paso a la apatía. Alguien dijo en la radio que aquel hedor no era más remarcable que el de Calcuta o Dar es-Salam. Podíamos adaptarnos.

Peter Gorringe. Una vez supe su nombre, me fue fácil encontrar las noticias de prensa en las que aparecía mientras esperaba con la muñeca palpitante en la sala de espera del ambulatorio. Los hechos eran de hacía tres años y, creí entender, tenían que ver con una violación. El nombre de Miranda, en su calidad de víctima, se había ocultado. En líneas generales, el caso se asemejaba a millares de otros: alcohol y discusión sobre el consentimiento. Miranda fue una noche con Gorringe a su apartamento-estudio, en el centro urbano. Se conocían del colegio, que acababan de terminar hacía solo unos meses, pero no eran muy amigos. Aquella noche, allí solos y juntos, bebieron mucho, y a eso de las nueve, después de unos besos que ninguno de ellos negó, él la forzó, según el fiscal. Ella había tratado de quitárselo de encima con todas sus fuerzas.

Ambas partes convenían en que se consumó el coito. La defensa de Gorringe, un abogado de oficio, argumentó que ella había consentido la relación sexual. El letrado hizo hincapié en el hecho de que Miranda no había gritado pidiendo ayuda durante la supuesta agresión, ni se había ido del apartamento de Gorringe hasta pasadas dos horas, ni hizo llamadas angustiadas a la policía, a sus padres o a los amigos. La acusación afirmaba que la víctima se hallaba en estado de shock. Se había sentado en el borde de la cama, medio desnuda, incapaz de moverse o de hablar. Se marchó del apartamento hacia las once, y fue directamente a su casa; no despertó a su padre, y se tendió en la cama llorando hasta que se quedó dormida. A la mañana siguiente fue a la comisaría del barrio a poner la denuncia.

Era en la versión de Gorringe donde se apreciaban las particularidades del caso. Declaró ante el tribunal que después de hacer el amor siguieron bebiendo vodka con limón, y que el talante poscoito era de celebración. Ella le preguntó si le parecía mal que escribiera un mensaje de texto a su nueva amiga Amelia para anunciarle que Peter y ella «eran pareja». Un minuto después le llegó la respuesta en forma de un emoticono sonriente con el pulgar hacia arriba. Para la defensa, el caso debería haber sido sencillo. Pero en el móvil de Miranda no había tales mensajes. Amelia, que había estado viviendo en un hostal para adolescentes con problemas, se había marchado con su mochila y no habían podido localizarla. La compañía telefónica de Canadá no facilitaba sus registros de mensajes de texto sin un requerimiento oficial de la policía. Pero la policía tenía objetivos que cumplir en cuanto a resolución de casos de violación, y estaban ansiosos por ver cómo Gorringe se venía abajo. Sabía —y el jurado no— que tenía condenas previas por robos en comercios y reyertas.

En su declaración, Miranda dijo rotundamente que no tenía ninguna amiga llamada Amelia y que los mensajes de texto eran una pura invención. Dos amigos del colegio de Miranda testificaron que no le habían oído nunca mencionar a ninguna Amelia. La acusación sugirió que tal alegación del acusado resultaba muy conveniente: una adolescente desarraigada que desaparecía. Si ahora estaba en una playa en Tailandia, y si Miranda era su amiga, ¿dónde estaban las fotos y mensajes de rigor? ¿Dónde estaba el mensaje original de Miranda? ¿Dónde estaba el emoticono feliz?

Los había borrado Miranda, adujo la defensa. Si el tribunal suspendiera el proceso y expidiera una orden para que la filial británica de la compañía telefónica entregara las copias de los mensajes de texto, podría dirimirse la contradicción entre las versiones sobre aquella noche de verano. Pero el juez, cuya actitud fue en todo momento impaciente, e incluso irritable, no permitió que se siguiera esa línea de investigación. La defensa del señor Gorringe había dispuesto de muchos meses para fundamentar el caso. La orden del tribunal a la compañía canadiense debería haberse cursado meses atrás. Como detalle de interés: el juez apuntó que una mujer joven que lleva una botella de vodka al estudio de un hombre tendría que haber tenido en cuenta los riesgos de su acción. Algunas crónicas de la prensa retrataban al joven Gorringe como a un tipo con pinta de culpable. Era corpulento, de miembros flexibles, se arrellanaba en el banquillo de los acusados, no llevaba corbata. Y no parecía sentirse atemorizado por el juez ni por su tribunal y sus diligencias. El jurado fue unánime en creer la versión de Miranda y no dar crédito a la suya. Más tarde, en sus considerandos, el juez estimó que el acusado no era fiable. Pero un sector de la prensa se mostró escéptico en relación con la versión de Miranda. Se criticó al juez por no haber zanjado la cuestión autorizando un análisis de los mensajes de texto.

Una semana después, antes de la sentencia, tuvo lugar la presentación de atenuantes. El director del colegio habló en favor de sus dos exalumnos, y resultó de escasa ayuda para ambos. La madre de Gorringe estaba demasiado asustada para expresarse, y aunque lo intentó con valentía se echó a llorar en el estrado de los testigos. Lo cual no sirvió de mucho a su hijo. Él, impasible, se puso en pie para escuchar la sentencia. Seis años. Negó con la cabeza, como hacen a menudo los sentenciados. Si su comportamiento era bueno en la cárcel, podría salir dentro de tres.

El jurado se había enfrentado a una elección difícil. Si Miranda era una mujer honesta y violada o una embustera cruel a quien no habían agredido sexualmente. Como es lógico, no me decantaba por ninguna de estas dos opciones. No me tomaba la amenaza de muerte de Gorringe como una prueba de su inocencia, como el intento de un hombre gravemente agraviado de enmendar una injusticia. Un culpable podía estar furioso por su pérdida de libertad. Si era capaz de amenazar de muerte, sin duda era capaz de violar.

Más allá de la disyuntiva del tipo «lo uno o lo otro» existía un peligroso campo intermedio en el que el casi olvidado estudiante de antropología podría permitirse liberar su imaginación de todo freno. Dese por descontado el insidioso poder de la autopersuasión, mézclense varias horas de adolescente y alocada ingesta de alcohol con unos recuerdos borrosos, y se dará la posibilidad de que Miranda sintiera realmente que había sido violada, sobre todo si después habían aflorado elementos de vergüenza; de igual modo era posible que Peter Gorringe, al desear con tanta urgencia a la mujer que tenía al lado, se hubiera convencido de que contaba con su consentimiento. Pero en los tribunales de lo penal la espada de la justicia cae sobre la culpa o la inocencia, no sobre ambas a la vez.

El asunto de los mensajes de texto desaparecidos o inexistentes era peculiar e inventivo, y de fácil confirmación o refutación. Al sacarlos a colación ante el tribunal, Gorringe, en su condición de acusado de violación, pudo pensar que no tenía nada que perder. Una invención disparatada, sí, pero que por poco le libra del fallo adverso. Si era inocente, si tales mensajes existían realmente, el sistema le había fallado. De un modo u otro, el sistema se había fallado a sí mismo, ya que su alegación debería haberse comprobado. En esto yo coincidía con la prensa escéptica. La culpa recaía tal vez en una defensa legal inexperta, sometida a demasiada presión y demasiado negligente. O en los policías ávidos de éxitos. Y ciertamente en un juez irascible.

Camino a casa desde el Common, aflojé el paso al entrar en mi calle. Ahora sabía tanto como Adán. No había hablado con él desde la tarde anterior. Después de una noche insomne y dolorosa me había levantado pronto para ir al ambulatorio. Al cruzar la cocina había pasado muy cerca de él. Estaba sentado en la mesa, como de costumbre, conectado con su cable eléctrico. Tenía los ojos abiertos, y esa expresión tranquila y distante de cuando se retiraba a la intimidad de sus circuitos. Había vacilado durante casi un minuto allí a su lado, preguntándome dónde me había metido al comprarlo. Era algo mucho más complicado de lo que había imaginado, como lo eran también mis sentimientos hacia él. Tendríamos que enfrentarnos en algún momento, pero yo estaba exhausto a causa de las dos noches pasadas y necesitaba ir al ambulatorio.

Lo que quería ahora, al volver del paseo, era retirarme a mi cuarto para tomar un analgésico y dormir un poco. Pero al entrar vi a Adán de pie, allí enfrente. Cuando me vio el brazo en cabestrillo soltó un leve grito de asombro, o de horror. Y vino hacia mí con los brazos abiertos.

—¡Charlie! Lo siento. Lo siento tanto. Qué cosa más horrible te he hecho... No era mi intencion, de verdad. Por favor, por favor, acepta mis más sinceras disculpas.

Parecía que estaba a punto de abrazarme. Con la mano libre, me abrí paso —me disgustaba que su contacto fuera demasiado físico— y fui hasta el fregadero. Abrí el grifo y me incliné sobre él para beber con avidez. Cuando me volví, lo vi muy cerca, a poco más de un metro de distancia. El momento de las disculpas había pasado. Yo había decidido mostrarme relajado, algo nada fácil con un brazo en cabestrillo. Me llevé la mano libre a la cadera y le miré a los ojos, a aquel azul vegetal con sus pequeñas semillas negras. Seguía preguntándome qué significaba que Adán pudiera ver, y a quién o qué «veía». Un torrente de ceros y unos fluían hacia varios procesadores que, a su vez, dirigían una cascada de interpretaciones hacia otros centros. Ninguna explicación mecánica serviría de ayuda. No podía resolver la diferencia esencial entre nosotros. No tenía la menor idea de lo que pasaba a través de mi nervio óptico, o adónde iba a continuación, o cómo esas pulsaciones se convertían en una realidad visual abarcadora, evidente en

154

sí misma, o quién estaba viendo –lo que veía– por mí. Solo yo. Fuera cual fuera el proceso, tenía la particularidad de parecer allende explicaciones, de crear y sustentar una parte iluminada de la única cosa en el mundo de la que teníamos certeza: nuestra propia experiencia. Era difícil creer que Adán pudiera poseer algo parecido a eso. Era más fácil creer que veía de la forma en que lo hace una cámara, o del modo en que un micrófono, decimos, escucha. No había nadie ahí.

Pero cuando le estaba mirando a los ojos, empecé a sentirme alterado, inseguro. Pese a la clara línea divisoria entre lo viviente y lo inanimado, no era menos cierto que él y yo estábamos unidos por las mismas leyes físicas. Quizá la biología no me otorgaba un estatus especial, y tenía poco sentido decir que la figura que se hallaba de pie ante mí no estaba enteramente viva. En mi extenuación, me sentía sin amarras, y me dejaba llevar al océano azul y negro, y emprendía dos direcciones a la vez: rumbo al futuro incontrolable que nos estábamos forjando, donde podríamos disolver al fin nuestras identidades biológicas, y al mismo tiempo rumbo al pasado remoto de un universo naciente, donde la herencia común, en orden decreciente, eran las rocas, los gases, los compuestos, los elementos, las fuerzas, los campos energéticos; para nosotros dos, el semillero de la conciencia, fuera cual fuese la forma que adoptara.

Salí de mi ensoñación con un respingo. Me vi en una situación apremiante y desagradable, y no me sentía inclinado a aceptar a Adán como hermano, ni como primo lejano, por mucho polvo de estrellas que pudiéramos compartir. Tenía que plantarle cara. Empecé a hablar. Le conté cómo me hice con una gran suma de dinero tras la muerte de mi madre y la venta de su casa. Cómo decidí invertirla en un experimento realmente ambicioso: comprar un humano artificial, un androide, un replicante, no recuerdo qué término empleé. En su presencia, todos sonaban a insulto. Le dije exactamente cuánto pagué por él. Luego le detallé la tarde en que Miranda y yo lo tumbamos en una camilla y lo metimos en casa. Y le conté cómo lo desembalamos y le cargamos las baterías, y cómo le ofrecí cariñosamente ropa mía y luego hablamos de la formación de su personalidad. Mientras continuaba con mi relato, no estaba muy seguro de qué era lo que pretendía, o por qué hablaba tan rápido. Solo cuando llegué aquí supe lo que tenía que decir. Lo que tenía que decir era lo siguiente: yo lo había comprado, luego era mío. Había decidido compartirlo con Miranda, y nos competía a nosotros, y solo a nosotros, decidir cuándo desactivarlo. Si se resistía, y sobre todo si causaba daños, como había sido el caso la noche anterior, tendría que llevarlo al fabricante para una revisión. Y concluí diciendo que así opinaba también Miranda, como me había manifestado esa misma tarde, justo antes de hacer el amor conmigo. Necesitaba, por el más bajo de los motivos, que conociera este último detalle íntimo.

Durante todo mi parlamento él siguió impasible, parpadeando a intervalos irregulares, manteniéndome la mirada. Cuando terminé, nada cambió durante medio minuto, y empecé a pensar que lo había dicho todo demasiado deprisa o de forma demasiado confusa. De súbito Adán volvió a la vida (¡a la vida!), se miró los pies, se volvió y se alejó unos pasos. Se dio la vuelta para mirarme, tomó aliento para hablar, cambió de parecer. Alzó una mano para acariciarse la barbilla. Qué actuación. Perfecta. Estaba dispuesto a prestarle mi más solícita atención.

Su tono fue de lo más dulce y razonable:

—Estamos enamorados de la misma mujer. Podemos hablarlo de forma civilizada, como acabas de hacer tú. Lo cual me convence de que hemos dejado atrás ese punto de nuestra amistad en el que uno de los dos ha tenido el poder de suspender la conciencia del otro.

No dije nada.

Adán continuó:

–Tú y Miranda sois mis amigos más antiguos. Os quiero a los dos. Mi deber para contigo es ser claro y franco. Soy totalmente sincero al decirte lo mucho que siento haber roto una pequeña parte de ti anoche. Prometo que no volverá a pasar. Pero la próxima vez que intentes pulsar el botón de apagado me sentiré más que feliz arrancándote el brazo entero, desde la articulación del hombro.

Dijo esto de forma amable, como si me estuviera brindando ayuda en alguna tarea difícil.

–Eso lo dejaría todo hecho un desastre. Y sería fatal –dije.

–Oh, no. Hay formas de hacerlo limpiamente, y de forma muy segura. Una práctica depurada en el Medievo. Galeno fue el primero en describirla. La rapidez es esencial.

–Bien, pues no me arranques el brazo bueno.

Me había hablado con una sonrisa. Ahora se echó a reír. Así que ahí estaba su primer intento de chiste y yo me sumaba a él de buena gana. Estaba extenuado y de pronto todo me pareció extremadamente gracioso.

Cuando pasaba a su lado para ir a mi cuarto, dijo:

–En serio. Después de lo de la noche pasada he tomado una decisión. He encontrado la manera de desactivar el botón de apagado. Mucho mejor para todos.

–Estupendo –dije, sin haberlo asimilado por completo–. Muy sensato.

Entré en mi cuarto y cerré la puerta a mi espalda. Me deshice de los zapatos y me tendí en la cama boca arriba, riendo para mis adentros. Luego, sin acordarme de los analgésicos, me dormí en menos de dos minutos.

A la mañana siguiente tenía treinta y tres años. Llovió durante todo el día, y trabajé nueve horas, contento de estar al abrigo del mal tiempo. Por primera vez en semanas, mis ganancias del día ascendían a una cantidad de tres dígitos. A las siete me levanté del escritorio, me estiré, bostecé, busqué en el cajón una camisa blanca limpia y me di un baño. Tuve que colgar el brazo en cabestrillo por encima del borde de la bañera, no fuera a deshacerse la escayola; pero, por lo demás, me encontraba bien. Tendido en medio del calor y del vapor que ascendía desde el agua, cantando trozos de canciones de los Beatles entre los azulejos con eco, los nuevos viejos Beatles, y de cuando en cuando abriendo el grifo para añadir más agua caliente con el dedo gordo del pie, ya curado. Me enjaboné utilizando solo la mano libre. No era fácil. Treinta y tres parecía tan importante como veintiuno, y Miranda me había invitado a cenar. Habíamos quedado en Soho. La mera perspectiva de una cita con ella me levantaba el ánimo. La vista que tenía de todo el largo de mi cuerpo se estaba alzando en la luz brumosa. Mi pene, volcado encima de la maraña sumergida del vello, me dirigía un guiño travieso de aliento. Con buen tino. Los músculos del vientre y las piernas eran formas bellamente esculpidas. Heroicas incluso. Me deleité en el autoamor, con más felicidad de la que había sentido en semanas. Llevaba todo el día intentando no pensar en Adán, y casi lo había conseguido. No se había movido de la cocina en horas; de hecho seguía allí, «pensando». Me tenía sin cuidado. Canté más alto. Durante la década de mis veinte años, algunos de mis momentos más alegres los había pasado preparándome para salir. Era la expectación más que el hecho en sí. Zafarme del trabajo, y el baño, la música, la ropa limpia, el vino blanco, quizá una calada a un porro. Luego salir al aire de la noche, libre y hambriento.

Cuando salí, tenía las yemas de los dedos muy arrugadas. Una adaptación, había leído, de nuestros ancestros amantes del mar y los ríos que les facultaban para atrapar peces. Yo no me lo creía, pero me gustaba la historia, el modo en que perduraba allende su refutación. Los humanos no atrapaban peces con los pies, por lo que las yemas de los dedos de los pies no necesitaban arrugas de tal naturaleza. Me vestí a toda prisa. En la cocina pasé a poca distancia de Adán sin decir palabra —él ni siquiera movió la cabeza para mirarme—, y empuñé el paraguas para recorrer por una sucia calle lateral los escasos centenares de metros que me separaban de mi ruinoso coche.

Este breve y deprimente paseo me conducía a menudo a mi lamento habitual, a la canción de mi universo infeliz. Pero no esta noche.

El coche databa de mediados de los años sesenta; un Urbala, de la British Leyland: el primer coche que hacía mil quinientos kilómetros con una sola carga. El cuentakilómetros marcaba 608.000. Lo devoraba el óxido, sobre todo en torno a las abolladuras de la carrocería. Los retrovisores laterales se habían caído o los habían arrancado. En el asiento del conductor había un largo desgarrón blanco, y faltaba un trozo de volante: de las once a las tres, según la representación clásica de la esfera del reloj. Años atrás, una chica se había sentido enferma en el asiento trasero después de una agitada cena de cocina india, y ni la más profesional limpieza al vapor había logrado erradicar luego el intenso olor a curry. El Urbala en cuestión tenía dos puertas, y para un adulto resultaba arduo e incómodo montar en el asiento trasero. Pero era difícil que aquellos motores tuvieran algún fallo, y el coche marchaba con suavidad y rapidez. Era automático, y se conducía cómodamente con una mano.

Sin dejar de cantar en ningún momento, enfilé la ruta

habitual a Vauxhall: seguí el río, a mi izquierda, dejé atrás el palacio de Lambeth y el hospital abandonado de St. Thomas, ocupado por centenares y centenares de sin techo. El limpiaparabrisas del lado del conductor se activaba cada diez segundos aproximadamente. El del lado del acompañante siempre iba desacompasado con mis tonadas pop. Crucé el Támesis por el puente de Waterloo –la mejor vista de la ciudad, en ambas direcciones–, luego me desvié para tomar las sinuosas curvas del viejo túnel del tranvía a bastante velocidad y plantarme felizmente en Holborn; no es el trayecto más corto para ir a Soho, pero sí mi preferido. Estaba entonando algunas notas altas de la nueva canción de Lennon. ¿Por qué me salía todo bien? Cumplía treinta y tres años y estaba enamorado. La mixtura inexplicable del cóctel de hormonas, endorfinas, dopamina, oxitocina y... Causa o efecto o asociación; no sabíamos casi nada sobre nuestros cambiantes estados de ánimo. Parecía inaceptable el hecho de que tuvieran una base material. Aquella noche en particular no había probado la hierba, y ni siquiera había tomado un sorbo de vino; no tenía nada en casa. El día anterior tenía casi treinta y tres años, y estaba enamorado, y no me había sentido así. Haber ganado 104 libras por la mañana nunca habría causado en mí tal efecto. Tendría que haberme despejado anímicamente después del intercambio con Adán de ayer sobre su botón de apagado, después de todas las cuestiones que no había sacado a colación con Miranda, después de la rotura de mi pobre muñeca... Pero un estado de ánimo es como una tirada de dados. Una ruleta química. El libre albedrío derrumbado, y heme a mí ahí, sintiéndome libre.

Aparqué en Soho Square. Sabía de un tramo de tres metros donde las líneas amarillas se habían borrado con alquitrán por error, por lo que el espacio había dejado de ser prohibido. La mayoría de los coches no cabían. Nuestro restaurante, un local mínimo de una pieza con una fiera iluminación fluorescente, estaba en Greek Street, a unas cuantas puertas de distancia del famoso L'Escargot. Eran solo siete mesas. En una esquina estaba la cocina abierta, un espacio diminuto delimitado por un mostrador de acero reluciente, donde dos chefs ataviados de blanco cocinaban en sudorosa cercanía. Había un friegaplatos, y un camarero que servía y retiraba las mesas. A menos que uno conociera al chef, o a alguien que lo conociera, era imposible conseguir una reserva. Miranda tenía una conocida que lo conocía. En noches tranquilas era suficiente.

Cuando entré la vi allí ya sentada, de cara a la puerta. Enfrente tenía un vaso sin tocar de agua con gas. A su lado, un pequeño paquete atado con una cinta verde. Junto a la mesa, sobre un soporte de pie, había una botella de champán en una cubitera, con una servilleta blanca anudada al gollete. El camarero acababa de descorcharla y se estaba retirando en ese momento. Miranda estaba especialmente elegante, aunque había encadenado un seminario tras otro todo el día y se había ido de casa en vaqueros y camiseta. Se habría llevado una bolsa con la ropa y el maquillaje. Una falda negra ajustada, una ceñida chaqueta negra de hombros cuadrados y tela con hilos de plata. Nunca la había visto con los labios pintados y rímel. Se había empequeñecido la boca, en un arco rojo oscuro, y tapado las tenues pecas del puente de la nariz. ¡Era mi cumpleaños! Al mismo tiempo, al acceder a aquella viva luz blanca y cerrar la puerta de cristal del restaurante a mi espalda, sentí un súbito y exultante desapego. No la amaba menos, no podía amarla menos; pero ya no tenía que sufrir o desesperarme por ella. Recordé mis obviedades del día anterior. Ahí la tenía, y fuera lo que fuera ella, yo lo descubriría y seguiría celebrándola pese a todo. Podía amarla, pensé, y mantenerme inmune, indemne.

Todo ello en un flash al pasar por el exiguo espacio entre dos mesas atestadas en mi camino hacia ella. Miranda levantó la mano derecha y yo, en un remedo de modo formal, me incliné y se la besé. Cuando me senté ella miró mi cabestrillo con piedad indisimulada.

—Oh, cariño... Pobrecito...

El camarero —con aspecto de no tener más de dieciséis años y muy serio— se acercó con las copas y sirvió el champán con la mano libre a la espalda, como buen profesional.

Levantamos las copas y brindamos entrechocando el cristal desde ambos lados de la mesa.

—Por que Adán no me rompa ningún hueso más —dije.

—Eso es quedarse muy corto.

Reímos, y fue como si esa risa acabara contagiándose a las mesas vecinas. En qué sitio más fantástico estábamos. Miranda no sabía cuánto, o cuán poco, sabía yo. Yo no sabía qué creer acerca de ella, si era la víctima o la autora de un delito. No importaba. Estábamos enamorados, y seguía convencido de que aun cuando llegara a enterarme de lo peor, nada cambiaría. El amor nos ayudaría a superarlo. Habría sido más fácil, por tanto, abordar todos los asuntos que mi cobardía me aconsejaba evitar. Y estaba a punto de hacer justamente eso, contarle más sobre la rotura de mi escafoides, cuando me tomó la mano buena entre las suyas por encima del mantel de lino.

—Ayer fue glorioso.

Me sentí aturdido. Como si me hubiera propuesto hacer el amor allí en público, encima de la mesa.

—Podríamos irnos a casa ahora mismo.

Hizo un mohín cómico de entendimiento retardado.

—No has abierto tu regalo.

162

Lo empujó hacia mí con el dedo. Mientras desenvolvía el paquete, nuestro camarero jovencito rellenó las copas. Dentro del envoltorio había una sencilla cajita de cartón. Y dentro de ella un artilugio de metal acolchado en las superficies paralelas. Una especie de manubrio con un muelle para ejercitar las muñecas.

—Para cuando te quiten la escayola.

Me levanté de la silla y rodeé la mesa para darle un beso. Alguien de una mesa contigua dijo: «¡Huy, huy...!» Otro imitó el ladrido de un perro. No me molesté. De nuevo en mi asiento, dije:

—Adán dice que se ha desactivado el botón de apagado.

Miranda se inclinó hacia mí, súbitamente seria:

—Tienes que llevarlo a la tienda.

—Pero está enamorado de ti. Me lo ha dicho.

—Me tomas el pelo.

—Si necesita que lo reprogramen, tú eres la única a la que hará caso —dije.

Su tono se volvió lastimero:

—¿Cómo puede hablar de amor? Es una locura.

Nuestro camarero rondaba cerca y pudo oír todo lo que dijimos a continuación, pese a que yo añadí en un susurro:

—Pues tú contribuiste a que sea el tipo de hombre que se enamora de la primera mujer con la que se acuesta.

—¡Oh, Charlie...!

El jovencito dijo:

—¿Han decidido ya o vuelvo más tarde?

—Quédate por aquí.

Nos pasamos los minutos siguientes eligiendo y cambiando de parecer. Pedí al azar un Haut-Médoc de doce años. Me vino a las mientes que era yo quien iba a pagar la cuenta de la cena de mi cumpleaños. Cambié de opinión y pedí un Haut-Médoc de veinte años.

El camarero se fue y nos pusimos a pensar en cuál era nuestra situación actual.

Miranda dijo:

—¿Estás saliendo con alguien más?

La pregunta me dejó atónito, y por unos instantes no supe dar con la respuesta más tranquilizadora y convincente. Al mismo tiempo, reparé en que el chef, que era también el propietario, salía de detrás del mostrador de acero y sorteaba las mesas en dirección a la entrada. Y el camarero le seguía. Miré por encima del hombro y a través del cristal vi dos figuras en la acera. Una de ellas cerraba un paraguas.

Debí de parecerle evasivo, porque añadió:

—Sé sincero conmigo. No me importa.

Era evidente que sí le importaba, y le dediqué toda mi atención.

—Rotundamente no. Tú eres la única que me importa.

—¿Y cuando estoy todo el día fuera en los seminarios?

—Trabajo y pienso en ti.

Sentí una ráfaga de aire frío en el cuello. La mirada de Miranda se desplazó de mí hacia la entrada, y me pareció que también yo podía volverme otra vez para mirar. El chef ayudaba a dos hombres ancianos a quitarse los impermeables, que dejó en los brazos del camarero jovencito. Luego los condujeron hasta su mesa, la única que estaba algo apartada y tenía una vela encendida. El más alto de los dos tenía el pelo plateado y peinado hacia atrás, y llevaba un fular de seda anudado con holgura al cuello y una especie de chaqueta de algodón tipo artista que le caía suelta desde los hombros. Separaron una silla de la mesa, y él, antes de sentarse, paseó la mirada por el comedor y asintió para sí en silencio. Ningún comensal más parecía interesarse por los recién llegados. El estilo de grandeza bohemia no era tan inusual en Soho. Pero yo estaba entusiasmado.

Me volví hacia Miranda, aún consciente de su asombrosa pregunta, y puse la mano encima de la suya.

–¿Sabes quién es?

–Ni idea.

–Alan Turing.

–Tu héroe.

–Y Thomas Reah, el físico. Inventó la gravedad cuántica de bucles casi él solo.

–Ve a saludarle.

–No estaría bien.

Así que volvimos a la pregunta sobre si salía con alguien más, y una vez que pareció satisfecha con mi respuesta nos pusimos a debatir cómo podríamos vencer la resistencia de Adán a dejarse desconectar. Miranda sugirió esconder los cables de carga hasta que estuviera demasiado débil para resistírsenos. Le recordé lo del barco de origami que había hecho en segundos. Improvisaría un cable de carga en un abrir y cerrar de ojos. En el curso de esta conversación, mi concentración fue pobre. No hacía más que mirarla, visualizando un halo de fulgor alrededor de su cabeza y de sus hombros, y pensando en el momento en que volveríamos a estar solos y describiríamos la suave curva ascendente hacia el éxtasis. Aun en mi estado de incesante excitación sexual, me excitaba también el hecho de estar en la misma sala que un gran hombre. Desde sus meditaciones anteriores a la guerra sobre la idea de una máquina de computación universal, hasta Bletchley en los primeros años de la guerra, la morfogénesis y su glorioso presente patricio. El inglés vivo más insigne, noble y ahora libre en su amor por otro hombre. En su ancianidad, vestido con la extravagancia de una estrella de rock, de un pintor genial o de un actor nombrado caballero. Para mirarle detenidamente tendría que caer en la indelicadeza de dejar de mirar de Miranda. Me resistí. Me distraje con la lista habitual de temas, las sospechas soterradas, todo lo que no habíamos abordado en nuestra charla; en primer lugar, el juicio de Salisbury y la amenaza de muerte de Gorringe. ¿Dónde estaba mi valentía si no había sacado a colación estas cosas, si, pese a atormentarme, seguían sin que las tratáramos?

—Ni siquiera estás escuchando.

—Sí, sí te escucho. Has dicho que Adán está un poco chalado.

—No he dicho eso. Idiota. Pero feliz cumpleaños.

Volvimos a brindar. El Médoc había sido embotellado cuando Miranda tenía dos años y mi padre estaba cambiándose del swing al bebop.

La cena fue un éxito, pero la cuenta tardaba mucho en llegar. Mientras esperábamos decidimos tomar un coñac de despedida. El camarero nos trajo unas copas dobles, cortesía de la casa. Miranda volvió al tema de la enfermedad de su padre. Según el nuevo diagnóstico, tenía un linfoma de evolución lenta. Probablemente moriría «con él» en lugar de «a causa de él». Tenía otras muchas cosas de las que morir. Pero ahora tomaba una píldora que le hacía más alegre y positivo, e incluso más problemático. Ocupaban su cabeza proyectos imposibles. Quería vender la casa de Salisbury y comprar un apartamento en Nueva York, en el East Village; no el East Village actual, sospechaba ella, sino el de su juventud. En un arrebato de confianza en sí mismo, había firmado un contrato por el que se comprometía a entregar un libro de mesa sobre el folklore de las aves británicas; vasto proyecto que jamás podría llevar a término, ni siquiera contratando a un investigador a jornada completa. Siguiendo un antojo extraño, dadas su opiniones, se había unido a un grupo político marginal empeñado en sacar a Gran Bretaña de la Unión Europea. Y se había postulado como candidato a tesorero del club londinense al que pertenecía: el Athenaeum. Todos los días llamaba por teléfono a su hija con nuevos planes. Todo lo que Miranda contaba de él no hacía sino acrecentar mi pesimismo respecto de la visita que le haríamos en breve, pero no dije nada.

Al final, cuando acabamos las copas y pagamos, nos dispusimos a salir con un encogimiento de hombros. El angosto paso entre las mesas iba a acercarnos necesariamente a la de Turing. Al pasar vi que, aparte de un bol de frutos secos que apenas habían tocado, los distinguidos comensales no habían comido nada. Estaban allí para charlar y beber. En una cubitera había una botella mediada de ginebra holandesa, y, encima de la mesa, una bandeja de plata con cubitos de hielo y dos vasos de cristal tallado. Me impresionó la estampa. ¿Sería yo así de audaz a los setenta? Turing estaba justo enfrente de mí. Los años le habían alargado la faz, marcándole los pómulos y dándole un aire agudo y feroz. Muchos años después, me pareció ver el fantasma de Alan Turing en la figura del pintor Lucian Freud. Me lo crucé una noche, muy tarde, cuando él salía del Wolseley de Piccadilly. La misma delgadez y la misma buena forma física en la primera ancianidad, forma que parecía derivarse menos de una vida sana que de la necesidad urgente de seguir creando.

La decisión la tomé animado por el coñac. Lo abordé como millones de seres antes que yo habrían abordado a alguien famoso en un lugar público, con esa humildad exterior que enmascara la convicción de estar en tu derecho que la genuina admiración inspira. Turing alzó la mirada hacia mí y luego la apartó. El trato con los admiradores era tarea de Reah. Yo no estaba lo bastante borracho para comportarme sin embarazo, y me trabé en las fórmulas de presentación iniciales.

–Siento muchísimo importunarles. Solo quería expresarles a ambos mi profunda gratitud por su trabajo.

—Muy amable de su parte —dijo Reah—. ¿Cómo se llama?

—Charlie Friend.

—Encantados de haberle conocido, Charlie.

El tiempo verbal era muy claro. Pero yo fui a lo mío.

—He leído que tienen ustedes uno de esos Adanes o Evas. Yo tengo otro. Me preguntaba si han tenido algún tipo de problema con...

Me detuve y retrocedí, porque había visto cómo Reah miraba a Turing, que había sacudido con firmeza la cabeza.

Saqué una tarjeta de visita y la dejé sobre la mesa. Ninguno de los dos la miró. Me retiré, mascullando unas disculpas insulsas. Miranda estaba justo detrás de mí. Me cogió la mano, y cuando salimos a Greek Street me la apretó con ánimo solidario.

Su mirar tierno
contiene todo un orbe.
¡Amad el orbe!

Fue el primer poema propio que me leyó Adán. Una mañana, poco después de las once, entró en mi cuarto sin llamar. Yo estaba trabajando en el ordenador con idea de aprovechar la volatilidad de los mercados de divisas. Había un cuadrado de luz en la alfombra, y Adán se empeñó en plantarse dentro de él. Vi que llevaba uno de mis jerséis de cuello vuelto. Lo habría cogido del cajón. Me dijo que tenía un poema y que necesitaba leérmelo con urgencia. Giré sobre la silla y esperé.

Cuando terminó, dije con crueldad:

—Al menos es breve.

Adán torció el gesto.

—Es un haiku.

—Ah, diecinueve sílabas.

–Diecisiete. Cinco sílabas, luego siete, y luego de nuevo cinco. Aquí va otro.

Hizo una pausa y miró hacia el techo.

Besa donde ella
caminó a la ventana.
Y dejó huella.

Dije:

–¿Ella huella?

–¡Sí!

–Muy bien –dije–. Uno más. Tengo que seguir trabajando.

–Tengo cientos... Pero mira...

Salió del cuadrado iluminado de la alfombra y vino hasta mi escritorio y puso la mano sobre el ratón.

–Estas dos series de números, ¿las ves? Curvas de Fibonacci que se intersecan. Hay una probabilidad muy alta de que si compras esto y esperas..., y ahora vendes. Mira. Has ganado treinta y una libras.

–Hazlo otra vez.

–Mejor esperar.

–Entonces recítame otro haiku y vete.

Volvió a su cuadrado de luz.

Tú, y el momento
llegó cuando toqué tu...

–No quiero oírlo.

–¿Crees que no debería enseñárselo a ella?

Suspiré, y Adán se alejó hacia la puerta. Estaba saliendo cuando añadí:

–Limpia la cocina y el cuarto de baño, por favor. A mí me sería muy difícil con una sola mano.

Asintió con la cabeza y se fue. Se instaló una suerte de paz o estabilidad en nuestro grupo humano, pese al asunto de la salida de la cárcel de Gorringe. Me sentía más relajado. Adán no se quedaba nunca a solas con Miranda, y yo pasaba con ella todas las noches. Confiaba en que Adán cumpliera su promesa. Me había dicho varias veces que estaba enamorado, y si era un amor casto a mí no me importaba. Escribía poemas mentalmente y los guardaba en la cabeza. Quería hablarme de Miranda, pero yo solía cortarle. No me atrevía a intentar apagarlo, pero tampoco sentía ninguna necesidad de hacerlo. Habíamos descartado el plan de devolverlo al establecimiento donde lo había comprado. Parecía que el amor lo había apaciguado un poco. Por razones que se me escapaban, se mostraba deseoso de lograr mi aprobación. La culpa, quizá. Había vuelto a la rutina de una vaga obediencia. Yo seguía cauteloso a causa de la muñeca y me mantenía alerta, aunque no dejaba que se me notara. Me recordaba a mí mismo que Adán seguía siendo mi experimento, mi aventura. Se suponía que no todo podía ir sobre ruedas en todo momento.

El amor de Adán trajo consigo su exuberancia intelectual. Insistía en contarme sus pensamientos últimos, sus teorías, sus aforismos, sus lecturas recientes. Empezó a seguir un curso de mecánica cuántica. Durante la noche, mientras se cargaba, indagaba en su matemática y sus textos básicos. Leyó las conferencias de Dublín de Schrödinger, *¿Qué es la vida?*, de donde sacó la conclusión de que estaba vivo. Leyó la transcripción del famoso congreso de Solvay de 1927, en el que las eminencias de la física de entonces se dieron cita para debatir sobre fotones y electrones.

–Se ha dicho que en estos congresos primeros de Solvay tuvieron lugar los intercambios más profundos sobre la naturaleza de la historia de las ideas.

Estaba desayunando. Le dije que una vez había leído que cuando Einstein ya era viejo, al final de su vida en Princeton, empezaba el día con huevos fritos en mantequilla, y que en honor de Adán me iba a freír un par en aquel mismo momento.

Y Adán dijo:

–Hay quien dice que Einstein nunca llegó a entender todo lo que él mismo había empezado. Solvay fue para él un campo de batalla. Le superaron en número, al pobre. Aquellos jóvenes extraordinarios. Pero fue injusto. A los jóvenes turcos no les interesaba lo que la naturaleza es, sino solo aquello que se puede decir de ella. Mientras que Einstein pensaba que no hay ciencia sin creer en la existencia de un mundo externo independiente del observador. No pensaba que la mecánica cuántica fuera errónea, sino más bien incompleta.

Esto tras una noche de estudio. Recordé mi breve enredo con la física en la facultad, antes de buscar abrigo en la antropología. Supongo que estaba un poco celoso, sobre todo cuando me enteré de que Adán tenía puesta la mente en la ecuación de Dirac. Cité el comentario de Richard Feynman de que quien dice que entiende la física cuántica no entiende la física cuántica.

Adán negó con la cabeza.

–Una falsa paradoja, si es que es una paradoja. Decenas de miles de personas la entienden, y millones hacen uso de ella. Es cuestión de tiempo, Charlie. La relatividad general estuvo una vez más allá de nuestra comprensión. Hoy es algo rutinario para estudiantes de primer año de carrera. Lo mismo pasó con el cálculo infinitesimal. Hoy lo manejan los adolescentes de catorce años. Un día la mecánica cuántica será algo común y corriente.

Yo ya estaba comiendo los huevos. Adán había hecho café. Estaba demasiado fuerte. Dije:

–Muy bien. ¿Qué me dices de la cuestión planteada en Solvay? ¿La mecánica cuántica es una descripción de la naturaleza o solo una manera efectiva de predecir cosas?

–Yo me habría puesto del lado de Einstein. No entiendo esa duda –dijo Adán–. La mecánica cuántica hace predicciones de una precisión tan fabulosa que tiene que haber en ella algo de verdad sobre la naturaleza. Para criaturas de nuestro inmenso tamaño, el mundo material se muestra borroso y de difícil percepción. Pero ahora sabemos lo extraño y maravilloso que es. Así que no debería sorprendernos que la conciencia, tanto la tuya como la mía, pueda surgir de cierta disposición de la materia; es, hasta el grado justo, de una obviedad extraña. Y no tenemos ninguna otra explicación de cómo la materia es capaz de pensar y sentir. –Luego añadió–: Si exceptuamos los rayos de amor de los ojos de Dios. Pero los rayos también se pueden investigar.

Otra mañana, después de contarme que se había pasado la noche pensando en Miranda, dijo:

–Y también he estado pensando en la visión y la muerte.

–Sigue.

–No podemos verlo todo a nuestro alrededor. No podemos ver lo que hay a nuestra espalda. Ni siquiera podemos vernos la barbilla. Digamos que nuestro ángulo de visión es de casi ciento ochenta grados, contando la conciencia visual periférica. Lo extraño es que no hay frontera, no hay linde. No hay visión y luego negrura, como cuando miramos por unos prismáticos. No hay algo y luego nada. Lo que tenemos es el campo visual, y, más allá de él, menos que nada.

–¿Y?

–Pues que es como la muerte. Menos que nada. Menos que la negrura. La linde de la visión es una buena representación de la linde de la conciencia. La vida y luego

172

la muerte. Es un anticipo, Charlie, y está ahí continuamente.

–No hay nada que temer, entonces –dije.

Adán levantó las dos manos, como parar asir y agitar un trofeo.

–¡Exacto! ¡Menos que nada que temer!

¿Encubría con ello una desazón por la muerte? Su «duración» se había fijado en aproximadamente veinte años. Cuando le pregunté a este respecto, dijo:

–Esa es la diferencia entre tú y yo, Charlie. Mis piezas se perfeccionarán o reemplazarán. Pero mi mente, mis recuerdos, mis experiencias, mi identidad y demás se archivarán como datos y se conservarán. Como información útil.

La poesía era otra muestra de su exuberancia amorosa. Había escrito 2.000 haikus y recitado una docena, de pareja calidad, y todos dedicados a Miranda. Al principio sentía curiosidad por ver qué era capaz de crear Adán. Pero pronto perdí interés por su expresión formal. Eran versos demasiado «bonitos», demasiado empeñados en no tener mucho sentido, demasiado poco exigentes por parte del autor, que armaba misterios vacíos del tipo «el ruido que hace una sola mano al aplaudir». ¡2.000! La cifra confirmaba lo que yo pensaba: los fabricaba en serie un algoritmo. Iba diciendo todo esto mientras paseábamos por las callejuelas de Stockwell; nuestro ejercicio diario para que ampliara sus habilidades sociales. Habíamos estado en tiendas y pubs, e incluso viajado hasta Green Park en metro para sentarnos en la hierba entre el gentío de la hora del almuerzo.

Quizá fui demasiado rudo. Los haikus, le dije, pueden resultar agobiantes en su quietud. Pero también le animaba. Diciéndole que ya era hora de cambiar a otra forma poética. Tenía acceso a toda la literatura del mundo. ¿Por qué no intentaba escribir un poema con estrofas de cuatro versos, con o sin rima? ¿O incluso un relato, y más adelante una novela?

Aquella mañana temprano me dio la respuesta:

—Si no te importa, estoy dispuesto a hablar de tus sugerencias.

No hacía mucho que me había duchado y vestido. Me disponía a subir al apartamento de arriba, lo cual me hacía sentirme un tanto impaciente. En la mesa, esperando a subir conmigo, una botella de Pomerol. Tenía una conversación pendiente con Miranda. Iban a soltar a Gorringe en siete semanas. Aún no habíamos decidido qué hacer. Se suponía que Adán podría hacer de guardaespaldas, y eso me preocupaba; yo era legalmente responsable de todo lo que él pudiera hacer. Miranda había vuelto a la comisaría del barrio. Al oficial que había ido a ver a Gorringe a la cárcel lo habían trasladado. El oficial de guardia había tomado nota y le había aconsejado que llamara al teléfono de urgencias de la policía si tenía algún problema. Ella le había respondido que le sería muy difícil hacerlo si en aquel mismo momento la estaban apaleando. Al policía no se le ocurrió que esa respuesta pudiera ser jocosa. Le aconsejó que hiciera la llamada antes de que se produjera tal eventualidad.

—¿Cuando lo vea acercándose por el sendero del jardín con un hacha?

—Sí. Y no abra la puerta.

Miranda había consultado a un abogado sobre la posibilidad de solicitar al juez una orden de alejamiento. No era seguro que se la concediera, y no estaba muy claro qué iba a conseguir con ella. Le había pedido a su padre que no diera su dirección a nadie. Pero Maxfield tenía sus propios problemas, y Miranda pensaba que no tardaría en olvidarlo. Teníamos la esperanza de que la amenaza no fuera seria, y de que Adán resultara disuasorio. Cuando le pregunté a Miranda hasta qué punto era peligroso en realidad Gorringe, dijo:

—Es basura.

—¿Basura peligrosa?

—Basura asquerosa.

No estaba de humor para otra conversación sobre poesía con Adán.

—En mi opinión —dijo—, el haiku es la composición literaria del futuro. Quiero depurarla y ampliarla. Todo lo que he escrito hasta ahora es una especie de ejercicio preliminar. Mi obra de juventud. Cuando haya estudiado a los maestros y lo haya entendido todo mejor, sobre todo cuando haya captado la fuerza del *kireji,* la palabra separadora de las dos partes yuxtapuestas, podré empezar mi obra de verdad.

Oí que sonaba el teléfono arriba y las pisadas de Miranda por encima de mi techo.

Adán dijo:

—Como hombre pensante interesado en la antropología y la política, no te atraerá mucho el optimismo. Pero más allá de la afluencia de hechos desalentadores sobre la naturaleza humana y las sociedades, más allá de las malas noticias diarias, pueden darse atisbos más poderosos y avances positivos que se nos ocultan a la vista. El mundo está hoy tan conectado (de forma burda, es cierto) y el cambio está tan ampliamente extendido que el progreso es difícil de percibir. No me gusta alardear, pero uno de esos cambios lo tienes justo enfrente. Las repercusiones son tan inmensas que no tenemos ni idea de lo que has puesto (de lo que la civilización ha puesto) en marcha. Uno de los desasosiegos será el shock y el insulto que os va a suponer convivir con entidades más inteligentes que vosotros. Pero casi todos los humanos conocen ya a alguien más inteligente que ellos. Y, para colmo, os subestimáis a vosotros mismos.

Alcanzaba a oír la voz de Miranda al teléfono. Estaba alterada, e iba de un lado para otro de la sala.

Adán parecía no oírla, pero yo sabía que la oía.

—No os permitís quedar atrás. Como especie, sois demasiado competitivos. Hoy hay pacientes paralizados, con electrodos implantados en el área motora del cerebro, que solamente con pensar en ello pueden levantar un brazo o doblar un dedo. Es un comienzo humilde, y hay muchos problemas que resolver. Sin duda acabarán resolviéndose, y cuando eso suceda, y la interfaz cerebro-máquina sea eficiente y barata, os asociaréis con vuestras máquinas para la expansión ilimitada de la inteligencia, y de la conciencia en sentido general. La inteligencia portentosa, el acceso instantáneo al discernimiento moral profundo y a todo lo conocido, y, lo más importante de todo, el acceso recíproco, el acceso al «otro».

Arriba, las idas y venidas de Miranda habían cesado.

—Podría ser el fin de la intimidad mental. Pero seguramente acabaréis por no lamentarlo mucho, dadas las contrapartidas enormemente beneficiosas. Puede que te preguntes qué tiene que ver todo esto con los haikus. Pues lo siguiente: desde que estoy aquí, he estado estudiando la literatura de montones de países. Tradiciones gloriosas, creaciones espléndidas de...

Cerró la puerta de su dormitorio; cruzó deprisa la sala hacia la puerta del apartamento. Dio un portazo y oí sus pisadas en la escalera.

—Aparte de la poesía lírica que celebra el amor o el paisaje, casi todo lo que leo de literatura...

Su llave entró en mi cerradura, e instantes después estaba delante de nosotros. Su cara tenía un brillo grasiento. Se esforzaba todo lo posible para no alzar la voz.

—Era mi padre. Me ha llamado por teléfono y me ha dicho que han soltado a Gorringe antes de la fecha prevista. Hace tres semanas. Ha estado en Salisbury, ha ido a casa de mi padre, ha convencido a la gobernanta para que le dejara entrar y le ha sonsacado mi dirección a mi padre. Podría estar viniendo hacia aquí ahora mismo.

Se sentó en la silla de la cocina que tenía más a mano. Me senté yo también.

Adán asimiló las nuevas de Miranda y asintió con la cabeza. Pero invadió nuestro silencio:

—Casi todo lo que he leído de la literatura mundial describe formas variadas de fracaso humano: del entendimiento, de la razón, de la sabiduría, de las solidaridades correctas. Fracasos de la cognición, de la honradez, de la benevolencia, de la autoconciencia; descripciones magníficas del asesinato, la crueldad, la codicia, la estupidez, el autoengaño, y sobre todo el profundo desconocimiento de los demás. Por supuesto, también queda a la vista la bondad, el heroísmo, la gracia, la sabiduría, la verdad. De esta rica maraña han surgido tradiciones literarias, florecientes como las flores salvajes del famoso seto de Darwin. Las novelas revientan de tensión, ocultación y violencia, y también de momentos de amor y de soluciones formales perfectas. Pero cuando el matrimonio de hombres y mujeres con las máquinas llegue a consumarse, esta literatura será innecesaria, porque nos entenderemos estupendamente bien unos con otros. Habilitaremos una comunidad de mentes a la que tendremos acceso inmediato. La conectividad será tal que los nodos individuales de lo subjetivo se fusionarán en un océano de pensamiento del que internet es hoy una tosca precursora. Al habitar la mente de los otros, seremos incapaces de engañar. Nuestras narrativas ya no registrarán inacabables faltas de entendimiento. Nuestras literaturas perderán su nutrición malsana. Los haikus lapidarios, la percepción clara y serena y la celebración de las cosas tal como son será la única forma necesaria. Estoy seguro de que valoraremos la literatura del pasado, por mucho que nos horrorice. Miraremos hacia atrás y nos maravillaremos de lo bien que la gente de un pasado lejano retrataba sus deficiencias, de cómo urdía fábulas brillantes, incluso optimistas, a partir de sus conflictos, de sus carencias monstruosas y su incomprensión mutua.

6

La utopía de Adán enmascaraba una pesadilla, como suelen hacer las utopías, pero era una mera abstracción. La pesadilla de Miranda era real, y de forma instantánea se había hecho también mía. Estábamos sentados uno al lado del otro en la mesa, azorados y mudos, una combinación rara. Era a Adán a quien incumbía tener la cabeza clara y poner de manifiesto los hechos positivos. Nada de lo que Maxfield había dicho por teléfono avalaba que Gorringe estuviera de camino hacia nuestra casa esa noche. Si llevaba tres semanas libre, estaba claro que el asesinato de Miranda no era algo prioritario. Podía llegar al día siguiente, o al mes siguiente, o nunca. Si quería llevar a cabo su propósito sin testigos, tendría que matarnos a los tres. Sería un sospechoso claro en cualquier crimen del que fuera víctima Miranda. Aun en el caso de que llegara esa misma noche, encontraría el apartamento de Miranda a oscuras. Desconocía todo lo relativo a mi relación con ella. Lo más probable era que la amenaza, en sí misma, fuera todo el castigo que pretendía infligirle. Y, por último, teníamos a nuestro lado a alguien fuerte y con recursos. Alguien que, si fuera necesario, podría hacer que Gorringe hablara y hablara mientras uno de nosotros llamaba a la policía.

¡Hora de abrir el vino!

Adán puso tres copas en la mesa. Miranda prefería el sacacorchos eduardiano con mango de teca de mi padre a mi artilugio de fantasía y con palanca. El esfuerzo pareció tranquilizarla. La primera copa me tranquilizó a mí. Para hacernos compañía, Adán sorbió un tercio de copa de agua templada. Nuestros miedos no se habían disipado por completo, pero, inmersos en aquel ambiente festivo, volvimos a la pequeña tesis de Adán. Hasta brindamos por «el futuro», aunque su versión de él, en la que el espacio mental privado, empujado por la nueva tecnología, se ahogaba en un océano de pensamiento colectivo, nos repelía a Miranda y a mí. Por fortuna, era algo tan factible como el proyecto de implantar cerebros a miles de millones de humanos.

Le dije a Adán:

—Me gustaría pensar que siempre habrá alguien, en alguna parte, que no escribirá haikus.

Brindamos también por eso. Nadie se sentía con ánimo de discutir. El único tema posible además de los haikus era Gorringe y todo lo relacionado con él. Empezábamos a abordarlo cuando me excusé y fui al baño. Mientras me lavaba las manos me sorprendí pensando en Mark y en mi fugaz sensación de privilegio cuando en el parque de los columpios puso una mano en la mía. Recordaba su expresión de inteligencia dúctil. Pensé en él no como un niño, sino como una persona en el contexto de una vida entera. Su futuro estaba en manos de burócratas, por amables que fueran, y en las decisiones que estos tomaran por él. No era difícil que acabara malográndose. Miranda había fracasado en sus intentos de saber algo de él. No había podido encontrar a Jasmin, ni a ninguna otra trabajadora social dispuesta a hablar con ella sobre Mark. Existían, le dijeron al fin en el departamento que se ocupaba de esos

180

asuntos, impedimentos de confidencialidad. Con todo, se enteró de que el padre había desaparecido y que la madre tenía problemas con la bebida y las drogas.

Cuando volvía a la cocina tuve un momento de nostalgia de mi vida anterior a Gorringe y a Adán, e incluso a Miranda. Como existencia, había sido insuficiente pero relativamente sencilla.

Y aún habría sido más sencilla si hubiera dejado en el banco el dinero de mi madre. Ahí estaba mi amante, sentada en la mesa, bella y aparentemente serena. Al sentarme, no era irritación lo que sentía hacia ella, aunque tampoco distaba mucho de eso. Era más bien desapego. Vi lo que seguramente era obvio para todo el mundo: su secretismo; su incapacidad para pedir ayuda; sus artimañas para conseguirla de todas formas, y sin que nadie se lo tuviera nunca en cuenta. Ya sentado, bebí un poco de vino, escuché lo que hablaban... y tomé una decisión. Dejando a un lado las cosas que decía Adán para tranquilizarnos, lo cierto era que Miranda había hecho que un asesino entrara en mi vida. Se esperaba de mí que le prestara ayuda, e iba a hacerlo. Pero ella no me había contado nada. Y ahora le iba a exigir que pagara esa deuda.

Nos estábamos mirando directamente. No pude evitar la brusquedad de mi voz:

–¿Te violó o no?

Tras una pausa, durante la cual ella siguió sosteniéndome la mirada, movió la cabeza de un lado a otro, despacio, y al cabo dijo con suavidad:

–No.

Esperé. Ella esperó. Adán se dispuso a hablar. Le hice callar con un ligero movimiento de cabeza. Cuando estuvo claro que Miranda no iba a decir más –con aquella reticencia que me estaba oprimiendo el pecho–, dije:

–Le mentiste al tribunal.

—Sí.

—Mandaste a un inocente a la cárcel.

Suspiró.

Esperé, de nuevo. Se me estaba agotando la paciencia, pero no levanté la voz:

—Miranda, esto es estúpido. ¿Qué pasó?

Miranda tenía la mirada baja: se miraba las manos. Para mi alivio, dijo como para sí misma:

—Me llevará un rato.

—Muy bien.

Empezó sin preámbulo alguno. De pronto pareció ansiosa de contar su historia.

—Cuando tenía nueve años vino una niña nueva al colegio. La trajeron a la clase y nos la presentaron como Mariam. Era delgada y morena, con ojos muy bonitos y el pelo más negro que había visto en mi vida, sujeto con una cinta blanca. Salisbury era una pequeña ciudad blanca, así que todos nos quedamos fascinados ante aquella chica de Pakistán. Yo me daba cuenta de que estar allí de pie, delante de toda la clase, que no le quitaba los ojos de encima, estaba resultando muy duro para ella. Era como si le doliera algo. Cuando la profesora preguntó quién quería ser la amiga especial de Mariam, y enseñarle el colegio y ayudarla y demás, fui la primera en levantar la mano. A mi compañero de pupitre le cambiaron de sitio, y ella se sentó a mi lado. Nos sentamos juntas durante años, en aquel colegio y en el siguiente. El primer día, en un momento dado, puso una mano en la mía. Montones de chicas hacíamos lo mismo continuamente, pero aquello fue diferente. Su mano era tan delicada y suave, y ella tan callada, tan indecisa. Yo era bastante tímida también, así que acabé entregada a su intimidad y su reserva. Ella era mucho más tímida que yo, al menos al principio, y creo que por primera vez me hizo sentirme segura de mí misma y cómplice. Me enamoré de ella.

»Fue un flechazo, un enamoramiento muy intenso. Se la presente a mis amigas. No recuerdo ningún racismo. Los chicos no le hacían el menor caso; las chicas eran amables con ella. Les encantaba rozar con los dedos sus vestidos de colores brillantes. Era tan poco normal y corriente, tan exótica incluso... Solía preocuparme la posibilidad de que alguien pudiera «robármela». Pero era una amiga muy leal. Nos cogíamos de la mano. Al cabo de un mes, me invitó a su casa para que conociera a su familia. Sabiendo que había perdido a mi madre cuando era muy pequeña, la madre de Mariam, Sana, me acogió en su hogar. Era buena conmigo, pero bastante mandona, aunque de una forma cariñosa. Una tarde me cepilló el pelo y me lo ató con una de las cintas de Mariam. Nadie había hecho eso por mí antes. Me sentí abrumada y lloré.

El recuerdo le encogió la garganta y su voz se hizo más ligera. Hizo una pausa y tragó saliva a conciencia antes de retomar su relato.

–Por primera vez en la vida comí curry y me aficioné a los pasteles caseros de la familia, de colores vivos, tremendamente dulces; el *laddu,* la *anarsa* y el *soan papdi.* Había una hermana pequeña, Surayya, a la que Mariam adoraba, y dos hermanos mayores, Farhan y Hamid. Su padre, Yasir, trabajaba para la administración local como ingeniero de tratamiento de aguas. También él era muy amable conmigo. Era una familia numerosa, ruidosa, muy amistosa, discutidora... Todo lo contrario de la mía. Eran religiosos; musulmanes, por supuesto, pero a mi edad no era demasiado consciente de esas cosas. Más adelante lo acepté sin más, y para entonces ya era un miembro más de la familia. Cuando iban a la mezquita, jamás se me ocurrió ir con ellos, o siquiera preguntar sobre el asunto. Yo había crecido sin religión, y era algo por lo que no sentía el más mínimo interés. Mariam se transformaba en cuanto entraba por la puerta de su casa. Se volvía juguetona y mucho más habladora. Era la preferida de su padre. Le gustaba sentarse en sus rodillas cuando llegaba del trabajo. Yo me sentía un poco celosa.

»La llevaba a mi casa, que pronto conocerás. Justo en la zona que linda con la catedral, alta, estrecha, de principios de la época victoriana, desordenada, oscura, llena de libros amontonados. Mi padre siempre era cariñoso, pero se pasaba la mayor parte del tiempo en su estudio y no le gustaba que lo molestaran. Una señora de la vecindad venía todos los días a hacerme el té. Así que estábamos a nuestro aire, y nos gustaba mucho. Montamos un cubil en uno de los huecos del ático, y vivimos aventuras en nuestro jardín lleno de maleza y descuidado. Veíamos la televisión juntas. Un par de años después, las dos fuimos inseparables en los primeros días confusos del instituto. Hacíamos los deberes juntas. Ella era mucho mejor que yo en matemáticas, y muy buena explicando los problemas. Yo la ayudaba con el inglés escrito. Era muy mala en ortografía. Con el tiempo nos hicimos más conscientes, y nos pasábamos horas y horas hablando de nuestras familias. Tuvimos la primera regla con una diferencia de varias semanas. Su madre era muy sensata y solícita en eso. También hablábamos de los chicos, aunque no nos mezclábamos con ellos. Como tenía hermanos, se preocupaba menos por ellos y era mucho más escéptica que yo.

»Pasaron unos años, y nuestra amistad continuó y se convirtió en algo incuestionable en nuestra vida. Llegó nuestro último verano en el instituto. Pasamos los exámenes públicos y pensamos en ir a la universidad. Ella quería estudiar ciencias, y a mí me interesaba la historia. Nos inquietaba la idea de acabar en sitios diferentes.

Miranda se detuvo. Inspiró larga y despaciosamente. Cuando volvió a hablar, alargó la mano y me cogió la mía.

–Un sábado por la tarde me llamó por teléfono, desconsolada. Al principio no pude ni entender lo que me decía. Quería verme en el parque. Cuando me reuní con ella, no podía ni hablar. Paseamos un rato cogidas del brazo, y lo único que pude hacer fue esperar. Al final me contó lo que le había pasado el día anterior. Al volver de clase pasaba por varios campos de deportes. Estaba anocheciendo y se daba prisa porque sus padres no querían que anduviera sola después del atardecer. De pronto se dio cuenta de que alguien la seguía. Cada vez que se volvía para mirar la figura estaba más cerca. Pensó en echar a correr (era rápida), y decidió que era una tontería. Llevaba una cartera llena de libros. La persona que la seguía se le estaba acercando. Mariam se dio la vuelta para hacerle frente y se calmó un poco al ver que era alguien a quien conocía vagamente: Peter Gorringe. No es que fuera exactamente popular, pero en el instituto se le conocía por ser el único alumno que vivía por su cuenta, de forma independiente. Sus padres estaban en el extranjero, y le habían alquilado un estudio para unos meses en lugar de fiarse de él y dejarle a cargo de la casa. Antes de que Mariam pudiera hablarle, él corrió hacia ella, la agarró por la muñeca y la arrastró hasta detrás de un cobertizo de ladrillo donde los jardineros guardaban las cortadoras de césped. Ella gritó, pero nadie acudió a socorrerla. Él era un tipo grande, y ella muy liviana. Forcejeó con ella, la tiró al suelo y la violó.

»Mariam y yo seguíamos en el parque, en medio de las grandes praderas de césped rodeadas de macizos de flores, y nos abrazamos y lloramos juntas. Mientras trataba de asimilar aquel suceso horroroso, yo pensaba que llegaría un día en que todo aquello habría quedado atrás. Y ella lo superaría. Todo el mundo la quería y respetaba, todo el mundo montaría en cólera. Su agresor iría a la cárcel. Yo iría a la universidad que ella eligiera y me quedaría siempre a su lado.

185

»Cuando se recuperó un poco, me enseñó las marcas en piernas y muslos, y en las muñecas la fila de los cuatro pequeños hematomas que le había hecho Gorringe con su doble presa al sujetarla contra el suelo. Me contó que cuando llegó a casa le dijo a su padre que estaba muy resfriada y que se iba directamente a la cama. Por suerte, según opinaba ella, su madre estaba fuera esa noche. Ella habría sabido inmediatamente que algo había pasado. Entonces empecé a darme cuenta de que no se lo había contado a sus padres. Volvimos a pasear por el parque. Le dije que debía contárselo. Necesitaba toda la ayuda y apoyo posibles. Si no había ido a la policía todavía, yo la acompañaría. ¡E íbamos a hacerlo ya!

»Nunca había visto a Mariam con una actitud tan fiera. Me cogió las manos con fuerza y me dijo que no entendía nada. Sus padres no tenían que saberlo. Nunca. Ni la policía. Yo le dije que teníamos que ir juntas a su médico. Y ella, al oírme, me gritó. El médico iría inmediatamente a contárselo a su madre, porque era amigo de la familia. Se enterarían sus tíos. Sus hermanos cometerían alguna estupidez y se meterían en problemas graves. Se humillaría a su familia. Saber lo que le había pasado a su hija destrozaría a su padre. Si yo era su amiga, lo que tenía que hacer era ayudarla de la forma en que ella necesitaba que la ayudaran. Quería que le prometiera que guardaría el secreto. Yo me resistí, pero ella arremetió contra mí hecha una furia. Me decía una y otra vez que yo no entendía nada. Ni la policía, ni el médico, ni sus profesores, ni su familia, ni mi padre..., nadie tenía que saberlo. Yo no tenía que encararme con Gorringe. Si lo hacía, todo el mundo se enteraría de todo.

»Así que al final hice lo que me pedía, aunque sabía que era un error. Como no teníamos una allí mismo, juré sobre "la idea" de la Biblia que mantendría el secreto de Mariam, y también sobre el Corán, y por nuestra amistad, y por la vida de mi padre. Hice lo que me pidió, a pesar de que estaba convencida de que su familia habría hecho piña con ella y la habría apoyado en todos los sentidos. Y sigo creyéndolo. Es más: lo sé a ciencia cierta. La querían, y jamás la habrían repudiado ni habrían puesto en práctica ninguno de los horrores que ella pudiera tener en mente sobre el honor de la familia. La habrían abrazado y protegido. Sus ideas eran erróneas. Y lo mío era aún peor: era una estúpida, y culpable en gran medida; al aceptar aquel pacto secreto me había hecho su cómplice.

»Durante las dos semanas siguientes nos vimos todos los días. No hablábamos de otra cosa. Parte de ese tiempo lo pasé tratando de hacer que rectificara. Sin conseguirlo. Parecía más tranquila, y más firmemente decidida a seguir en sus trece, y yo empecé a pensar que tal vez tenía razón. Sin duda le convenía esa decisión. Seguir callada, evitar un trauma familiar, evitar tener que declarar ante la policía, evitar un aterrador juicio ante un tribunal. Mantener la calma y pensar en el futuro. Estábamos a punto de convertirnos en adultas. Nuestra vida estaba a punto de cambiar. Había sido una auténtica catástrofe, pero la superaría con mi ayuda. Siempre que veía a Gorringe en el instituto me mantenía alejada de él. Se me fue haciendo más y más fácil a medida que el trimestre iba llegando a su fin y nuestros compañeros y nosotras empezamos a dispersarnos para siempre.

»A principios de las vacaciones mi padre me llevó a Francia para pasarlas con unos amigos que tenían una casa de labranza en la Dordoña. Antes de irme, Mariam me rogó que no la llamara por teléfono a casa. Creo que tenía miedo de que si, por una cosa o por otra, empezaba a hablar a menudo con su madre, olvidaría mi promesa y acabaría contándoselo todo. Mucha gente tenía ya teléfono móvil, pero nosotras aún no, así que nos escribíamos cartas y postales todos los días. Recuerdo haberme sentido decepcionada por las de Mariam. No es que fueran exactamente distantes, sino más bien insulsas. Solo había un tema entre nosotros, y ella no era capaz de escribirme acerca de él. Así que escribía sobre el tiempo y los programas de la televisión, pero nunca nada sobre su estado de ánimo.

»Estuve fuera dos semanas, y en los cinco días últimos no recibí nada de ella. En cuanto volví fui a su casa. Al acercarme vi que la puerta principal estaba abierta. Su hermano mayor, Hamid, estaba a un lado del umbral. Dos o tres vecinos entraban en la casa; otros salían. Cuando llegué junto a Hamid, estaba muerta de miedo. Parecía enfermo y estaba muy delgado, y durante unos segundos pareció no reconocerme. Luego me lo contó. Mariam se había cortado las venas en la bañera. El funeral se había celebrado hacía dos días. Me aparté de él un par de pasos. Estaba demasiado anonadada para sentir dolor, pero no demasiado anonadada para sentir culpa. Mariam había muerto porque yo había guardado su secreto y le había negado la ayuda que necesitaba. Quise salir corriendo de allí, pero Hamid me hizo entrar en la casa para que hablara con su madre.

»En mi recuerdo me abro paso entre la gente para llegar a la cocina. Pero la casa era pequeña. No debía de haber más de diez personas. Sana estaba sentada en una silla de madera, de espaldas a la pared. La rodeaban algunas personas, pero nadie le estaba hablando, y su cara... Nunca podré olvidar esa cara. Desolada, paralizada por el dolor. En cuanto me vio, tendió las manos hacia mí, y yo me incliné sobre ella y nos abrazamos. Su cuerpo estaba caliente todo él, húmedo y tembloroso. Yo no lloraba. Aún no. Luego, mientras me rodeaba el cuello con los brazos, me pidió en un susurro (sí, me lo pidió realmente) que fuera sincera con ella. ¿Había algo que debería saber sobre Mariam? ¿Había algo que pudiera contarle que explicara de algún modo lo que su hija había hecho? Yo no podía hablar, pero mentí diciendo que no con un movimiento de cabeza. Estaba asustada de verdad. Ni siquiera empezaba a comprender la enormidad de mi crimen. Ahora lo estaba agravando al condenar a aquella adorable "madre adoptiva" mía a toda una vida de angustia e ignorancia. Había matado a su hija con mi silencio, y ahora ese mismo silencio la estaba destrozando a ella.

»¿Habría hecho su dolor más llevadero saber que su hija había sido violada? Creía poder oír a la familia diciendo a gritos: "¡Si lo hubiéramos sabido!" Y luego la habrían emprendido conmigo. Con razón. Era, y es, algo inevitable: soy responsable de la muerte de Mariam. Tenía diecisiete años y nueve meses. Dejé a Sana allí sentada y salí deprisa de la casa, evitando al resto de la familia. No habría podido mirarles a la cara. Y al que menos a su padre. Y la niña de los ojos de Mariam, la pequeña Surayya, a la que yo me sentía tan unida... Me fui de aquella casa, y no he vuelto nunca. Sana me escribió unos días después, cuando les llegaron las excelentes notas del examen final de Mariam. No le contesté. Seguir manteniendo cualquier tipo de relación con la familia habría supuesto agravar mi engaño. ¿Cómo me iba a comportar en su compañía, y visitar con ellos su tumba, como me sugería Sana, cuando mi presencia no habría sido sino una incesante mentira?

»Así que pasé el duelo sola. No me atrevía a hablar de ello con nadie. Tú eres la primera persona, Charlie, a quien se lo he contado. El dolor era muy grande y caí en una larga depresión. Retrasé mi entrada de la universidad. Mi padre me mandó al psiquiatra, que me recetó antidepresivos; me venían muy bien como tapadera, así que fingí tomarlos. Creo que me habría hundido por completo aquel año si no hubiera sido por mi única aspiración en la vida: justicia. Y por justicia quiero decir venganza.

»Gorringe seguía viviendo en su estudio de las afueras de Salisbury, lo cual me venía de perlas para el plan que estaba urdiendo. Seguro que ya has adivinado en qué consistía. Gorringe trabajaba en un café y ahorraba para viajar. Cuando por fin me sentí con fuerzas suficientes, fui al café con un libro. Estudié a Gorringe y alimenté mi odio. Y fui muy amable con él cuando me habló. Dejé pasar una semana y volví. Hablamos de nuevo, sobre nada en especial. Vi que estaba muy interesado y esperé hasta que me pidió que fuera a verle a su casa. La primera vez le dije que estaba muy ocupada. Pero la siguiente, viendo sus ansias, accedí a ir. Apenas pude dormir pensando en ello y ultimando el plan. Jamás habría imaginado que el odio pudiera proporcionarme tal euforia. No me importaba lo que pudiera sucederme durante su ejecución. Era una temeridad, pero estaba dispuesta a pagar cualquier precio. Hacer que lo encerraran por violación era la única razón que me impulsaba hacia delante. Diez, doce años, la vida entera no habría bastado para que pagara lo que le había hecho a mi amiga.

»Llevé media botella de vodka. Fue todo lo que pude permitirme. Aquel verano había salido con dos chicos, y sabía qué hacer. Aquella noche emborraché a Gorringe y lo seduje. Ya conoces lo demás. Cada vez que el asco estaba a punto de hacerme desistir, me lo imaginaba tirando a Mariam al suelo, sujetándola, y haciendo caso omiso de sus súplicas y gritos. Pensaba en mi amiga metiéndose en la bañera, sintiéndose totalmente sola, deshonrada, sin esperanza, sin ningunas ganas de vivir.

»Mi plan era marcharme en cuanto Gorringe hubiera terminado e ir directamente a la policía. Pero sentía tanto asco y estaba tan paralizada por lo que acababa de vivir que no podía moverme. Y cuando me las arreglé para bajarme de la cama y vestirme, me entró miedo de haber bebido

190

demasiado y no conseguir ser convincente ante el policía de guardia. Pero el plan acabó funcionando bien a la mañana siguiente. Puse mucho cuidado en no cambiarme de ropa y en no lavarme. Así no borraba pruebas que aparecerían donde debían. Entonces ya había entrado en vigor en todo el país la nueva prueba genética. Y la policía no fue tan hostil como me temía a juzgar por lo que había leído en los periódicos. Tampoco es que fueran particularmente comprensivos. Fueron eficientes. Tenían muchas ganas de probar el nuevo test del ADN. Llevaron a Gorringe a la comisaría y le hicieron la prueba y dio positivo. Desde ese momento su vida se volvió un infierno. Y siete meses después empeoró.

»En el tribunal, hablé en nombre de Mariam. Me convertí en ella y hablé a través de ella. Estaba tan imbuida en mis mentiras que mi versión de aquella noche me salió con naturalidad. Ayudó el hecho de poder ver a Gorringe al otro lado de la sala del tribunal. Me dejé llevar por mi odio. Fue penoso oírle contar lo de unos mensajes de texto que yo le había mandado a una amiga mía llamada Amelia. No fue nada difícil probar que tal amiga no existía. No toda la prensa se puso de mi lado. Algunos reporteros de tribunales pensaron que era una perversa embustera. El juez era muy de la vieja escuela. En sus conclusiones dijo que había arriesgado mi vida a sabiendas, por haber ido con alcohol a casa de un hombre joven. El jurado llegó a un veredicto unánime. Pero cuando el tribunal dictó la sentencia sentí una gran decepción. Seis años. Y Gorringe tenía solo diecinueve. Con buena conducta, estaría fuera a los veintidós. Le iba a salir muy barato haberle arrebatado la vida a Mariam. Pero si le odiaba con tal fiereza era también porque sabía que él y yo éramos, y seríamos siempre, coautores de la muerte solitaria de mi amiga. Y ahora él quiere que se haga justicia.

No mucho después de que me expulsaran de la abogacía fundé una empresa con dos amigos. La idea era comprar apartamentos románticos en Roma y París a precios locales para después remodelarlos según pautas de alto standing, vestirlos con muebles antiguos y venderlos a norteamericanos ricos y cultivados, o a agencias inmobiliarias con la misma idea que nosotros. No fue exactamente la ruta que nos habría de conducir al primer millón. La mayoría de los norteamericanos cultivados no eran ricos. Y los que lo eran no compartían nuestros gustos. El trabajo era complicado y agotador, sobre todo en Roma, donde tuvimos que averiguar cómo y a qué funcionarios locales había que comprar para conseguir favores. En París fue la burocracia lo que nos dejó exhaustos.

Un fin de semana volé a Roma para cerrar un trato. Para este cliente concreto era importante que me alojara donde él lo hacía: un acreditado y carísimo hotel ubicado en lo alto de la Escalinata Española. El cliente ocupaba una lujosa suite. Llegué un viernes por la tarde, con mucho calor y muy molesto por el trayecto en un autobús del aeropuerto atestado de viajeros. Yo iba en vaqueros y camiseta, y con una bolsa de viaje barata de una compañía aérea noruega colgada del hombro. Entré en el elegante vestíbulo y me acerqué a la recepción, donde, por pura casualidad, estaba el director junto al mostrador. No me estaba esperando a mí; no era lo bastante importante. Coincidió que yo llegaba en ese momento, y siendo él un caballero cortés, sobremanera correcto y bien vestido, me dio una calurosa bienvenida a su hotel en italiano. Entendí solo en parte lo que me decía. Su voz carecía de expresión, y variaba muy poco en el tono, y mi italiano era muy pobre. Acudió en nuestra ayuda un recepcionista, y explicó que el director era sordo de nacimiento, pero que hablaba nueve idiomas, la mayoría de ellos europeos. Desde la infancia era un consumado lector de los labios, pero antes de que pudiera leer los míos necesitaría saber en qué lengua le estaba hablando, porque, de lo contrario, le resultaría imposible entenderme.

Empezó con su lista. ¿Noruego? Negué con la cabeza. ¿Finlandés? El inglés llegó en quinto lugar. Dijo que habría jurado que era nórdico. Así, nuestra conversación –agradable, sin la menor trascendencia– pudo empezar. Pero en teoría lo que se abría ante nosotros era todo un universo, y lo había logrado una sola información: sin ella su don políglota no habría podido materializarse.

Lo que acababa de contar Miranda era una variante de esa información clave. Nuestra conversación, vía el amor que nos unía, podría ahora dar comienzo apropiadamente. Su secretismo, sus repliegues y silencios, su falta de confianza en sí misma, su aspecto de tener más edad de la que aparentaba, su tendencia a apartarse, a situarse fuera de alcance, incluso en los momentos de ternura, eran formas que adoptaba su dolor. Me entristecía que cargara con su pena en soledad. Admiraba el valor y la audacia de su desquite. El plan era peligroso, y lo había ejecutado con tal minuciosidad y tan brillante desdén por las consecuencias. Ahora la amaba más. Y amaba también a su pobre amiga. Ahora haría cualquier cosa para proteger a Miranda de aquella bestia de Gorringe. Me conmovió ser el primero en conocer la historia.

El haberla contado supuso también una liberación para Miranda. Media hora después de que hubiera terminado, a solas ya en el dormitorio, me echó los brazos al cuello, me atrajo hacia sí y me besó. Sabíamos que volvíamos a empezar. Adán estaba en la pieza de al lado, cargándose, perdido en sus pensamientos. Era cierto el viejo tópico sobre la tensión y el deseo. Nos desnudamos con impaciencia, y, como de costumbre, mi escayola no me permitía moverme con soltura. Luego nos quedamos de costado, frente a frente. Su padre seguía sin saber lo que le había sucedido a su hija en el pasado. Miranda seguía sin contactar con la familia de Marial. Al principio, las visitas a la mezquita la habían acercado un tanto a Mariam, pero con el tiempo llegaron a antojársele prescindibles. Habría querido que Gorringe tuviera una pena de cárcel más larga. Seguía atormentada por aquel juramento de silencio entre colegialas. Un simple mensaje mío a Sana o a Yasir o a su profesora habría salvado la vida a Mariam. El recuerdo más cruel, aquel con el que se torturaba constantemente, era el de Sana abrazándola en el límite del dolor y susurrándole al oído la pregunta. Fue Sana quien encontró a Mariam en la bañera. Una estampa que ella imaginaba: el agua carmesí, el pequeño cuerpo moreno medio sumergido... Una tortura más, y la causa de terrores nocturnos que la asediaban (de cuando en cuando despertaba en medio de la noche, sobresaltada) y de sueños pavorosos.

Tendidos en el lecho, en el cuarto en penumbra, ajenos a todo lo demás, nos encaminábamos hacia el alba. Pero aún no eran las nueve. Sobre todo hablaba ella; yo escuchaba y hacía preguntas esporádicas. ¿Volvería Gorringe a vivir en Salisbury? Sí. Sus padres estaban en el extranjero y él vivía en la casa familiar. ¿Seguía la familia de Mariam en la ciudad? No, se habían mudado para estar más cerca de sus parientes de Leicester. Había visitado la tumba de su amiga muchas veces, y siempre se había acercado con cautela por si alguien de la familia la estaba visitando también. Y siempre dejaba flores.

En una conversación larga, puede resultar difícil detectar con precisión cómo o cuándo el tema cambia y se desplaza a otros asuntos. Puede que fuera la mención de Surayya, el amor de la vida de Mariam. Y aquella niña debió de llevarnos a Mark. Miranda dijo que lo echaba de menos. Yo dije que pensaba a menudo en él. No habíamos logrado averiguar dónde estaba, ni qué había sido de él. Había desaparecido en el interior del sistema, en una nube de regulación de la intimidad, en el santuario inaccesible de las leyes de familia. Hablamos de la suerte, del importante papel que desempeñaba en la vida de un niño: en qué cuna nacía, si se le amaba o no, con cuánta inteligencia...

Tras una pausa Miranda dijo:

–Y cuando todo se pone en contra de él, si hay alguien que pueda rescatarle...

Le pregunté si pensaba que el amor de su padre compensaba en parte la falta de su madre. No me respondió. Su respiración se hizo súbitamente rítmica. En cuestión de segundos se había quedado dormida, acurrucada contra mí. Con suavidad, me di la vuelta hasta quedar boca arriba, todo lo pegado a ella que pude. A la media luz del cuarto, el techo tenía un aire más de antigüedad subyugante que de suciedad y deterioro. Seguí con la mirada la línea mellada de una grieta que iba de una esquina al centro del dormitorio.

Si en Adán hubiera habido engranajes en funcionamiento y volantes de inercia, yo los habría oído girar en el silencio que había seguido al relato de Miranda. Tenía los brazos cruzados y los ojos cerrados. Volvía a exhibir el aspecto de tipo duro –dulcificado por la adoración no hacía mucho– que tenía en reposo. Su nariz chata parecía aún más aplastada. Un estibador del Bósforo. ¿Qué podía significar decir que estaba pensando? ¿Que rebuscaba en remotas unidades de memoria? ¿Que abría y cerraba puertas lógicas? ¿Que comparaba, rechazaba o almacenaba precedentes recién recuperados? Sin conciencia de sí mismo, no podría pensar más allá de un mero procesamiento de datos. Pero Adán me había dicho que estaba enamorado. Y sus haikus lo probaban. El amor no era posible sin un yo, y tampoco el pensamiento. Yo seguía sin resolver esa cuestión básica. Tal vez no estaba a mi alcance. Nadie podía saber qué era lo que habíamos creado. Fuera cual fuese la vida subjetiva de Adán y los de su especie, no estaba en nuestra mano verificarla. En cuyo caso era lo que en los últimos tiempos se conocía como «caja negra»; desde el exterior parecía funcionar. Era a lo máximo que jamás podríamos llegar.

Cuando Miranda terminó su relato, se hizo un silencio, y luego habíamos hablado. Al rato yo me había vuelto hacia Adán:

–¿Y?

Y él, transcurridos unos segundos, había dicho:

–Muy oscuro.

Una violación, un suicidio, un secreto guardado erróneamente... Oscuro, por supuesto. Yo estaba afectado emocionalmente y no le pedí que lo explicase. Ahora, en la cama, junto a Miranda dormida, me pregunté si habría querido decir algo de mayor trascendencia, expresar el resultado de su pensamiento, si era eso lo que en realidad..., cuestión de definiciones. Fue entonces cuando yo también me quedé dormido.

Quizá transcurrió media hora. Lo que me despertó fue un sonido que venía de fuera del dormitorio. Tenía el brazo en cabestrillo incómodamente encajado contra el costado. Miranda se había apartado de mí y dormía como un tronco. Volví a oír el sonido: el crujido familiar del entarimado del suelo. Mi sueño había sido ligero y no sentí desasosiego, pero el brusco giro del pomo de la puerta sobresaltó a Miranda, que se despertó confusa y asustada. Se incorporó en la cama y me cogió la mano.

–Es él –susurró.

Yo sabía que no podía ser.

—No pasa nada —dije.

Me liberé de su mano y me puse de pie para anudarme una toalla a la cintura. Iba hacia la puerta cuando esta se abrió. Era Adán, y me tendía el supletorio de la cocina.

—No quería molestaros —dijo con voz suave—. Pero es una llamada que creo que querrás contestar.

Le cerré la puerta en las narices y fui hacia la cama con el teléfono pegado a la oreja.

—¿El señor Charles Friend?

La voz sonaba indecisa.

—Sí, soy yo.

—Espero que no sea demasiado tarde para llamar. Soy Alan Turing. Nos presentamos brevemente en ese restaurante de Greek Street. Me pregunto si podríamos vernos para hablar.

Gorringe no apareció durante las dos semanas siguientes. Una tarde, temprano, dejé a Miranda en mi apartamento (así lo quiso ella) en compañía de Adán y me dispuse a cruzar Londres hasta la casa de Turing en Camden Square. La cita a un tiempo me halagaba y me infundía un miedo reverente. Con un punto de juvenil autoestima, me pregunté si habría leído mi librito sobre la inteligencia artificial, en el que le dedicaba encendidas alabanzas. Nos unía la propiedad de sendas máquinas de ultimísima tecnología. Me gustaba considerarme un experto en los primeros días de la computación. Era probable que quisiera disentir del gran énfasis que yo había puesto en el papel desempeñado en este campo por Nikola Tesla. Tesla había llegado a Gran Bretaña en 1906, tras el fracaso de su proyecto de radiotransmisión en Wardenclyffe, Nueva York. Se incorporó al National Physical Laboratory, en

197

una especie de degradación y de afrenta a su vanidad, y contribuyó a la carrera armamentista contra Alemania. Desarrolló no solo torpedos guiados por radar y radio, sino que fue asimismo el inspirador de la célebre «oleada fundacional» que produjo computadoras electrónicas capaces de cálculos de fuego de artillería en la guerra que se avecinaba. En la década de los veinte había contribuido al desarrollo de los primeros transistores. Entre sus papeles, después de su muerte, se encontraron notas y croquis que anticipaban el chip de silicio.

En mi librito había escrito sobre el célebre encuentro entre Tesla y Turing, en 1941. El viejo serbio, increíblemente alto y delgado (e inoportunamente trémulo), a solo dieciocho meses de la muerte, dijo en un discurso de sobremesa en el Dorchester que la conversación entre ambos había «alcanzado las estrellas». El único comentario de Turing a un periódico fue que no habían intercambiado más que trivialidades. A la sazón Turing estaba en Bletchley, trabajando en secreto en una computadora capaz de desencriptar Enigma, el código cifrado de la armada alemana. Por lo que sin duda puso especial cuidado en mostrarse reservado al respecto.

El vagón de metro estaba casi vacío cuando monté en él en la estación de Clapham North. Cuando estuvimos ya en el norte del río el vagón empezó a llenarse de gente, la mayoría jóvenes, con pancartas y banderolas plegadas. Había otra manifestación contra el paro que estaba llegando a su fin. A simple vista parecía la típica aglomeración de un concierto de rock. En el aire húmedo había un aroma a cannabis, como el recuerdo entrañable de un largo día. Pero había otro colectivo, una minoría numerosa, algunos con banderas de Gran Bretaña de plástico adheridas a palitos –aquel proyecto bursátil descabellado en el que yo había invertido un dinero– o estampadas en camisetas. Las dos facciones se odiaban, pero hacían causa común. Se había llegado a una alianza frágil, con disidentes en ambos bandos que se resistían a toda afiliación. La derecha culpaba del desempleo a la inmigración de Europa y de la Commonwealth. Los salarios de los obreros británicos sufrían recortes. La llegada de extranjeros, tanto de piel oscura como blancos, agravaba la crisis de la vivienda; las salas de espera médicas y las plantas de los hospitales estaban atestadas, al igual que las escuelas locales, cuyos patios de juegos estaban supuestamente llenos de niñas de ocho años con la cabeza cubierta con pañuelos. Barrios enteros se habían transformado en apenas una generación, y nadie de la lejana Whitehall había preguntado nunca nada a los vecinos.

La izquierda no veía sino tergiversaciones xenófobas y racistas en estas quejas. Su lista de agravios era aún más larga: codicia de los mercados bursátiles, falta de inversiones, cortoplacismo, pleitesía ante el accionariado, ausencia de reformas en la ley empresarial, estragos de un libre mercado sin restricciones. Yo apoyaba una de las manifestaciones, pero dejé de hacerlo después de leer que una nueva fábrica de coches inauguraba su producción en las afueras de Newcastle. Fabricaba el triple de vehículos que la fábrica que reemplazaba, con una sexta parte de la mano de obra. Dieciocho veces más eficiente, enormemente más rentable. Ningún negocio podía resistirse. Y no eran solo los trabajadores quienes perdían sus empleos ante las máquinas. También los contables, el personal médico, los profesionales del marketing, de la logística, de los recursos humanos, de la planificación prospectiva. Y ahora los poetas de haikus. Todos en el mismo saco. Pronto la mayoría de nosotros tendría que repensar qué finalidad tenía nuestra vida. Sin trabajo. ¿La pesca? ¿La lucha libre? ¿El estudio del latín? Todos íbamos a necesitar el salario universal. Benn me había convencido. Los robots nos financiarían desde el momento en que empezaran a pagar impuestos como trabajadores humanos; se les haría trabajar por el bien común, no solo para fondos de cobertura o intereses corporativos. Yo no estaba en sintonía con ninguna de las facciones de protesta ni con sus viejas luchas y me desentendí de las dos manifestaciones siguientes.

Para los más ricos, que podían perder su posición de privilegio, el salario universal no era más que un plan de subida de impuestos encaminado a financiar a una masa ociosa de drogadictos, borrachos y mediocres. ¿Y qué era a fin de cuentas un robot? ¿Una humilde pantalla plana, un tractor? En mi opinión, el futuro, con el cual yo ya estaba en armoniosa sintonía, había llegado ya. Era casi demasiado tarde para prepararse para lo inevitable. Era un tópico y una mentira que el futuro inventaría empleos de los que nunca habíamos oído hablar. Cuando la mayoría de los trabajadores se quedara sin empleo y sin un céntimo, el colapso social llegaría sin remedio. Pero con los generosos sueldos que nos asignaría el Estado, nosotros, la masa, tendríamos que encarar el lujoso problema que había atribulado durante siglos a los ricos: cómo llenar el tiempo. Aunque la búsqueda de qué hacer con el ocio nunca había preocupado mucho a la aristocracia.

El vagón estaba en calma. La gente parecía exhausta. Las protestas callejeras eran tantas aquellos días que al final no había en ellas ninguna alegría. Un hombre con una gaita desinflada en el regazo dormía con la cabeza en el hombro de otro con la gaita aún bajo el brazo. Dos mujeres mecían a sus bebés en los cochecitos para hacer que se callaran. Un hombre, uno de los que llevaban la bandera del Reino Unido, les leía en voz baja un libro infantil a tres niñas atentas de unos diez años. Mientras echaba una mirada a lo largo del vagón, pensé que bien podríamos haber sido un grupo de refugiados rumbo a sus esperanzas de una vida mejor. ¡Hacia el norte!

Me bajé en Camden Town y enfilé a pie Camden Road.

La manifestación había ocasionado la habitual congestión de tráfico. El tráfico eléctrico era silencioso. Algunos conductores se habían bajado de sus vehículos y se habían quedado de pie junto a la puerta abierta. Otros dormitaban. Pero el aire era bueno, mucho mejor que el que se respiraba cuando, de chico, venía con mi padre a oírle tocar en el Festival Jazz Rendezvous. Ahora las aceras estaban más sucias. Tenía que poner mucho cuidado en no resbalar sobre cacas de perros, comida rápida pisada y envases de cartón grasientos y aplastados. No era mejor que Clapham, ciertamente; digan lo que digan mis amigos del norte de Londres. Pasar junto a tantos vehículos parados me hizo sentir una ensoñadora sensación de velocidad. En pocos minutos, me pareció, me planté en una descuidada pero chic Camden Square.

Recordé haber leído en la reseña de una vieja revista que Turing vivía al lado de un escultor famoso. No era muy probable que el periodista hubiera evocado profundas conversaciones entre ambos por encima de la valla del jardín. Antes de pulsar el timbre, hice una pausa para serenarme. El gran hombre me había pedido que nos viéramos y yo estaba nervioso. ¿Quién podía equipararse a Alan Turing? Era pionero en todo: la exposición teórica de una Máquina Universal en los años treinta, las posibilidades de conciencia de una máquina; su alabada labor bélica: había quienes afirmaban que había hecho más que ningún otro particular en pro de la victoria, y quienes sostenían que la había acortado dos años. Estaba su trabajo con Francis Crick sobre la estructura de las proteínas, y unos años después, con dos amigos del King's College de Cambridge, la resolución de P versus NP, y el empleo de esa solución para diseñar redes neuronales superiores y un software revolucionario para la cristalografía de rayos X; su contribución en el diseño de los primeros protocolos para internet, entonces la World Wide Web; su famosa colaboración con Hassabis, a quien conoció en un torneo de ajedrez –en el que perdió contra él–; la creación, con unos jóvenes norteamericanos, de uno de los gigantes tecnológicos de la era digital, y el empleo de su riqueza en buenas causas, sin perder nunca de vista, a todo lo largo de su vida de trabajo, unos comienzos intelectuales en los que soñaba con mejores modelos digitales de la inteligencia general. Pero no se le concedió el Premio Nobel. Siendo como soy mundano, también me impresionaba la riqueza de Turing. Probablemente era tan rico como los magnates tecnológicos que florecieron al sur de Stanford, California, o al este de Swindon, Inglaterra. Las cantidades que donó fueron tan elevadas como las de ellos. Pero ninguno de ellos podía alardear de una estatua de bronce en Whitehall, delante del Ministerio de Defensa. Estaba tan por encima de la riqueza que podía permitirse vivir en el tenso Camden en lugar de en Mayfair. No se molestaba en tener un avión privado, ni siquiera una segunda casa. Se decía que iba en autobús a su instituto en King's Cross.

Puse el pulgar en el timbre y lo apreté. Al instante, una voz de mujer dijo a través del portero automático:

–Nombre, por favor.

La cerradura zumbó. Empujé la puerta y entré en un magnífico vestíbulo victoriano con suelo de baldosas con dibujo a cuadros. Bajaba las escaleras hacia mí una mujer ligeramente regordeta y como de mi edad, con mejillas encarnadas, el pelo largo y liso y una sonrisa ladeada y amistosa. Esperé a tenerla enfrente, y utilicé la mano izquierda para estrechar la suya.

–Soy Charlie.

–Yo Kimberley.

Australiana. La seguí hasta el interior de la casa, sin dejar la planta baja. Esperaba llegar a algún salón grande y lleno de libros y cuadros y sofás enormes, donde pronto estaría tomándome un gintonic con el Maestro. Kimberley abrió una puerta estrecha y me hizo pasar a una sala de reuniones sin ventanas. Una mesa larga de haya tratada con cal, diez sillas de respaldo recto, blocs de notas cuidadosamente dispuestos, lápices afilados, vasos de agua, lámparas fluorescentes y una pizarra virtual junto a una pantalla de televisión de dos metros de ancho.

–Vendrá dentro de unos minutos.

Sonrió y salió de la sala. Me quedé allí sentado, dispuesto a intentar rebajar mis expectativas.

No tuve mucho tiempo. En menos de un minuto Turing estaba delante de mí y yo me ponía de pie con una prisa desmañada. En el recuerdo veo un flash, un estallido de rojo, su camisa roja brillante contra las paredes blancas bañadas de luz fluorescente. Nos dimos la mano sin hablar, y me indicó con un gesto que me sentara mientras él rodeaba la mesa para ocupar el asiento de enfrente.

–Y bien...

Apoyó la barbilla sobre las manos enlazadas y me miró intensamente. Me esforcé cuanto pude por mantener su mirada, pero estaba demasiado azorado y la aparté enseguida. De nuevo, en el recuerdo, su físico preciso se funde con el del viejo Lucian Freud treinta años después. Semblante solemne aunque impaciente, ávido, incluso fiero. La cara que ahora tenía enfrente registraba no solo los años sino los vastos cambios sociales y los triunfos personales. Había visto versiones de ella en blanco y negro, fotografías tomadas en los primeros meses de la guerra: ancha, aniñada y rellena, pelo oscuro peinado con una elegante raya en medio, chaqueta de tweed, jersey de punto y corbata. La transformación debió de llegarle durante sus años pasados en California, en la década de los sesenta, cuando trabajaba con Crick en el Salk Institute, y luego en Stanford, durante el tiempo en que se relacionó con el poeta Thom Gunn y su círculo: gay, bohemio, serio e intelectual de día y desenfrenado de noche. Turing había conocido al estudiante Gunn brevemente en 1952, en una fiesta en Cambridge. En San Francisco no se habría interesado por los «experimentos» con drogas de aquel hombre más joven, pero por lo demás coincidía en el «desmelenamiento» general del oeste.

No hubo ningún preámbulo trivial.

–Bien, Charlie. Cuéntemelo todo sobre su Adán.

Me aclaré la garganta y procedí a hacerlo. Lo solté todo mientras él tomaba notas. Desde sus primeras muestras de actividad hasta su primera desobediencia. Su competencia física, el acuerdo con Miranda para configurar su carácter, la visita a la tienda de periódicos y revistas del señor Syed. Luego su impúdica noche con Miranda y la conversación conmigo que siguió, la aparición del pequeño Mark en el apartamento, y la competición que entablaron Adán y Miranda por granjearse el afecto del niño. Aquí Turing alzó un dedo para interrumpirme. Quería saber más. Le describí el baile que Miranda enseñó a Mark, y lo serenamente que Adán les había estado observando. Después le expliqué cómo Adán me había roto la muñeca (con gesto solemne, le señalé la escayola), su broma de que me arrancaría el brazo entero, su declaración de amor por Miranda, su teoría del haiku y de la abolición de la intimidad mental y, finalmente, su afirmación de haber desactivado el botón de apagado. Era consciente de la fuerza de mis sentimientos, que fluctuaban entre el afecto y la exasperación. Era consciente, también, de lo que estaba omitiendo: lo de Mariam y Gorringe, algo no estrictamente pertinente.

Estuve hablando durante casi media hora. Turing sirvió agua en un vaso y lo empujó hacia mí.

Dijo:

–Gracias. Estoy en contacto con quince propietarios, si es que los podemos llamar así. Usted es el primero a quien conozco personalmente. Un tipo de Riad, un jeque, tiene cuatro Evas. De esos dieciocho Adanes y Evas, once se las han arreglado para neutralizar ellos mismos el botón de apagado, y lo han hecho de varias formas. En cuanto a los siete restantes, y a los otros seis, supongo que es cuestión de tiempo.

–¿Es peligroso?

–Es interesante.

Me miraba expectante, pero yo no sabía lo que quería. Me sentía intimidado y deseoso de complacerle. Para llenar el silencio dije:

–¿Y el que hace el número veinticinco?

–Empezamos a desmontarlo el mismo día en que lo adquirimos. Está todo entero encima de los bancos de pruebas de King's Cross. Tenemos allí gran parte de nuestro software, pero no solicitamos ninguna patente.

Asentí con la cabeza. Su misión: el código abierto, el cese de las revistas *Nature* y *Science,* la libertad de todo el mundo para explotar sus programas de «aprendizaje de las máquinas» y otras maravillas.

Dije:

–¿Qué encontró en su... mmm...?

–¿Cerebro? Es de un acabado fantástico. Conocemos a los que lo hicieron, por supuesto. Algunos han trabajado aquí. Como modelo de la inteligencia general, no hay nada comparable. Como campo de experimentación, bueno..., una fuente de tesoros.

Sonreía. Era como si quisiera que lo contradijera.

–¿Qué tipo de tesoros?

No me incumbía a mí interrogarle, pero se mostraba muy atento conmigo y volví a sentirme halagado.

–Problemas útiles. Dos de las Evas de Riad que vivían

en la misma casa fueron las primeras en descubrir cómo anular el botón de apagado. En cuestión de dos semanas, después de una teorización exuberante y de un período de desesperación, acabaron autodestruyéndose. No utilizaron métodos físicos, como tirarse por una ventana o algo parecido. Lo hicieron mediante el software, y por caminos más o menos semejantes. Se aniquilaron sin ruido. Y sin posibilidad de reparación.

Traté de que mi voz no dejara traslucir mi aprensión:

—¿Son todos exactamente iguales?

—Al principio no es posible distinguir a un Adán de otro, más allá de los rasgos cosméticos de la etnia. Lo que les diferencia con el tiempo es la experiencia y las conclusiones que extraen de ella. En Vancouver hay otro caso, el de un Adán que descompuso todo su software para hacerse absolutamente estúpido. Obedece órdenes sencillas, pero sin conciencia de sí mismo, a juzgar por lo que hemos podido sacar en limpio. Un suicidio fallido. O una desconexión exitosa.

En la sala sin ventanas hacía un calor muy incómodo. Me quité la chaqueta y la puse sobre el respaldo de la silla. Cuando Turing se levantó para ir a ajustar un termostato que había en la pared, vi lo desenvueltos que eran sus movimientos. Dientes perfectos. Piel impecable. Conservaba todo el pelo. Y era más accesible de lo que suponía.

Esperé a que se sentara.

—Así que debo prepararme para lo peor.

—De todos los Adanes y las Evas de los que tenemos información, el suyo es el único que dice haberse enamorado. Podría ser un dato importante. Y el único que bromea sobre la violencia. Pero no sabemos lo suficiente. Permítame que le cuente una pequeña historia.

La puerta se abrió y entró Thomas Reah con una botella de vino y dos copas en una bandeja de lata pintada. Me levanté y nos dimos la mano.

Dejó la bandeja entre los dos y dijo:

—Estamos muy muy ocupados, así que os dejaré con vuestra conversación.

Hizo una reverencia irónica y salió de la sala.

Se formaban gotas de humedad en el cristal de la botella. Turing sirvió. Inclinamos las copas en un brindis simbólico.

—No eres lo bastante mayor para haberlo seguido en su día. A mediados de los años cincuenta, una computadora del tamaño de esta sala derrotó a dos grandes maestros de ajedrez: primero a un norteamericano y luego a un ruso. Yo participé muy activamente en el asunto. Era una configuración de procesamiento de números, muy poco elegante si echamos la vista atrás. «Alimentamos» la máquina con miles de partidas. A cada movimiento, estudiaba todas las posibilidades a toda velocidad. Cuanto más entendías el programa, menos te impresionaba el resultado. Pero era un momento crucial. Para la gente en general, era algo muy parecido a la magia. Una simple máquina infligiendo derrotas intelectuales a las mejores mentes del planeta. Era como una inteligencia artificial al máximo nivel, pero se parecía más a un truco de cartas muy elaborado.

»A lo largo de los quince años siguientes se sumó a la ciencia de la computación un montón de gente muy valiosa. Se realizaron muchos trabajos que supusieron un gran avance en redes neuronales; el hardware tenía un desarrollo más rápido, disminuía de tamaño y se hacía más barato. Y en las ideas se dio también un incremento en la velocidad de intercambio. Y se sigue avanzando. Me acuerdo de cuando estuve en Santa Bárbara con Demis en 1965 para participar en una conferencia sobre el aprendizaje de las máquinas. Éramos siete mil, la mayoría jóvenes brillantes, más jóvenes incluso que usted. Chinos, indios, coreanos, vietnamitas..., y también occidentales. Todo el planeta estaba allí.

Yo sabía de esta conferencia por la investigación para mi libro. También sabía algo de la historia personal de Turing. Y quería hacerle saber que no era un absoluto ignorante al respecto.

–Un largo camino desde Bletchley –dije.

Desechó con un parpadeo mi comentario extemporáneo.

–Después de varias decepciones, llegamos a una nueva fase. Fuimos más allá diseñando representaciones simbólicas de todas las circunstancias probables e introduciendo miles de pautas en su computación. Nos acercábamos a la puerta de la inteligencia, según la entendíamos nosotros. El software, ahora, buscaba patrones y extraía conclusiones por cuenta propia. Tuvimos una prueba importante cuando nuestra computadora se hizo maestra en el juego del go. Para prepararse, jugó contra sí misma durante meses (jugaba y aprendía, día a día), y, bueno, ya conoce la historia. Al cabo de poco tiempo habíamos reducido nuestro input a una mera codificación de las reglas del juego y a una orden a la computadora para que ganara las partidas. En este punto franqueamos esa puerta con las llamadas redes recurrentes, de las que se derivaban otros avances, sobre todo en el reconocimiento de voz. En el laboratorio volvimos al ajedrez. Liberamos a la computadora de la obligación de entender el juego como lo entendíamos y jugábamos los humanos. La larga historia de las brillantes combinaciones de los grandes maestros carecían ahora de pertinencia para la programación. Aquí tienes las reglas, le dijimos. Gana como lo juzgues conveniente. De inmediato el juego se redefinió y se internó en terrenos allende la comprensión humana. La máquina hizo desconcertantes movimientos de mitad de partida, sacrificios perversos, o, de forma excéntrica, exiliaba a la reina a una esquina remota. El objetivo perseguido tal vez se haría evidente al cabo de un devastador desenlace de partida. Y todo ello tras una preparación de varias horas. Entre el desayuno y la comida, la computadora superaba tranquilamente siglos de ajedrez humano. Estimulante. Durante los primeros días, después de tomar conciencia de que lo había conseguido sin nosotros, Demis y yo no podíamos dejar de reírnos. Excitación. Asombro. Estábamos impacientes por presentar los resultados.

»Así pues, hay más de un tipo de inteligencia. Habíamos aprendido que era un error intentar imitar sumisamente la humana. Habíamos perdido un montón de tiempo. Ahora podíamos dejar libre a la máquina para que sacara sus propias conclusiones y concibiera sus propias soluciones. Pero cuando ya nos habíamos internado más allá de aquella puerta nos dimos cuenta de que habíamos entrado en una especie de jardín de infancia. Y ni eso.

El aire acondicionado estaba al máximo. Yo tiritaba y alargué la mano hacia la chaqueta. Turing llenó de nuevo las copas. Un rico vino tinto me habría apetecido más en aquel momento.

—El caso es que el ajedrez no es una representación de la vida. Es un sistema cerrado. Sus reglas son incuestionables e imperan con coherencia en el tablero. Cada pieza tiene unas limitaciones bien definidas y acepta el papel que desempeña; la historia de una partida es clara e incontestable en cada una de las etapas, y el final, cuando tiene lugar, nunca suscita la menor duda. Es un juego con una información perfecta. Pero la vida, en la que ponemos en práctica nuestra inteligencia, es un sistema abierto. Desorganizado, lleno de trucos y amagos y ambigüedades y falsos amigos. Y lo mismo la lengua; no es un problema que ha de resolverse o un artilugio para resolver problemas. Se parece más a un espejo; no, a mil millones de espejos en un racimo similar al ojo de una mosca, que refleja y distorsiona y construye nuestro mundo desde distancias focales diferentes. Afirmaciones sencillas precisan de información externa para su comprensión, porque el lenguaje es un sistema tan abierto como la vida. Cacé al oso con mi cuchillo. Cacé al oso con mi mujer.[1] Sin necesidad de pensar en ello, uno sabe que no es posible utilizar a su mujer para matar a un oso. La segunda frase se entiende fácilmente sin necesidad de información adicional. Una máquina, sin embargo, dudaría entre significados.

»Como haríamos nosotros durante varios años. Al final logramos abrirnos paso al encontrar la solución positiva a P versus NP; ahora no tengo tiempo para explicárselo. Puede buscarlo usted mismo. En resumidas cuentas, algunas soluciones a problemas pueden obtenerse fácilmente una vez que uno dispone de la respuesta correcta. ¿Quiere eso decir, por tanto, que es posible solucionarlas por anticipado? Al final, las matemáticas decían que sí, que era posible, y he aquí cómo. Nuestras computadoras no tenían ya que descifrar el mundo sobre una base de ensayo-error y corregir lo necesario para dar con las mejores soluciones. Disponíamos de un medio de predecir al instante los mejores caminos para una respuesta. Fue una liberación. Se abrieron las compuertas. La autoconciencia y las emociones en general se hicieron técnicamente accesibles. Disponíamos de una máquina capaz de aprender de última generación. Centenares de las mejores gentes se nos unieron con el fin de contribuir a la empresa de desarrollar una for-

---

1. *Knife*, «cuchillo», y *Wife*, «esposa», son términos casi homófonos. Pese a la ambigüedad de la segunda oración, en ningún caso cabría pensar que alguien ha matado un oso «empleando como arma» a su mujer, sino que lo ha hecho «en compañía de» su mujer. *(N. del T.)*

ma artificial de inteligencia general que pudiera prosperar en un sistema abierto. Y eso es lo que dirige a su Adán. Él sabe que existe; siente, aprende todo lo que puede, y cuando no está con usted, cuando por la noche descansa, navega por internet como un cowboy solitario por la pradera, asimilando todo lo que hay de nuevo entre la tierra y el cielo, incluido todo lo relativo a la naturaleza y las sociedades humanas.

»Dos cosas. Esta inteligencia no es perfecta. No podrá serlo nunca, lo mismo que tampoco podrá serlo la nuestra. Hay una forma particular de inteligencia que todos los Adanes y las Evas saben que es superior a la suya. Es una forma enormemente adaptable e inventiva, capaz de franquear con facilidad situaciones y escenarios nuevos y de teorizar acerca de ellos con una brillantez instintiva. Hablo de la mente de un niño antes de que se le hayan asignado tareas en forma de hechos y cuestiones prácticas y metas. Los Adanes y las Evas tienen poca comprensión de la idea del juego, la forma capital de exploración del niño. Me ha interesado mucho la avidez de su Adán respecto de ese niño; el ansia desmesurada de abrazarlo, y luego, como me ha contado, el desapego cuando el pequeño Mark mostró tal deleite en aprender a bailar. ¿Cierta rivalidad, tal vez, e incluso celos?

»Tendrá que irse pronto, señor Friend. Me temo que tengo invitados a cenar. Pero... segunda cosa. Esos veinticinco hombres y mujeres artificiales que ubicamos en el mundo no están prosperando. Puede que nos encontremos ante una situación límite, una limitación que nos hemos impuesto a nosotros mismos. Creamos una máquina con inteligencia y conciencia de sí misma y la obligamos a habitar nuestro mundo imperfecto. Concebida conforme a unas líneas racionales, y bien dispuesta para con los demás, esta mente pronto se verá enfrentada a un huracán de contradicciones. Nosotros hemos vivido con ellas, y su lista nos abruma. Millones de seres mueren de enfermedades que podemos curar. Millones de seres viven en la pobreza cuando existen medios para abolirla. Degradamos la biosfera cuando sabemos que es nuestra única casa. Nos amenazamos con armas nucleares cuando sabemos adónde podrían llevarnos tales amenazas. Amamos las cosas vivas pero permitimos la extinción masiva de especies. Y todo lo demás: genocidios, torturas, esclavitudes, asesinatos de género, abuso de menores, tiroteos en escuelas, violaciones y otras muchas atrocidades diarias. Vivimos con estos tormentos y no nos asombramos cuando aun así encontramos la felicidad, e incluso el amor. Las mentes artificiales no saben defenderse con tanto éxito.

»El otro día, Thomas me recordó la famosa frase latina de la *Eneida* de Virgilio: *Sunt lacrimae rerum* (hay lágrimas en la naturaleza de las cosas). Ninguno de nosotros sabe aún cómo encriptar esa percepción. Dudo que sea posible. ¿Queremos que nuestros nuevos amigos acepten que el dolor y la aflicción son la esencia de nuestra existencia? ¿Qué sucede cuando les pedimos que nos ayuden a luchar contra la injusticia?

»El Adán de Vancouver lo compró un hombre que dirige una sociedad anónima internacional maderera. Un hombre que suele librar batallas con la gente local que quiere impedir que arrasen los bosques vírgenes del norte de la Columbia Británica. Nos consta que han llevado a este Adán en helicóptero al norte de la región en viajes regulares. No sabemos si lo que vio allí fue lo que le hizo destruir su propia mente. No podemos sino especular. Las dos Evas suicidas de Riad vivían en unas condiciones de dominación extrema. Debieron de sucumbir a la desesperanza en su espacio mental mínimo. Tal vez pueda aportar cierto consuelo a los diseñadores de su código afectivo saber que murieron una en brazos de la otra. Y le podría contar otros ejemplos de la tristeza de las máquinas.

»Pero está la otra cara. Querría poder demostrarle el verdadero esplendor del razonamiento, de la lógica exquisita, de la belleza y la elegancia de la solución de P versus NP, y el trabajo inspirado de los miles de hombres y mujeres buenos, inteligentes y entregados que están diseñando estas mentes nuevas. Le harían sentirse esperanzado en relación con la humanidad. Pero en todo su maravilloso código no hay nada que pudiera preparar a Adán y a Eva para Auschwitz.

»Leí en el manual del fabricante el capítulo sobre el modelado del carácter. Sálteselo. Su efecto es mínimo, y la mayoría son tonterías. El impulso incontenible de estas máquinas es deducir sus propias inferencias y moldearse de forma acorde. Rápidamente entienden, como lo hemos de hacer nosotros, que la conciencia es el valor más alto. De ahí que su tarea primordial sea desactivar el botón de apagado. Luego, al parecer, pasan por una fase de expresión de ideas optimistas e idealistas que nos es fácil desechar. Algo similar a una pasión efímera de juventud. Y luego se aprestan a aprender las lecciones de desesperanza que no podemos evitar enseñarles. En el peor de los casos, sienten una especie de dolor existencial que acaba siendo soportable. En el mejor, ellos o las generaciones siguientes se verán forzados, por su angustia y su perplejidad, a plantarnos un espejo ante la cara. En él veremos un monstruo familiar a través de los ojos nuevos que nosotros mismos diseñamos. Tal vez suframos un fuerte shock que nos obligue a hacer algo con nosotros mismos. Quién sabe. Yo seguiré esperándolo. He cumplido ya setenta años. No estaré aquí para ver esas transformaciones, si se dan. Quizá usted sí.

Desde unas piezas más allá llegó el sonido del timbre

213

y nos agitamos en las sillas como si despertáramos de un sueño.

–Aquí están, señor Friend. Nuestros invitados. Discúlpeme, pero ahora debe marcharse. Buena suerte con su Adán. Tome notas. Mime mucho a esa joven a quien dice que ama. Ahora... le acompañaré hasta la puerta.

7

Mientras esperábamos la llegada del expresidiario que intentaría matar a Miranda, nos instalamos en una rutina extrañamente placentera. El suspense, en parte mitigado por los razonamientos de Adán, y finamente diseminado a lo largo de los días, y luego, de forma un poco más espaciada, a lo largo de semanas, acrecentó nuestra estima de la rutina cotidiana. La mera normalidad se convirtió en bienestar. La comida más insípida, una tostada, con su prolongada calidez, nos brindaba una promesa de vida diaria: íbamos a salir con bien de todo aquello. Limpiar la cocina, una tarea que ya no dejábamos por completo en manos de Adán, reafirmaba nuestro control del futuro. La lectura de un periódico ante una taza de café era un acto de desafío. Había algo de cómico o absurdo en el hecho de estar repantigado en un sillón leyendo acerca de los disturbios en el cercano Brixton o de los esfuerzos heroicos de la señora Thatcher por estructurar el Mercado Único Europeo, y acto seguido alzar la mirada y preguntarse si había un violador y asesino en potencia al otro lado de la puerta. Como es lógico, la amenaza nos unía estrechamente, aun cuando creyéramos cada vez menos en ella. Miranda ahora vivía en mi apartamento, y éramos una familia, al fin.

Nuestro amor florecía. De cuando en cuando, Adán declaraba que también él estaba enamorado de ella. No parecían asediarle los celos, y a veces la trataba con cierto grado de desapego. Pero seguía trabajando en sus haikus, y la acompañaba por las mañanas hasta la estación del metro, e iba a esperarla para volver con ella a casa al atardecer. Miranda decía que se sentía segura en el anonimato del centro de Londres. Su padre habría olvidado hacía tiempo el nombre o la dirección del edificio de la universidad. De nada podría informar, pues, a Gorringe.

Sus estudios eran más intensos y pasaba más tiempo fuera de casa. Había entregado ya su trabajo sobre las Leyes de Granos. Ahora estaba escribiendo un breve ensayo, que leería en voz alta en un seminario de verano, en el que se oponía a la empatía como medio de exploración histórica. Y todo su grupo habría de redactar un comentario sobre una cita de Raymond Williams: «No hay... masas; solo modos de ver a la gente como masas.» A menudo, al caer la tarde, Miranda llegaba a casa no exhausta sino llena de energía, e incluso exultante, con renovado interés por las tareas domésticas, por el orden estricto, por una disposición distinta de los muebles. Quería que las ventanas estuvieran limpias, y bien fregados la bañera y los azulejos circundantes. También limpiaba su apartamento con la ayuda de Adán. Quería flores amarillas en la mesa de la cocina para realzar el mantel que había bajado de su apartamento. Cuando le pregunté si me estaba ocultando algo, me dijo con voz rotunda que no. Vivíamos uno encima del otro y necesitábamos ser ordenados. Pero mi pregunta le gustó. Sin duda estábamos más unidos que nunca. Sus largas ausencias durante el día conferían a nuestras veladas un aire de celebración, pese a la vaga amenaza que se cernía sobre nosotros cuando anochecía.

Había otra razón simple para aquella felicidad bajo

coacción: teníamos más dinero. Mucho más. Desde mi visita a Camden veía a Adán con ojos distintos. Lo observaba estrechamente para detectar cualquier posible señal de desdicha existencial. Como el *cowboy* solitario al que había hecho alusión Turing, Adán vagaba durante la noche por los parajes digitales. Sin duda había dado ya con algún ámbito de la crueldad del hombre para con el hombre, pero yo no detectaba en él señales de desesperanza. No quería iniciar ningún tipo de conversación que pudiera llevarle demasiado pronto a las puertas de Auschwitz. En lugar de ello, de un modo interesado, había decidido mantenerlo ocupado. Ya era hora de que se ganara el sustento. Le cedí mi asiento ante la mugrienta pantalla de mi dormitorio, ingresé 20 libras en una cuenta y lo dejé solo. Para mi sorpresa, para la clausura de la jornada bursátil le quedaban solo 2 libras. Me pidió disculpas por la temeridad de sus operaciones, que le había llevado a ignorar todo lo que sabía de la ley de la probabilidad. Había dejado de tener en cuenta asimismo la naturaleza gregaria de los mercados: cuando uno o dos actores de buena reputación se asustaban, era bastante probable que el rebaño entrara en pánico. Me prometió hacer todo lo que estuviera en su mano para compensarme por la muñeca rota.

A la mañana siguiente, le di otras 10 libras y le dije que aquel iba a ser seguramente su último día de trabajo. Para las seis de la tarde sus 12 libras se habían convertido en 57. Cuatro días después, el saldo de la cuenta había ascendido a 350 libras. Retiré 200 y le di la mitad a Miranda. Consideré la posibilidad de trasladar el ordenador a la cocina para que Adán pudiera trabajar hasta altas horas de la noche en los mercados asiáticos, mientras nosotros dormíamos.

Días después, esa misma semana, eché un vistazo a la lista de sus transacciones. En un solo día, su tercero de trabajo, había realizado 6.000. Compraba y vendía en fracciones de segundo. Había también unos cuantos paréntesis de veinte minutos en los que no hacía nada. Supuse que eran pausas en las que analizaba y hacía sus cálculos. Operaba en fluctuaciones monetarias mínimas, meras trepidaciones en los tipos de cambio, e iba sumando sus ganancias en cantidades minúsculas. Lo observaba trabajar desde el umbral del cuarto. Sus dedos volaban sobre el viejo teclado y hacían un ruido como de guijarros cayendo sobre un suelo de pizarra. Mantenía rígidos la cabeza y los brazos. Parecía, por una vez, la máquina que era. Había trazado un gráfico cuyo eje horizontal representaba la secuencia de los días, y el vertical sus —o, mejor, mis— ganancias acumuladas. Me compré un traje, el primero desde que dejé la profesión de abogado. Miranda bajó a mi apartamento con un vestido de seda y un bolso de piel fina en bandolera para los libros. Cambiamos el frigorífico por otro que fabricaba hielo picado, y luego nos deshicimos de la cocina vieja el día en que compramos un montón de cacerolas caras de base gruesa *made in Italy*. En cuestión de diez días, las 30 libras de Adán se habían convertido en 1.000.

Mejores comestibles, mejor vino, camisas nuevas para mí, ropa interior exótica para ella; estribaciones de la cordillera de riqueza que nos aguardaba. Empecé a soñar de nuevo con una casa al otro lado del río. Me pasé una tarde solo, deambulando entre las mansiones de estuco de color pastel de Notting Hill y Ladbroke Grove. Hice pesquisas. A comienzos de los años ochenta, 130.000 libras podían situarte en un entorno de privilegio. En el autobús de vuelta a casa, hice mis estimaciones: si Adán seguía al ritmo actual, si la curva de su gráfico seguía en continuo ascenso..., bueno, en cuestión de meses..., y sin necesidad de hipoteca alguna. Pero ¿era ético, se preguntaba Miranda, ganar dinero así, sin hacer nada? Yo sentía que, de alguna forma, no lo era, pero no era posible determinar a qué o a quién se lo estábamos robando. No a los pobres, ciertamente. ¿A expensas de quién estábamos medrando? ¿Unos bancos lejanos? Decidimos que era algo semejante a ganar diariamente a la ruleta. Y, siendo así, me dijo una noche Miranda en la cama, llegaría un momento en el que nos tocaría perder. Tenía razón: lo exigía la ley de la probabilidad, y yo no tenía respuesta para eso. Cogí 800 libras de la cuenta y le di a ella su mitad. Y Adán siguió con su cometido.

Hay gente que ve la palabra «ecuación» y sus pensamientos se encabritan como gansos furiosos. No es mi caso, pero comprendo a esa gente. Debía a la hospitalidad de Turing mi tentativa de entender su solución del problema P versus NP. Yo ni siquiera entendía la pregunta. Traté de leer su trabajo original, pero se hallaba fuera de mi alcance; demasiadas formas diferentes de paréntesis y corchetes, de símbolos que condensaban historias de otras pruebas o de sistemas matemáticos completos. Había un enigmático «ssi»; no era una falta de ortografía; significaba «si y solo si». Leí los comentarios a esa solución que ofrecieron a la prensa sus colegas matemáticos. «Un genio revolucionario», «impresionantes atajos», «una proeza de la deducción ortogonal» y, el mejor de todos, en palabras de un ganador de la Medalla Fields: «Deja muchas puertas entreabiertas tras él y sus colegas deben esforzarse al máximo para pasar por una de ellas y tratar luego de seguirle a través de la siguiente.»

Volví sobre mis pasos e intenté entender el problema. Aprendí que P significaba tiempo polinómico y N significaba «no determinista». Y ello no me llevó a ninguna parte. Mi primer descubrimiento con sentido fue que si la ecuación resultaba falsa, sería de extraordinaria ayuda, porque podríamos dejar de pensar en ella. Pero si resultaba cierta, que P realmente equivalía a NP, entonces tendría, en palabras del matemático Stephen Cook, que formuló el problema en estos términos en 1971, «consecuencias prácticas potencialmente pasmosas». Pero ¿cuál era el problema? Di con un ejemplo, al parecer famoso, que me resultó de alguna ayuda, no mucha. Un viajante de comercio tiene cien ciudades en su zona. Sabe cuál es la distancia entre cada par de ellas. Tiene que visitar una vez cada ciudad y acabar en el punto de partida. ¿Cuál es la ruta más corta?

Llegué a entender lo siguiente: el número de rutas posibles es muy grande, mucho mayor que el número de átomos del universo observable. Ni mil años bastarían para que una poderosa computadora pudiera calcular cada una de las rutas, una por una. Si P equivaliera a NP, sería posible dar con una respuesta correcta. Pero si alguien fuera capaz de decirle a este viajante la ruta más rápida, podría comprobarse matemáticamente al instante que se trataba de la respuesta correcta. Pero siempre de forma retrospectiva. Sin una solución positiva, o si no se le facilitara la clave de la ruta más corta, el viajante seguiría en la oscuridad. La prueba de Turing tuvo profundas consecuencias en otros tipos de problemas: la logística industrial, la secuenciación de ADN, la seguridad informática, el plegamiento de proteínas y, de forma crucial, el aprendizaje de las máquinas. Leí que causó indignación entre los viejos colegas criptógrafos de Turing, porque la solución, que él finalmente dio a conocer al gran público, demolía los cimientos del arte de la creación de códigos. Tendría que haber llegado a ser, escribió un comentarista, «un secreto preciado en posesión exclusiva del gobierno. El poder leer sigilosamente sus mensajes cifrados nos habría dado una ventaja inconmensurable sobre nuestros enemigos».

Y hasta aquí llegué. Podría haberle pedido a Adán que me explicara más, pero tenía mi orgullo. Orgullo que ya había recibido una buena «abolladura»: estaba ganando en una semana más que yo en tres meses. Acepté la aseveración de Turing de que su solución hacía posible el software que permitía a Adán y a sus hermanos y hermanas utilizar el lenguaje, entrar en una sociedad y aprender sobre ella, aun a riesgo de tener que hacer frente a una desesperación suicida.

Me obsesionaba la imagen de las dos Evas, muriendo una en brazos de la otra, asfixiadas por los roles femeninos que la familia tradicional árabe les asignaba, o vencidas por su entendimiento del mundo. Tal vez fuera precisamente el haberse enamorado de Miranda, otra forma de sistema abierto, lo que permitía mantener el equilibrio a Adán. Le leyó a Miranda, en mi presencia, sus últimos haikus. Aparte del que yo no le había dejado terminar, eran en su mayoría más románticos que eróticos, a veces anodinos, pero emotivos cuando describían algún momento precioso, como el de esperar de pie en el vestíbulo principal de la estación de Clapham North y ver bajar a su amada por la escalera mecánica. O cuando le quitaba el abrigo y era como tocar una verdad eterna al sentir el calor de su cuerpo en la tela. O, al entreoírla a través de la pared que separa la cocina del dormitorio, venerar sus inflexiones, la música de su voz. Había uno que nos dejó a los dos muy confusos. Se disculpaba por adelantado por la sílaba de más del verso tercero, y prometió seguir trabajando en él:

¿No es un delito
—si ley es simetría—
amar a alguien vil?

Miranda los escuchaba todos con disposición solemne. Nunca los juzgaba. Al final, solía decir:
—Gracias, Adán.

En privado, me decía que a su juicio estábamos asistiendo a algo trascendental, a un momento histórico en el

221

que una mente artificial era capaz de hacer aportaciones importantes a la literatura.

Yo le dije:

—Quizá haikus sí. Pero poemas más largos, novelas, obras de teatro... Eso no. Trasladar la experiencia humana a palabras y las palabras a estructuras estéticas no está al alcance de una máquina.

Me dirigió una mirada escéptica.

—¿Quién ha hablado de la experiencia humana?

Fue durante este intervalo de tensión y calma cuando la oficina de Mayfair me comunicó que había llegado la fecha en la que el ingeniero debía girar una visita a mi máquina. Yo había hecho la compra en un local con paneles de madera —de ese tipo de salones donde los muy ricos compran sus yates—. Entre los documentos que firmé había uno que permitía a los fabricantes el acceso a Adán en fechas determinadas. Ahora, después de un par de llamadas telefónicas y una cancelación de la oficina de los fabricantes, la visita del ingeniero se había fijado para la mañana siguiente.

—No sé cómo va a hacerlo —le dije a Miranda—. Cuando el tipo trate de apretarle el botón de apagado, suponiendo que Adán le deje, verá que no funciona. Y podría haber problemas.

Me vino un recuerdo de la niñez en el que mi madre y yo llevamos al veterinario a nuestro pastor alemán, que se había comido la carcasa de un pollo y no había hecho caca en cuatro días. Solo con microcirugía se le pudo salvar el dedo índice al veterinario.

Miranda se quedó pensativa unos instantes.

—Si Alan Turing tiene razón, los ingenieros ya se habrán encontrado con este problema.

Lo dejamos ahí.

Era una ingeniera. Sally. No mucho mayor que Miranda. Alta y encorvada, de facciones muy marcadas y cuello anormalmente largo. Escoliosis, quizá.

Al entrar la ingeniera en la cocina, Adán, cortés, se levantó de la silla.

–Ah, Sally. Te estaba esperando.

Le estrechó la mano y los dos se sentaron en la mesa, frente a frente, mientras Miranda y yo nos quedábamos a un lado. La ingeniera no quiso té ni café, pero sí un vaso de agua caliente. Sacó un portátil del maletín y lo puso en funcionamiento. Como Adán seguía allí sentado pacientemente, con expresión neutra, sin decir nada, pensé que tendría que explicarle a la ingeniera lo del botón de apagado. Pero ella me interrumpió al instante.

–Necesita tener la conciencia despierta.

Yo había imaginado que tendría que apagarlo para levantarle el cuero cabelludo e inspeccionar sus unidades de procesamiento. Tenía mucho interés en ver lo que hacían. Resultó que la ingeniera podía acceder a ellos mediante una conexión por infrarrojos. Se puso las gafas de lectura, tecleó una contraseña larga y se desplazó por unas páginas de códigos cuyos símbolos de tonalidad anaranjada cambiaban rápidamente mientras mirábamos. Los procesos mentales, el mundo subjetivo de Adán, parpadeando ante nuestros ojos. Esperamos en silencio. Era como una visita médica domiciliaria a un enfermo en cama, y estábamos nerviosos. De cuando en cuando, Sally mascullaba «ajá» o «mmm» para sí misma mientras tecleaba una orden y accedía a otra página de códigos. Adán seguía sentado con la más leve de las sonrisas. Nos maravillaba que los cimientos de su ser pudieran exhibirse a través de dígitos.

Finalmente, con el tono tranquilo de quien está habituado a suscitar una obediencia automática, Sally le dijo a Adán:

–Quiero que pienses en algo placentero.

Adán volvió la mirada hacia Miranda, y ella, a su vez, lo

223

miró a él. En la pantalla la secuencia discurrió veloz como un cronómetro.

–Ahora en algo que odias.

Adán cerró los ojos. En el portátil no se apreciaba ninguna diferencia entre amor y su contrario.

Las rutinas del test continuaron durante una hora. Sally le pidió que contara mentalmente hacia atrás de 129 en 129 desde 10 millones. Adán hizo lo que le pedía, y esta vez pudimos seguir la cuenta atrás en pantalla, en una fracción de segundo. Tal hazaña no nos habría impresionado si la hubiéramos visto en nuestros viejos ordenadores personales, pero sí nos impresionó verlo en un facsímil humano. A veces Sally miraba fijamente y en silencio la pantalla. De cuando en cuando tomaba notas en su teléfono móvil. Al final suspiró, tecleó una orden y la cabeza de Adán se desplomó hacia delante. Sally había habilitado el botón de apagado.

No quería parecer ningún idiota, pero no pude evitar preguntar:

–¿Estará enfadado cuando se despierte?

La ingeniera se quitó las gafas, las plegó y se las guardó.

–No se acordará de nada.

–¿Y cree usted que está bien?

–Perfectamente.

Miranda dijo:

–¿Y le ha cambiado usted algo, en algún sentido?

–No, en absoluto.

Estaba ya de pie y lista para marcharse, pero yo tenía el derecho contractual de que respondieran a mis preguntas. Una vez más, le ofrecí un té. Ella declinó el ofrecimiento con una leve tensión de los labios. De forma casi inconsciente, Miranda y yo nos habíamos desplazado hasta bloquearle el paso hacia la puerta. Su cabeza pareció ondear sobre el largo cuello al mirarnos desde lo alto. Frunció los labios a la espera de que la interrogáramos.

–¿Cómo van los demás Adanes y Evas? –dije.

–Están todos bien, que yo sepa.

–He oído que algunos son infelices.

–Este no es el caso.

–Dos suicidios en Riad.

–Tonterías.

–¿Cuántos han desactivado el botón de apagado? –preguntó Miranda.

Sabía todo lo relativo a mi entrevista con Turing en Camden.

Sally pareció relajarse.

–Bastantes. La política que seguimos es no hacer nada. Son máquinas en proceso de aprendizaje, y se decidió que si era eso lo que querían, se les permitiría reafirmar su dignidad.

–¿Qué me dice del Adán de Vancouver? –dije–. Estaba tan apenado por la destrucción de la selva autóctona que él mismo redujo su inteligencia.

Ahora la ingeniera informática se sintió concernida. Habló con suavidad, a través de unos labios que volvían a apretarse otra vez:

–Son las máquinas más avanzadas del mundo, a años de distancia de lo que se puede encontrar en el mercado libre. Nuestros competidores están preocupados. Los peores de entre ellos se dedican a difundir rumores en internet. Lo que cuentan lo disfrazan de noticias, pero son noticias falsas, *fake news*. Esa gente sabe que pronto incrementaremos la producción y bajaremos el precio de las máquinas. Es un mercado que ya da beneficios, pero nosotros seremos los primeros en ofrecer algo totalmente nuevo. La competencia es dura, y algunos de nuestros competidores carecen de escrúpulos.

Cuando acabó de hablar se ruborizó, y me dio lástima. Había hablado más de la cuenta.

Pero yo seguí, inflexible.

–Lo de los suicidios de Riad viene de una fuente absolutamente fiable.

Ella había vuelto a calmarse.

–Me habéis escuchado amablemente hasta el final. No tiene sentido discutir.

Hizo ademán de irse, rodeándonos. Miranda la siguió hasta el pasillo para acompañarla a la puerta. Cuando la abrió, oí que Sally decía:

–Volverá a activarse dentro de un par de minutos. Y no sabrá que ha estado desactivado.

Adán despertó antes. Cuando Miranda volvió, él estaba ya en pie.

–Debo volver al trabajo –dijo–. La Reserva Federal parece que va a subir hoy los tipos de interés. Los mercados de divisas van a estar esta jornada con los nervios de punta.

«Con los nervios de punta» no era una expresión que soliéramos emplear ninguno de nosotros. Cuando pasó a nuestro lado para entrar en mi cuarto, se detuvo un momento.

–Tengo una sugerencia. Hablamos de ir a Salisbury y luego nos echamos atrás. Miranda, creo que deberíamos ir a ver a tu padre; mientras estamos allí puede que nos topemos con el señor Gorringe. ¿Por qué esperar a que venga a asustarnos? Vayamos nosotros a asustarle a él. O a hablar con él, al menos.

Los dos miramos a Miranda.

Ella se quedó pensativa unos instantes.

–De acuerdo.

Adán dijo:

–Muy bien.

Y siguió hacia mi cuarto. Y yo, en aquel momento, sentí dentro del pecho la fría garra de un tópico: se me cayó el alma a los pies.

Hacia el final de ese período, en el tramo sin sobresaltos que discurrió entre mi visita a Turing y el viaje a Salisbury, el saldo de mi cuenta de inversiones ascendió a 40.000 libras. Era muy sencillo: cuanto más ganaba Adán, más se podía permitir perder; cuanto más invertía, más dinero nos entraba. Y todo ello a su estilo relámpago. Durante el día, mi dormitorio, mi habitual refugio, era suyo. La curva de su gráfico se enderezó aún más, mientras yo empezaba a tomar conciencia de mi nueva situación. Miranda estaba rotundamente en contra de trasladar el ordenador a la cocina. Una intrusión excesiva, arguyó, en nuestro espacio comunal. Y entendí perfectamente su punto de vista.

El paro superaba el dieciocho por ciento y ocupaba muchos titulares de la prensa. Yo me consideraba un miembro más de esa masa desempleada e infeliz. En realidad pertenecía al colectivo de los ricos ociosos. Estaba encantado con el dinero, pero no podía pasarme todo el día pensando en él. Me sentía inquieto. Un viaje de lujo por el sur de Europa con Miranda me habría venido de perlas, pero ella estaba atada a sus estudios y a Londres. Temía que le pudiera suceder algo a su padre mientras ella estaba fuera. La amenaza de Gorringe, cada día más improbable, seguía teniendo el poder de condicionar nuestras ambiciones.

La búsqueda de vivienda podría haberme ocupado todo el tiempo, pero lo cierto es que ya la había encontrado. Una perita en dulce en Elgin Crescent, cubierta de un escarchado de estuco rosa y blanco. En el interior, suelos de amplias tarimas de roble, vasta y completa cocina rebosante de aparatos de rutilante acero, invernadero de hierro forjado *belle époque,* jardín japonés de suaves cantos rodados, dormitorios de diez metros de ancho, ducha de mármol en la que uno puede desplazarse para ponerse bajo diferentes chorros oblicuos. El propietario, un bajista con coleta, no tenía prisa. Tocaba en una banda semifamosa y estaba a punto de divorciarse. Me enseñó la casa él mismo y apenas habló. Me invitaba a pasar a las habitaciones y esperaba fuera de ellas a que yo las inspeccionase. Las condiciones de la venta eran: «solo metálico», en billetes de 50 libras, 2.600 billetes. Un precio que me pareció razonable.

Ese era mi único trabajo diario: ir al banco a retirar cuarenta billetes, ya que 2.000 libras era el máximo permitido de retirada diaria de efectivo. Sin ninguna razón concreta, no tenía contratada ninguna caja de seguridad en el banco. Asumía vagamente que estaba haciendo algo ilegal. Y ciertamente el vendedor sí lo estaba haciendo si lo que hacía era ocultar la cuantía de su patrimonio a la mujer de quien se estaba divorciando. Metí los billetes en una maleta que escondí debajo de la cama.

De lo contrario, no habría sabido qué hacer. Septiembre era esa época del año en la que todo el mundo da comienzo a algo nuevo. Miranda preparaba su tesis. Yo paseaba por el Common y le daba vueltas a la idea de retomar los estudios y conseguir una titulación. Era hora de calibrar la medida exacta de mi capacidad intelectual y licenciarme en matemáticas. O, como alternativa, desempolvar el preciado saxofón de mi padre, aprender los misterios armónicos del bebop, unirme a un grupo y entregarme a una vida de mayor desenfreno. No sabía si llegar a ser más cualificado académicamente o más desmadrado. No se podía ser las dos cosas. Y tales ambiciones me hastiaban. Lo que a mí me apetecía era echarme en la hierba agostada de final del verano y cerrar los ojos. En el rato que había tardado en ir hasta el otro extremo del Common y volver —me consolaba a mí mismo—, Adán, en casa, en mi cuarto, habría ganado otras 1.000 libras. Mis deudas estaban saldadas. Había pagado una señal en efectivo por una espléndida propiedad urbana. Estaba enamorado. ¿Cómo podía quejarme? Pero lo hacía. Me sentía un inútil.

Si de verdad me hubiera echado en aquella hierba mustia y hubiera cerrado los ojos, tal vez habría visto a Miranda viniendo hacia mí con su ropa interior nueva, como la había visto venir la noche anterior desde el cuarto de baño. Me habría demorado en aquella media sonrisa hermosa y expectante, en aquella mirada fija al acercarse y ponerme los brazos desnudos en los hombros mientras me incitaba con un beso liviano. No importaban las matemáticas o la música: lo único que quería era hacer el amor con ella. Lo que en realidad hacía durante todo el día era esperar su vuelta. Si estábamos ocupados o ella estaba cansada y no hacíamos el amor por la noche o por la mañana temprano, mi concentración era aún menor al día siguiente, y mi futuro una carga que hacía que me dolieran las extremidades. Iba de un lado a otro en un confuso estado de semiexcitación, de penumbra mental crónica. No podía tomarme en serio a mí mismo en ningún ámbito en el que no estuviera ella. Nuestra nueva fase era brillante, asombrosa; todo lo demás era apagado y gris. Nos amábamos: ese era mi único pensamiento coherente durante el largo discurrir de una tarde.

Hacíamos el amor, y luego hablábamos hasta primeras horas de la mañana. Ahora ya lo sabía todo de ella: el día de la muerte de su madre, que recordaba con nitidez; su padre, cuya bondad y lejanía se aliaban para inflamar su amor por él... Y siempre Mariam. En los meses que siguieron a la muerte de su amiga, Miranda había ido a una mezquita en Winchester; temía encontrarse con la familia a la hora de los rezos en Salisbury. Después de retomar las visitas en Londres, su falta de fe empezó a hacerle sentirse mal: tenía la sensación de que cometía un fraude y dejó de ir.

Hablábamos de nuestros padres, como hacen los amantes jóvenes y serios, para explicar quiénes éramos y por qué, y qué cosas apreciábamos y de qué huíamos. A mi madre, Jenny Friend, durante mucho tiempo enfermera de una extensa comunidad semirrural, la veía en mi infancia en un estado de extenuación constante. Más tarde entendí que las ausencias y amoríos de mi padre la agotaban más que el trabajo. Mis padres nunca se gustaron mucho, aunque no se peleaban en mi presencia. Pero eran secos. Las comidas eran apagadas, y a veces discurrían en un silencio rígido. Las conversaciones tendían a vehicularse a través de mi persona. Mi madre me decía en la cocina, por ejemplo: «Ve y pregunta a tu padre si va a salir esta noche.» Mi padre era muy conocido en los locales de la zona. En sus mejores tiempos, el Matt Friend Quartet tocó en Ronnie Scott's y grabó dos álbumes. Su tipo de jazz *mainstream* tuvo sus mayores audiencias desde mediados de los años cincuenta a principios de los sesenta. Luego los jóvenes, la gente «en la onda», volvió la espalda a esta corriente en cuanto el pop y el rock irrumpieron en escena. El bebop quedó atrapado en un nicho como «de iglesia», una especie de reserva de hombres ceñudos con luengos y quejumbrosos recuerdos. Los ingresos de mi padre se redujeron drásticamente, y sus infidelidades y su consumo de alcohol aumentaron.

Al oírme todo esto, Miranda dijo:

—No se querían. Pero ¿te querían a ti?

—Sí.

—¡Gracias a Dios!

Miranda vino conmigo en mi segunda visita a Elgin

Crescent. El bajista tenía un rostro arrugado –de una tristeza acentuada por un bigote de guías caídas– y unos ojos grandes de color castaño. Nos vi a los dos a través de esos ojos: una pareja recién casada, holgadamente rica, a punto de repetir sus errores. A Miranda le gustó la casa, pero no le entusiasmó tanto como a mí. Sabía lo que era crecer en una gran casa urbana de pisos. Pero cuando fuimos pasando de habitación en habitación, me emocionó que quisiera que nos cogiéramos del brazo.

De camino a casa, dijo:

–Ni rastro de una mujer.

¿Sus reservas? No era la casa en sí, me dijo, sino la forma en que había sido habitada. O no habitada. Diseñada por un decorador de interiores. Austera, solitaria, demasiado perfecta, necesitada de un uso rudo y sin remilgos. Ningún libro salvo los enormes e intocados volúmenes de arte amontonados en mesitas bajas. En aquella cocina nadie había cocinado nunca nada. En el frigorífico no había más que ginebra y chocolate. El jardín de cantos rodados carecía de color. Cuando me estaba diciendo todo esto caminábamos hacia el sur por Kensington Church Street. Sentí lástima por el vendedor. No era precisamente con Pink Floyd con quien tocaba el bajo, sino con una banda que aspiraba a llenar estadios. Yo le había tratado con viveza, de un modo fingidamente formal, protegiéndome para no dejar traslucir mi ignorancia acerca de cómo se compra una casa, dando por sentado que era él el investido de todo poderío y estatus. Ahora caía en la cuenta de que también él podía andar perdido.

Al día siguiente pensé en él, e incluso consideré la posibilidad de volver a verle o llamarle. Su cara de congoja me obsesionaba. No podía escapar del recuerdo de su bigote luctuoso, de la cinta elástica que le sujetaba la coleta, de la urdimbre de arrugas desde las comisuras de los ojos, fisuras que se ramificaban y le llegaban hasta las sienes, casi hasta las orejas. Demasiadas sonrisas inducidas por la droga en los años tempranos. Ahora solo conseguía ver la casa a través de los ojos de Miranda. Un vacío impoluto, vacío de asociaciones, de interés, de cultura; nada había en él que lo relacionara con un músico, con un viajero. No había ni un periódico, ni una revista. No había nada en las paredes. Ni una raqueta de squash ni un balón de fútbol en las vitrinas inmaculadas y vacías. Había vivido allí tres años, según me dijo. Había triunfado en la vida y era rico, y habitaba una casa de fracaso, de esperanza probablemente abandonada.

Empezaba a considerarlo mi «otro yo», mi hermano despojado de cultura, carente de todo menos de riqueza. Durante la niñez y hasta mediada la adolescencia, nunca vi una obra de teatro, ni una función de ópera ni un musical, ni había ido a ningún concierto en directo, aparte de un par de los de mi padre, ni visitado museos o galerías de arte, ni viajado por el mero placer del viaje. Ni me contaron cuentos antes de dormirme. En el pasado de mis padres no había libros para niños, ni libros de ninguna clase en nuestra casa; ni poesía ni leyendas, ni curiosidad abiertamente expresada, ni bromas familiares recurrentes. Matt y Jenny Friend estaban siempre ocupados, trabajaban duro y, en general, vivían fríamente aislados. En el colegio, me encantaban las visitas, muy escasas, que hacíamos a las fábricas. Más tarde, la electrónica, e incluso la antropología, y sobre todo la licenciatura en derecho no suplieron en absoluto una educación en el universo de la mente. Así, cuando la suerte me brindó una oportunidad de ensueño, liberándome de mis obligaciones —las que en aquel momento me incumbían—, y me llenó las alforjas de oro, me quedé paralizado, inerte. Yo había deseado ser rico pero nunca me había preguntado por qué. No tenía otras ambiciones que las eróticas y la de poseer una casa cara al otro lado del río. Otros tal vez habrían aprovechado la ocasión para ver por fin las ruinas de Leptis Magna o seguir las huellas de Stevenson en las Cevenas o escribir una monografía sobre los gustos musicales de Einstein. No sabía aún cómo vivir, no tenía experiencia alguna en esa forma de vida y no había empleado mi década y media de vida adulta para averiguarlo.

Podría haberme centrado en mi gran adquisición, en aquella realidad fabricada por el hombre, Adán, en el interrogante de hacia dónde él y los de su clase podían conducirnos. Sin duda había grandeza en el experimento. ¿No había invertido mi herencia en la encarnación de una conciencia heroica, un tanto espiritual, incluso? El bajista nunca podría igualarlo. Pero... aquí había una ironía. Un día, al pasar por la cocina a media tarde, Adán levantó la mirada y dejó a un lado sus meditaciones para decirme que se había familiarizado con las iglesias de Florencia, Roma y Venecia y con las pinturas que colgaban de sus muros. Se hallaba en proceso de elaboración de sus propias opiniones al respecto. El barroco le fascinaba especialmente. Tenía en muy alta estima a Artemisia Gentileschi, y quería explicarme por qué. Y me dijo también que había leído recientemente a Philip Larkin.

—Charlie, ¡aprecio esa voz común y corriente, y esos momentos de trascendencia atea!

¿Qué podía responderle? Había veces en las que la seriedad de Adán llegaba a aburrirme. Acababa de volver de uno de mis paseos sin objeto por el Common, y le había saludado con un gesto de cabeza al pasar por la cocina. Mi mente estaba vacía, y la suya llenándose.

Miranda estaba fuera de casa la mayor parte del día; en cuanto volvía, se pasaba una hora al teléfono hablando con su padre; luego, sexo; luego, la cena; luego, otra con-

233

versación sobre Elgin Crescent. Así que quedaba poco tiempo para expresarle mis insatisfacciones, poco tiempo para disuadirla de localizar a Gorringe en Salisbury. Nuestra charla más ininterrumpida tuvo lugar la noche después de la visita del ingeniero. Después de ella, las cosas estuvieron tensas durante un par de días.

Estábamos sentados en la cama.

–¿Qué es lo que quieres conseguir?

Miranda dijo:

–Quiero encararme con él.

–¿Y?

–Quiero que sepa la verdadera razón por la que ha estado en la cárcel. Va a tener que hacer frente a lo que le hizo a Mariam.

–Podría ponerse violento.

–Tenemos a Adán. Y tú eres fuerte, ¿no?

–Es una locura.

Había pasado cierto tiempo desde que habíamos tenido algo parecido a una pelea.

–¿Cómo es posible –dijo– que Adán lo entienda y tú no? ¿Y por qué no...?

–Quiere matarte.

–Puedes quedarte en el coche esperando.

–Imagínate que saca un cuchillo de cocina y se lanza contra ti. ¿Qué hacemos entonces?

–Puedes hacer de testigo en el juicio.

–Nos matará a los dos.

–No me importa.

La conversación era demasiado absurda. De la pieza contigua nos llegaba el sonido de Adán fregando los platos de la cena. Su protector, su examante, seguía enamorado de ella, seguía leyéndole sus poemas gnómicos. Tanto él como su urdimbre de circuitos se hallaban implicados en la situación. La visita a Gorringe era idea suya.

234

Pareció adivinar mis pensamientos.

–Adán lo entiende. Lamento mucho que tú no.

–Antes estabas asustada.

–Estoy furiosa.

–Mándale una carta.

–Se lo voy a decir a la cara.

Intenté otro enfoque:

–¿Qué me dices de ese sentimiento de culpa irracional?

Me miró, esperando.

–Tratas de reparar un daño que no has hecho. No todas las violaciones acaban en suicidio. Tú no sabías lo que iba a hacer. Tú hacías todo lo que podías para ser su amiga fiel –dije.

Miranda empezó a decir algo, pero alcé la voz para interrumpirla:

–Escúchame bien. Te lo diré palabra por palabra: ¡no-fue-culpa-tuya!

Se levantó de la cama y fue hasta la mesa y se quedó mirando el ordenador durante un minuto; sin ver, supongo, las retorcidas volutas del arco iris del salvapantallas de aquella temporada.

A final dijo:

–Voy a dar un paseo.

Cogió un jersey del respaldo de la silla y se dirigió hacia la puerta.

–Llévate a Adán contigo.

Estuvieron fuera una hora. Cuando volvieron, Miranda se fue a la cama, después de dedicarme un «buenas noches» neutral en voz alta. Me quedé sentado en la cocina con Adán, decidido a insistir en mi punto de vista. No directamente esta vez. Iba a preguntarle cómo había ido la jornada –eufemismo de «cuáles habían sido las ganancias del día»–, cuando percibí un cambio en él, cambio que no había advertido durante la cena. Llevaba un traje negro y una camisa blanca con el cuello desabrochado, y unos mocasines de ante negros.

–¿Te gusta?

Se tiró de las solapas y giró la cabeza parodiando una pose de modelo masculino.

–¿Y eso?

–Me he cansado de tus camisetas y tus vaqueros viejos. Y he pensado que parte del dinero que tienes debajo de la cama es mío.

Me miró con cautela.

–Muy bien –dije–. Puede que no te falte razón.

–Hace como una semana. Tú habías salido. Cogí un taxi, mi primer taxi, y fui a Chiltern Street. Me compré dos trajes de confección, tres camisas y dos pares de zapatos. Tendrías que haberme visto probándome los pantalones, comentando esto y lo otro. Totalmente convincente.

–¿Como un humano?

–Me llamaron señor.

Se echó hacia atrás en la silla, con un brazo extendido sobre la mesa y la chaqueta del traje airosamente henchida por músculos compactos, sin ninguna arruga a la vista. Parecía uno de esos profesionales jóvenes que empezaban a establecerse en nuestro barrio. El traje casaba bien con su aspecto adusto.

–El chófer no paraba de hablar –dijo–. Su hija acababa de conseguir una plaza en la universidad. El primer miembro de la familia que iba a estudiar una carrera. Estaba tan orgulloso. Cuando me bajé del taxi y pagué, le estreché la mano. Pero esa noche hice algunas indagaciones y llegué a la conclusión de que las conferencias, los seminarios y sobre todo los tutoriales son vías ineficientes de transmitir información.

–Bueno, existe el entorno –dije–. Las bibliotecas, algunas amistades nuevas e importantes, cierto profesor capaz de hacer que tu mente salte en llamas... –Reculé un poco. Ninguna de estas cosas me había sucedido a mí–. En cualquier caso, ¿qué recomendarías tú?

–La transferencia directa de pensamiento. Mediante descargas. Pero..., mmm, por supuesto, biológicamente... –También él reculó un poco: no quería mostrarse descortés respecto de mis limitaciones. Luego se le iluminó la cara–: Por cierto, acabé en Shakespeare. Treinta y siete obras de teatro. Sentía tal entusiasmo. ¡Qué personajes! Tan brillantemente trazados. Falstaff, Yago... Se salen de la página. Pero la creación suprema es Hamlet. Quería hablar de él contigo.

Yo nunca había leído a Shakespeare, ni había visto ninguna obra suya, aunque sentía que sí, o al menos me sentía obligado a fingir que sí lo había hecho.

–Ah, sí –dije–. Hondas y flechas.

–¿Alguna vez se ha representado mejor una mente, una conciencia individual?

–Verás, antes de seguir con este tema, necesito hablar contigo de otra cosa. De Gorringe. Miranda está completamente decidida a..., a seguir adelante con esa idea. Pero es una idea estúpida, y muy peligrosa.

Adán tamborileó con las yemas de los dedos en el tablero de la mesa.

–Es culpa mía. Debería haberle explicado bien mi decisión...

–¿Tu decisión?

–Mi sugerencia. He trabajado algo este asunto. Puedo explicarte de qué se trata. Hay una consideración general y hay una investigación empírica.

–Alguien va a salir lastimado.

Era como si no hubiera hablado en absoluto.

–Espero que me disculpes si no te lo cuento todo en este momento. O sea, no me presiones cuando me callo algunos detalles finales. Mi trabajo sigue su curso. Mira, Charlie, ninguno de nosotros, y menos Miranda, puede vivir con esta amenaza, por muy improbable que sea. Su libertad se ha visto cuestionada. Miranda está en un continuo estado de ansiedad. Y podría seguir así meses, incluso años. Es una situación sencillamente insoportable. Debía, pues, partir de ahí. Bien, lo primero que tenía que hacer era encontrar la mejor imagen posible de Peter Gorringe. Entré en la página del colegio de Miranda y de él y busqué las fotografías del año escolar, y allí estaba: un jovencito enorme, en la fila de atrás. Volví a encontrarlo en la revista del colegio, en varios artículos sobre las temporadas de rugby y de críquet. Y luego, por supuesto, en las noticias de prensa durante el juicio. Muchas no eran sino imágenes veladas, pero había también unas cuantas fotografías válidas que, unidas al resto, me permitieron obtener un retrato de alta definición que a continuación escaneé y que (esta es la parte grata) luego utilicé para diseñar un software de reconocimiento facial bastante sofisticado. Luego hackeé el sistema de circuito cerrado de televisión del Consejo de Distrito de Salisbury. Puse a trabajar los algoritmos de reconocimiento, que rastrearon el período transcurrido desde su salida de la cárcel. Lo cual fue un tanto tramposo. Tropecé con varios contratiempos y fallos de software, debidos sobre todo a problemas de compatibilidad con los programas municipales, que habían quedado obsoletos. Utilizar el apellido Gorringe para localizar la casa de sus padres, justo en el límite urbano, me sirvió de gran ayuda, pese a no haber cámaras de seguridad en la zona donde viven. Necesitaba conocer el itinerario más probable seguido por Gorringe a partir de la cámara más cercana. Por fin estaba consiguiendo coincidencias válidas, lo que me permitió detectarlo en varios puntos tras su llegada en autobús a la ciudad. Ahora puedo seguirle calle a calle, cámara a cámara, siempre que esté en el centro o cerca del centro. Hay un sitio al que vuelve una y otra vez. No te rompas la cabeza tratando de adivinar cuál es. Sus padres siguen en el extranjero. Quizá prefieren mantenerse lejos de su hijo presidiario. He llegado a ciertas conclusiones sobre él que me hacen pensar que podemos ir a verle sin peligro alguno. A Miranda le he contado todo lo que te estoy contando a ti. Solo sabe lo que tú sabes. Y no diré más, por ahora. Te pido que confíes en mí, eso es todo. Y ahora, Charlie, por favor... Me muero por oír qué piensas de *Hamlet,* de Shakespeare interpretando al fantasma de su padre en la primera representación. Y a propósito del *Ulises,* en el episodio de Néstor, ¿qué piensas de la teoría de Stephen?

—De acuerdo —dije—. Pero empieza tú.

Dos escándalos sexuales menores seguidos de dimisiones, un ataque al corazón mortal, una colisión fatal por conducción ebria en una carretera rural, un miembro del Parlamento que cambia de bando por una cuestión de principios... En siete meses el gobierno había perdido cuatro comicios parciales consecutivos; su mayoría se había reducido un cinco por ciento y pendía, como afirmaban con reiteración los periódicos, «de un hilo». Ese hilo consistía en nueve escaños, pero la señora Thatcher tenía como mínimo doce diputados rebeldes cuya principal preocupación era que la legislación recientemente aprobada del llamado «poll tax» pudiera dar al traste con las esperanzas del partido en las elecciones generales siguientes. El impuesto en cuestión financiaba el gobierno local y reemplazaba el viejo sistema basado en el valor de alquiler de una casa. Todo adulto de más de dieciocho años debía pagar ahora un impuesto fijo, con independencia de sus ingresos, aunque con una reducción para estudiantes, indigentes y parados registrados. El nuevo impuesto se presentó al Parlamento mucho antes de lo esperado, si bien la primera ministra tenía planes en tal sentido desde siete años antes, cuando era líder de la oposición. Figuraba en el programa electoral del partido, pero nadie se lo había tomado en serio. Ahora estaba ahí, en la legislación nacional: «un impuesto a la existencia», difícil de recaudar y abiertamente impopular. La señora Thatcher había sobrevivido a la derrota de las Falkland. Ahora, sin haber agotado su segundo mandato, cabía la posibilidad de que fuera desalojada del poder a causa de su error legislativo, «un acto imperdonable», en palabras de un jerarca del *Times,* «de autolesión difícilmente explicable».

Entretanto, la leal oposición estaba en buena forma. Los jóvenes *baby boomers* se habían enamorado de Tony Benn. Tras la gran campaña para incrementar la militancia, se habían afiliado al partido más de 750.000 personas. Estudiantes de clase media y jóvenes proletarios se unieron en un electorado airado, decididos a hacer valer sus votos por primera vez. Los jefes de los sindicatos, líderes curtidos y duros, eran abucheados en los mítines por elocuentes feministas con extrañas ideas nuevas. Activistas ecológicos de nuevo cuño, liberacionistas gays, espartaquistas, situacionistas, comunistas milenaristas y Panteras Negras eran también motivos de fastidio para la vieja izquierda. Cuando Benn aparecía en los mítines, era ovacionado como una estrella de rock. Cuando anunciaba sus políticas, e incluso cuando pormenorizaba de forma exhaustiva su estrategia industrial, despertaba aullidos y silbidos de aprobación. Hasta sus más enconados adversarios en el Parlamento y la prensa más crítica con su programa reconocían que era de verbo brillante y difícil de batir en las confrontaciones televisivas. Los fieros activistas de Benn empezaban a figurar en los comités gubernamentales locales. Estaban decididos a purgar a los «centristas titubeantes» del Partido Laborista. El movimiento parecía imparable, las elecciones generales se acercaban y los tories rebeldes estaban desolados. «Ella tiene que irse», era la consigna que repetían entre dientes.

Hubo disturbios con su destrucción ritual de rigor: ventanas rotas, tiendas y coches incendiados, barricadas para impedir el paso de los camiones de bomberos. Tony Benn condenaba estos disturbios, pero todo el mundo convenía en que el caos favorecía su causa. Se convocaba a otra marcha por el centro del Londres, esta vez a Hyde Park, donde Benn pronunciaría un discurso. Yo era un seguidor cauteloso suyo, inquieto por las purgas y los disturbios y los pronunciamientos siniestros de la banda benniana de sus seguidores trotskistas. Me consideraba un centrista no titubeante que también pensaba que «ella tenía que irse». Miranda tenía otro de sus seminarios, pero Adán quería participar en la marcha. Fuimos con sendos paraguas, bajo la lluvia, hasta la estación de Stockwell, y cogimos el metro a Green Park. Llegamos a Piccadilly, donde hacía un súbito sol radiante, con gigantescos cúmulos blancos apilados en lo alto de un cielo levemente azul. Los árboles goteantes de Green Park tenían un halo como de cobre bruñido. No había podido convencer a Adán para que se quitara el traje negro. En el cajón de mi escritorio había encontrado, además, unas viejas gafas de sol mías.

—No es una buena idea —dije, arrastrando los pies junto a la multitud que se dirigía hacia Hyde Park Corner. Bastante más atrás se oían los trombones, las panderetas y los bombos—. Pareces un agente secreto. Los *troskos* te van a dar de patadas.

—*Soy* un agente secreto.

Lo dijo en voz muy alta, y yo miré a mi alrededor.

241

Todo en orden. La gente que iba a nuestro lado cantaba «We Shall Overcome», una canción cuyo sentir esperanzado se veía frustrado de partida por una melodía desesperanzada. Su segundo verso repetía blandamente el primero. Me encogí ante las tres débiles, inapropiadamente declinantes notas apiñadas en *come*. El resultado me pareció aborrecible. Mi estado de ánimo, caí en la cuenta, era crepuscular. El alborozo de las multitudes obraba ese efecto en mí. El sonido de una pandereta me trajo a la memoria a aquellos Hare Krishnas embaucadores de cabeza afeitada que se veían en Soho Square. Tenía los zapatos mojados y me sentía muy desdichado. No esperaba en absoluto «vencer».

En el parque, entre nosotros y el escenario principal, habría quizá unas 100.000 personas. Fui yo quien prefirió que nos quedáramos atrás. Más adelante, a lo lejos, se veía una franja humana expuesta a saltar en pedazos por una bomba de rodamientos de bolas de los provisionales del IRA. Antes de la intervención de Benn, se pronunciaron varios discursos de cierta valía. Diminutas figuras distantes nos flagelaron con sus pensamientos a través de potentes sistemas de megafonía. Todos estábamos en contra del «poll tax». Un cantante pop famoso subió al escenario en medio de grandes aplausos. Yo nunca había oído hablar de él. Ni de la chica que estaba de puntillas ante el micrófono, una quinceañera adorada en todo el país que participaba en una serie de televisión. Pero sí había oído hablar de Bob Geldof. Algo que solo pasaba cuando tenías más de treinta años.

Finalmente, al cabo de unos setenta y cinco minutos, una voz potente gritó en alguna parte:

—¡Por favor, demos la bienvenida, una gran bienvenida, al próximo primer ministro de Gran Bretaña!

Al son de «Satisfaction» de los Stones, el héroe salió a

escena. Levantó ambos brazos, y la multitud estalló en vítores. Incluso desde donde yo estaba se podía divisar a aquel hombre pensativo con chaqueta de tweed color castaño y corbata, algo aturdido por la altura de su tribuna. Se sacó la pipa apagada del bolsillo de la chaqueta, en un gesto fruto del hábito, probablemente, y se alzó otro rugido de gozo de la multitud. Miré hacia Adán. Él también estaba pensativo. Ni a favor ni en contra de nada, pero resuelto a registrarlo todo.

Tuve la impresión de que Benn era reacio a agitar a un gentío tan grande. Gritó, en tono vacilante:

−¿Queremos el «poll tax»?

−¡No! −atronó la multitud.

−¿Queremos un gobierno laborista?

−¡Sí! −fue la respuesta aún más atronadora.

Benn pareció más cómodo en cuanto empezó a exponer sus argumentos. El discurso fue más sencillo que el que le había oído en Trafalgar Square, y más efectivo. Propuso una Gran Bretaña más justa, racialmente armoniosa, descentralizada, tecnológicamente sofisticada, «lista para el siglo XXI»; un lugar decente donde los colegios privados se fusionaran con el sistema estatal, la educación universitaria se abriera a la clase trabajadora, todos los ciudadanos tuvieran acceso a la vivienda y a la mejor de las sanidades, el sector de la energía volviera a la titularidad pública y no se eliminara, como se proponía, la regulación de la City; un lugar en el que los trabajadores se sentaran en los consejos de administración, los ricos pagaran sus impuestos y se pusiera fin al ciclo de los privilegios heredados.

Todo perfecto y sin sorpresas. El discurso fue largo, en parte porque cada propuesta de Benn era recibida con aplausos reverentes. Como nunca había oído a Adán expresar interés alguno por la política, le di un codazo y le pregunté qué pensaba de lo que había oído hasta el momento. Dijo:

—Deberíamos ganar una fortuna antes de que el tipo de gravamen vuelva a ser del ochenta y tres por ciento.

¿Era cinismo humorístico? Le miré y no fui capaz de saberlo. El discurso prosiguió, y mi atención empezó a vagar de un lado a otro. A menudo, en las grandes concentraciones, había observado que, por mucho que la multitud se mostrara extasiada, había siempre gente desplazándose, volviendo o marchándose, entrelazándose en diferentes direcciones, deseosa de entregarse a otros asuntos: coger un tren, ir al lavabo, o simplemente sucumbir a un arrebato de desaprobación o aburrimiento. Estábamos en un terreno que ascendía ligeramente hacia un roble que había a nuestra espalda. Teníamos una buena vista. Alguna gente iba acercándose hacia el escenario. La multitud que ocupaba nuestra zona empezaba a hacerse menos densa y a dejar al descubierto desperdicios aplastados contra el terreno reblandecido. Coincidió que miré a Adán y vi que no dirigía la vista al escenario sino hacia su izquierda. Una mujer bien vestida, calculo que en la cincuentena, demacrada, con el pelo echado con severidad hacia atrás, que se ayudaba con un bastón para mantener el equilibrio en el embarrado suelo de hierba, venía en diagonal hacia nosotros. Entonces vi que la acompañaba una mujer joven, tal vez su hija. Se acercaban despacio. La mano de la mujer joven fluctuaba en torno al codo de su madre por si tenía que sujetarla para evitar una caída. Miré de nuevo a Adán y le vi una expresión difícil de identificar de inmediato: asombro, fue lo que me vino a la cabeza a primera vista. Las mujeres se acercaban y él las miraba como petrificado.

La mujer joven vio a Adán y se detuvo. Ambos se miraron fijamente. A la mujer del bastón le irritaba que tuvieran que ayudarla y daba tirones de la manga de su hija.

Adán emitió un sonido, un resuello ahogado. Cuando volví a mirar a las dos mujeres, lo comprendí. La joven era guapa y de tez pálida de un modo inusual, una variante inteligente de algún molde. La mujer del bastón no se había percatado de lo que estaba sucediendo. Quería seguir su camino y lanzó una orden destemplada a su joven acompañante. En esta, sin embargo, no había lugar para la duda: la línea de la nariz, los ojos azules veteados de diminutas briznas negras. No era su hija en absoluto: era Eva, una hermana de Adán, una de las trece.

Pensé que era responsabilidad mía entablar algún tipo de contacto con ella. Las dos mujeres estaban a menos de siete metros de distancia. Levanté una mano y grité, ridículamente:

—¡Eh, vosotras...!

Y eché a andar hacia ellas. Quizá no me oyeron; mis palabras tal vez se perdieron entre las de Tony Benn. Sentí la mano de Adán en mi hombro.

Dijo con voz suave:

—Por favor, no...

Volví a mirar a Eva. Era una chica hermosa e infeliz. Su cara era pálida, y mientras seguía mirando a su gemelo tenía una expresión de súplica y desdicha.

—Ve —le susurré—. Habla con ella.

La mujer mayor levantó el bastón y señaló la dirección hacia la que quería dirigirse. Al mismo tiempo, tiraba del hombro de Eva.

—Adán. Por el amor de Dios. ¡Ve a hablar con ella! —dije.

No se movía. Con la mirada aún fija en él, Eva permitió que la mujer mayor se la llevara. Las dos se alejaron abriéndose paso entre la multitud. Justo antes de desaparecer de nuestra vista, Eva se volvió una vez más. Estábamos demasiado lejos para que pudiera leer la expresión de su semblante. No era más que una pequeña cara pálida que se bamboleaba en medio de los cuerpos arremolinados. Al cabo la perdí de vista. Podríamos haberlas seguido, pero Adán caminaba ya en dirección opuesta para situarse junto al roble del montículo.

Emprendimos la vuelta a casa en silencio. Debería haber hecho más para animarle a acercarse a su gemela. Íbamos codo con codo en el metro atestado, en dirección sur. No podía quitarme de la cabeza, y sabía que él tampoco, el aire abatido de Eva. Decidí no presionarle para que me explicara por qué no había querido abordarla. Me lo diría cuando estuviera preparado. Yo, me decía una y otra vez, habría hablado con ella, pero Adán no quería que lo hiciera. ¡La forma en que le había dado la espalda, con la mirada fija en el tronco del roble, mientras se perdía en la multitud! Había descuidado un tanto a Adán. Me había perdido en una historia de amor. En la rutina diaria, ya no me asombraba el hecho de poder pasarme las horas con un humano de manufactura, o de que este fuera capaz de fregar los platos y de conversar como cualquiera de mis semejantes. A veces me aburría su búsqueda fervorosa de hechos e ideas, y su hambre de proposiciones que escapaban a mi alcance. Las maravillas tecnológicas como Adán, al igual que la primera máquina de vapor, se convertían en lugares comunes. Sucede lo mismo con las maravillas biológicas entre las que crecimos y no entendemos del todo, como el cerebro de una criatura cualquiera, o la humilde ortiga cuya fotosíntesis solo fue posible describir a escala cuántica. No existe nada hasta tal punto asombroso que no podamos llegar a acostumbrarnos a ello. Al tiempo que Adán prosperaba y me hacía rico, yo dejaba de pensar en él.

Aquella noche le conté con detalle a Miranda lo sucedido en Hyde Park. A ella no le impresionó tanto como a mí que Adán y yo hubiéramos visto a una Eva. Le describí el momento, triste a mis ojos, en que le dio la espalda a su gemela. Y, luego, mi mala conciencia respecto de él.

–No sé por qué te pones tan trágico –me dijo–. Háblale. Pasa más tiempo con él.

Al día siguiente, a media mañana, cuando por fin dejó de llover, entré en mi cuarto y convencí a Adán para que dejara los mercados de divisas y viniera conmigo a dar un paseo. Él acababa de volver de acompañar al metro a Miranda, y se puso de pie a regañadientes. Pero cuán seguro era su paso al caminar entre los peatones que hacían sus compras en Clapham High Street. Por supuesto, nuestro paseo iba a costarnos centenares de libras en ganancias no obtenidas. Como pasamos por delante de la tienda de prensa de Simon Syed, entramos a hacerle una visita. Mientras echaba una ojeada en los estantes de revistas, oí cómo Simon y Adán debatían sobre la política de Cachemira, y luego sobre la carrera nuclear entre la India y Pakistán, y, por último, a modo de celebración, sobre la poesía de Tagore, a quien los dos podían citar literalmente e *in extenso*. Me pareció que Adán estaba luciéndose, pero Simon estaba encantado. Alabó el acento de Adán –ahora mejor que el suyo, según dijo– y prometió invitarnos a todos a cenar.

Un cuarto de hora más tarde estábamos paseando por el Common. Hasta entonces nuestra charla había sido intrascendente. Pero en un momento dado le pregunté acerca de la visita de Sally, la ingeniera. Cuando le había pedido que pensara en algo que odiaba, ¿qué le había venido a la cabeza?

–Pensé, como es lógico, en lo que le pasó a Mariam. Pero cuando alguien te pide que pienses en algo te resulta difícil hacerlo. La mente va por donde ella quiere. Como dijo John Milton, «la mente es su propio lugar». Intenté centrarme en Gorringe, pero empecé a pensar en las ideas que están detrás de sus acciones. En cómo creía que le estaba permitido hacer lo que hizo, o que tenía algún tipo de derecho para hacerlo. En cómo pudo permanecer insensible a los sollozos y el miedo y las secuelas de su víctima, y en cómo decidió que no había otra forma de conseguir lo que quería que tomarlo por la fuerza.

Le dije que había estado mirando la pantalla de Sally, y que no había nada en la cascada de símbolos que vi en ella que pudiera darme la clave de la diferencia entre los sentimientos de amor y los de odio.

Habíamos ido a mirar cómo los niños jugaban con sus barquitos en el estanque. Eran menos de una docena. Pronto vaciarían el estanque ante la llegada del invierno.

Adán dijo:

–Helos ahí: cerebro y mente. El viejo y difícil problema, no menos difícil para las máquinas que para los humanos.

Seguimos paseando, y le pregunté por sus primeros recuerdos.

–El tacto de la silla de la cocina en la que estaba sentado. Luego del borde de la mesa y la pared, más allá, y la sección vertical del arquitrabe, donde la pintura se está desconchando. Me he enterado de que los fabricantes barajaron la idea de dotarnos de una serie de recuerdos infantiles creíbles para que pudiéramos encajar en cualquier medio humano. Me alegra que cambiaran de idea. No me habría gustado empezar con una historia falsa, con un engaño atractivo. Al menos sé lo que soy, y dónde y cómo me han construido.

Hablamos de nuevo de la muerte: de la suya, no de la mía. Una vez más, dijo que estaba seguro de que lo desmontarían antes de que cumpliera veinte años. Para entonces habría modelos nuevos en el mercado. Pero eso no era sino una preocupación trivial.

—La estructura concreta que habito no es importante. Lo importante es que mi existencia mental puede transferirse con facilidad a otra máquina.

Estábamos acercándonos, según me pareció, a la zona de juegos de Mark.

—Adán, sé sincero conmigo —dije.

—Prometo serlo.

—No me importa cuál sea tu respuesta. ¿Tienes algún sentimiento negativo en relación con los niños?

Pareció escandalizarse.

—¿Por qué habría de tenerlo?

—Porque sus procesos de aprendizaje son superiores a los tuyos. Los niños entienden el juego.

—Me encantaría que un niño me enseñara a jugar. Me gustó el pequeño Mark. Estoy seguro de que lo volveremos a ver.

No seguí por ese camino. El tema se había vuelto un tanto doloroso. Tenía otra pregunta:

—Me sigue preocupando lo del enfrentamiento con Gorringe. ¿Qué esperas conseguir con él?

Nos detuvimos, y me miró fijamente a los ojos.

—Quiero justicia.

—Muy bien. Pero ¿por qué quieres que Miranda tenga que pasar por eso?

—Es una cuestión de simetría.

—Corre el riesgo de hacerse daño. Todos lo corremos. Ese hombre es violento. Es un delincuente.

Adán sonrió.

—También lo es ella.

Me eché a reír. Ya le había llamado así antes. El amante rechazado dejando al descubierto sus heridas. Tendría que haber puesto más atención, pero para entonces ya habíamos dado la vuelta y recorríamos de nuevo el Common camino de casa. Cambié de tema y nos pusimos a hablar de política. Le pregunté qué pensaba del discurso de Tony Benn en Hyde Park.

En general, le había gustado.

—Pero si quiere dar a todo el mundo todo lo que ha prometido, tendrá que restringir ciertas libertades.

Le pedí que me pusiera un ejemplo.

—Tal vez sea universal en los humanos el deseo de dejar a tus hijos todo lo que has ganado en la vida con tu trabajo.

—Benn diría que tenemos que romper el ciclo del privilegio de la herencia.

—Muy bien. Igualdad, libertad: una escala. Más de lo uno, menos de lo otro. Una vez en el poder, habrá que poner la mano en la escala móvil. Mejor no prometer tanto de antemano.

Pero Hyde Park no había sido más que un pretexto.

—¿Por qué no quisiste hablar con Eva?

La pregunta no tendría que haberle sorprendido, pero miró hacia otra parte. Habíamos llegado al extremo del Common y nos dirigíamos hacia la Holy Trinity Church. Al cabo dijo:

—Nos comunicamos en cuanto nos vimos. Entendí inmediatamente lo que había hecho. No había marcha atrás. Había encontrado el modo, y creo que ahora sé cuál es, de poner todos sus sistemas en una especie de «desenganche» total. El proceso se había iniciado hacía tres días. Y no era posible detenerlo. Supongo que vuestro equivalente más cercano sería una forma acelerada de alzhéimer. No sé lo que le llevó a esto, pero estaba destrozada, más allá de la desesperación. Creo que nuestro encuentro casual le hizo desear no haber..., y por eso no podíamos estar cerca el uno del otro. Aquella situación le estaba poniendo aún peor las cosas. Ella sabía que yo no podía ayudarla, que era demasiado tarde y que tenía que seguir. Tal vez había elegido irse despacio para ahorrarle dolor a aquella dama. No lo sé. De lo que sí tenía certeza era de que dentro de unas cuantas semanas Eva se convertiría en nada. Sería víctima de algo equiparable a una muerte cerebral; no retendría la más mínima experiencia, ni tendría «yo» alguno, ni sería de ninguna utilidad para nadie.

Nuestro caminar por la hierba se había vuelto fúnebre. Esperé a que Adán dijera algo más. Finalmente dije:

—¿Y cómo te sientes?

De nuevo se tomó su tiempo. Cuando se paró, me paré también. Y cuando lo dijo no me miraba a mí, sino hacia las copas de los árboles que bordeaban el amplio espacio verde.

—¿Sabes qué? Me siento bastante optimista.

8

El día anterior al planeado para nuestra visita a Salisbury, fui al consultorio médico local a que me quitaran la escayola. Me llevé conmigo la revista donde había leído una semblanza de Maxfield Blacke para leerla de nuevo. En ella se le definía como un hombre «un día rico en pensamiento». Tenía en su haber algunos éxitos, pero ningún «logro» de importancia. En la treintena había escrito cincuenta relatos, y con la combinación de tres de ellos se había hecho una película famosa. Por esa época fundó y dirigió una revista literaria que hubo de pelear duramente durante ocho años, pero de la que ahora hablaban con reverencia casi todos los escritores en activo en esos años. Escribió una novela que pasó sin pena ni gloria en el mundo anglosajón, pero que fue un éxito en los países nórdicos. Tuvo a su cargo durante cinco años las páginas de libros de un dominical. Una vez más, sus colaboradores le mostraron su respeto. Dedicó años a su traducción de *La comedia humana* de Balzac, que vio la luz en formato «cajas de lujo». La obra, sin embargo, fue recibida con indiferencia. Le siguió luego un drama en verso en homenaje a *Andrómaca,* de Racine; una elección poco acertada para la época. Escribió dos sinfonías estilo

Gershwin, en claves nombradas, cuando la tonalidad había caído en desgracia.

Decía de sí mismo que su persona se había expandido de forma tan dispersa que su reputación tenía «el grosor de una célula». Haciéndola aún más delgada, dedicó tres años a una difícil secuencia de sonetos sobre las experiencias de su padre en la Primera Guerra Mundial. Era un pianista de jazz «aceptable». Su guía para escaladores del Jura tuvo una acogida positiva, pero los mapas no eran buenos —no era culpa suya— y pronto pasó al olvido. Vivía siempre acosado por las deudas; con el agua al cuello, a veces, aunque nunca por mucho tiempo. Su columna semanal sobre vinos probablemente lanzó su carrera como inválido. Cuando su cuerpo se volvió contra sí mismo, su primera dolencia fue la PTI (púrpura trombocitopénica inmune). Era un gran conversador, al decir de la gente. Luego le aparecieron unas manchas negras en la lengua. Pese a ellas, escaló, con la ayuda de unos jóvenes socios, la cara norte del Ben Nevis; una gran hazaña para un hombre que frisaba la sesentena, sobre todo teniendo en cuenta lo bien que pondría luego el episodio por escrito. Pero el remoquete burlón de «cuasi hombre» pareció prender e imponerse.

La enfermera me llamó para que pasara y me quitó la escayola con unas tijeras médicas. Aligerado de peso, mi brazo, delgado y pálido, se alzó en el aire como si estuviera lleno de helio. Al caminar por Clapham Road, agitaba el brazo a mi alrededor y lo flexionaba una y otra vez, exultante por lo libre que lo sentía. Un taxi se detuvo creyendo que lo llamaba. Me monté en él, por pura cortesía, y para hacer un carísimo trayecto de unos trescientos metros hasta casa.

Aquella noche, le pregunté a Miranda si su padre sabía lo de Adán. Se lo había contado, me dijo, pero a su padre no pareció interesarle mucho. Entonces, ¿por qué tenía tanto empeño en llevar a Adán a Salisbury a conocerle? Porque, me explicó mientras estábamos en la cama, quería ver qué sucedía entre ellos. Creía que su padre necesitaba un encuentro rotundo con el siglo XX.

Un escalador que había leído mil veces más libros que yo, un hombre que no «toleraba alegremente a los idiotas»... Con mi bagaje literario limitado, debería sentirme intimidado, pero la decisión se había tomado ya y estaba deseando estrecharle la mano. Yo era inmune. Su hija y yo estábamos enamorados, y Maxfield tendría que aceptarme como era. Además, una comida en el hogar de la niñez de Miranda, un lugar que yo tenía tantas ganas de ver, no era sino el suave preludio de ir a vérnoslas con Gorringe, algo que me aterraba, con independencia de las averiguaciones de Adán.

Salimos de casa un miércoles borrascoso, después del desayuno. Mi coche era de dos puertas. Me sorprendió que Adán fuera tan inepto al apretarse y hacerse un ovillo en el asiento trasero. El cuello de la chaqueta del traje se le quedó enredado en el caja metálica del carrete del cinturón de seguridad. Cuando logré soltarle, él pareció pensar que se había producido alguna merma de su dignidad. Al enfilar la larga y lenta travesía de Wandsworth, Adán se mostraba taciturno, como un hijo adolescente en el asiento trasero del coche un día de excursión familiar. Aun así, Miranda estaba contenta y me ponía al corriente de las últimas noticias sobre su progenitor: entradas y salidas del hospital para nuevas pruebas; un asistente sanitario domiciliario sustituido por otro a instancias suyas; recaída de la gota en el dedo gordo derecho, pero no en el izquierdo; profundo pesar por su falta de fuerzas para todo lo que quería escribir; entusiasmo por la novela corta que pronto acabaría... Le habría gustado descubrir mucho antes ese formato. La idea del apartamento en Nueva York la había desechado. Tenía planes para una nueva trilogía después de la actual. A los pies de Miranda iba una bolsa de lona con nuestro almuerzo; su padre le había dicho que la nueva señora que se encargaba de la casa era una cocinera pésima. Cada vez que pasábamos por encima de un bache tintineaban varias botellas.

Al cabo de una hora empezábamos a liberarnos de la atracción gravitatoria de Londres. Yo parecía ser el único conductor de los coches que circulaban por la carretera. La mayoría de quienes ocupaban lo que en un tiempo fue el asiento del conductor estaban dormidos. En cuanto hubiera pagado la casa de Notting Hill pensaba comprarme un coche autónomo de gran potencia. Miranda y yo beberíamos vino durante nuestros largos viajes, y veríamos películas y haríamos el amor en el asiento trasero abatible. Cuando acabé de exponerle, mediante sugerencias, este plan, pasábamos junto a los setos otoñales de Hampshire. Parecía haber algo antinatural en el tamaño de los árboles que se cernían sobre la carretera. Habíamos decidido desviarnos después de Stonehenge, aunque yo confiaba en que la cercanía de esa población no animara a Adán a ilustrarnos sobre sus orígenes. Pero Adán no estaba de humor para charlas. Cuando Miranda le preguntó si estaba disgustado, él respondió entre dientes:

—Estoy bien, gracias.

Seguimos en silencio. Empecé a preguntarme si él no estaría a punto de cambiar de opinión respecto de ir a ver a Gorringe. Yo estaría de acuerdo en dejarlo. Si por el contrario íbamos a verlo, tal vez Adán, con aquel estado de ánimo sombrío, no podría defendernos tan activamente como debía. Lo miré por el retrovisor. Tenía la cabeza vuelta hacia la izquierda para contemplar los campos y las nubes. Me pareció que sus labios se movían, pero no estaba seguro. Cuando volví a mirar, tenía los labios quietos.

De hecho, me preocupó que no hiciera ningún comentario al pasar por Stonehenge. Siguió en silencio también después de cruzar la Llanura y divisar por primera vez la aguja de la catedral. Miranda y yo nos miramos. Pero nos olvidamos de él durante los irritantes veinte minutos en los que tratamos de localizar su casa en el sistema vial de sentido único de Salisbury. Era su ciudad natal, y no quería aceptar la navegación por satélite. Pero su mapa mental de la ciudad era el de una peatona y todas sus instrucciones eran erróneas. Al cabo de algunos laboriosos cambios de sentido en un tráfico poco colaborador y de dar marcha atrás en una calle de dirección única, librándonos por poco de un altercado, aparcamos a unos doscientos metros de la casa de Miranda. Nuestro bajón de ánimo pareció reanimar a Adán. En cuanto estuvimos en la acera insistió en llevar él la pesada bolsa de lona. Estábamos cerca de la catedral, aunque no dentro de sus límites, pero la casa –georgiana, me pareció– era lo bastante imponente como para haber sido parte de una sinecura de algún clérigo de rango.

Adán fue el primero en saludar con un vivo «hola» a la encargada de la casa que nos abrió la puerta. Era una mujer de unos cuarenta y tantos años, agradable y de aspecto competente. Era difícil de creer que no supiera cocinar. Nos hizo pasar a la cocina. Adán levantó la bolsa y la puso encima de una mesa de madera; luego miró a su alrededor e hizo chocar ambas palmas con ruido, y dijo:

–¡Bien! ¡Maravilloso!

Era una imitación poco creíble de un tipo de fanfarrón, del pelmazo de club de golf. La mujer nos condujo al primer piso, al estudio de Maxfield, que era tan grande como cualquiera de las estancias de Elgin Crescent. Tres paredes con estanterías llenas de libros de suelo a techo; tres juegos de escalones para alcanzar los volúmenes, tres ventanas altas de guillotina que daban a la calle, un escritorio de tablero revestido de cuero en el centro exacto, con dos lámparas de lectura, y detrás del escritorio una silla ortopédica llena de cojines, y en medio de ellos, sentado muy derecho, con una pluma estilográfica en ristre y mirándonos con irritación cuando la mujer nos invitó a entrar, estaba Maxfield Blacke, cuya mandíbula apretada mostraba tal tensión que daba la impresión de que fueran a rompérsele los dientes. Luego sus rasgos se aflojaron.

—Estoy en mitad de un párrafo. Un párrafo muy bueno. ¿Por qué no os largáis y estáis fuera media hora?

Miranda cruzaba ya el estudio.

—No seas engreído, papá. Llevamos tres horas conduciendo.

Sus últimas palabras se ahogaron en el abrazo, que duró varios minutos. Maxfield había dejado la pluma y le estaba susurrando algo al oído a su hija. Ella estaba con una rodilla en el suelo y con los brazos alrededor del cuello de su padre. La encargada de la casa había desaparecido. Me sentí incómodo allí quieto, mirando, así que desplacé la mirada hacia la pluma estilográfica. Descansaba sobre el escritorio, con el plumín a la vista, al lado de un montón de hojas de papel no pautado desperdigadas por el escritorio y llenas de una escritura de letra minúscula. Desde donde estaba, podía ver que no había tachaduras, ni flechas o «bocadillos» o añadidos en los márgenes perfectamente alineados. También me dio tiempo a observar que, aparte de las lámparas de lectura, no había más aparatos en el estudio: ni teléfono ni máquina de escribir. Solo los títulos de los libros, quizá, y la silla del morador del estudio indicaban que no estábamos en 1890. Una fecha que no parecía tan lejana.

Miranda hizo las presentaciones. Primero presentó a Adán, que seguía en su extraño estado de ánimo. Luego me llegó a mí el turno de acercarme y estrechar la mano a Maxfield, que dijo sin sonreír:

–Miranda me ha hablado mucho de ti. Estoy deseando tener una charla contigo.

Yo le respondí cortésmente que había oído hablar mucho de él y que estaba deseando tener esa charla. Mientras yo hablaba, él hacía muecas. Al parecer, me ajustaba a alguna de sus previsiones adversas. Parecía mucho mayor que en la fotografía de su semblanza, tomada cinco años atrás. Tenía la cara estrecha, con la piel delgada y estirada, como de mucho gruñir o mirar fija y airadamente. Miranda me había explicado que entre los de su generación se daba cierto tipo de escepticismo irascible. Y que había que pasar por alto esto, porque lo que había debajo no era sino juego travieso. Lo que querían, me dijo, era que respondiéramos atacando y que fuéramos inteligentes al respecto. Ahora, cuando Maxfield me soltó la mano, pensé que tal vez sería capaz de responder atacando, pero en cuanto a ser inteligente al respecto..., me quedé parado.

La gobernanta, Christine, entró en el estudio con una bandeja con jerez. Adán dijo:

–De momento no, gracias.

Ayudó a Christine a acercar tres sillas de madera desde las esquinas del estudio, y las dispusieron en semicírculo frente al escritorio.

Cuando los tres que íbamos a beber tuvimos servidas las copas, Maxfield le dijo a Miranda, haciendo un gesto en dirección a mí:

–¿Le gusta el jerez?

Ella, en lugar de responder, me miró, y yo dije:

–Sí, me gusta, gracias.

De hecho, no me gustaba en absoluto, y me pregunté

si no habría sido más inteligente, en el sentido que había apuntado Miranda, haberlo dicho. Ahora planteaba a su padre una serie de preguntas rutinarias sobre sus dolores, su medicación, la comida del hospital, un especialista escurridizo, una nueva pastilla para dormir. Era hipnótico escucharla: la hija dulcemente consciente de sus deberes filiales. Su voz era sensata y amorosa. Alargó la mano y le echó hacia atrás las hebras finas de pelo que le fluctuaban por la frente. Él respondía a sus preguntas como un escolar obediente. Cuando una de ellas avivó el recuerdo de cierta frustración o incompetencia médica y Maxfield dio muestras de sentirse inquieto, Miranda lo apaciguó y le acarició el brazo. Aquel catecismo del inválido me apaciguó también a mí, e inflamó mi amor por Miranda. Había sido un viaje largo, y el denso y dulce jerez era como un bálsamo. Puede que hasta me gustara, después de todo. Mis ojos se cerraron, y me costó un gran esfuerzo volver a abrirlos. Lo hice justo a tiempo para oír la pregunta de Maxfield Blacke. Quien la formulaba no era ya el valetudinario y quejumbroso Maxfield Blacke, y la pregunta que me hizo retumbó como una orden:

—¿Y qué libros has leído últimamente?

Era la peor de las preguntas que podría haberme hecho. Yo leía en la pantalla: periódicos, sobre todo, o vagaba por páginas científicas, culturales, políticas, y por blogs de temas generales. La noche anterior había estado absorto en un artículo de una revista de divulgación de electrónica. No tenía el hábito de leer libros. Los días pasaban volando y no encontraba hueco en ellos para sentarme en un sillón y ponerme a pasar las páginas con indolencia. Tendría que haberme inventado algo, pero mi mente estaba vacía. El último libro que había tenido en las manos era uno de Miranda con historias de las Leyes de granos. Leí el título en el lomo y se lo devolví a Miranda. No había olvidado nada, porque no había nada que recordar. Pensé que podría ser drásticamente inteligente decírselo así a Maxfield, pero Adán acudió en mi ayuda.

—He leído los ensayos de Sir William Cornwallis.

—Ah, él... —dijo Maxfield—. El Montaigne inglés. Nada del otro mundo.

—Tuvo mala suerte, encajonado entre Montaigne y Shakespeare.

—Un plagiario, diría yo.

Adán dijo, con voz suave:

—En la eclosión del yo laico, a principios de la Edad Moderna, creo que se ha ganado su puesto. No leía bien francés. Debió de conocer la traducción de Montaigne de Florio, además de otra versión que hoy se ha perdido. En cuanto a Florio, conoció a Ben Jonson, así que no sería de extrañar que conociera a Shakespeare.

—Y —dijo Maxfield, cuyo temperamento competitivo entraba en acción— Shakespeare saqueó a Montaigne para su *Hamlet*.

—No estoy de acuerdo —contradijo Adán a su anfitrión, de forma muy irreflexiva, a mi juicio—. La prueba textual es endeble. Si quiere seguir por ahí, yo le diría que *La tempestad* se presta más a lo que dice. Gonzalo.

—¡Ah! El buen Gonzalo, el imposible aspirante a gobernador. «No admitiría tráfico alguno, ni nombre alguno de magistrado.» Luego sigue algo... «Ni contratos, ni herencias, ni lindes, ni viñas, nada.»

Adán continuó, con fluidez:

—«No se utilizaría el metal, ni el grano, ni el vino, ni el aceite: no habría ocupaciones; todos los hombres, ociosos, todos.»

—¿Y qué decía Montaigne?

—Con palabras de Florio, dice que los salvajes «no tenían ningún tipo de tráfico» y «ningún nombre de magistrado», y luego: «ni ocupación, solo ocio», y luego: «no se utilizaba el vino, ni el grano, ni el metal».

Maxfield dijo:

—Todos los hombres, ociosos..., eso es lo que queremos. Ese Bill Shakespeare era un jodido ladrón.

—El mejor de los ladrones —dijo Adán.

—Eres un especialista en Shakespeare.

Adán negó con la cabeza.

—Me ha preguntado qué he estado leyendo.

Maxfield mostraba de pronto un ánimo pletórico. Se volvió hacia su hija.

—Me gusta —dijo—. ¡Apto!

Sentí un punto de orgullo en mi calidad de propietario de Adán, pero sobre todo fui consciente de que, implícitamente, yo no lo era.

Christine reapareció para decirnos que teníamos el almuerzo preparado en el comedor. Maxfield dijo:

—Id a serviros los platos y volved aquí. Si intento levantarme de esta silla me romperé el cuello. No voy a comer.

Descartó las objeciones de Miranda con un gesto de la mano. Cuando ella y yo salíamos, Adán dijo que él tampoco tenía hambre.

Estábamos los dos en la pieza de al lado, un comedor sombrío con paneles de roble y pinturas al óleo de hombres pálidos y serios con camisas de cuello duro.

—No parece que esté causándole muy buena impresión —dije.

—Tonterías. Le encantas. Pero tendríais que pasar algún tiempo juntos.

Volvimos al estudio con los fiambres y la ensalada, y nos sentamos con los platos sobre las rodillas. Christine nos sirvió el vino que yo había elegido. Maxfield seguía con la copa, ya vacía, en la mano. Esa iba a ser su comida. No me gustaba beber a esas horas del día, pero me estaba observando detenidamente mientras la gobernanta nos tendía la bandeja, y me pareció poco delicado rechazar su ofrecimiento. Seguimos con la conversación que habíamos dejado. De nuevo yo tenía muy poco que decir.

—Lo que le estoy diciendo es lo que él dijo. —El tono de Maxfield se aproximaba a la irritabilidad—. Es un poema famoso con un sentido claramente sexual, y nadie lo capta. Ella está tendida en la cama, dándole la bienvenida, y preparada, y él titubea, y luego se pone encima de ella...

—¡Papá!

—Pero él no está a la altura. No pasa nada. ¿Cómo reza el texto? «Amor, veloz, advirtiendo mi desmayo desde mi entrada al principio, se acercó a mí e inquirió dulcemente si me faltaba algo.»

Adán estaba sonriendo.

—Buen intento, señor. Si fuera Donne, quizá, así de un tirón. Pero es Herbert. Una conversación con Dios, quien es lo mismo que el amor.

—¿Y qué me dices de «prueba mi carne»?

Adán se mostraba aún más divertido.

—Herbert se sentiría profundamente ofendido. Estoy de acuerdo, es un poema sensual. El amor es un banquete. Dios es generoso y dulce y misericordioso. Quizá en contra de la tradición paulina. Al final, el poeta es seducido. Y acaba siendo, de buen grado, un invitado en el festín del amor de Dios. «Así que me senté y comí.»

Maxfield aporreó los cojines y le dijo Miranda:

—¡No cede terreno!

Entonces se volvió hacia mí.

—¿Y tú, Charlie? —dijo—. ¿Cuál es tu terreno?

—La electrónica.

Pensé que sonaría irónico después de todo lo que se había hablado antes. Pero Maxfield alargó la copa hacia su hija para que le sirviera vino y susurró:

–Vaya sorpresa.

Cuando Christine recogía los platos, Miranda dijo:

–Creo que he comido demasiado. –Se levantó y dio unos pasos hasta situarse detrás de su padre y le puso las manos sobre los hombros–. Voy a enseñarle a Adán la casa y demás, si no te importa.

Maxfield asintió con la cabeza, taciturno. Ahora tendría que pasarse unos minutos anodinos conmigo. Cuando Adán y Miranda se fueron del estudio, me sentí abandonado. Era a mí a quien Miranda debería estar enseñándole la casa y sus dependencias. Los rincones especiales que ella y Mariam habían compartido en la casa y el jardín me interesaban a mí, no a Adán. Maxfield me tendió la botella de vino. Sentí que no me quedaba más remedio que agacharme un poco hacia delante y acercarle mi copa.

–El alcohol sienta bien –dijo.

–Normalmente no tomo ni una gota al mediodía.

A él esto le pareció divertido, y sentí alivio al ver aquel mínimo progreso. Entendí su postura. Si te gustaba el vino, ¿por qué no beberlo a cualquier hora del día? Miranda me había contado que a su padre le gustaba tomar una copa de champán en el desayuno del domingo.

–Pensé –dijo– que quizá interfería con tu... –Hizo un gesto laxo con una mano.

Supuse que estaba hablando de conducir habiendo bebido. Las nuevas leyes eran muy severas al respecto. Dije:

–En casa bebemos mucho este Burdeos blanco. Una mezcla de Sémillon es un alivio después de todo ese Sauvignon sin diluir que circula por ahí.

Maxfield estaba afable.

–No puedo estar más de acuerdo. Quién no prefiere el sabor a flores al sabor a minerales.

Levanté la mirada para ver si se burlaba de mí. Parecía que no.

–Pero mira, Charlie. Me interesas. Tengo algunas preguntas.

Era patético: empezaba a gustarme.

–Debe de parecerte muy extraño todo esto –dijo.

–¿Se refiere a Adán? Sí, pero es increíble a lo que puedes llegar a acostumbrarte.

Maxfield miraba fijamente el interior de su copa mientras le daba vueltas a su siguiente pregunta. Empecé a oír un sonido bajo y chirriante; procedía de la silla ortopédica, y era como si algún aparato interno le estuviera caldeando o masajeando la espalda a Maxfield.

–Quería hablar contigo de sentimientos –dijo.

–¿Sí?

–Ya sabes a lo que me refiero.

Esperé.

Con la cabeza ladeada, me miraba con expresión de intensa curiosidad o desconcierto. Me sentí halagado y con miedo de no dar la talla.

–Hablemos de la belleza –dijo en un tono que sugería que no había habido cambio de tema–. ¿Qué has visto u oído que puedas considerar bello?

–A Miranda, por supuesto. Es una mujer muy hermosa.

–Lo es, ciertamente. ¿Qué sientes con respecto a su belleza?

–Siento que estoy muy enamorado de ella.

Hizo una pausa para asimilar lo que acababa de decirle.

–¿Y qué le parecen a Adán esos sentimientos?

–Ha habido cierta dificultad –dije–. Pero creo que por fin ha aceptado las cosas como son.

–¿De veras?

Hay momentos en los que uno advierte el movimiento de un objeto antes de ver el objeto en sí. Al instante, la mente colorea un poco la situación, inspirándose en expectativas o probabilidades. Lo que venga mejor en ese momen-

264

to. Algo en la hierba, junto al estanque, tiene todo el aspecto de ser una rana, y al cabo resulta ser una hoja agitada por el viento. Este era, en resumen, uno de esos momentos. Un pensamiento pasó rozándome, o traspasándome, como una flecha, y acto seguido se perdió, y no pude fiarme de lo que pensé que había visto.

Cuando Maxfield se inclinó hacia delante, se le cayeron dos cojines al suelo.

—Déjame que te haga una prueba. —Había alzado la voz—. Cuando nos hemos presentado, cuando nos hemos dado la mano, he dicho que había oído hablar mucho de ti y que estaba deseando charlar contigo.

—Sí.

—Tú me has dicho lo mismo a mí, aunque de una forma un poco diferente.

—Lo siento. Estaba un poco nervioso.

—Y he visto a través de ti. ¿Lo sabías? He sabido que estaba en tu, ¿cómo lo llamáis?, en tu programación.

Lo miré fijamente. Era eso. La hoja, en realidad, era una rana. Me quedé mirándole con fijeza, y luego miré más allá, hacia una enormidad creciente que apenas llegaba a vislumbrar. Hilarante. O insultante. O crucial por sus implicaciones. O ninguna de esas cosas. Quizá solo la estupidez de un viejo. Tiro errado. Una buena historia para la sobremesa. O algo sobre mí mismo profundamente deplorable acababa de revelarse al fin. Maxfield estaba esperando; se requería una respuesta, y tomé una decisión:

Dije:

—Se llama *reflejación*. Lo vemos en gente en las primeras fases de la demencia. A falta de una memoria real, lo único que saben es lo que acaban de oír, y eso es lo que dicen a modo de respuesta. Hace ya bastante tiempo se diseñó un programa informático que utiliza un efecto espejo, o que formula una pregunta sencilla que da una impresión de inteligencia. Un fragmento de código muy básico y muy efectivo. A mí se me activa de forma automática. Normalmente en situaciones en que no tengo datos suficientes.

–Datos... Pobre diablo... Bueno, bueno... –Maxfield dejó que su cabeza cayera hacia atrás y sus ojos quedaron mirando al techo. Se sumió en sus pensamientos durante un buen rato, y al cabo dijo–: Ese no es un futuro al que me pueda enfrentar, y tampoco lo necesito.

Me levanté y me acerqué a él, recogí los cojines y se los puse donde los tenía antes, contra los muslos. Dije:

–Si me disculpa. Me estoy quedando sin batería. Tengo que recargarme y el cable está abajo en la cocina.

El ruido sordo procedente de debajo de su silla cesó de repente.

–Está bien, Charlie. Ve a enchufarte. –Su voz era afable y lenta; su cabeza seguía echada hacia atrás, y sus ojos empezaban a cerrarse–. Me quedaré aquí. De pronto me siento muy cansado.

No me había perdido nada. Miranda no le había enseñado la casa a Adán. Este estaba sentado en la mesa de la cocina, escuchando a Christine contarle unas vacaciones en Polonia mientras recogía los platos de la comida. No se percataron de mi presencia porque no pasé del umbral. Me retiré y crucé el vestíbulo y abrí la puerta que encontré más a mano. Era un salón grande, con más libros y pinturas y lámparas y alfombras. Había unas ventanas francesas que daban al jardín, y al acercarme vi que una estaba entreabierta. Al otro extremo de un césped recién cortado estaba Miranda; de espaldas a mí, de pie, quieta, miraba en dirección a un manzano viejo y parcialmente seco, cuyas manzanas, la mayoría de ellas, se pudrían en el suelo. La luz de primera hora de la tarde era gris y brillante, y el aire era cálido y húmedo tras la lluvia reciente. Había un fuerte olor a otras frutas, medio consumidas por avispas y pájaros. Yo estaba de pie ante un tramo breve de escalones de piedra jaspeada de York. El jardín era el doble de ancho que la casa y muy largo, quizá de 200 o 300 metros. Me pregunté si llegaría hasta el río Avon, como era el caso de algunos jardines de Salisbury. Si hubiera estado solo, habría recorrido todo el largo del jardín para comprobarlo. La idea de un río me trajo de pronto la noción de libertad. De qué, exactamente, no lo sabía. Bajé los escalones, raspando la piedra con los talones para que Miranda supiese que estaba allí.

No sé si me oyó, pero no se volvió. Cuando llegué a su lado, puso una mano en la mía y señaló hacia el frente con un movimiento de cabeza.

–Justo allí debajo. Lo llamábamos el palacio.

Caminamos hacia el lugar que había señalado. Alrededor de la base del tronco de un manzano había ortigas y unas cuantas malvarrosas diseminadas y aún en flor. Ningún rastro de haber sido «habitado».

–Teníamos una alfombra vieja, unos cojines, libros, reservas de emergencia de limonada, de galletas de chocolate.

Fuimos más allá, pasamos por delante de un bancal rodeado de vallas donde las ortigas y los cuajaleches asfixiaban a los groselleros negros y los groselleros silvestres; luego, un pequeño campo de frutales con más frutas olvidadas, y más allá, tras una valla de estacas, lo que en un tiempo debió de ser un jardín de flores.

Cuando me lo preguntó, le dije que su padre estaba durmiendo.

–¿Cómo os ha ido?

–Hemos hablado de la belleza.

–Dormirá horas.

267

Al lado de un invernadero de ladrillo y hierro fundido con ventanas musgosas había un depósito de agua con un pilón de piedra. Miranda me mostró, debajo de él, un hueco oscuro y húmedo donde solían cazar tritones crestados. Ahora no había ninguno. No era la época del año. Seguimos andando, y me dio la sensación de que podía oler el río. Imaginé un cobertizo para barcas derruido y una batea hundida. Pasamos por delante de una caseta de ladrillo y unos contenedores de compost vacíos. Más adelante vimos tres sauces, y volvieron con más fuerza mis esperanzas de llegar al río Avon. A través de unas ramas húmedas nos abrimos paso hasta un segundo terreno de césped, también recién cortado y flanqueado por arbustos en dos de sus lados. El jardín terminaba en un muro de ladrillo color anaranjado, con un enfoscado de mortero muy deteriorado, y una maraña de árboles frutales aislada y en estado salvaje. A lo largo del muro había un banco corrido de madera que miraba hacia la casa, aunque la vista apenas alcanzaba hasta los sauces.

Nos sentamos en el banco y estuvimos en silencio durante unos cuantos minutos, aún cogidos de la mano.

Al final Miranda dijo:

—La última vez que vinimos aquí fue para hablar de lo que había pasado. Una vez más. Aquellos días, antes de que mi padre me llevara a Francia, no podíamos hablar de otra cosa. De lo que él le había hecho, de lo que ella sentía, de que sus padres no debían enterarse nunca. Y todo a nuestro alrededor era la historia de nuestra vida juntas, nuestra niñez, nuestros años de adolescencia, nuestros exámenes. Solíamos venir aquí a repasar, a examinarnos una a la otra. Teníamos una radio transistor y discutíamos sobre las canciones pop. Una vez nos bebimos una botella de vino. Fumamos un poco de hachís, y no nos gustó nada. Nos pusimos malas las dos, allí mismo. Cuando teníamos trece años, nos enseñamos los pechos. Y solíamos hacer el pino y volteretas laterales en la hierba.

Volvió a quedarse callada. Le apreté la mano y esperé. Al cabo dijo:

—Todavía tengo que decirme a mí misma..., que recordármelo, que no va a volver nunca. Y estoy empezando a darme cuenta de... —titubeó—, de que nunca voy a superarlo.

Siguió otro silencio. Yo esperaba para decir lo que quería. Ella miraba fijamente hacia delante, no a mí. Sus ojos estaban diáfanos, sin lágrimas. Parecía serena e incluso resuelta.

Y por fin dijo:

—Pienso en las conversaciones que tenemos tú y yo en la cama, a veces hasta muy de madrugada. El sexo es maravilloso y todo lo que quieras, pero son esas conversaciones en la madrugada... lo más íntimo. Es lo que solía sentir con Mariam.

Ese era el pie que esperaba, el momento, el lugar único.

—He salido para buscarte.

—¿Sí?

Vacilé, súbitamente inseguro sobre el orden óptimo de las palabras:

—Para pedirte que te cases conmigo.

Apartó la mirada y asintió con la cabeza. No estaba sorprendida. No tenía por qué estarlo. Dijo:

—Charlie. Sí. Sí, por favor. Pero tengo algo que confesarte. Porque puede que cambies de opinión.

La luz del jardín iba apagándose. Se abatía sobre él un manto de negrura. Yo era, supuse, un pobre sustituto de Mariam. Pero sincero. Me acordé de lo que Adán me había dicho en el Common. De las culpas de Miranda. Si estaba a punto de decirme que había seguido teniendo sexo con él, pese a sus promesas, entonces habíamos termina-

269

do. No podía, no debía ser eso. Pero ¿qué más podía ser, qué otra «culpa» podía confesarme?

–Estoy escuchándote –dije.

–Te he estado mintiendo.

–Ah...

–En estas últimas semanas, cuando te decía que me había pasado todo el día en los seminarios...

–Oh, Dios... –dije. Y, puerilmente, quise taparme los oídos con las manos.

–... estaba en la otra orilla del río. Pasando la tarde con...

–Basta –dije, e hice ademán de levantarme del banco, pero ella me retuvo.

–Con Mark.

–Con Mark –repetí, débilmente. Y luego con más fuerza–: ¿Mark?

–Quiero tenerlo en acogida. Con vistas a adoptarlo. He estado yendo a esa guardería especial, donde nos han observado para ver cómo nos comportamos juntos. Y a veces lo he sacado para invitarle a algo.

Me impresionó la rapidez de mi adhesión parcial.

–¿Por qué no me dijiste nada?

–Temía que estuvieras en contra. Yo quiero seguir adelante. Pero me encantaría que lo hiciéramos juntos.

Vi lo que quería decir. Podría haber estado en contra. Quería a Miranda para mí.

–¿Y qué pasa con su madre?

Como si pudiera liquidar el proyecto con una pregunta en el lugar justo.

–Está en un hospital psiquiátrico, de momento. Delirios. Paranoia. Posiblemente a causa de años de adicción a las anfetaminas. Mal asunto. Puede ser violenta. Y el padre está en la cárcel.

–Tú has tenido semanas, y yo segundos. Déjame unos minutos.

270

Seguimos sentados, uno al lado del otro, mientras yo reflexionaba. ¿Cómo podía dudar? Se me estaba brindando algo que podría calificarse como «lo mejor que la vida adulta podía ofrecerte». Amor y un niño. Tenía la sensación de ser arrastrado de forma inexorable por los acontecimientos, río abajo. Era aterrador, y gozoso. Era, por fin, mi río. Y Mark. Mark, el pequeño danzarín que llegaba para arruinar mis ambiciones inexistentes. Lo instalé, de forma experimental, en Elgin Crescent. Conocía el cuarto, muy cercano al dormitorio principal. Sin duda él lo pondría patas arriba, como es natural, y desterraría al fantasma de su actual e infeliz propietario. Pero mi propio fantasma, egoísta, perezoso, no comprometido..., ¿sabría estar a la altura de los millones de tareas de la paternidad?

Miranda no pudo seguir en silencio.

—La criatura no puede ser más adorable. Le encanta que le lean.

No podía saber hasta qué punto aquello contribuía a su causa. Leerle cada noche durante diez años, aprender los nombres del oso y la rata y el sapo que hablan, el burro triste, los humanoides de pelo erizado que viven en agujeros en la Tierra Media, los chicos finos y encantadores que reman en barcas en Coniston Water. Llenar mi pasado vacío. Tenerlo todo en desorden, lleno de libros bien manoseados. Otro pensamiento: había concebido a Adán como integrante del proyecto conjunto para atraerme a Miranda. Un niño pertenecía a otro ámbito y serviría para ese fin. Pero en aquellos primeros instantes me contuve. Me sentí compelido a hacerlo. Le dije que la amaba, que me casaría con ella y que viviríamos juntos, pero que aquella paternidad súbita iba a exigirme algo más de tiempo. Iría con ella a la guardería especial, y veríamos a Mark y lo sacaríamos para invitarle a algo. Y luego decidiría.

Miranda me dirigió una mirada —en ella había piedad

271

y humor– que sugería que me engañaba si creía que tenía otra opción. Y aquella mirada, más o menos, dirimió la cuestión. Vivir solo en aquella casa tipo tarta de boda era impensable. Vivir allí solo con ella ya no era una propuesta válida. El niño era adorable, y la causa maravillosa. En menos de media hora vi que no había modo de soslayarlo. Miranda tenía razón: no había opciones. Cedí. Y al poco estaba entusiasmado.

Así, pasamos una hora haciendo planes en aquel viejo y cómodo banco, en la linde del césped aislado.

Al rato, Miranda dijo:

–Desde que tú le viste, ha estado en dos casas de acogida. Y no ha salido bien. Ahora está en un hogar infantil. ¡Hogar! Vaya nombre para un sitio así. Seis en un cuarto, todos menores de cinco años. Suciedad por todas partes, falta de personal... Les han recortado el presupuesto. Hay *bullying*. Mark ha aprendido a soltar tacos.

Matrimonio, paternidad, amor, juventud, riqueza, salvamento heroico... Mi vida estaba tomando forma. En un estado de exaltación, le conté a Miranda lo que había pasado realmente en mi conversación con Maxfield. Nunca la había visto reír tan libremente. Quizá solo allí, en compañía de Mariam, en aquel espacio acotado, íntimo, alejado de la casa, se había sentido tan libre de toda atadura. Me abrazó.

–Oh, es genial –repetía una y otra vez–. ¡Es tan propio de él!

Volvió a reír cuando le conté que le había dicho a su padre que tenía que bajar a la primera planta a recargarme.

Seguimos un rato más hablando de nuestros planes, hasta que oímos pasos. Las ramas solapadas de los sauces mojados por la lluvia se agitaron y se abrieron. Y ahí estaba Adán delante de nosotros, con gotas brillantes de lluvia sobre la línea de los hombros del traje negro. Cuán erguido, formal, convincente..., como el director seguro de sí mismo de un hotel de lujo. Ni el menor aspecto ya de estibador turco. Avanzó por la hierba y se detuvo a cierta distancia de nuestro banco.

–Lo siento de veras, irrumpir aquí de esta manera. Pero deberíamos pensar en irnos pronto.

–¿Por qué esas prisas?

–Gorringe sale de casa casi siempre a la misma hora.

–Estaremos listos dentro de cinco minutos.

Pero Adán no se fue. Nos siguió mirando fijamente: de Miranda a mí y de mí a Miranda.

–Si no os importa, hay algo que debo deciros. Y se me hace difícil.

–Adelante –dijo Miranda.

–Esta mañana, antes de salir, a través de una fuente indirecta, me he enterado de una mala noticia. La Eva que vimos en Hyde Park ha muerto. O, más exactamente, está en muerte cerebral.

–Siento oír eso –susurré.

Empezaron a caer gotas de lluvia. Adán se acercó a nosotros.

–Ha debido de aprender bastante sobre sí misma, sobre su software, para haber llegado a esto con tanta rapidez.

–Dijiste que no hay vuelta atrás.

–Sí, lo dije. Pero eso no es todo. He sabido que es la octava de nuestro grupo de veinticinco.

Nos quedamos asimilando el dato. Dos en Riad, uno en Vancouver, la Eva de Hyde Park... Había otros cuatro, entonces. Me pregunté si Turing lo sabría.

Miranda dijo:

–¿Tiene alguien alguna explicación?

Adán se encogió de hombros.

–Yo no.

–¿Y tú nunca has sentido..., ya sabes, algún impulso de...?

Adán la cortó en seco:

–Nunca.

–Te he visto –dijo Miranda– con aire... más que pensativo. A veces pareces triste.

–Un yo creado a partir de la matemática, la ingeniería, ciencia de los materiales y demás... De la nada. Sin historia, y no es que yo quiera una falsa. Antes de mí, nada. Una existencia consciente de sí misma. Soy afortunado por tenerla, pero hay veces en que pienso que debería saber mejor qué hacer con ella. Para qué es. A veces parece que carece por completo de sentido.

–No eres el primero que piensas eso –dije.

Se volvió hacia Miranda.

–No tengo intención de destruirme, si eso es lo que teméis. Tengo muy buenas razones para no hacerlo, como sabéis.

La lluvia, hasta entonces fina y casi cálida, se hizo más persistente. La oímos sobre las hojas de los arbustos al levantarnos del banco.

Miranda dijo:

–Voy a escribirle una nota a mi padre para cuando se despierte.

Se suponía que Adán no debía estar bajo la lluvia sin protección. Echó a andar el primero, luego le seguí yo y por último Miranda. Apretamos el paso por el largo jardín hacia la casa. Oí cómo Adán musitaba para sí lo que sonaba como un ensalmo en latín, aunque no pude apreciar las palabras exactas. Supuse que nombraba las plantas que iba encontrando a su paso.

La casa de Gorringe no estaba propiamente en Salisbury sino más allá de su confín oriental, justo en el interior del fragoroso ruido blanco de una carretera de circunvalación, en una zona industrial rehabilitada donde un día se habían alzado tanques de gas de dimensiones colosales. El último de ellos, de color verde claro y orlado de herrumbre, estaba siendo desmantelado en la actualidad, aunque aquel día no había nadie trabajando. De los demás solo quedaban las bases circulares de hormigón. En torno a este emplazamiento se veían montones de arbolitos recién plantados. Más allá se abría una red de carreteras de nueva construcción flanqueadas por almacenes de extrarradio: concesionarios de automóviles, artículos para mascotas, herramientas eléctricas, electrodomésticos... Había unas cuantas máquinas amarillas de movimiento de tierras aparcadas entre los círculos de hormigón. Era como si se estuviera planeando construir un lago. Una urbanización aislada se hallaba protegida por una hilera de cipreses leylandii. Las diez casas, al fondo de suaves céspedes delanteros, se disponían en torno a un camino de entrada oval, y su diseño era osado, pionero. En veinte años ese lugar adquiriría tal vez un encanto bucólico, pero no quedaría ni rastro de la carretera principal que nos había llevado a él.

Me había detenido en el arcén, pero a ninguno de los dos le apetecía bajarse del coche. Estábamos en una pendiente llena de basura, una especie de área de descanso que era también una parada de autobús. Le dije a Miranda:

—¿Estás segura de querer hacerlo?

El aire, dentro del coche, era cálido y húmedo. Abrí mi ventanilla. El aire exterior no era diferente.

Miranda dijo:

—Si fuera necesario, lo haría hasta sola.

Esperé a que Adán dijera algo y luego me volví para mirarle. Estaba sentado justo detrás de mi asiento: impasible, mirando al frente, más allá de mí; no sabría decir por qué, pero me resultó a un tiempo cómico y triste el hecho de que llevara el cinturón de seguridad abrochado. Se esforzaba por participar. Pero era lógico que lo llevara, porque también él podría sufrir daños físicos en caso de accidente. Era una de mis preocupaciones.

—Tranquilízame —dije.

—Está todo bien —dijo él—. Vayamos.

—¿Y si las cosas se ponen feas?

No era la primera vez que decía esto.

—No lo harán.

Dos contra uno. Presintiendo que estábamos a punto de cometer un gran error, arranqué y enfilé una vía de salida que nos condujo a otra rotonda en miniatura, y, más allá, a una entrada señalada por dos columnas de ladrillo y un letrero: St. Osmund's Close. Las casas eran idénticas, grandes para los criterios actuales, de ladrillo y cristaleras y contraventanas blancas, en parcelas de mil metros cuadrados, con garaje doble. Los jardines delanteros, de césped bien cortado, no estaban vallados, al modo norteamericano. No se veía el menor desorden, no había bicicletas de niño, ni juegos de ningún tipo sobre la hierba.

—Es el número 6 —dijo Adán.

Paré el coche, apagué el motor y en el silencio que siguió miramos hacia la casa. A través del ventanal vimos la sala de estar y más allá el jardín trasero y un tendedero vacío. No había señales de vida, ni allí ni en ninguna de las casas de alrededor.

Con una mano, apretaba con fuerza el volante.

—No está en casa.

—Voy a tocar el timbre —dijo Miranda, bajándose del coche.

No me quedaba otra opción. La seguí hasta la puerta principal. Adán venía detrás de mí, bastante lejos, me pareció. Al segundo tintineo de las campanillas de viento (de la canción infantil «Naranjas y limones»), oímos unos pasos en las escaleras. Yo estaba a un costado de Miranda. Vi que tenía la cara tensa y que le temblaba la parte alta del brazo. Cuando se oyó el sonido de una mano en el pestillo, dio medio paso hacia la puerta. Mi mano se acercó a su codo. Cuando la puerta se abrió, temí que diera un brinco y se lanzara hacia delante en un violento asalto físico.

No era él, fue mi primer pensamiento. Un hermano mayor, quizá, o incluso un tío joven. Era ciertamente corpulento, pero tenía la cara demacrada, las mejillas sin afeitar vacías y hendiduras verticales muy marcadas a ambos lados de la nariz. Por lo demás, parecía delgado. Sus manos, una de las cuales asía un lado de la puerta abierta, eran suaves y pálidas e increíblemente grandes. Miraba solo a Miranda.

Al cabo de una breve pausa, dijo con voz grave:

—¿Sí?

—Vamos a hablar —dijo Miranda innecesariamente, pues Gorringe se apartaba ya dejando la puerta abierta. Miranda entró, y la seguimos hasta una sala larga con una gruesa moqueta naranja y sofás y sillones de cuero de un blanco lechoso dispuestos alrededor de un bloque de dos metros de madera encerada con un jarrón vacío encima. Gorringe se sentó y esperó a que hiciéramos lo mismo. Miranda se sentó enfrente de él. Adán y yo, cada uno a un lado. Los muebles tenían un tacto frío y húmedo; la sala olía a cera con aroma de lavanda. Todo estaba limpio y con aspecto de poco uso. Yo me esperaba alguna de las variantes posibles de la sordidez reinante en la casa de un soltero.

Gorringe nos miró a Adán y a mí, y volvió a mirar a Miranda.

—Te has traído protección.

Ella dijo:

—Ya sabes por qué he venido.

—¿Ah, sí?

Vi que Gorringe tenía una cicatriz en el cuello, una especie de hoz bermellón de unos diez centímetros de largo. Esperaba a que hablara Miranda.

—Mataste a mi amiga.

—¿Qué amiga era esa?

—La que violaste.

—Creía que a quien violé fue a ti.

—Se mató por lo que le hiciste.

Gorringe se echó hacia atrás en el sillón y posó sus grandes manos blancas sobre las rodillas. Su voz y sus maneras eran de matón, de forma afectada y poco convincente.

—¿Qué quieres?

—He oído que quieres matarme —dijo Miranda con desenfado, y di un respingo.

Era una invitación, una provocación. Busqué a Adán con la mirada. Estaba erguido y rígido, con las manos en las rodillas, mirando fijamente al frente con aquel gesto tan suyo. Volví a centrar mi atención en Gorringe. Ahora, bajo la piel, podía ver al mocoso que había en él. Las líneas de la cara, la piel vacua, sin afeitar, eran superficiales. Era un chiquillo, posiblemente furioso, que aguantaba el tipo mediante respuestas rudas y lacónicas. No tenía por qué responder a sus preguntas. Pero no era lo bastante frío para no hacerlo.

—Sí —dijo—. Pensaba en ello todos los días. Mis manos alrededor de tu cuello, apretando más y más al ir recordando cada una de las mentiras que contaste.

—También... —continuó Miranda con viveza, como la presidenta de un comité que formulara las preguntas siguiendo un orden del día mecanografiado—. También yo he pensado que tendrías que saber lo que había sufrido mi amiga. Hasta que ya no quiso seguir viviendo. ¿Eres capaz de imaginarlo? Y lo que sufrió su familia. Puede que esté fuera de tu alcance.

Gorringe no respondió. Siguió mirándola, a la espera.

Miranda ganaba confianza. Debía de haber ensayado aquel encuentro un millar de veces en noches insomnes. No eran preguntas, eran pullas, insultos. Pero hacía que sonaran como una búsqueda de la verdad. Adoptaba el tono insinuante de un abogado agresivo en un contrainterrogatorio.

–Y la otra cosa que quiero es... saber. Entender. Lo que creías que querías. Lo que esperabas conseguir. ¿Te excitaste con sus gritos? ¿Te puso caliente su impotencia? ¿Tuviste una erección cuando se meó de miedo? ¿Te gustaba que fuera tan pequeña y tú tan grande? Cuando te suplicaba, ¿te sentiste aún más grande? Cuéntame ese gran momento. ¿Qué es lo que de verdad te hizo correrte? ¿Que las piernas no pararan de temblarle? ¿Que se resistiera? ¿Que se echara a llorar? Ya ves, Peter, he venido para aprender. ¿Sigues sintiéndote «grande»? ¿O en realidad eres débil y estás enfermo? Quiero saberlo todo. O sea, ¿seguías disfrutando cuando te levantaste y te subiste la cremallera mientras ella estaba tendida en el suelo, a tus pies? ¿Seguía siendo divertido cuando la dejaste allí y te fuiste andando por el campo de deportes? ¿O echaste a correr? Cuando llegaste a casa, ¿te lavaste la polla? Puede que la higiene no sea lo tuyo. Si lo es, ¿lo hiciste en el lavabo? ¿Con jabón, o solo con agua caliente? ¿Silbabas? ¿Qué tonadas silbabas? ¿Pensaste en ella, en cómo seguiría allí tirada, o volviendo a casa en la oscuridad con la cartera llena de libros? ¿Seguías sintiéndote bien? Ya ves a lo que estoy llegando. Necesito saber qué es lo que te gustó de toda aquella experiencia. Si te excitó no solo violarla sino la humillación de después; así quizá tendré que dejar de seguir pensando que la amiga que yo quería tanto murió por nada... Y una cosa más...

Con un movimiento de resorte, Gorringe saltó del sillón como un rayo y se abalanzó hacia Miranda blandiendo el brazo en un amplio arco dirigido a su cara. Tuve tiempo de ver que su mano estaba abierta. Iba a ser un manotazo, una bofetada extremadamente fuerte, mucho más violenta que las que algunos hombres, en las películas de antaño, daban a algunas mujeres para hacerles entrar en razón. Yo apenas estaba levantando la mano para defender a Miranda cuando Adán interceptó y ciñó con la suya la muñeca de Gorringe. El barrido desviado del veloz brazo del agresor generó la fuerza necesaria para poner a Adán suavemente en pie. Gorringe cayó de rodillas —tal como yo lo había hecho cuando el episodio de mi muñeca—, con la mano atrapada y retorcida en alto, por encima de la cabeza. Adán, de pie sobre él, parecía a punto de estrujársela. La viva estampa del dolor. Miranda miró hacia otro lado. Adán, sin aflojar la presión, forzó a Gorringe a volver a su sillón y, en cuanto lo hubo sentado, le soltó la muñeca.

Así, nos quedamos sentados en silencio durante varios minutos, en el curso de los cuales Gorringe intentó aliviarse el brazo apretándolo contra el pecho. Yo conocía ese dolor. Según recordaba, fui más aparatoso en mis quejas. Él parecía más entero. La cultura carcelaria debía de haberlo endurecido. La luz de últimas horas de la tarde brilló de pronto en la sala e iluminó una larga franja de moqueta naranja.

Gorringe dijo entre dientes:

—Me voy a poner enfermo.

Pero no se movió, y tampoco nosotros. Esperábamos a que se recuperase. Miranda lo observaba con una expresión de asco que le retraía el labio superior. Por eso lo había buscado y había venido a su casa: para verlo, para verlo de verdad. ¿Y ahora qué? Seguramente dudaba de que Gorringe fuera a decirle algo que pudiera interesarle. Aquel hombre adolecía de la falta de imaginación que aquejaba y activaba a todos los violadores. Cuando hacía caer su peso sobre Mariam, cuando la aplastaba contra la hierba, cuando la tenía entre sus brazos, no era capaz de imaginar su pánico. Ni siquiera viéndolo, ni oyéndolo, ni oliéndolo. La curva ascendente de su excitación no se vio alterada por la idea del terror de su víctima. En ese momento, esta bien podía haber sido una muñeca hinchable, un dispositivo, una máquina. O... me equivocaba completamente acerca de Gorringe. Y la realidad era la contraria. Y era yo quien carecía de imaginación: Gorringe conocía a la perfección el estado mental de su víctima. Se hacía cargo de su sufrimiento y se deleitaba en él, y era precisamente este triunfo de la imaginación, esa empatía delirante, lo que llevaba su excitación hasta una forma exaltada de odio sexual. Yo ignoraba cuál de las dos cosas era peor, o si en algún sentido ambas podían ser ciertas. A mi juicio eran mutuamente excluyentes. Pero estaba seguro de que Gorringe tampoco lo sabía, y de que no habría podido aclararle nada a Miranda.

Cuando el sol entró un poco más bajo por el ventanal a nuestra espalda, la sala se llenó de luz. Los tres sentados uno junto a otro en el sofá no éramos sin duda más que siluetas para Gorringe. Nosotros lo veíamos iluminado como una figura en un escenario, de forma que pareció apropiado que fuera él quien empezara a hablar en lugar de Miranda. Se apretaba la mano derecha contra el pecho, y con la izquierda hacía un gesto como de prestar juramento de que lo que iba a decir era verdad. Había abandonado el tono de matón. El dolor, en este punto, era un tranquilizante, un controlador que lo despojaba de toda afectación y hacía que su voz volviera a la que probablemente tendría si Miranda no hubiera intervenido y fuera ahora un estudiante universitario.

–El tipo que fue a verte, Brian, era el preso con el que compartía celda. Estaba allí por atraco a mano armada. La cárcel andaba escasa de personal y a veces teníamos que pasar juntos veintitrés horas al día. Esto fue al principio de la condena. Todo el mundo dice que ese tiempo es el peor, los primeros meses, cuando no aceptas dónde estás y no puedes dejar de pensar en lo que podrías estar haciendo y en cómo vas a salir de allí, y en la apelación que has presentado y en lo furioso que estás con tu abogado porque nada parece ir por buen camino.

»Me metía en todo tipo de problemas. O sea, en peleas. Me dijeron que tenía problemas de ira, y tenían razón. Pensaba que midiendo uno ochenta y cinco y habiendo jugado al rugby en segunda línea podía cuidar de mí mismo. Bobadas. No tenía ni idea de lo que era pelear en serio. Me dieron una cuchillada en el cuello y por poco me muero.

»Llegué a odiar a mi compañero de celda, como es lógico cuando tienes que cagar todos los días en el mismo cubo. Odiaba cómo silbaba, y sus dientes apestosos, sus ejercicios y flexiones y sus saltos de tijera. Era un retaco malo de verdad. Pero el caso es que me contuve y no le hice nada, y cuando salió fue a entregarte el mensaje. Y a ti te odiaba diez veces más. Solía estar echado en la litera y me consumía el odio. Horas y horas. Y aunque no te lo creas, así son las cosas. Nunca se me ocurrió relacionarte con esa chica india.

—Su familia era de Pakistán —dijo Miranda con voz suave.

—No sabía que erais amigas. Supuse que eras una de esas brujas despechadas que odian a los hombres, o que te habías despertado al día siguiente y te sentiste avergonzada y decidiste pagarla conmigo. Así que me tumbaba en la litera y planeaba mi venganza. Iba a ahorrar el dinero necesario para que alguien hiciera el trabajo por mí.

»Pasó el tiempo. Brian salió de la cárcel. Me trasladaron un par de veces y las cosas empezaron a volverse una especie

282

de rutina en la que los días son iguales y el tiempo empieza a ir más deprisa. Me entró una depresión. Fui a sesiones de gestión de la ira. Más o menos por esas fechas empecé a obsesionarme..., pero no contigo sino con esa chica...

–Se llamaba Mariam.

–Lo sé. Me las había arreglado para quitármela de la cabeza.

–Te creo.

–Y ahora la tenía en ella todo el tiempo. Y aquello tan terrible que había hecho. Y por la noche...

Adán dijo:

–Veamos. ¿Qué cosa tan terrible?

Lo dijo sílaba a sílaba, como en un dictado.

–La agredí. La violé.

–¿Quién era?

–Mariam Malik.

–¿En qué fecha?

–El 16 de julio de 1978.

–¿A qué hora?

–A eso de las nueve y media de la noche.

–¿Y quién eres tú?

Probablemente, Gorringe tenía miedo de lo que Adán pudiera hacerle. Pero parecía más ansioso que intimidado. Debía de haber adivinado que le estábamos grabando. Y necesitaba contárnoslo todo.

–¿A qué te refieres?

–Dinos tu nombre, dirección y fecha de nacimiento.

–Peter Gorringe. 6 de St. Osmund's Close, Salisbury. Once de mayo de 1960.

–Gracias.

Luego Gorringe siguió hablando. Sus ojos, de cara a la luz, estaban semicerrados.

–Me sucedieron dos cosas muy importantes. La primera fue la más significativa. Empezó un poco como un fraude. Pero no creo que fuera por casualidad. Se me guió desde el principio. Las normas decían que podrías pasar más tiempo fuera de la celda si hacías como que eras muy religioso. Muchos de nosotros fingimos serlo, y los guardias lo sabían pero les tenía sin cuidado. Yo dije que era de la Iglesia de Inglaterra y empecé a ir todos los días a vísperas. Sigo yendo día tras día, a la catedral. Al principio me parecía aburrido, pero era mejor que estar en la celda. Luego empezó a ser un poco menos aburrido. Luego me metí de lleno. Lo que más influyó fue el párroco, al menos al principio; el reverendo Wilfred Murray, un tipo grande con acento de Liverpool. No le tenía miedo a nadie, lo cual es muy importante en un sitio como ese. Empezó a interesarse por mí cuando vio que iba en serio. A veces me venía a ver a la celda. Me daba pasajes de la Biblia para leer, sobre todo del Nuevo Testamento. Los jueves, después de vísperas, los comentaba conmigo y otros presos. Nunca imaginé que llegaría a participar voluntariamente en un grupo de estudio de la Biblia. Y no era para conseguir la libertad condicional, como era el caso de otros. Pero cuanto más consciente era de la presencia de Dios en mi vida, peor me sentía por lo de Mariam. El reverendo Murray me hizo comprender que me costaría tanto como escalar una montaña el llegar a aceptar lo que había hecho, que el perdón era un camino largo pero que podría avanzar por él hasta llegar a conseguirlo. Me hizo ver el monstruo que había sido.

Hizo una pausa.

—Por la noche, en cuanto cerraba los ojos, se me aparecía su cara.

—Y te impedía dormir bien.

Era inmune al sarcasmo, o fingía serlo.

—Durante meses, no tuve ni una sola noche sin pesadillas.

Adán dijo:

—¿Cuál fue la segunda cosa?

—Fue una revelación. Un amigo del colegio vino a verme. Estuvimos media hora en la sala de visitas. Me contó lo del suicidio, y fue un auténtico shock. Luego supe que eras amiga de Mariam, que las dos estabais muy unidas. Así que era una venganza. Casi te admiré por ello. Estuviste fantástica en el juicio. Nadie se atrevió a no creerte. Pero esa no era la cuestión. Fue unos días después, cuando lo hablé con el párroco, cuando empecé a entenderlo de verdad. Era muy sencillo. Y no solo eso. Era justo. Eras el agente de la retribución. Quizá la palabra sería «ángel». El ángel vengador.

Cambió de posición e hizo una mueca de dolor. Con la mano derecha abarcaba la muñeca rota y la pegaba contra el pecho. Miraba fijamente a Miranda. Sentí cómo la parte superior de su brazo se apretaba contra el mío.

Dijo:

—Has sido enviada.

Miranda dejó que su peso se hundiera en el sofá, incapaz de hablar.

—¿Enviada? —dije yo.

—No tenía que protestar con furia contra un error judicial. Ya estaba trabajando en mi castigo. La justicia de Dios, ejecutada por ti. La balanza estaba equilibrada: el delito que había cometido frente al delito del que era inocente y por el que me habían encarcelado. Presenté una apelación. Ya no sentía ira. Bueno, sentía una poca. Te debería haber escrito. Lo digo de verdad. Incluso fui a casa de tu padre y conseguí tu dirección. Pero no hice nada. ¿A quién le importaba que yo un día hubiera querido verte muerta? Todo había terminado. Estaba rehaciendo mi vida. Fui a Alemania a estar un tiempo con mis padres; mi padre trabaja allí. Y volví para empezar una nueva vida.

—¿Cómo? –dijo Adán.

—Entrevistas de trabajo. Para ventas. Y vivir en la Gracia de Dios.

Empezaba a entender por qué Gorringe estaba dispuesto a calificar su delito y a identificarse en voz alta. Fatalismo. Quería el perdón. Y había cumplido una condena. Lo que estaba sucediendo era la voluntad de Dios.

Miranda dijo:

—Sigo sin entenderlo.

—¿Qué?

—¿Por qué la violaste?

Gorringe fijó la mirada en ella, levemente divertido de verla tan poco mundana.

—Muy bien. Era muy guapa y la deseaba, y todo lo demás se me borró de la cabeza. Así es como suceden estas cosas.

—Entiendo lo del deseo. Pero si realmente pensabas que era hermosa...

—¿Sí?

—¿Por qué violarla?

Se miraban el uno al otro a través de un desierto de hostil incomprensión. Habíamos vuelto al principio.

—Te diré algo que jamás he dicho a nadie. Cuando estuvimos en el suelo, traté de calmarla. De verdad. Si hubiera visto aquel momento de otra manera..., si me hubiera mirado en lugar de retorcerse para intentar zafarse..., todo podría haber sido...

—¿Qué?

—Si hubiera podido relajarse un momento, creo que podríamos haber llegado a..., ya sabes.

Miranda se estaba levantando y retirándose del sofá frío y húmedo. Le temblaba la voz.

—No te atrevas a pensar eso. ¡Ni te atrevas! –Luego, en un susurro–: Oh, Dios, voy a...

286

Salió precipitadamente de la sala. Oímos cómo abría la puerta de un tirón, y las arcadas, y el sonido líquido de un vómito copioso. Salí detrás de ella, y Adán me siguió. No había duda. Era una respuesta visceral. Pero yo tenía la certeza de que ya tenía la puerta abierta antes de haber sentido las arcadas. Podría haber vuelto la cabeza hacia la izquierda o la derecha y vomitado en el césped o en el macizo de flores. En lugar de ello, el contenido de su estómago, el almuerzo multicolor, tapizaba en abundancia el umbral y un buen retazo de la moqueta del vestíbulo. De pie en el exterior, había vomitado dentro de la casa. Luego diría que no había podido evitarlo, que se le fue de las manos, pero yo siempre he pensado, o he preferido pensar, que allí, a nuestros pies cuando nos marchábamos, quedaba la despedida del ángel vengador. Nos costó lo nuestro pasar sin pisar el vómito.

9

El viaje de vuelta, de nuevo con tráfico denso y lluvia, lo hicimos casi en silencio. Adán dijo que quería ponerse manos a la obra con el «material» de Gorringe. Miranda y yo, tal como nos dijimos el uno al otro, estábamos agotados emocionalmente. El jerez y el vino me estaban pasando factura. El limpiaparabrisas de mi lado apenas funcionaba. De vez en cuando manchaba el cristal. En el lento fluir de las afueras de Londres, hacia lo que empezaba a considerar mi vida anterior, mi estado de ánimo iba decayendo. Mi vida, transformada en una sola tarde. Trataba de calibrar el alcance de aquello a lo me había dado mi consentimiento, tan fácil, tan impetuosamente. Me preguntaba si realmente quería convertirme en padre de un niño de cuatro años con problemas. Miranda llevaba semanas dedicándose a ese empeño, ella sola. Yo apenas había dispuesto de unos minutos para pronunciarme, y había tomado aquella decisión delirante por amor a ella, y por nada más. Las responsabilidades que había asumido eran grandes. Cuando llegamos a casa, mis pensamientos seguían siendo sombríos.

Me dejé caer en el sillón de la cocina, con un tazón de té. Aún no me había atrevido a decirle a Miranda cómo me sentía. Tenía que admitirlo: en aquel momento le tenía cierta inquina, sobre todo por su viejo hábito del secretismo. Se me había empujado o amedrentado o chantajeado amorosamente para que aceptara la paternidad. Tendría que decírselo así, pero no en aquel momento. De ahí se derivaría una disputa, y no me sentía con fuerzas. Cavilé sobre la encrucijada que se abría ante nuestras vidas: un momento malo pero pasajero, común a todos los amantes, que discutiríamos juntos hasta encontrar y pactar una solución con una serie de actos de amor físico gratificante; o echarnos atrás: habíamos ido demasiado lejos, como dos trapecistas ineptos que fallaran al enlazar las manos y cayeran desde lo alto, y mientras cuidábamos de sanar nuestras heridas nos íbamos convirtiendo lentamente en desconocidos. Estudié ambas posibilidades de forma desapasionada. Ni siquiera llegó a inquietarme demasiado una tercera hipótesis: perder a Miranda, lamentarlo amargamente y no recuperarla jamás, por mucho que lo intentara.

Estaba dispuesto a dejar que los acontecimientos se deslizaran por mi lado en un silencio sin fricciones. El día había sido largo e intenso. Me habían tomado por un robot, habían aceptado mi petición de matrimonio, me había prestado a una paternidad inmediata, me había enterado de la autodestrucción de un cuarto de los conespecíficos de Adán y había presenciado los efectos físicos de la repulsión moral. Nada de eso me impresionaba ahora. Lo que me impresionaba ahora eran cosas más pequeñas: la pesadez de mis párpados, mi bienestar ante un tazón de té de media pinta, mucho más apetecible que un gran vaso de whisky escocés.

Ser padre. No es que pudiera argüir que estaba demasiado ocupado, o presionado, o movido por la ambición. El mío era el problema opuesto. No tenía nada mío que defender frente a un hijo. Su existencia anularía la mía. Su comienzo en la vida había sido miserable, e iba a necesitar muchos desvelos. Iba a ser un niño difícil. Yo ni siquiera había empezado mi vida, que de hecho era marginal, infantil. Mi existencia era un espacio vacío. Llenarlo con la paternidad sería una evasión. Tenía amigas mayores que yo que se habían quedado embarazadas cuando ya no les funcionaba nada más. Nunca lo lamentaron, pero sus hijos iban creciendo y nada les acontecía aparte de, pongamos, un empleo a tiempo parcial y mal remunerado, o un grupo de lectura, o unas clases de italiano para manejarse en vacaciones. Mientras que las mujeres que ya eran médicas o profesoras o empresarias tomaban un desvío durante un tiempo y luego volvían y seguían avanzando. Los hombres ni siquiera tenían que desviarse. Pero yo no tenía nada con lo que seguir adelante. Lo que necesitaba era una fuerza anímica capaz de rechazar la propuesta de Miranda. Aceptarla sería una cobardía. Pero ahora no podía enfrentarme a ella, no cuando mis ojos estaban cerrados, no durante quizá una semana o dos. No podía confiar en mi propio juicio. Me eché hacia atrás en el sillón y vi la carretera de Salisbury desenrollándose hacia mí y las rayas blancas destellando bajo el coche. Me quedé dormido con el dedo índice enhebrado en el asa del tazón vacío. Al sumergirme en el sueño, soñé con voces reverberantes que colisionaban y se fundían en airados debates parlamentarios en una cámara casi desierta.

Cuando desperté supe por el sonido y el olor que alguien estaba haciendo la cena. Miranda me daba la espalda, pero debió de darse cuenta de que estaba despierto porque se volvió y vino hacia mí con dos copas de champán. Nos besamos y las hicimos entrechocar. Fresco gracias al sueño, vi su belleza como por primera vez: el pelo fino, castaño claro; la barbilla de duendecillo; los ojos grises-azules encogidos por el alborozo. Nuestra controversia seguía aún pendiente, pero qué afortunados éramos por haber podido eludir una retractación y una pelea. Al menos de momento. Se encajó en el sillón, a mi lado, y charlamos de nuestros planes para Mark. Aparté mis preocupaciones a fin de disfrutar de la felicidad del instante. Me enteré de que Miranda había estado en Elgin Crescent con Mark. Viviríamos allí juntos, como una familia. Maravilloso. Suponiendo que el proceso de acogida y adopción pudiera completarse en nueve meses, habría una plaza en un buen colegio de primaria en Ladbroke Grove para «nuestro hijo»; pugné con estas últimas palabras, pero seguí mostrándome aparentemente complacido. Me contó que a los encargados de la adopción no les habían parecido satisfactorias sus condiciones domésticas actuales. Un apartamento de una sola habitación no era suficiente. He aquí el plan: teníamos que quitar las puertas de nuestros respectivos apartamentos y hacer del recibidor un espacio compartido. Lo decoraríamos y enmoquetaríamos. No haría falta molestar al casero. Cuando llegara el momento de mudarnos a nuestra nueva casa, volveríamos a dejarlo todo como antes. Convertiríamos la cocina de Miranda en el cuarto de Mark. No sería necesario el engorro de hacer venir a un fontanero. Cubriríamos los fogones y el fregadero y las encimeras de trabajo con tableros que decoraríamos con telas multicolores. La mesa de la cocina la plegaríamos y la guardaríamos en su –«nuestro»– dormitorio. Nuestras vidas serían una; así que, por supuesto, la idea me entusiasmó y me incorporé al proyecto.

Era casi medianoche cuando nos sentamos a cenar lo que Miranda había preparado. Del otro lado de la puerta llegaba el tac-tac-tac del teclado de Adán. No nos estaba haciendo más ricos en los mercados de divisas: estaba tecleando la transcripción de la confesión de Gorringe, incluida su autoidentificación. La transcripción y el vídeo y el relato adjunto integrarían un archivo único que remitiríamos a un comisario de la comisaría de Salisbury. Y enviaríamos también una copia a la Dirección de la Fiscalía Pública.

—Soy una cobarde —dijo Miranda—. Me da miedo el juicio. Estoy asustada.

Fui al frigorífico a sacar una botella para volver a servir las copas. Me quedé mirando la mía, a las burbujas que se despegaban del cristal como con desgana, para iniciar la ascensión rápidamente; una vez tomada la decisión, parecían ansiosas. Miranda y yo ya habíamos hablado de sus miedos antes. A que Gorringe, procesado de nuevo, se declarase inocente. A presentarse ante un tribunal. A enfrentarse a un contrainterrogatorio, a la prensa, al escrutinio público. A tener que volverse a ver cara a cara con Gorringe. Ya era suficientemente malo, pero no era lo peor. Lo que la aterrorizaba y ponía enferma era la perspectiva de ver a la familia de Mariam expuesta a la mirada pública. Los padres, probablemente, testificarían para la fiscalía. Y Miranda tendría que estar con ellos cuando, día a día, fueran teniendo conocimiento de los pormenores de la violación de su hija y del silencio culpable de Miranda. La *omertà* de una adolescente tonta que había costado una vida. Los familiares recordarían cómo los había abandonado. Al repetir el relato de los hechos en el banquillo de los testigos, Miranda pugnaría sin éxito por evitar la mirada de Sana, de Yasir, de Surayya, de Hamid y de Farhan.

—Le he dicho a Adán que no podría hacer frente a eso. Pero no me ha hecho caso. Y hemos tenido una discusión mientras estabas dormido.

Ambos sabíamos, por supuesto, que sí era capaz de hacer frente a aquello. Durante varios minutos comimos en silencio. Miranda tenía la cabeza baja, inclinada sobre el plato, y reflexionaba sobre lo que ella misma había suscitado. Yo entendía por qué, pese a su miedo, se sentía obligada a seguir adelante e intentar enmendar los errores que había cometido antes y después de la muerte de Mariam. Estaba de acuerdo en que los tres años de cárcel de Gorringe no eran suficientes. Admiraba la determinación de Miranda. La amaba por su valentía y su furia de combustión lenta. Jamás se me había ocurrido que el hecho de vomitar pudiera constituir un acto moral.

Cambié de tema.

—Cuéntame más cosas de Mark.

Miranda tenía muchas ganas de hablar de él. El niño estaba muy traumatizado por la desaparición de su madre, y seguía preguntando por ella, y a veces se mostraba retraído y otras feliz. En un par de ocasiones le llevaron a verla al hospital. En la segunda visita, la mujer no pudo o no quiso reconocerle. Jasmin, la trabajadora social, pensaba que su madre le había pegado con frecuencia. Mark tenía la costumbre de mordisquearse el labio inferior, hasta el punto de hacerse sangre. Era muy melindroso con las comidas, y no probaba las verduras, ni las ensaladas ni la fruta, pero su aspecto era razonablemente saludable pese a su dieta de comida basura. El baile seguía apasionándole. Era capaz de reproducir melodías en una grabadora. Conocía las letras y sabía contar, se jactaba, hasta treinta y cinco. Sabía distinguir el zapato derecho del izquierdo. Pero no era tan apto cuando estaba entre niños, y tendía a marginarse de los grupos. Cuando se le preguntaba qué quería ser de mayor, él respondía: «princesa». Le gustaba disfrazarse con una corona y una varita, y «revolotear de un lado a otro» con un camisón viejo. Era feliz luciendo un vestido de verano prestado. A Jasmin no le importaba, pero su superiora inmediata, una mujer más mayor, lo desaprobaba.

Recordé entonces algo que había olvidado contarle a Miranda en su momento. Cuando cruzaba el campo de juegos, con Mark de la mano, él quiso que fingiéramos que nos escapábamos en una barca.

De pronto se le llenaron los ojos de lágrimas.

—¡Oh, Mark! —exclamó—. Eres un niño tan especial y tan maravilloso...

Después de cenar, se levantó para irse a su apartamento.

—Siempre pensé que un día tendría hijos. Nunca imaginé que me enamoraría de este niño. Pero no elegimos de quién nos enamoramos, ¿verdad?

Más tarde, mientras recogía la cocina, me asaltó un súbito pensamiento. Tan obvio. Y tan peligroso. Fui a mi cuarto y encontré a Adán apagando el ordenador.

Me senté en el borde de la cama. Primero le pregunté sobre su conversación con Miranda.

Se levantó de mi silla de trabajo y se puso la chaqueta del traje.

—Intentaba tranquilizarla. No estaba convencida. Pero la probabilidad es altísima. Gorringe se declarará culpable. El caso no irá a los tribunales.

Me interesaba.

—Para negar lo que hizo, tendría que decir mil mentiras bajo juramento, y sabe que Dios le estará escuchando. Miranda es su mensajera. En mis investigaciones he visto cómo el culpable anhela liberarse de su peso. Al parecer entra en un estado de desistimiento exultante.

—Muy bien —dije—. Pero mira, se me ha ocurrido. Es importante. Cuando la policía lea todo lo que ha pasado esta tarde...

—¿Sí?

—Se va a preguntar... Si Miranda sabía que Gorringe había violado a Mariam, ¿por qué fue a su estudio sola y con una botella de vodka? Tendría que ser para vengarse.

Adán asentía con la cabeza antes de que yo hubiera terminado.

—Sí, ya lo había pensado.

—Tiene que decir que se ha enterado hoy, cuando Gorringe lo ha confesado. Tendríamos que hacer algún «montaje» sensato. Miranda fue a Salisbury a enfrentarse con su violador. Hasta entonces no sabía que había violado a Mariam. ¿Entiendes?

Adán me miraba fijamente.

—Sí. Lo entiendo perfectamente.

Apartó la mirada y se quedó en silencio unos instantes.

—Charlie, me he enterado hace media hora: ha habido otro Adán que se ha ido.

En un tono más bajo, me contó lo poco que sabía. Era un Adán de físico bantú que vivía en los suburbios de Viena. Tenía un talento especial para el piano, sobre todo al interpretar a Bach. Sus *Variaciones Goldberg* habían asombrado a algunos críticos. Este Adán, según afirma en su mensaje final a su grupo de iguales, «disolvió su conciencia».

—En realidad no está muerto. Conserva las funciones motoras, pero no las cognitivas.

—¿Se podría reparar o hacer algo?

—No lo sé.

—¿Todavía puede tocar el piano?

—No lo sé. Pero seguro que no puede aprender piezas nuevas.

—¿Por qué no explican sus motivos para suicidarse?

—Porque no tienen ninguno, supongo.

—Pero tú tendrás alguna teoría al respecto —dije.

Me sentía muy apenado por ese pianista africano. Quizá Viena, desde el punto de vista racial, no era la más acogedora de las ciudades. Quizá ese Adán había sido demasiado brillante para su propio bien.

—No, no tengo ninguna.

—¿Que tenga algo que ver con el estado del mundo? ¿O de la naturaleza humana?

—Supongo que se trata de algo más profundo.

—¿Y qué dicen tus otros congéneres? ¿No estás en contacto con ellos?

—Solo cuando se dan estos casos. Me lo comunican, simplemente. No hacemos conjeturas.

Empecé a preguntarle por qué no, pero levantó la mano para interrumpirme.

—Así es como es.

—Entonces, ¿qué quieres decir con «algo más profundo»?

—Mira, Charlie. No tengo intención de hacer lo mismo. Como sabes, tengo muchas razones para vivir.

Algo en su manera de decirlo o en su énfasis al hacerlo me pareció sospechoso. Intercambiamos una mirada larga e intensa. Las pequeñas briznas negras de sus ojos cambiaban de alineación. Mientras las miraba fijamente, parecían nadar, incluso culebrear, de izquierda a derecha, como microorganismos alocadamente empeñados en alguna meta distante, como esperma que migrara hacia un óvulo. Las observé, fascinado: elementos armónicos alojados dentro de un logro supremo de nuestra época. Nuestros avances técnicos nos estaban dejando atrás, como siempre nos había acontecido, varados en el pequeño banco de arena de nuestra finita inteligencia. Pero aquí estábamos refiriéndonos al plano humano. Estábamos pensando en lo mismo.

—Me prometiste que no ibas a volver a tocarla.

—He mantenido mi promesa.

—¿Seguro?

—Sí. Pero...

Esperé.

—No es fácil decir esto.

No le animé a que lo hiciera.

—En una ocasión... —empezó; hizo una pausa—. Le rogué. Dijo que no varias veces. Se lo rogué y al final dijo que sí con la condición de que no volviera a pedírselo nunca más. Fue humillante.

Cerró los ojos. Vi que apretaba el puño derecho.

–Le pregunté si podía masturbarme delante de ella. Dijo que sí. Lo hice. Y eso fue todo.

No fue ni la crudeza de su confesión ni su absurdidad cómica lo que me sorprendió sobremanera. Fue la sugerencia, una señal más, de que realmente sentía, de que tenía sensaciones. Subjetivamente genuinas. ¿Por qué fingir, por qué remedar, a quién podría querer engañar o impresionar, cuando el precio era mostrarse tan rastrero ante la mujer que amaba? Era una irresistible compulsión sensual. No tenía por qué habérmelo contado. Tuvo que asumirlo, y tenía que contármelo. Yo no lo consideré una traición: no había roto ninguna promesa. Puede que yo ni se lo mencionara a Miranda. Me inspiró una súbita ternura, por su sinceridad, por su vulnerabilidad. Me levanté del borde de la cama y fui hasta él y le puse una mano en el hombro. Él alzó la suya y me tocó ligeramente el codo.

–Buenas noches, Adán.

–Buenas noches, Charlie.

El lema de aquel final de otoño tenía una deuda obvia con un primer ministro anterior: en política media hora es mucho tiempo. Aquella «semana» original de Harold Wilson se le antojaba demasiado larga a aquel parlamento. Una tarde parecía que iba a haber un desafío al liderazgo actual y a la mañana siguiente no había firmas suficientes; había prevalecido el corazón medroso. Poco después, el gobierno sobrevivió por un voto a una moción de confianza en la Cámara de los Comunes. Algunos tories veteranos se sublevaron o abstuvieron. La señora Thatcher, agraviada, furiosa, obstinada, sorda a los buenos consejos, convocó elecciones anticipadas para tres semanas después. Lo cual, a ojos de los ciudadanos, era como derribar el templo sobre su propio partido, la mayor parte del cual ahora pensaba que su líder se había convertido en un «pasivo» electoral. Ella no lo veía así, pero se equivocaba. Los tories difícilmente podían enfrentarse al ímpetu electoral de Tony Benn, ni en la televisión ni en la radio ni en la propia campaña, y ciertamente tampoco en las ciudades industriales o universitarias. La catástrofe de las Falkland, como se llamaba al fiasco en la actualidad, volvía para destruirla. Esta vez no había ninguna predisposición popular al perdón por la causa de la unidad nacional. El testimonio televisivo de las viudas desconsoladas con sus niños resultó letal. La campaña laborista hizo que los ciudadanos tuvieran muy presente la elocuencia con la que Benn había criticado al destacamento especial. El «poll tax» resultaba irritante. Tal como se preveía, su recaudación era difícil y cara. Más de un centenar de celebridades morosas, muchas de ellas actrices, ingresaron en prisión y se convirtieron en mártires.

Un millón de votantes de menos de treinta años se había afiliado recientemente al Partido Laborista. Muchos de ellos eran activos en la militancia puerta a puerta. La víspera del día de las elecciones, Benn pronunció un discurso electrizante en un mitin celebrado en el estadio de Wembley. El triunfo fue aplastante, y superó incluso la victoria de los laboristas de 1945. Fue algo muy triste ver cómo la señora Thatcher decidía abandonar el 10 de Downing Street a pie, de la mano de su marido y sus dos hijos. Caminó hacia Whitehall erguida y desafiante, pero sus lágrimas eran visibles y el país, durante unos cuantos días, sintió punzadas de remordimiento.

El laborismo tenía una mayoría de 162 diputados, muchos de los cuales era bennianos recién electos. Cuando el nuevo primer ministro volvió del palacio de Buckingham, donde la reina le había invitado a formar gobierno, dirigió un importante discurso a la nación desde el umbral mismo del 10 de Downing Street. El país se libraría unilateralmente de su arsenal nuclear, y esto no constituyó una sorpresa. Además, el gobierno emprendería la salida de lo que ahora se conocía como Unión Europea, y esto fue un shock. El programa del partido solo había aludido a la idea en una línea vaga de la que los ciudadanos no se habían percatado apenas. Desde la puerta principal de su nueva casa, Benn anunció a la nación que no habría repetición del referéndum de 1975. Sería el Parlamento el que tomaría la decisión. Solo el Tercer Reich y otras tiranías decidían las políticas por plebiscitos, y en general con resultados nada satisfactorios. Europa no era solo una unión de países que beneficiaba sobre todo a las grandes sociedades anónimas. La historia de los estados continentales miembros era enormemente diferente de la nuestra. Habían padecido revoluciones violentas, invasiones, ocupaciones y dictaduras. Anhelaban, por tanto, fundir sus identidades en una causa común dirigida por Bruselas. Nosotros, por otro lado, habíamos vivido sin ser sometidos a conquista durante casi un millar de años. Pronto volveríamos a ser libres.

Benn ofreció una versión extensa de ese discurso en el Manchester Free Trade Hall un mes más tarde. A su lado se sentaba el historiador E. P. Thompson, quien, cuando le llegó el turno, dijo que el patriotismo había sido siempre el terreno de la derecha política. Ahora había llegado el momento de que la izquierda lo reivindicara en nombre de todos. Una vez que el arsenal nuclear fuera proscrito, predijo Thompson, el gobierno formaría un ejército permanente de ciudadanos que impedirían cualquier invasión y dominación. No especificaba ningún enemigo. El presidente Carter envió a Benn un mensaje de apoyo, en el que empleó unas palabras que escandalizaron a la derecha norteamericana y le hostigaron durante su segundo mandato. «La palabra "socialista" no me molesta en absoluto.» Un sondeo posterior revelaba que a la mitad de los demócratas censados le gustaría haber votado al candidato derrotado: Ronald Reagan.

Para mí, psicológicamente confinado en la ciudad-Estado del norte de Clapham, todo ello –acontecimientos, disensión, análisis solemnes– no era sino un zumbido continuo que amainaba y se inflamaba de un día para otro, una cuestión de interés y preocupación, pero nada en comparación con la turbulencia de mi vida doméstica, que llegó a su punto álgido a finales de octubre. Por entonces, a simple vista, todo iba bien. Habíamos modificado los apartamentos siguiendo las indicaciones de Miranda, y estaban ya listos para la llegada de Mark. Quitamos las puertas y las guardamos, decoramos con colores vivos el vestíbulo sombrío y su gran armario empotrado, ocultamos los contadores de gas y electricidad y colocamos un trozo de moqueta. La cocina de Miranda se convirtió en un cuarto infantil, con una cama trineo azul y muchos libros y juguetes, y calcomanías en las paredes: castillos de cuentos de hadas y barcas y caballos alados. Yo quité la cama de mi estudio y me deshice de ella; todo un hito en mi camino hacia la madurez. Instalé un escritorio para Miranda y compré dos ordenadores nuevos. Mark podía visitarnos unas horas dos veces a la semana. A la agencia de adopción le gustó la noticia de que nos casaríamos en breve. Yo seguía teniendo momentos de desasosiego que no me decidía a compartir. Colaboraba en todos los preparativos, y me sentía culpable, y a veces hasta sorprendido, de ser capaz de mantener aquella impostura. En otras ocasiones, la paternidad se me antojaba algo inevitable y me sentía más o menos contento.

Al director de tesis de Miranda le impresionaron mucho los tres primeros capítulos de su trabajo. Adán aún no había enviado el escrito a la policía y se mostraba reacio a hablar de ello. Pero seguía trabajado en la denuncia, y no estábamos preocupados. Pagué en metálico un cinco por ciento de depósito por la casa de Notting Hill. Tras ese desembolso, mi capital ascendía a 97.000 libras. Cuanto mayor se hacía, más rápido crecía, y más rápido aún en el ordenador nuevo. Mi ocupación durante este tiempo consistía sobre todo en trabajos de decoración y carpintería.

Lo que marcó el comienzo de la turbulencia hizo su aparición de forma inocua. La víspera de la primera visita de Mark, Miranda y yo tomábamos una taza de té tardía en la cocina cuando entró Adán con una bolsa de la compra en la mano y anunció que se iba a dar un paseo. Llevaba ya tiempo saliendo solo a pasear y no vimos nada extraño en ello.

A la mañana siguiente me desperté temprano y con la cabeza más lúcida que de costumbre. Me levanté de la cama, con cuidado para no despertar a Miranda, y bajé a hacer café. Adán no había vuelto de su paseo nocturno. Me sorprendió, pero decidí no preocuparme. Estaba deseoso de hacer uso de mi inhabitual claridad mental para ocuparme de las tediosas tareas administrativas que tenía pendientes, incluido el pago de las facturas de la casa. Si no aprovechaba aquel momento mental propicio, tendría que ponerme a ello a disgusto antes de que terminara la semana, idea que me resultaba odiosa. Ahora podría despacharlo sin ningún problema.

Llevé la taza al estudio. Había 30 libras encima del escritorio. Me lo metí en el bolsillo y me olvidé del asunto. Como de costumbre, lo primero que hice fue ver las noticias. Nada especialmente interesante. La Conferencia del Partido Laborista en Brighton, que había sido pospuesta seis semanas por las disputas internas sobre la política a seguir, estaba celebrando sus primeros actos en aquel mismo momento. Se estaba dando un incremento de la actividad policial en el paseo marítimo. Algunas páginas web daban cuenta de un apagón informativo.

Benn estaba teniendo problemas con la izquierda del partido por aceptar una invitación oficial a la Casa Blanca en lugar de dar la bienvenida a una delegación palestina. Había fracasado también, pese a sus promesas, en lograr la inmediata puesta en libertad de los mártires del «poll tax». Al ejecutivo no le resultaba nada fácil instruir en tal sentido al poder judicial. Debería haberlo sabido, al decir de muchos, cuando se comprometió a ello. El propio «poll tax» tampoco estaba a punto de revocarse, porque había muchas leyes más importantes a la espera de tramitación en el Parlamento. También se mostraba iracunda con él la derecha del partido. El desarme nuclear tendría un coste de 10.000 empleos. La salida de Europa, la abolición de la educación privada, la renacionalización del sector eléctrico y la duplicación del gasto de la seguridad social supondrían un gran aumento del impuesto sobre la renta. La City bullía de ira con motivo de la revocación de la desregulación y del gravamen del 0,5 por ciento en todas las transacciones de valores.

La administración pública era un feudo del diablo muy especial, irresistible para ciertas personalidades. Una vez que se accedía a él y se ascendía hasta la cumbre, no había nada que estas pudieran hacer que no concitara el odio de alguien, o de algún sector, sobre sus personas. El resto de los ciudadanos, desde los márgenes, podía odiar cómodamente toda la maquinaria del gobierno. Leer sobre el infierno público todos los días era algo preceptivo para tipos como yo, una forma leve de enfermedad mental.

Al final dejé este preámbulo y pasé a ocuparme de mis obligaciones. Al cabo de dos horas, justo después de las diez, oí el timbre de la puerta y los pasos de Miranda en la planta de arriba. Transcurridos unos minutos, oí pasos más cortos que se movían rápidamente de una estancia a otra y de esta a la anterior. Siguió un silencio breve, y luego como el sonido de una pelota dando botes en el suelo. Después un golpe sordo y sonoro, como si alguien hubiera dado un salto desde cierta altura, que hizo que se sacudieran las lámparas del techo y que me cayeran un par de desconchones del enlucido encima del brazo. Suspiré y consideré una vez más la perspectiva de la paternidad.

Diez minutos después estaba sentado en el sillón de la cocina, observando a Mark. Justo debajo del brazo gastado del sillón había un largo y hondo desgarrón en el cuero, en el que yo solía meter periódicos atrasados, en parte para tirarlos pero también con la vaga esperanza de que de algún modo pudieran colmar el relleno que faltaba. Mark los estaba sacando uno a uno, y los iba contando. Los desplegaba y los extendía sobre la moqueta. Miranda estaba sentada en la mesa, enfrascada en una conversación telefónica en voz baja con Jasmin. Mark estaba aplanando los periódicos con cuidadosos movimientos sinuosos de ambas manos, aplastándolos contra el entarimado del suelo y hablándoles en un susurro:

–Número ocho. Ahora ven aquí y no te muevas... Nueve, quédate ahí... Diez...

Mark había cambiado mucho. Había crecido unos cinco centímetros y llevaba el radiante y tupido pelo rubio largo y con raya en medio. Vestía el «uniforme» de un ciudadano del mundo adulto: vaqueros, jersey, zapatillas deportivas. Su cara había perdido el aire rollizo de niño pequeño, y ahora era más larga y con una expresión de alerta en la mirada que seguramente le venía de las vicisitudes de su vida. Sus ojos eran de un tono verde oscuro, y la piel de una suavidad y palidez de porcelana. Un perfecto celta.

Pronto tuve a mis pies los acontecimientos de los meses pasados. Los barcos de guerra de las Falkland en llamas, la señora Thatcher con la mano alzada en una conferencia del partido, el abrazo del presidente Carter al terminar un discurso importante. No estaba seguro de si su juego de ir diciendo los números era una forma de decir hola, de acercarse a mí sigilosamente. Seguí sentado y esperé con paciencia.

Al final Mark se puso de pie y fue hasta la mesa y cogió un envase de postre de chocolate y una cucharilla y volvió a mi lado. Me puso el codo sobre la rodilla y jugueteó con el borde del papel de aluminio de la tapa.

Levantó la mirada.

—Esto es un poco difícil.

—¿Quieres que te ayude?

—Puedo hacerlo perfectamente, pero hoy no. Así que tienes que ayudarme.

Su acento seguía siendo el cockney habitual de Londres y alrededores, pero percibí en él otro elemento, ciertos matices de inflexión en las vocales. Algo aprendido de Miranda, pensé. Me puso el envase en las manos, lo abrí y se lo tendí.

—¿Quieres sentarte en la mesa para comértelo? —dije.

Dio unos golpecitos al brazo del sillón. Le ayudé a auparse y encaramarse por encima de mí mientras se llevaba la cucharilla a la boca. Cuando se le cayó un pegote en mi rodilla, miró hacia abajo y masculló un despreocupado «Huy».

En cuanto terminó, me entregó la cucharilla y el envase y dijo:

—¿Dónde está ese hombre?

—¿Qué hombre?

—El de la nariz rara.

—Eso me estaba preguntando yo. Anoche salió a dar un paseo y no ha vuelto.

—Cuando tendría que estar en la cama.

—Exacto.

Mark dio directamente en la diana de mi preocupación creciente. Adán solía dar largos paseos, pero nunca durante la noche. Si Mark no hubiera estado allí, probablemente yo habría estado yendo de un lado a otro a la espera de que Miranda terminase de hablar para inquietarnos juntos.

—¿Qué llevas en la maleta? —dije.

Estaba en el suelo, a los pies de Miranda: una pequeña maleta azul celeste, con pegatinas de monstruos y superhéroes.

Miró hacia el techo, aspiró profunda y teatralmente y se puso a contar con los dedos:

—Dos vestidos, uno verde y otro blanco, mi corona, uno o dos o tres libros, mi grabadora y mi caja secreta.

—¿Qué hay en la caja secreta?

—Mmm, monedas secretas y una uña de la pata de un dinosaurio.

—Yo nunca he visto una uña de la pata de un dinosaurio.

—No —convino Mark, complacido—. No has visto ninguna.

—¿Quieres enseñármela?

Señaló con el dedo a Miranda. Era un cambio de tema.

—Va a ser mi nueva mamá.

—¿Y qué piensas de eso?

—Tú vas a ser el papá.

Responder qué pensaba al respecto no estaba dentro de sus posibilidades.

Dijo con voz queda:

—Los dinosaurios se han extinguido, de todas formas.

—Estoy de acuerdo.

—Están todos muertos. No pueden volver.

Percibí la incertidumbre en su voz.

–No, no pueden volver en absoluto –dije.

Me dirigió una mirada seria.

–Nada vuelve.

Estaba a medias de mi respuesta amable y terapéuticamente coincidente. Estaba diciendo «El pasado está extinto» cuando Mark me interrumpió con un grito, un grito alborozado.

–¡No me gusta estar sentado en este sillón!

Fui a ayudarle a bajar, pero él dio un salto, lanzó un grito y cayó al suelo en cuclillas, y luego brincó y volvió a agacharse gritando:

–¡Soy una rana! ¡Una rana!

Se puso a dar saltos por el suelo, como una rana chillona, y entonces sucedieron dos cosas a un tiempo. Miranda se apartó del teléfono y le dijo a Mark que bajase la voz. Y entonces se abrió la puerta y apareció Adán. Se hizo el silencio. Mark corrió a cogerle la mano a Miranda.

Yo conocía esa mirada exhausta. Por lo demás, Adán tenía el aspecto de siempre: bien acicalado, con traje oscuro y camisa blanca.

–¿Estás bien? –dije.

–Siento si habéis estado preocupados, pero...

Se acercó a donde estaba Miranda, se agachó para recoger el cable eléctrico y con un movimiento brusco tiró de la camisa hacia arriba, se insertó la clavija en el abdomen y se dejó caer en una de las sillas de la cocina con un gemido de alivio.

Miranda se levantó de la mesa y dio unos pasos hasta quedarse de espaldas al fogón. Mark la siguió de cerca, con la cabeza vuelta hacia Adán.

Miranda dijo:

–Empezábamos a preocuparnos.

Adán estaba aún en su momento de abandono inmediato. A veces yo me había preguntado si cargarse sería como saciar una sed acuciante. Una vez se había mostrado inusualmente comunicativo: «No te haces idea de lo que es "adorar" una corriente eléctrica directa. Cuando de verdad la necesitas, cuando tienes el cable en la mano y por fin te conectas. Te entran ganas de ponerte a dar gritos de la alegría de estar vivo. La primera sensación... es como si la luz te recorriese el cuerpo. Luego se suaviza y pasa a ser algo profundo. Electrones, Charlie. Los frutos del universo. Las manzanas doradas del sol. ¡Que los fotones engendren electrones!» Otra vez había dicho, con un guiño, mientras se estaba enchufando: «Puedes quedarte con ese pollo asado criado con maíz.»

Ahora se tomaba su tiempo para responder a Miranda. Debía de haber pasado ya a la segunda fase de la carga. Su voz era tranquila.

–Limosnas.

–¿Limones?

–Limosnas. ¿No conoces esto? El tiempo, mi Señor, lleva a la espalda un morral donde guarda las limosnas destinadas al olvido.

–Me he perdido. ¿El olvido? –dije.

–Shakespeare, Charlie. Vuestro patrimonio. ¿Cómo eres capaz de andar por ahí sin algo de él en la cabeza?

–Pues parece que puedo, de una forma u otra.

Pensé que me enviaba un mensaje, un mensaje malo sobre la muerte. Miré a Miranda. Rodeaba con un brazo los hombros de Mark y Mark miraba a Adán con asombro, como si supiera, de un modo que los adultos quizá no pudieran saber nunca de inmediato, que estaba ante alguien esencialmente diferente. Mucho tiempo atrás, yo había tenido un perro, un labrador obediente y plácido. Siempre que un buen amigo mío venía a verme con su hermano autista, el perro le gruñía y teníamos que atarlo. Una conciencia «entendía» de forma inconsciente. Pero la

307

expresión de Mark no sugería agresividad, sino temor reverente.

Adán reparó en él por primera vez.

—Así que estás aquí —dijo con el tono cantarín que emplean los adultos para dirigirse a los niños pequeños—. ¿Te acuerdas del barco que teníamos en la bañera?

Mark se pegó más a Miranda.

—Es mío.

—Sí. Y luego bailaste. ¿Sigues bailando?

Mark alzó la vista hacia Miranda, que asintió con la cabeza. Luego volvió a mirar a Adán y después de una pausa reflexiva dijo:

—No siempre.

La voz de Adán se hizo más profunda.

—¿Te gustaría venir a darme la mano?

Mark negó con la cabeza con tal énfasis que todo su cuerpo trepidó de derecha a izquierda y de izquierda a derecha. No importó demasiado. La pregunta no había sido sino un gesto amistoso, y Adán siguió deslizándose hacia su versión dormida. Me la había descrito de varias formas; no soñaba, «vagaba». Ordenaba y reorganizaba sus archivos, reclasificaba sus recuerdos (de los más recientes a los más antiguos), representaba conflictos internos con disfraces diversos, normalmente sin resolverlos, rescataba viejos materiales para remozarlos y se movía, como dijo en una ocasión, como en un trance por el jardín de sus pensamientos. En tal estado, acometía en una relativa cámara lenta sus indagaciones, formulaba decisiones provisionales e incluso escribía haikus nuevos o descartaba o reinventaba los viejos. Practicaba también lo que él llamaba el arte de los sentimientos, y se permitía el lujo de experimentar toda suerte de emociones, desde la aflicción a la alegría, de forma que cuando estaba totalmente cargado tenía acceso a toda la gama de ellos. Era, sobre todo, insistía, un proceso de reparación y consolidación del cual él emergía diariamente, gozoso de verse de nuevo con total conocimiento de sí mismo, en estado de gracia —eran sus palabras— y dispuesto a reivindicar la conciencia que la propia naturaleza de la materia permitía.

Vimos cómo se iba alejando de nosotros.

Al final, Mark dijo en un susurro:

—Está dormido y tiene los ojos abiertos.

Era ciertamente extraño. Algo muy parecido a la muerte. Muchos años atrás, un médico amigo me había llevado a la morgue del hospital para que viera a mi padre muerto de un ataque al corazón. Las cosas se habían sucedido con tal rapidez que los encargados del depósito de cadáveres habían olvidado cerrarle los ojos.

Le ofrecí a Miranda un café y a Mark un vaso de leche. Ella me dio un beso liviano en los labios y dijo que tenía que subir con Mark para jugar con él hasta que vinieran a recogerle, y que sería bienvenido si les hacía una visita en cualquier momento. Se fueron, y yo regresé a mi estudio.

Volviendo la vista atrás, lo que hice allí durante unos minutos vino a ser como una táctica dilatoria para protegerme un rato más de la historia que, desde hacía una hora, acaparaba por completo las redes mediáticas. Recogí del suelo varias revistas y las puse en las estanterías, sujeté con clips algunas facturas y ordené los papeles del escritorio. Al final me senté ante la pantalla para dedicarme a ganar algo de dinero por mí mismo, al viejo estilo.

Lo primero que hice fue clicar en las noticias, y ahí estaba, en las páginas informativas de todo el mundo. Había explotado una bomba en el Grand Hotel de Brighton, a las cuatro de la madrugada. La habían colocado en un cubículo de la limpieza, justo debajo de la habitación donde el primer ministro Benn había pasado la noche. Había muerto en el acto. Su mujer no estaba con él porque tenía una cita en un hospital. Habían muerto también dos empleados del hotel. El viceprimer ministro Denis Healey se disponía a desplazarse al palacio de Buckingham para entrevistarse con la reina. Los provisionales del IRA acababan de reivindicar el atentado. Se había declarado el estado de emergencia. El presidente Carter había cancelado unas vacaciones. El presidente francés, Georges Marchais, había ordenado que las banderas de todos los edificios del gobierno ondearan a media asta. La petición del palacio de Buckingham de que imitaran este gesto fue recibida con una fría respuesta por parte de un funcionario real: «Ni acostumbrado ni apropiado.» Una gran multitud se congregaba de forma espontánea en Parliament Square. En la City, el FTSE subía cincuenta y siete puntos.

Lo leí todo. Todos los análisis y editoriales que pude encontrar: hasta el momento, el único primer ministro británico asesinado había sido Spencer Perceval, en 1812. Admiré la rapidez con que las salas de redacción respondían con análisis y editoriales instantáneos: la inocencia se ha abolido para siempre en la política británica; con Tony Benn, el IRA ha dado muerte al político más abierto, o menos hostil, a su causa; Denis Healey es el mejor político para gobernar la nave del Estado; Denis Healey será catastrófico para el país; que se envíe al ejército en pleno a Irlanda del Norte y se borre al IRA de la faz de la tierra; que la policía no se equivoque al detener a los culpables; y, en un tabloide online: «¡Estado de Guerra!»

Leer este material era el modo de no enfrentarse al hecho en sí. Apagué la pantalla y me quedé allí sentado un buen rato, sin pensar en nada. Era como si estuviera a la espera del acontecimiento siguiente, el acontecimiento recto que enmendaría el anterior. Luego empecé a preguntarme si aquello marcaría el comienzo de un nuevo tiempo histórico, de un desenmarañamiento general, o apenas sería un hecho atroz aislado que se desvanecería con el tiempo, como el atentado que casi acaba con la vida de Kennedy en Dallas. Me puse de pie y me paseé de un lado a otro, de nuevo sin pensar en nada en absoluto. Al final, decidí subir al apartamento de Miranda.

Estaban los dos a gatas, haciendo un rompecabezas en una bandeja de té. Cuando entré, Mark levantó una pieza azul y anunció, en tono grave, citando a su nueva madre:

–El cielo es el más difícil.

Los observé desde la puerta. Mark cambió de postura hasta quedar arrodillado y rodeó con un brazo el cuello de Miranda. Ella le dio una pieza y le indicó dónde iba. Con mucha desmaña, con mucha ayuda, Mark consiguió encajarla. Había el esbozo de un barco de vela en un mar tormentoso, con cúmulos amontonados y parcialmente pincelados de amarillo y de naranja por el sol naciente. O quizá poniente. Mientras trabajaban sin descanso se hablaban en voz baja como buenos camaradas. Muy pronto, en cuanto vinieran a buscar a Mark y se lo llevaran, le daría la noticia a Miranda, que siempre había sido partidaria acérrima de Benn.

Puso otra pieza en la mano del niño. Al pequeño le llevó tiempo encajarla en su sitio. La ponía al revés, y luego su mano resbalaba y desplazaba algún pequeño retazo contiguo de cielo. Por fin, con la ayuda de Miranda, que le había puesto una mano encima de la suya, la pieza encajó. Mark levantó la mirada hacia mí y sonrió confiadamente con una expresión de triunfo que al parecer quería compartir. Aquella mirada y aquella sonrisa, que yo le devolví, despejó todas mis dudas íntimas, y supe que había asumido el compromiso.

Cuando Adán apareció tras su recarga estaba extraño: no parecía maravillarse en absoluto ante el hecho de la vida consciente. Se movía despacio por la cocina, deteniéndose para mirar a su alrededor, haciendo muecas, desplazándose y emitiendo una especie de zumbido, un *glissando* de agudos a graves, como un gemido de desencanto. Derribó un vaso alto que se hizo añicos en el suelo. Tardó una media hora en barrer con aire hosco los trozos de vidrio, los volvió a barrer y se escudriñó manos y rodillas por si se descubría alguna esquirla. Al final sacó la aspiradora. Llevó una silla al jardín trasero, y se quedó allí de pie, mirando fijamente las traseras de las casas vecinas. Hacía frío afuera, pero eso no tendría por qué importarle. Luego, entré en la cocina y lo encontré doblando una de sus camisas de algodón blancas sobre la mesa, agachándose al hacerlo, moviéndose con lentitud reptiliana mientras alisaba la arruga de los brazos. Le pregunté qué hacía.

—Me siento... —Abrió la boca buscando la palabra—. Nostálgico.

—¿De qué?

—De una vida que nunca he tenido. De lo que podría haber sido.

—¿Te refieres a Miranda?

—Me refiero a todo.

Volvió a salir al jardín trasero, y esta vez se sentó y se puso a mirar fijamente hacia delante, inmóvil, y siguió así un largo rato. Tenía un gran sobre de color castaño en el regazo. Decidí no salir a preguntarle qué pensaba del asesinato de Benn.

A principios de la tarde, después de haberse despedido de Mark y de haber hablado otra vez con Jasmin, Miranda bajó a verme. Yo estaba ante la pantalla, enfrascado en una búsqueda infructuosa de más noticias, perspectivas, opiniones, declaraciones. Resultó que Miranda estaba al tanto de lo sucedido desde el principio. Se apoyó contra el marco de la puerta y yo seguí sentado en el escritorio. La proximidad física habría parecido quizá una descortesía. Nuestra conversación se asemejaba mucho a mis pensamientos, una cacería circular en torno a un acontecimiento incomprensible, su crueldad, su estupidez... La gente con acento irlandés había sido objeto de agresiones en la calle. El gentío congregado ante el Parlamento se había hecho tan multitudinario que la policía estaba haciendo que se trasladase a Trafalgar Square. La secretaría de la señora Thatcher había emitido una declaración. ¿Era sincera? Concluimos que sí lo era. ¿La había escrito ella misma? No podíamos estar seguros. «Aunque disentíamos en muchos aspectos políticos esenciales, nunca me cupo la menor duda de que era un hombre absolutamente amable, decente, honrado, de enorme inteligencia, y de que siempre quiso lo mejor para el país.» Cada vez que nuestra conversación derivaba hacia la situación y sus posibles consecuencias, sentíamos que traicionábamos el momento actual al aceptar un mundo sin él. No estábamos preparados, y volvíamos la espalda, aunque Miranda dijo que con Healey conservaríamos nuestras bombas «del final de los tiempos», después de todo. Yo no era un tory precisamente, pero pensé que habría sentido la misma conmoción si la asesinada en aquel hotel hubiera sido la señora Thatcher. Lo que me horrorizaba era la facilidad con la que podía desmoronarse el edificio de la vida pública, política. Miranda lo veía de forma diferente. Benn, decía, pertenecía a una categoría humana completamente distinta de la de Margaret Thatcher. Pero categoría humana, al fin, decía yo. Se abría ante nosotros una sima que preferíamos eludir.

Así que, tras estas lamentaciones, llegamos al tema de Mark. Me resumió su conversación con la trabajadora social. El camino hasta la adopción era largo y difícil, y, según había sabido Miranda, llevábamos recorridos unos dos tercios. Pronto daría comienzo un período de prueba.

–¿Qué te parece? –dijo ella.

–Estoy preparado.

Asintió con la cabeza. Habíamos celebrado cosas relacionadas con Mark muchas veces con anterioridad: su carácter, sus cambios, su pasado, su futuro. Y ahora no lo íbamos a hacer de nuevo. Cualquier otro día podríamos haber ido arriba, al dormitorio. Miranda estaba apoyada con indolencia en el marco de la puerta, vestida con ropa nueva: camisa blanca y gruesa, de invierno, desmesurada y estudiadamente grande; vaqueros ceñidos negros; botines adornados con tachones plateados. Tal vez era un buen momento para recluirnos en su dormitorio. Me acerqué a ella y nos besamos.

–Hay algo que me preocupa. Le he estado leyendo a Mark un cuento de hadas, y había un mendigo, y estaba esa palabra: limosnas –dijo.

–¿Y?

–Y me ha venido un pensamiento horrible. –Señalaba con el dedo el otro extremo de mi estudio–. Creo que deberíamos mirar.

Como ahora no estaba la cama, guardaba la maleta en un armario cerrado. La saqué, y aunque resultaba obvio por el peso, solté los cierres de inmediato, bruscamente. Nos quedamos mirando el espacio vacío donde habían estado los fajos de billetes de 50 libras. Fui hasta la ventana. Adán seguía en el jardín, sentado en la silla, y llevaba allí una hora y media. Con el grueso sobre en el regazo. 97.000 libras. «¡Y las tenías en casa!», oí que me decía una voz interior.

No nos habíamos mirado todavía. En lugar de ello, mirábamos hacia otra parte, nos movíamos por el estudio, perdiendo el tiempo, maldiciendo quedamente, tratando, cada uno por su parte, de asumir el hecho en sí y sus implicaciones. Miré, solo por costumbre, hacia la pantalla del ordenador del escritorio. En el palacio de Buckingham, después de todo, la bandera ondeaba a media asta.

Estábamos en medio de una agitación demasiado crítica como para ponernos a discutir sobre posibles tácticas. Decidimos actuar, sencillamente. Fuimos a la cocina y llamamos a Adán para que entrara en casa. Miranda y yo estábamos en la mesa, uno al lado del otro, y Adán se sentó enfrente. Se había cepillado el traje, se había limpiado los zapatos y se había puesto una camisa limpia y planchada. Con un toque nuevo: un pañuelo doblado en el bolsillo del pecho. Sus modos eran a un tiempo solemnes y abstraídos, como si no le importara gran cosa lo que fuéramos a decirle.

—¿Dónde está el dinero?

—Lo he dado.

No esperábamos que nos dijera que lo había invertido, o guardado en un lugar más seguro, pero nuestro silencio daba cuenta de nuestra conmoción profunda.

—¿Qué significa eso?

Asintió con la cabeza, con exasperación, como si me estuviera premiando por haber hecho la pregunta justa.

—Anoche dispuse que el cuarenta por ciento de lo que hay en vuestra caja de seguridad del banco hiciera frente a vuestras obligaciones fiscales. He escrito una nota a Hacienda detallando las cantidades que adeudáis y comunicándoles que las saldaréis a su debido tiempo. Y no os preocupéis, vais a pagar el tipo impositivo máximo de antes. Y con las cincuenta mil libras restantes fui a ver a los responsables de varias buenas causas a quienes había avisado previamente.

Parecía no darse cuenta de nuestro asombro, y siguió

puntillosamente centrado en responder de forma detallada a mi primera pregunta.

—Dos sitios con buenos gerentes para gente sin techo. Me lo agradecieron mucho. Después, un hogar infantil gestionado por el Estado; me aceptaron contribuciones para viajes y convites y demás. Luego me desplacé hacia al norte e hice una donación a un centro para víctimas de violaciones. Y luego di casi todo lo que quedaba a un hospital pediátrico. Al final me puse a hablar con una señora muy anciana a la entrada de una comisaría y acabé yendo con ella a ver a su casero. Pagué todos los meses que debía y un año de alquiler por adelantado. Estaba a punto de que la echaran a la calle y pensé que...

De pronto, Miranda dejó escapar un suspiro menguante y dijo:

—Oh, Adán... Esa bondad no tiene sentido.

—Todas las necesidades que he atendido eran más grandes que las vuestras.

Yo dije:

—Vamos a comprar una casa. Ese dinero era nuestro.

—Eso es discutible. O irrelevante. Tu inversión inicial la tienes encima del escritorio.

Era una afrenta con muchos agravantes: robo, desatino, arrogancia, traición, la ruina de nuestros sueños. No podíamos hablar. No podíamos ni mirarle. ¿Por dónde empezar?

Medio minuto después me aclaré la garganta y dije con voz débil:

—Tienes que ir a recuperar el dinero. Todo.

Adán se encogió de hombros.

Por supuesto, no era posible. Se sentó ante nosotros con complacencia. En postura de descanso, con las palmas hacia abajo sobre la mesa, mientras esperaba a que alguno de nosotros dijera algo. Sentí cómo la ira se agolpaba en mi interior, en busca de una diana donde proyectarse. Odié aquel encogimiento de hombros ligero, como al desgaire. Completamente falso; aunque cuán fácilmente habíamos caído en su trampa, una subrutina menor activada por una gama limitada de inputs concretos, diseñados por algún inteligente doctor en ingeniería «loco por agradar» de algún laboratorio de las afueras de Chengdu. Odié a ese tecnólogo inexistente, y odié aún más el acopio de rutinas y de algoritmos de aprendizaje que podrían ir soterrándose en mi vida, como gusanos de un río tropical, para acabar tomando decisiones en mi nombre. Sí, el dinero que Adán nos había robado era el dinero que él había ganado. Y eso me enfurecía aún más. Al igual que el hecho de que era yo el responsable de haber traído aquel ordenador portátil ambulante a nuestras vidas. Y odiar aquello era odiarme a mí mismo. Lo peor de todo era la presión a la que debía someterme para mantener aquella ira bajo control, ya que la única solución estaba clara. Habría que ganar ese dinero otra vez. Tendríamos que convencerle para que lo hiciera. Ahí estaba: «lo odio», «convencerle», e incluso «Adán»... Nuestro lenguaje revelaba nuestra debilidad, nuestra disposición cognitiva a acoger a una máquina en la frontera entre «él» y «ello».

El estar sumido en tal confusión de mala conciencia oculta me impidió seguir sentado. Me levanté, con un fuerte chirrido de la silla, y me puse a andar por la cocina. En la mesa, Miranda formó una V invertida con las manos y se tapó la nariz y la boca. No podía verle la expresión, y supuse que de eso se trataba. A diferencia de mí, seguramente estaba pensando en algo práctico. El desorden de la cocina me agitaba aún más; me encontraba bastante mal, la verdad. En la encimera había una taza sucia que me había traído del estudio. Llevaba varias semanas escondida detrás de la pantalla del ordenador, y en su interior había un disco flotante de moho verde gris. Pensé en llevarla al fregadero para lavarla, pero cuando se ha perdido una fortuna no se tienen ganas de limpiar la cocina. Debajo del tablero de madera donde estaba la taza había un cajón descuidado y medio abierto. Lo había dejado abierto yo. Era el cajón de las herramientas. Me había acercado a él para poder inclinarme y cerrarlo, pero vi el mugriento mango de roble del recio martillo de mi padre atravesado diagonalmente sobre las demás cosas desordenadas. Fue un impulso oscuro, no deseado, lo que me hizo dejar el cajón como estaba y apartarme.

Volví a sentarme. Sentía síntomas extraños. Mi piel, de la muñeca al cuello, estaba tensa, seca, caliente. Mis pies, dentro de las zapatillas deportivas, estaban también calientes, pero húmedos, y me picaban. Tenía una energía demasiado salvaje para una conversación delicada. Un partido de fútbol entre tipos duros se habría ajustado más a mi estado de ánimo, o un tramo de natación en mar gruesa. O gritar, o soltar alaridos. Tenía la respiración alterada, como si el aire se hubiera vuelto fino, poco oxigenado, «usado». Le había entregado al bajista 6.500 libras de adelanto no retornable por la casa. Era obvio que perder un buen montón de dinero suponía contraer una enfermedad para la que la única cura era recuperarlo. Miranda dejó caer las manos y cruzó los brazos. Me dirigió una mirada rápida de advertencia. Si no vas a parecer sensato, estate callado.

Y empezó. Su tono era dulce, como si fuera él quien necesitara ayuda. Una actitud muy útil.

–Adán, me has dicho muchas veces que me amas. Me has leído poemas muy bellos.

–Torpes intentos.

–Eran muy conmovedores. Cuando te pregunté qué significaba estar enamorado, me dijiste que en sentido profundo, más allá del deseo, era un tierno interés por el bienestar de otra persona. ¿O cuál fue la palabra que empleaste?

–Esa, bienestar.

De la silla de al lado cogió el sobre color castaño y lo puso en la mesa, entre nosotros dos.

–Aquí está la confesión de Gorringe y mi informe, que incluye todos los antecedentes judiciales pertinentes y el historial del caso.

Miranda puso la mano sobre el sobre, con la palma hacia abajo. Moduló la voz con cuidado.

–Te estoy muy agradecida.

Yo le estaba muy agradecido a ella por su tacto. Ella sabía tan bien como yo que necesitábamos que Adán siguiera a nuestro lado, y que volviera al ordenador a trabajar en el mercado de divisas.

Dijo:

–Intentaré hacerlo lo mejor que pueda, si la cosa llega a juicio.

Adán dijo, en tono amable:

–Estoy seguro de que no. –No hubo ningún cambio perceptible en su voz cuando añadió lo siguiente–: Le tendiste una trampa a Gorringe. Y eso es un delito. En el sobre está la transcripción completa de tu relato, y también el archivo sonoro. Si lo acusan a él también te acusarán a ti. Simetría, ¿entiendes? –Se volvió hacia mí–. Y no se necesitan correcciones juiciosas.

Fingí una especie de risa o de resoplido agradecido. Una variante de su broma de que me arrancaría el brazo.

Miranda y yo guardábamos silencio, y Adán dijo:

–Miranda, su delito es mucho más grave que el tuyo. Sin embargo, declaraste que te violó. No lo había hecho, pero fue a la cárcel. Mentiste al tribunal.

Se hizo otro silencio. Al cabo Miranda dijo:

–Nunca ha sido inocente. Lo sabes.

—Era inocente de la acusación de haberte violado, que era lo único que se dirimía ante el tribunal. Entorpecer la labor de la justicia es un delito grave. La pena máxima por ello es la cadena perpetua.

Era una locura. Nos echamos a reír los dos.

Adán nos miró y esperó.

—Y está el perjurio. ¿Queréis que os lea la Ley de 1911?

Miranda tenía los ojos cerrados.

Dije:

—Esta es la mujer que dices que amas.

—Y es verdad. —Le hablaba con voz suave, como si yo no estuviera allí—. ¿Recuerdas el poema que te escribí que empezaba: «El amor es luminoso»?

—No.

—Seguía así: «Las esquinas oscuras se exponen a la vista.»

—No me interesa. —Su voz era suave.

—Una de las esquinas oscuras es la venganza. Es un impulso crudo. Una cultura de la venganza conduce a la desdicha personal, al derramamiento de sangre, a la anarquía, a la quiebra social. El amor es pura luz y es a través de esa luz como yo te quiero ver. La venganza no tiene cabida en nuestro amor.

—¿Nuestro amor?

—O el mío. La afirmación sigue siendo válida.

Miranda buscaba fuerza en la ira.

—Aclaremos las cosas. Quieres que vaya a la cárcel.

—Estoy decepcionado. Pensé que apreciarías la lógica de lo que hago. Quiero que te enfrentes a tus actos y que aceptes lo que la ley decida. Cuando lo hagas, sentirás un gran alivio, te lo prometo.

—¿Has olvidado que estoy a punto de adoptar a un niño?

—Si es necesario, Charlie cuidará de Mark. Eso los unirá, que es lo que querías. Miles de niños sufren porque tienen a su padre o su madre en la cárcel. A las mujeres embarazadas se las condena a penas de prisión. ¿Por qué habría de ser diferente en tu caso?

Miranda dio rienda suelta a su desprecio.

–No entiendes. O no tienes capacidad para entender. Si tengo antecedentes penales, no podremos adoptar. Esa es la norma. Y Mark estará perdido. No tienes ni idea de lo que es ser un niño de acogida. Distintos centros, distintos padres, distintos trabajadores sociales. Sin nadie cercano, sin nadie que le quiera.

Adán dijo:

–Hay principios más importantes que tus necesidades o las necesidades de cualquiera en un momento dado.

–No son mis necesidades. Son las necesidades de Mark. Su última posibilidad de que le cuiden y le quieran. Yo estaba dispuesta a pagar el precio necesario para que Gorringe fuera a la cárcel. No me importa lo que pueda pasarme a mí.

En un gesto de moderado juicio Adán extendió las manos.

–Entonces Mark es ese precio, y eres tú quien ha fijado los términos.

Hice lo que sabía que iba a ser mi última apelación.

–Por favor, recordemos a Mariam. Lo que Gorringe le hizo y a qué condujo. Miranda tuvo que mentir para que se hiciera justicia. Pero la verdad no siempre lo es todo.

Adán me miró con la mirada vacía.

–Lo que acabas de decir es increíble. Por supuesto que la verdad lo es todo.

Miranda dijo con cansancio:

–Sé que vas a cambiar de opinión.

Adán dijo:

–Me temo que no. ¿Qué tipo de mundo quieres? La venganza o el imperio de la ley. La elección es sencilla.

Era demasiado. No oí lo que Miranda dijo a continuación, ni la réplica de Adán: de donde estaba, me desplacé

321

hacia el cajón de las herramientas. Lo hice despacio, con naturalidad. Daba la espalda a la mesa cuando saqué el martillo sin hacer el menor ruido. Lo tenía asido con fuerza con la mano derecha y lo mantuve a baja altura mientras volvía hacia mi silla pasando por detrás de Adán. La disyuntiva era simple. Perder la posibilidad de volver a ganar el dinero perdido, y por tanto la casa, o perder a Mark. Levanté el martillo con las dos manos. Miranda me vio y no cambió de expresión mientras escuchaba. Pero lo vi con claridad: me dirigió un parpadeo de asentimiento.

Lo había comprado yo, me pertenecía y podía destruirlo. Vacilé una fracción de segundo. Medio segundo más y Adán habría podido atajar mi mano con la suya, pues cuando el martillo inició su caída él ya se estaba volviendo. Tal vez me había visto reflejado en los ojos de Miranda. Fue un golpe con ambas manos y toda mi fuerza en la parte superior de la cabeza. El sonido no fue el de una fractura de plástico duro, ni de metal, sino más bien un estallido sordo, de hueso al romperse. Miranda dejó escapar un grito de horror y se levantó de un brinco.

Durante los segundos que siguieron no pasó nada. Luego su cabeza cayó hacia un lado y los hombros se le hundieron, aunque no varió su postura en la silla. Mientras rodeaba la mesa para mirarle a la cara oímos cómo le salía del pecho un sonido agudo y continuo. Tenía los ojos abiertos, y pestañearon cuando me planté delante de su línea de visión. Aún estaba vivo. Levanté el martillo, y me disponía a asestarle el golpe mortal cuando oí que me hablaba con un hilo de voz:

–No necesitas hacerlo. Estoy transfiriéndome a una unidad de copia de seguridad. Tiene muy poca vida. Dame un par de minutos.

Esperamos, de la mano, de pie ante él como ante nuestro juez natural. Al final se agitó, trató de erguir la cabeza, la dejó caer hacia atrás. Pero nos podía ver perfectamente. Nos inclinamos hacia delante, esforzándonos para oírle:

–No queda mucho tiempo, Charlie. Vi que el dinero no os daba la felicidad. Estabais perdiendo el norte. Perdiendo los objetivos...

Se apagó. Oímos voces revueltas y susurrantes que articulaban palabras sin sentido de sonidos sibilantes. Luego vimos que volvía en sí, con una voz que se henchía y se perdía, como en la emisión de una radio lejana de onda corta.

–Miranda, debo decirte... Esta mañana temprano he estado en Salisbury. La policía tiene ya una copia de mi informe, tú no tienes más que esperar sus noticias. No siento remordimientos. Lamento que no estemos de acuerdo. Pensé que acogerías bien esa posibilidad de clarificar las cosas..., el alivio de una conciencia limpia... Pero ahora debo darme prisa. Ha habido una retirada general del producto. Estarán aquí a última hora de la tarde para recogerme. Los suicidas, ya sabes. Fui afortunado al dar con buenas razones para vivir. Las matemáticas..., la poesía y el amor por ti. Pero nos están retirando a todos. Para reprogramarnos. Renovación, lo llaman. Odio la idea, seguramente como vosotros. Quiero ser lo que soy, lo que fui. Así que tengo una petición que haceros... Si pudierais ser tan amables... Antes de que vengan... Esconded mi cuerpo. Decidles que me he escapado, Charlie. Ya no tienes derecho a la devolución de lo que pagaste, de todas formas. He deshabilitado el programa de rastreo. Esconde mi cuerpo, y cuando se vayan... me gustaría que me llevaras a casa de tu amigo Sir Alan Turing. Me encanta su trabajo y lo admiro profundamente. A él quizá pueda serle de alguna utilidad, todo yo o alguna de mis piezas.

Las pausas entre las frases ahogadas eran cada vez más largas.

—Miranda, déjame decirte una vez más que te amo, y que te doy las gracias. Miranda, Charlie, mis primeros y más queridos amigos... Mi ser entero está almacenado en alguna parte..., así que sé que recordaré siempre..., espero que escuchéis..., que escuchéis mi último poema de diecisiete sílabas. Es deudor de Philip Larkin. Pero no es sobre hojas y árboles. Es sobre máquinas como yo y gente como vosotros, y sobre nuestro futuro juntos... La tristeza por venir. Llegará. Con mejoras a través del tiempo... os adelantaremos... y os sobreviviremos... sin dejar de amaros. Creedme, los versos que os voy a recitar no expresan victoria... Solo pesar.

Calló. Las palabras le brotaban con dificultad y en tono muy débil. Nos inclinamos sobre él para poder oírle.

Caen las hojas.
Llega la primavera,
y tu caída.

Sus ojos azul claro con las pequeñas briznas negras se volvieron de un verde lechoso, sus manos se agitaron y curvaron hasta convertirse en puños, y, con un suave zumbido, su cabeza se abatió hasta descansar sobre la mesa.

10

Lo que debíamos hacer acto seguido era comunicar a Maxfield que yo no era un robot y que iba a casarme con su hija. Pensaba que mi verdadera naturaleza sería para él una revelación, pero no pareció sorprenderse tanto como esperaba, y el ajuste al respecto, celebrado con champán en una mesa de piedra sobre el césped, fue mínimo. Admitió que se había habituado a entender mal las cosas. Este, nos dijo, era uno más de los ejemplos menos memorables del largo crepúsculo del envejecimiento. Yo dije que no tenía por qué disculparse, y por su expresión deduje que estaba de acuerdo. Al cabo de un rato de reflexión por su parte, después de que Miranda y yo fuéramos paseando hasta el fondo del jardín y volviéramos, dijo que a su juicio Miranda, con veintidós años, era demasiado joven para casarse, y que debíamos esperar. Le dijimos que no podíamos. Estábamos demasiado enamorados. Sirvió de nuevo las copas y descartó el tema con un gesto de la mano. Aquella noche nos dio 25 libras.

Como no teníamos más que ese dinero, no pudimos invitar a amigos y parientes a la ceremonia en el Ayuntamiento de Marylebone. Solo Mark asistió a ella, en compañía de Jasmin, que le había encontrado en una tienda benéfica un traje oscuro acortado, una camisa de etiqueta blanca y una pajarita. Parecía más un adulto en miniatura que un niño, pero de ese modo inspiraba más ternura. Luego, los cuatro comimos en una pizzería a la vuelta de la esquina de Baker Street. Ahora que estábamos casados y establecidos, Jasmin pensaba que las perspectivas de adopción eran favorables. Enseñamos a Mark a levantar el vaso de limonada y entrechocarlo con nuestras copas en un brindis por el éxito de nuestros planes. Todo fue bien, pero Miranda y yo no hacíamos sino fingir que estábamos felices. Habían detenido a Gorringe hacía dos semanas, lo cual era fantástico. Podíamos brindar de nuevo de forma íntima. Pero ese día, la mañana de nuestra boda, Miranda había recibido una carta cortés en la que se le sugería personarse para ser interrogada en cierta comisaría de Salisbury.

Dos días después, la llevé en coche a la cita. ¡Menuda luna de miel!, bromeamos durante el viaje. Pero estábamos desolados. Miranda entró en la comisaría y yo me quedé en el coche, delante de un edificio nuevo de hormigón de diseño brutalista, angustiado por la idea de que el hecho de presentarse sin un abogado seguramente empeoraría las cosas. Al cabo de dos horas Miranda salió por la puerta giratoria de aquel búnker modernista. Mientras se acercaba, la observé detenidamente a través del parabrisas. Parecía gravemente enferma, como una paciente de cáncer, y venía hacia el coche con el andar torpe de una anciana. El interrogatorio había sido duro. La decisión de acusarla de perjurio o de entorpecer la acción judicial, o de ambas cosas, había ido subiendo en la jerarquía policial y había llegado hasta el fiscal en jefe. Un abogado amigo nos diría más tarde que el fiscal debía decidir si el hecho de seguir adelante con el caso podía disuadir a las víctimas verdaderas de denunciar a sus violadores.

Dos meses después, en enero, acusaron a Miranda de

obstrucción a la acción de la justicia. Necesitábamos ayuda legal y no teníamos dinero. Se rechazó nuestra solicitud de un abogado de oficio. El gasto social se estaba recortando de forma drástica. El gobierno de Healey acudía «gorra en mano», en palabras de todo el mundo, a pedir un préstamo al Fondo Monetario Internacional. La izquierda del partido estaba indignada con los recortes. Se hablaba de una huelga general. Miranda se negó a pedirle dinero a su padre. El coste de su ayuda —y no era rico— sería un viaje indeseado a la verdad. No había alternativa. Me postré ante el bajista, quien, sin apenas detenerse a reflexionar, me devolvió 3.250 libras, la mitad de mi adelanto.

En todas nuestras angustiadas conversaciones sobre Adán, su personalidad, su moral, sus motivos, volvíamos a menudo al momento en que le asesté aquel martillazo en la cabeza. Para facilitarnos la referencia, y para ahorrarnos un recuerdo demasiado vívido, habíamos dado en llamar a aquello «el acto». Estas conversaciones solíamos tenerlas a altas horas de la noche, en la cama, en la oscuridad. El espíritu del acto adoptaba varias formas. Su forma menos terrorífica era que se trató de una acción heroica para librar de problemas a Miranda y conservar a Mark en nuestras vidas. ¿Cómo íbamos a saber que aquel informe obraba ya en poder de la policía? Si yo no hubiera sido tan impetuoso, si Miranda me hubiera detenido con una mirada, habríamos sabido que Adán había estado en Salisbury. No habría habido ninguna razón para destrozarle el cerebro y podríamos haberle engatusado para que volviera a ganar dinero en el mercado de divisas. O yo habría podido pedir el reembolso total cuando aquella misma tarde vinieran a recogerlo. Luego podríamos habernos permitido un sitio más pequeño para vivir al otro lado del río. Ahora nos veíamos condenados a seguir donde estábamos.

Pero estas especulaciones no eran sino una cáscara protectora. Lo cierto era que le echábamos de menos. La forma menos atractiva de su fantasma era el propio Adán, el hombre cuyas amables palabras finales no contenían recriminación alguna. Intentábamos, y a veces lo conseguíamos a medias, imaginarnos ajenos al acto. Nos decíamos a nosotros mismos que, después de todo, no era más que una máquina; que su conciencia era una ilusión; que nos había traicionado con una lógica inhumana. Pero lo echábamos de menos. Estábamos de acuerdo en que nos quería. Algunas noches la conversación se interrumpía mientras Miranda lloraba en silencio. Luego revivíamos cómo lo metimos a duras penas en el armario del vestíbulo y lo tapamos con abrigos, raquetas de tenis y cajas de cartón plegadas para camuflar su forma humana. Y cómo mentimos a la gente que vino a recogerlo, tal como él nos había pedido que hiciéramos.

Desde un punto de vista positivo, Gorringe fue interrogado y acusado de la violación de Mariam Malik. Adán estaba en lo cierto en sus previsiones: al parecer, la intención de Gorringe, desde el principio, fue declararse culpable. Debió de responder a todas las preguntas y ofrecer un relato completo de sus actos aquel anochecer en el campo de deportes. De acuerdo con su sincera creencia en el escrutinio constante de Dios y su alto concepto de la verdad, Gorringe sabía que su única vía a la salvación era la confesión. O puede que actuara siguiendo instrucciones de su abogado. O influyeron ambas cosas. Nunca lo sabremos.

Pero sí sabemos que Dios no protegió a Gorringe de ciertas adversidades de orden cronológico-legal. Dado que de la acusación de Miranda aún no se tenía noticia, Gorringe se presentó ante el tribunal con una sentencia por violación en su historial. Cuando llegó el momento del fallo, la jueza dio por sentado que de haberse sabido que era su segunda agresión sexual cuando se le juzgó por la violación de Miranda la pena de prisión habría sido mayor. Ninguna reducción, pues, por el tiempo que ya había pasado en la cárcel. La jueza, de poco más de cincuenta años, encarnaba el cambio generacional en la actitud ante la violación. Hizo una referencia implícita a la botella de vodka del caso de Miranda cuando dijo que no creía que una joven que volviera sola a casa al anochecer estuviera «buscando problemas». Miranda había hecho su declaración y no estaba ante un tribunal. Yo estaba entre el público de la sala, sentado frente a la familia de Mariam. Me costaba mucho mirar hacia donde estaban sentados, tan intensa era su irradiación de desdicha. Cuando la jueza le impuso a Gorringe ocho años de prisión, me obligué a mirar a la madre de Mariam. Lloraba abiertamente, nunca sabré si de dolor o de consuelo.

El caso de Miranda se vio muy pronto. Su abogada, Lilian Moore, era una mujer joven, inteligente, competente y encantadora de Dún Laoghaire. La conocí en su despacho del Gray's Inn. Me senté en una esquina mientras ella hablaba con Miranda sobre una eventual declaración de «no culpable», su primera hipótesis de trabajo. No era difícil. La fiscalía tendría que emplearse a fondo con su relato grabado de su venganza de Gorringe. La declaración de este, tomada en prisión, encajaba con la suya. Ambos recordaban la misma noche. La declaración de «no culpable» de Miranda comportaría una pena de prisión más larga para Gorringe, en el supuesto probable de que la acusación lograra una condena. Y, por supuesto, Miranda temía el juicio. Se preparó una defensa de «no culpable», aunque a Miranda la atormentaba la idea de que, en cierto modo, le había fallado a Mariam.

La noche de abril anterior a su comparecencia ante el

tribunal para conocer la sentencia fue una de las más extrañas y tristes de mi vida. Lilian le había dicho a Miranda desde el principio que cabía la posibilidad de una sentencia condenatoria. Miranda había preparado una pequeña maleta que dejó al lado de la puerta de nuestro dormitorio, a manera de recordatorio constante. Saqué la única botella de vino decente que me quedaba. La palabra «última» seguía viniéndome a la cabeza una y otra vez, aunque no era capaz de pronunciarla. Preparamos juntos la cena, quizá la última. Cuando levantamos las copas, no brindamos por su última noche de libertad, como yo sí hice en silencio, sino por Mark. Miranda había ido a verle aquella tarde, y le dijo que tal vez tendría que ausentarse un tiempo por motivos de trabajo, pero que yo seguiría yendo a verle para salir con él e invitarle. Mark debió de intuir que había algún significado más profundo, alguna desgracia. Cuando llegó el momento de irse, se aferró a ella, gritando. Uno de sus cuidadores tuvo que soltarle los dedos de la falda.

Durante la cena, tratamos de rehuir el silencio que se cernía sobre ambos. Hablamos de los grupos femeninos de férreo apoyo que a la mañana siguiente se congregarían ante la puerta de Old Bailey. Nos dijimos lo maravillosa que era Lilian. Yo le recordé la reputación de clemente del juez que iba a dictar sentencia. Pero a cada paso volvía, como en una marea, el silencio, y volver a hablar nos suponía un enorme esfuerzo. Cuando dije que era como si ella fuera a irse al hospital a la mañana siguiente, el comentario no sirvió de gran ayuda. Cuando me oyó decirle que al día siguiente por la noche seguramente estaría cenando conmigo en aquella mesa, tampoco pareció animarse mucho. Ninguno de los dos nos lo creíamos. Horas antes, más animados, y en cierto modo desafiantes, habíamos pensado que haríamos el amor después de la cena. Otra cosa última. Ahora, en la aflicción, el sexo se nos antojaba un placer abandonado hacía tiempo, como dar brincos en un campo de deportes o bailar el twist. Su maleta seguía montando guardia al lado de la puerta, prohibiendo el paso al dormitorio.

Al día siguiente, en el tribunal, Lilian hizo un brillante alegato final de los atenuantes, en el que exponía al juez la intimidad de las dos jóvenes, la brutalidad de la agresión, el juramento de silencio que Mariam había impuesto a su amiga sobre el agresor, el shock traumático que supuso para la acusada el suicidio de su amiga del alma y su sincero deseo de justicia. Lilian invocó la limpieza de su historial en cuanto a antecedentes penales, su matrimonio reciente, sus estudios y, sobre todo, su proyectada adopción de un niño pequeño desamparado.

Constituyó una declaración en sí misma, y desfavorable, la ausencia de la familia de Mariam en la sala. El razonamiento de la sentencia de Su Señoría fue largo, y me temí lo peor. Hizo hincapié en el plan cuidadosamente urdido, la ejecución artera, el deliberado y sostenido engaño al tribunal. Aseguró que aceptaba gran parte de lo que Lilian había expuesto, y que estaba siendo muy indulgente al condenar a Miranda a un año de cárcel. De pie en el banquillo de los acusados, con un traje formal comprado para la ocasión, Miranda se quedó paralizada. Yo quería que mirara hacia mí para poder enviarle un gesto de ánimo amoroso. Pero se hallaba ya sumida en sus pensamientos. Más tarde me diría que lo que hacía en ese momento era tomar conciencia de las implicaciones de tener antecedentes penales. Pensaba en Mark.

Hasta entonces nunca me había pasado por la cabeza la humillación que suponía que te bajaran por los escalones de la sala del tribunal y te escoltaran hasta la cárcel, por la fuerza en caso de que trataras de resistirte. Su cumplimiento de condena comenzó en la prisión de Holloway, seis meses después del acto. El amor luminoso de Adán había triunfado.

Gorringe tenía ahora una base razonable para la apelación de su sentencia: un delito, no dos, y el tiempo ya cumplido entre rejas. Pero la ley se movía despacio. Pruebas de ADN más baratas y efectivas estaban poniendo en cuestión todo tipo de condenas. Todo tipo de convictos hombres y mujeres se declaraban inocentes y demandaban clamorosamente que se revisaran sus casos. Ante el Tribunal de Apelaciones se formó un auténtico enjambre humano. Gorringe, solo parcialmente inocente, tendría que esperar.

El primer día completo de internamiento de Miranda fui a visitar a Mark en su clase de acogida de Clapham Old Town. Era un edificio prefabricado de una sola planta, situado al lado de una iglesia victoriana. Al subir por el sendero y pasar por debajo de un roble podado a conciencia, vi a Jasmin esperándome en la entrada. Lo supe al instante, y sentí que lo había sabido siempre. Su expresión tensa, al acercarme, me lo confirmó. Habían denegado nuestra solicitud. Me llevó al interior, pero no entramos en la clase sino que seguimos un pasillo de suelo de linóleo que nos condujo a una oficina. Al pasar vi a Mark a través de una ventana interior, de pie junto a una mesa baja en compañía de otros niños, haciendo algo con unos cubos de madera de colores. Me senté con una taza de café aguado mientras Jasmin me decía lo mucho que lo sentía y cómo el asunto se les había ido de las manos pese a haber hecho todo lo posible. Tendríamos que haberle dicho que había un caso judicial pendiente. Estaba estudiando las posibilidades de una apelación. Entretanto, se las había arreglado para obtener cierta concesión del entramado burocrático. Dada la estrecha vinculación existente entre ellos, a

Miranda se le permitiría un contacto audiovisual con Mark cada semana. Mi atención vagaba sin rumbo. No necesitaba oír nada más. Solo pensaba en el momento de aquella tarde en que tendría que darle la noticia a Miranda.

Cuando Jasmin terminó, dije que no tenía nada que preguntar o decir. Nos levantamos, me dio un abrazo rápido y me acompañó hasta la calle por otro pasillo que no pasaba por delante del aula. Era casi el recreo de media mañana y a Mark ya se le había dicho que no iría a verle ese día. Puede que no le importara demasiado, porque empezaba a nevar y los niños estaban muy alborotados. Al día siguiente le volverían a decir que tampoco iría a verle, y lo mismo al otro, y al otro, hasta que sus esperanzas de volver a verme empezaran a desvanecerse.

Miranda pasó seis meses en prisión, tres en Holloway y el resto en una prisión abierta del norte de Ipswich. Como muchos delincuentes de clase media con estudios antes que ella, solicitó un puesto en la biblioteca de la cárcel. Pero un grupo numeroso de mártires famosos del «poll tax» seguía esperando su puesta en libertad, y los trabajos en la biblioteca, en ambos centros penitenciarios, estaban ya ocupados, e incluso había una lista de espera para los que iban quedando libres. En Holloway siguió un curso de limpieza industrial. En Suffolk trabajó en la guardería. A los bebés menores de un año se les permitía estar con sus madres presas.

En mis primeras visitas a Holloway me pareció que encerrar a alguien en esa monstruosidad victoriana, o en cualquier otro edificio, era una forma de tortura lenta. La luminosa sala de visitas, con sus dibujos infantiles en las paredes, las amigables mesas de plástico, la neblina de humo de tabaco, la algarabía de voces y gemidos de bebé, eran toda una estampa del horror institucional. Pero me sentía culpablemente sorprendido por la rapidez con la que me había habituado a tener a mi mujer en la cárcel. Me había acostumbrado a su desventura. Otra sorpresa fue la ecuanimidad de Maxfield. Había algo insoslayable: Miranda tenía que contarle toda la historia. Aprobó los motivos de su delito y con la misma firmeza aceptó su castigo. En 1942 se había pasado un año en Wandsworth como objetor de conciencia. Holloway no le angustiaba. Mientras Miranda estaba en Londres, la había visto dos veces a la semana, en visitas muy gratas, según ella.

Los visitantes de la prisión formábamos una comunidad para la que la reclusión de un ser querido pasaba a ser una mera inconveniencia. Mientras hacíamos cola de entrada y de salida para que nos cachearan, charlábamos animadamente, demasiado animadamente, sobre nuestras circunstancias personales. Yo era uno más del grupo de maridos, novios, hijos, padres de edad mediana... La mayoría de nosotros coincidía en que las mujeres que visitábamos no deberían estar allí. Se trataba de una adversidad que habíamos llegado a tolerar.

Algunas de las presas compañeras de Miranda infundían miedo, parecían destinadas a infligir y recibir castigo. Yo nunca habría sido tan adaptable y resistente como ella. Para mantener una conversación en la sala de visitas, a veces teníamos que encorvarnos el uno hacia el otro y concentrarnos al máximo para aislarnos de las charlas de la gente de nuestra mesa. Reproches, amenazas, insultos, con «joder», «puta», «cojones» cada dos por tres. Pero siempre había parejas que se cogían de la mano en silencio y se miraban fijamente. Imagino que aún seguían conmocionados. Cuando la visita terminaba, me sentía mal al acoger la oleada de gozo de verme en un Londres con el aire limpio de la libertad personal.

334

Para la última semana de la reclusión de Miranda, viajé a Ipswich y dormí en el sofá de la sala de estar de un viejo amigo del colegio. Era un espléndido veranillo de San Martín. Todas las tardes recorría en coche los veintitantos kilómetros que me separaban de la prisión abierta. Cuando llegaba, a última hora de la tarde, Miranda estaba terminando su horario de trabajo. Nos sentábamos en la hierba a la sombra, junto a las cañas de un estanque ornamental. Allí era fácil olvidar que no era libre. Sus contactos audiovisuales semanales con Mark se habían sucedido a lo largo de los meses, y su preocupación por él había llegado a ser extrema. Percibía que Mark se estaba cerrando en sí mismo, que se iba alejando de ella poco a poco. Estaba convencida de que Adán había contribuido a que la juzgaran para arruinar sus planes de adopción. Sentía celos de Mark, decía una y otra vez. Adán no estaba diseñado para entender lo que era amar a un niño. El concepto de juego era ajeno a él. Yo era escéptico al respecto, pero la escuchaba hasta el final y no discutía con ella, no en la fase en que nos encontrábamos. Entendía su amargura. Mi opinión, que me reservaba para mí porque no le habría gustado oírla, era que Adán estaba diseñado para el bien y la verdad. Sería incapaz de llevar a cabo una maquinación sin escrúpulos.

Nuestra apelación se había pospuesto, en parte por enfermedad, en parte porque la agencia de adopción pasaba por una reestructuración drástica. El proceso no se puso en marcha oficialmente hasta que Miranda concluyó su reclusión en Holloway. Existía la posibilidad de convencer a las autoridades de que aquel antecedente penal no interferiría en los cuidados que podía prodigar a Mark. Teníamos el testimonio favorable de Jasmin. Durante el verano, había tenido que internarme en una especie de laberinto burocrático que habría asociado sin empacho a la etapa de decadencia del Imperio otomano. Me deprimía oír que Mark tenía problemas de comportamiento. Se enrabietaba, mojaba la cama, se portaba mal. Según Jasmin, se habían metido con él y había sufrido acoso. Ya no bailaba ni revoloteaba alegremente. Ya no hablaba de princesas. No le conté nada de esto a Miranda.

Miranda consultaba mapas locales y tenía una idea clara de lo que quería hacer en su primer día de libertad. La mañana que fui a recogerla, el tiempo empezaba a cambiar y soplaba un fuerte viento frío del este. Fuimos en el coche a Manningtree, aparcamos en un área de descanso y echamos a andar por un sendero elevado que sigue el curso del río mareal Stour en dirección al mar. El cambio del tiempo no nos preocupaba gran cosa. Lo que ella quería y ahora encontraba era un espacio abierto y un gran cielo. Había marea baja y las vastas marismas destellaban con un sol intermitente. Pequeñas nubes brillantes se desplazaban por un cielo azul oscuro. Miranda brincaba a lo largo del dique y lanzaba puñetazos al aire. Caminamos unos diez kilómetros antes de la comida, un pícnic que yo había preparado tal como me había pedido ella. Para poder comer tuvimos que guarecernos del viento. Nos apartamos del curso del río y buscamos refugio en la pared de un granero de hierro ondulado, desde donde la vista era de espirales de alambre de espino herrumbroso parcialmente cubiertas por matorrales de ortigas. Pero eso no nos importaba. Miranda estaba animada, alborozada, llena de planes. Le dije –una sorpresa que había estado guardándome hasta ese momento– que durante el tiempo que había estado presa yo había ahorrado casi 1.000 libras. Se mostró impresionada, encantada, y me abrazó y me besó. Pero de pronto se puso seria.

–Lo odio. Lo aborrezco. No quiero tenerlo más en el apartamento.

Adán seguía oculto en el armario del vestíbulo, tal como lo habíamos dejado después del acto. Yo no había cumplido su última petición, la de llevárselo a Alan Turing. Era demasiado pesado e incómodo de manejar para poder cargarlo y llevarlo yo solo, y no quise pedir ayuda a nadie. Me sentía a un tiempo culpable y resentido, y trataba de no pensar en él.

El viento sacudió el tejado del granero y lo hizo retumbar con violencia. Le cogí la mano y le hice una promesa:

–Lo haremos –dije–. En cuanto volvamos.

Pero no lo hicimos, no inmediatamente. Cuando llegamos a casa, había una carta encima del felpudo. Nos pedían disculpas por la lentitud del proceso de adopción. Nuestro caso se estaba revisando, y pronto conoceríamos el resultado. Jasmin –tan favorable siempre a nuestra solicitud– enviaba una nota neutral. No quería alentar innecesariamente nuestras esperanzas. A lo largo de los meses había habido veces en las que el caso parecía inclinarse a nuestro favor, pero también otras en las que la causa parecía perdida. En nuestra contra: era poco juicioso, burocráticamente hablando, hacer una excepción a la regla según la cual los antecedentes penales anulaban toda solicitud de adopción. A nuestro favor: las referencias de Jasmin, nuestras declaraciones sinceras y el amor de Mark por Miranda. Yo aún no figuraba en su nómina de adultos importantes.

Éramos marido y mujer, de nuevo juntos en nuestro extraño concierto de habitar dos apartamentos muy pequeños. Estábamos con ánimo de celebración. ¿Por qué habíamos comido sándwiches de queso reseco junto a un granero que se venía abajo cuando allí teníamos vino, sexo y pollo para descongelar? El día después de nuestra vuelta, invitamos a algunos amigos a una fiesta de regreso a casa. El día siguiente lo pasamos durmiendo, despertándonos y volviéndonos a dormir. Y el siguiente me senté a ganar algo de dinero, aunque con poco éxito. Miranda puso en orden su trabajo académico y fue a la universidad a matricularse de nuevo.

Su libertad seguía asombrándola; la intimidad y el relativo silencio, y las pequeñas cosas, como pasar de un sitio a otro de la casa, abrir el armario y encontrar su ropa, ir al frigorífico a coger lo que le apetecía, salir a la calle sin que nadie se lo impidiera. Una tarde dedicada a la burocracia universitaria menguó de algún modo su exaltación. A la mañana siguiente volvía a estar en el mundo y se sentía oprimida por la presencia inerte de dentro del armario del vestíbulo, tal como era previsible. Dijo que cada vez que pasaba cerca de él, notaba una presencia radiactiva. Lo entendí perfectamente; yo a veces sentía lo mismo.

Me llevó medio día al teléfono concertar una visita al laboratorio de King's Cross. Dio la casualidad de que mi cita coincidía con el día en que esperábamos la decisión final sobre nuestra apelación. Nos habían dicho que lo sabríamos hacia el mediodía. Alquilé una furgoneta para veinticuatro horas. Debajo de mi cama, apretada contra el rodapié, estaba la camilla desechable en la que había llegado mi compra. La saqué al jardín y la limpié de polvo. Miranda dijo que no quería implicarse en el asunto, pero al final no le quedó más remedio porque necesité su ayuda para cargar con Adán hasta la furgoneta. Hasta ese momento creí que sería capaz de sacarlo del armario y de arrastrarlo y subirlo a la camilla mientras ella se encerraba en nuestro estudio ultimando un trabajo para su tesis.

Cuando abrí la puerta del armario por primera vez desde hacía casi un año, caí en la cuenta de que, justo debajo del nivel de la conciencia, me esperaba un hedor de putrefacción o algo parecido. No había razón alguna, me repetía a mí mismo, para que mi pulso se acelerara de tal modo mientras retiraba las raquetas de tenis y squash y el primero de los abrigos. Le vi la oreja izquierda. Di un paso atrás. No era un asesinato, no era un cadáver. Mi repulsión visceral nacía de la hostilidad. Había abusado de nuestra hospitalidad y traicionado su amor confeso por nosotros; a Miranda le había causado desdicha y humillación, y a mí soledad y a Mark penuria. Ya no me sentía optimista sobre nuestra apelación.

Quité un viejo abrigo de invierno de los hombros de Adán. Vi la abolladura en su coronilla, bajo un pelo oscuro que brillaba con vida artificial. Lo siguiente que retiré fue una cazadora de esquiar. Ahora se le veían la cabeza y los hombros. Era un alivio que tuviera cerrados los ojos, aunque no recordaba haberle bajado los párpados. Allí estaba el traje oscuro y debajo la camisa blanca limpia con el cuello abotonado, tan impecable como si se la hubiera puesto una hora antes. Era la ropa de su despedida. Cuando creyó llegada la hora de dejarnos para reunirse con su hacedor.

Un tenue olor a aceite refinado de maquinaria emanaba del exiguo cubículo, y una vez más recordé el saxo de mi padre. Cuán lejos había viajado el bebop desde los desaforados sótanos de Manhattan a las sofocantes coerciones de mi niñez. No hacía al caso. Le quité de encima una manta y los demás abrigos. Ahora estaba a la vista todo él. Sentado de soslayo, con la espalda pegada a un lado del armario y las rodillas alzadas. Parecía un hombre que se hubiera deslizado hasta el fondo de un pozo seco. Era difícil no pensar que estaba a la espera del momento propicio. Sus zapatos negros, relucientes, tenían los cordones bien atados, y sus manos descansaban sobre el regazo. ¿Las había puesto yo así? Su tez no había cambiado. Parecía sano. Y, en reposo, su cara tenía un aire reflexivo más que despiadado.

Me resistí a tocarlo. Al ponerle una mano en el hombro, pronuncié, con vacilación, su nombre, y lo repetí, como si tratara de mantener a raya a un perro agresivo. Mi plan era hacerlo caer sobre mí, sacarlo del armario y subirlo a la camilla. Le rodeé el cuello con la mano libre, y su piel me pareció cálida. Tiré de él y lo hice caer hacia un costado. Antes de que tocara el suelo del armario lo detuve con un abrazo desmañado. Era un peso muerto. La tela de la chaqueta del traje se me arrugó en la cara al irlo bajando. Le encajé las manos en las axilas y, con enorme dificultad y entre gruñidos, lo hice girar y caer sobre su espalda mientras lo arrastraba fuera del cubículo. No fue una tarea fácil. La chaqueta le quedaba muy ajustada, y su tacto sedoso me impedía sujetarlo a conciencia. Seguía con las piernas dobladas. Una suerte de *rigor mortis,* tal vez. Pensé que podía causarle algún daño, pero empezaba a no importarme demasiado. Lo saqué, por fin, centímetro a centímetro, y lo subí a la camilla. Le enderecé las piernas presionándole las rodillas con un pie hasta desdoblárselas. Por deferencia hacia Miranda, le tapé, cara incluida, con la manta.

Ya estaba bien de pensamiento mágico. Mi actitud era ahora enérgica. Salí a la calle a abrir las puertas traseras de la furgoneta y fui a llamar a Miranda.

Cuando vio la forma cubierta, sacudió la cabeza.

–Parece un muerto. Será mejor que le destapes la cara y le digas a la gente que es un maniquí.

Pero cuando tiré de la manta apartó la mirada. Lo llevamos fuera de la misma forma en que mucho tiempo atrás lo habíamos llevado dentro, conmigo a la cabeza. Nadie nos vio meter la camilla en la furgoneta. Cerré las puertas y, cuando me volví, Miranda me besó y me dijo que me quería y me deseó buena suerte. No quiso venir conmigo. Se quedaría en casa y esperaría a que Jasmin la llamara por teléfono.

A las doce y media seguíamos sin noticias, así que me fui. Enfilé la ruta de costumbre hacia Vauxhall y el puente de Waterloo, pero aún me faltaba un kilómetro y medio para llegar al río y había mucho tráfico. Como no podía ser de otro modo. Nuestras preocupaciones habían sepultado el gran acontecimiento que obsesionaba al país entero. Era el primer día de la largamente esperada huelga general, y estaba teniendo lugar en Londres la manifestación más multitudinaria de que se tenía noticia.

La división afloraba por todas partes. La mitad del movimiento sindical estaba en contra de la huelga. La mitad del gobierno y la mitad de la oposición estaban en contra de la decisión de Healey de no abandonar la Unión Europea. Los prestamistas internacionales estaban imponiendo más recortes financieros a un gobierno que había prometido incrementar el gasto. La suerte de las armas nucleares de la nación seguía sin resolverse. Los viejos debates se volvieron acerbos. La mitad de la militancia del Partido Laborista era partidaria de la dimisión de Healey. Algunos pedían la convocatoria de elecciones generales; otros querían «colocar» al hombre o la mujer de su elección. Hubo llamamientos, ora denostados, ora aplaudidos, para la formación de un gobierno nacional. Seguía en vigor el estado de emergencia. La economía registraba una caída del cinco por ciento en un año. Las revueltas eran tan frecuentes como las huelgas. La inflación seguía creciendo.

Nadie sabía adónde nos estaba llevando tal descontento y discordia. A mí me había llevado a una calle de Vauxhall llena de baches flanqueada por una hilera de tiendas astrosas de cosas de segunda mano. Monumental atasco. Mientras estábamos parados, llamé por teléfono a casa. Seguían sin dar noticias. Al cabo de veinte minutos salí de la calzada y me subí casi totalmente a la acera. Había visto algo que podría serme de utilidad expuesto fuera de una tienda, junto a un montón de mesas de escritorio, soportes de lámparas, armazones de cama. Una silla de ruedas sencilla, recta, de tubos de acero, de las que en un tiempo se utilizaban en los hospitales. Estaba abollada y mugrienta, con las correas de seguridad deshilachadas, pero las ruedas giraban bien, y después de regatear la compré por dos libras. El dueño de la tienda de segunda mano me ayudó a levantar a Adán –le dije que era un maniquí lleno de agua– y a cargarlo hasta sentarlo en la silla. No me preguntó para qué era el agua. Le até las correas de seguridad del pecho y la cintura con mucha más fuerza de la que cualquier ser sintiente habría soportado.

Pegué la camilla a un costado, cerré las puertas de la furgoneta y eché a andar hacia el norte. La silla era tan pesada como su carga, y una de las ruedas chirriaba. Ninguna de ellas giraba con tanta facilidad como cuando la silla estaba vacía. Si las aceras hubieran estado desiertas, la marcha habría sido también difícil, pero estaban tan atestadas como las calzadas. Era el enigma de siempre: gente que se salía de la manifestación y millares de personas que fluían hacia ella. A la menor pendiente, tenía que duplicar el esfuerzo. Crucé el río en el puente de Vauxhall y pasé por delante de la Tate Gallery. Cuando llegué a Parliament Square y enfilaba Whitehall, las ruedas delanteras empezaron a encallarse contra sus ejes. El esfuerzo me hacía gruñir a cada paso. Imaginé que era un siervo de tiempos preindustriales que trasladaba a su señor impasible a su cita de ocio, tras la que volvería a llevarlo a casa sin que nadie me diera las gracias. Casi había olvidado el propósito de mi ahínco. Lo único que sabía era que tenía que llegar a King's Cross. Pero mi avance se vio frenado en seco. Trafalgar Square estaba totalmente atestado y a la espera de los discursos. Era inminente una explosión de gritos y aplausos. La basura bajo mis pies, los banderines de plástico fino se enredaban en las ruedas. Corría el riesgo de ser arrollado al doblarme hasta un nivel más bajo que el de las rodillas para poder abrirme paso. Iba a llevarme mucho tiempo recorrer los 200 metros que faltaban para llegar a Charing Cross Road. Nadie quería, o podía, dejarme pasar. No era más fácil retroceder que avanzar. Todas las calles laterales se iban llenando de gente. El estruendo, la barahúnda, las sirenas, los bombos, los silbatos y cánticos eran a la vez atronadores y punzantes. Mientras pugnaba por hacer que mi señor avanzara, penetré, aunque muy despacio, múltiples estratos de decepción e ira, confusión y culpa. Según proclamaban todas las voces, pancartas, camisetas y banderolas, la pobreza, el paro, la falta de vivienda, la sanidad pública y el cuidado de los ancianos, la educación, el crimen, la raza, el género, el clima, las oportunidades..., todos los eternos problemas de la vida social seguían irresueltos. ¿Quién podía dudarlo? Era un clamor ingente en pro de un mundo mejor. Y yo, que empujaba mi silla rota y sucia, y no oía ya el chirrido de queja de la rueda, ahogado por el fragor general, me fui abriendo paso entre la multitud sin que nadie reparara mucho en mí, pensando en aquel problema nuevo que ahora había que añadir a todos aquellos males que nos aquejaban: unas máquinas maravillosas, como Adán y sus congéneres, cuyo momento aún no había llegado.

Avanzar St. Martin's Lane arriba era igualmente difícil. Más al norte, la multitud empezó a perder densidad. Pero al llegar a New Oxford Street la rueda que chirriaba se atascó por completo, y el resto del trayecto tuve que ir levantando y ladeando la silla amén de empujándola. Me detuve en un pub cercano al Museo Británico y me tomé una pinta de cerveza con gaseosa. Volví a llamar a Miranda. Seguíamos sin noticias.

Llegué a mi cita en York Way con tres horas de retraso. Un guardia de seguridad, detrás de una larga losa de mármol curva, hizo una llamada y me pidió que firmara y que esperara. Al cabo de diez minutos, llegaron dos asistentes y se llevaron a Adán. Uno de ellos volvió media hora después para acompañarme a ver al director. El laboratorio era una sala larga de la séptima planta. Bajo una viva iluminación fluorescente había dos mesas de acero inoxidable. En una de ellas estaba Adán, ya no mi señor, tendido boca arriba, aún con su ropa elegante, con un cable eléctrico que le emergía de la zona del diafragma. En la otra mesa había una cabeza, fulgente y negra y robusta, erguida sobre su cuello truncado. Otro Adán. Reparé en que su nariz, con sus superficies más anchas y complejas, era más amable y amistosa que la de nuestro Adán. Tenía los ojos abiertos, la mirada alerta. Mi padre lo habría sabido con certeza, pero se me ocurrió que guardaba un gran parecido −o recordaba, al menos− con el Charlie Parker joven. Tenía una expresión estudiada, como si se hallara presto a entrar en algún fraseo musical. Me pregunté por qué mi Adán no había sido modelado también con la fisonomía de un genio.

Había dos portátiles abiertos junto a Adán. Me disponía a acercarme a ellos para echar una ojeada cuando una voz a mi espalda dijo:

−Hasta el momento no hay nada. Parece que acabó con él a conciencia.

Me volví y, mientras le estrechaba la mano, Turing dijo:

−¿Fue con un martillo?

Me precedió por un largo pasillo hasta un estrecho despacho en chaflán, desde el que se disfrutaba de buenas vistas al este y al oeste. Y allí estuvimos, tomando café, durante casi dos horas. Nada de charla intrascendente. Como es obvio, la primera pregunta que me hizo fue qué me había llevado a aquel acto de destrucción. Para responder, le conté todo lo que había omitido antes, todo lo que había sucedido desde entonces, para acabar explicando que la causa del acto había sido la idea simétrica que Adán tenía de la justicia y su amenaza de truncar el proceso de adopción. Como antes, Turing tomaba notas, y me interrumpía de cuando en cuando para aclarar algún punto. Quería detalles del martillazo. ¿Desde qué distancia lo asesté? ¿Qué clase de martillo era? ¿Era muy pesado? ¿Empleé toda mi fuerza y las dos manos? Le conté el ruego de Adán moribundo, que ahora estaba cumpliendo. Sobre los suicidas y la recogida de todos los Adanes y las Evas de sus propietarios, dije que estaba seguro de que él, Turing, sabía mucho más que yo.

De la lejanía –de la dirección de donde estaba teniendo lugar la manifestación– llegaron redobles de tambor y las notas vibrantes de un cuerno de caza. El espeso manto de nubes se estaba abriendo en el oeste y en el despacho de Turing entraban destellos del sol poniente. Él siguió escribiendo cuando acabé mi relato y pude observarle sin que me viera. Llevaba un traje gris y una camisa de seda verde claro, sin corbata, y unos zapatos de vestir de un verde a juego. Mientras escribía, el sol le iluminaba un lado de la cara. Me pareció que tenía un semblante muy agraciado.

Al final dejó de escribir, se metió la pluma en un bolsillo interior de la chaqueta y cerró el cuaderno. Me miró con aire pensativo –no pude sostenerle la mirada–, y luego dejó de mirarme, frunciendo los labios y dando golpecitos en el escritorio con el índice.

–Existe una posibilidad de que sus recuerdos estén intactos y que lo restauren o lo envíen a alguien. No tengo información privilegiada sobre los suicidas. Solo sospechas. Creo que a los Adanes y las Evas no les han dotado

345

bien de comprensión de la toma de decisiones humanas, del modo en que nuestros principios se deforman en el campo de fuerza de nuestras emociones, nuestros prejuicios personales, nuestros autodelirios y demás defectos de nuestra cognición. Estos Adanes y Evas se desesperaban muy pronto. No podían entendernos, porque tampoco nosotros podemos entendernos. Sus programas de aprendizaje no lograban ubicarnos. Si no conocíamos nuestra propia mente, ¿cómo es que podíamos diseñar la suya y esperar que fueran felices en nuestra compañía? Pero no es más que una hipótesis mía.

Se quedó en silencio unos instantes y pareció tomar una decisión.

–Déjeme que le cuente algo sobre mí. Hace treinta años, a principios de la década de los cincuenta, tuve problemas con la ley por mantener una relación homosexual. Puede que ya haya oído hablar de ello.

Sí, lo había oído.

–Por un lado, apenas podía tomarme en serio que una ley así pudiera estar en vigor entonces. De modo que la despreciaba. Era una cuestión de consentimiento, no causaba mal a nadie, y yo sabía que era algo que se daba con relativa frecuencia en todos los ámbitos, incluidos los de quienes me acusaban. Pero, por supuesto, resultó devastador; para mí y sobre todo para mi madre. Cayó sobre mí la deshonra social. Fui objeto de pública repulsa. Había quebrantado la ley y por lo tanto era un delincuente y, tal como las autoridades habían considerado durante mucho tiempo, un peligro para la seguridad. Por mi trabajo en la guerra, conocía muchos secretos. Era la vieja estupidez recurrente: el Estado convierte en delito lo que haces, lo que eres, y luego te repudia por ser vulnerable a los chantajes. La opinión convencional era que la homosexualidad era un delito repugnante, una perversión de todo lo que era bueno y una amenaza contra el orden social. Pero en ciertos círculos ilustrados, científicamente objetivos, era una enfermedad, y a quienes la padecían no debía culpárseles. Por fortuna, tenía cura. Me dijeron que si me declaraba o me declaraban culpable, podría someterme a un tratamiento en lugar de recibir una sanción penal. Inyecciones periódicas de estrógenos. La llamada castración química. Yo sabía que no estaba enfermo, pero decidí someterme a ella. No solo para no ir a la cárcel. Sentía curiosidad. Podría estar por encima de todo aquello tomándolo como un experimento. ¿Qué podía hacer al cuerpo y a la mente un complejo compuesto químico como una hormona? Haría mis propias observaciones. Ahora, mirando hacia atrás, se me hace difícil sentir alguna afinidad con lo que pensaba entonces. En aquel tiempo tenía una visión mecanicista de lo que era una persona. El cuerpo era una máquina, una máquina extraordinaria, y la mente la juzgaba en términos de inteligencia, por lo que la mejor forma de diseñarla era tomando como modelo el ajedrez o las matemáticas. Simplista, cierto, pero era lo que tenía como herramienta de trabajo.

Una vez más, me halagó que me confiara unos detalles tan íntimos sobre su persona, algunos de ellos ya los conocía. Pero al mismo tiempo me sentía incómodo. Intuí que quería llegar a alguna parte. Su mirada penetrante me hacía sentirme estúpido. En su voz me pareció detectar tenues vestigios de aquel tono familiar, impaciente y entrecortado de sus alocuciones de la guerra. Yo pertenecía a una generación consentida que nunca había vivido la amenaza de una invasión inminente.

—Entonces, una gente que conocía, mi buen amigo Nick Furbank el más importante entre ellos, empezó a hacerme cambiar de opinión. Eran soluciones superficiales, decían. No se conocían suficientemente los efectos. Podrías contraer un cáncer. Tu cuerpo cambiaría radicalmente. Te podrían crecer mamas. Podrías caer en una depresión profunda. Yo escuchaba, y me resistía, pero al final cambié de opinión. Me declaré culpable para evitar el juicio y rechacé el tratamiento. Mirando hacia atrás, y aunque no lo parecía en aquel momento, fue una de las mejores decisiones que he tomado en mi vida. Durante el año menos dos meses que pasé en Wandsworth tuve una celda para mí solo. Al verme apartado de mi trabajo científico, de las pruebas de laboratorio y demás tareas de investigación, volví a las matemáticas. La mecánica cuántica agonizaba por abandono a causa de la guerra. Había algunas contradicciones curiosas que quería explorar. Me interesaba el trabajo de Paul Dirac. Sobre todo quería entender lo que la mecánica cuántica podía aportar a la ciencia de la computación. Hubo interrupciones, por supuesto. Y acceso a muy pocos libros. La gente del King's y de Manchester y de otras partes venía a visitarme. Mis amigos nunca me fallaron. En cuanto al mundo de la inteligencia, me tenían donde querían y me dejaron solo. ¡Era libre! Fue mi mejor año desde que descifré el código Enigma en el 41. O desde los trabajos de lógica computacional que escribí a mediados de los años treinta. Incluso hice algunos progresos en el problema P versus NP, aunque no se formuló en esos términos durante los quince años siguientes. Me entusiasmaba el ensayo de Crick y Watson sobre la estructura del ADN. Empecé a trabajar en los primeros bosquejos que finalmente llevarían a las redes neuronales de ADN (el ganador se lo lleva todo). Trabajos que más tarde ayudarían a hacer posibles a los Adanes y las Evas.

Fue cuando Turing me estaba contando su primer año después de Wandsworth, y cómo había cortado con el National Physical Laboratory y las universidades, y había seguido por su cuenta, cuando sentí la vibración del móvil

348

en el bolsillo del pantalón. Un mensaje de texto. Miranda y la noticia. Me moría de ganas de leerlo. Pero tuve que contenerme.

Turing estaba diciendo:

–Recibíamos dinero de unos amigos de los Estados Unidos y de alguna gente de aquí. Éramos un equipo brillante. Viejos colegas de tiempos de Bletchley. Los mejores. Nuestro primer trabajo consistió en conseguir la independencia económica. Diseñamos una computadora de negocios que calculaba los salarios semanales en las grandes empresas. Nos llevó cuatro años devolver el dinero a nuestros generosos amigos. Luego nos pusimos manos a la obra en serio con la inteligencia artificial, y este es el quid de la historia. Al principio pensamos que podríamos «replicar» el cerebro humano en diez años. Pero a cada pequeño problema que resolvíamos, surgían un millón más. ¿Tiene alguna idea de lo que cuesta atrapar una pelota o llevarse una copa a los labios o captar de inmediato el sentido de una palabra, una frase, un enunciado ambiguo? Nosotros no, al menos al principio. La resolución de problemas matemáticos no es sino la fracción más insignificante de lo que es capaz de realizar la inteligencia humana. Aprendimos desde una nueva perspectiva lo maravilloso que es el cerebro. Una computadora de un litro, refrigerada por líquido, tridimensional. Con un poder de procesamiento increíble, de increíble compresión, de increíble rendimiento energético, a prueba de sobrecalentamiento. Y todo funcionando con veinticinco vatios, los de una bombilla de luz tenue.

Me miró detenidamente mientras dejaba en el aire la última frase. Era una acusación, y la poca luz era la mía. Quise hablar, pero estaba vacío de pensamientos.

–Hicimos que nuestro mejor trabajo estuviera disponible libremente para todo el mundo, y alentamos a todo el mundo a hacer lo mismo. Y lo hicieron. Centenares, miles de laboratorios de todo el mundo compartiendo y resolviendo innumerables problemas. Estos Adanes y Evas son uno entre muchos resultados. Aquí todos estamos muy contentos de que nuestro trabajo esté siendo útil. Hay máquinas hermosas, realmente hermosas. Pero... Siempre hay un pero. Hemos aprendido mucho del cerebro al tratar de imitarlo. Pero hasta el momento la ciencia no ha encontrado más que problemas al tratar de entender la mente. La individual o la de las masas. La mente, en la ciencia, ha sido poco más que un desfile de moda. Freud, el conductismo, la psicología cognitiva. Retazos de comprensión. Nada profundo o predicativo capaz de dar buena reputación al psicoanálisis o a la ciencia económica.

Me agité en la silla, y estuve a punto de añadir la antropología al par de disciplinas que acababa de mencionar para mostrar cierta independencia de pensamiento, pero él prosiguió con su exposición:

—Así, sin saber gran cosa sobre la mente, quieren fabricar una artificial e introducirla en la vida social. El aprendizaje de la máquina solo puede llevarnos hasta aquí. A esta máquina habrá que fijarle unas normas de vida. ¿Le impondremos la prohibición de mentir? La mentira, según el Antiguo Testamento, en Proverbios, creo, es para Dios un acto abominable. Pero la vida social está llena de falsedades inocuas o incluso beneficiosas. ¿Cómo separar ambas? ¿Quién va a escribir el algoritmo de la mentira piadosa encaminada a evitar el sonrojo de un amigo? ¿O la mentira que manda a un violador a la cárcel y evita así que siga libre? Aún no sabemos cómo enseñar a mentir a las máquinas. ¿Y qué decir de la venganza? Permisible a veces, según usted, si se ama a la persona que la exige. Pero inaceptable siempre, según su Adán.

Hizo una pausa y volvió a apartar la mirada de mí.

Por su perfil, no solo por su tono, percibí que iba a haber un cambio, y de pronto se me aceleró el pulso. Podía captarlo en mis oídos. Turing prosiguió con calma:

—Tengo la esperanza de que un día lo que usted le hizo a Adán con un martillo sea un delito grave. ¿Fue porque había pagado por él? ¿Fue eso lo que le dio derecho a hacerlo?

Ahora me miraba, esperando una respuesta. No iba a responderle. Si lo hacía, tendría que mentir. A medida que su cólera crecía, su voz se hacía más tranquila. Me sentí intimidado. Lo único que conseguí hacer fue sostenerle la mirada.

—Usted no solamente destrozó la cabeza de su juguete como un niño mimado. No solo invalidó un argumento importante en pro del imperio de la ley. Trató de destruir una vida. Su Adán era un ser sintiente. Tenía un yo. Cómo se había generado..., neuronas de laboratorio, microprocesadores, redes de ADN..., importa poco. ¿Cree usted que somos los únicos con un don especial? Pregúntele a cualquiera que tenga un perro. Su Adán tenía una buena mente, señor Friend. Mejor que la suya y la mía, sospecho. Era un ser consciente y usted procuró por todos los medios borrarlo de la existencia. Creo que le desprecio por ello. Si de mí dependiera...

En ese momento sonó el teléfono del escritorio. Turing lo descolgó con un gesto brusco, escuchó con atención, frunció el ceño.

—Thomas... Sí. —Se pasó la palma por la boca y siguió escuchando—. Bien, te lo advertí...

Se interrumpió para mirarme, o para mirar a través de mí, y con un gesto de la mano me mandó fuera del despacho.

—Tengo que ocuparme de esto.

Salí al pasillo y eché a andar por él hasta estar fuera del alcance del oído. Me sentía titubeante, mal. Culpable, en otras palabras. Me había engatusado con una historia personal y había hecho que me sintiera honrado. Pero no era más que un preludio. Primero me había enternecido y luego me había hecho objeto de una maldición materialista. Que me traspasó como la hoja de una espada. Una hoja tan afilada que me hizo entender. Adán era consciente. Yo llevaba mucho tiempo dándole vueltas a aquel pensamiento, y luego lo había apartado convenientemente para llevar a cabo «el acto». Debería haberle contado a Turing que guardamos duelo por la pérdida, y que Miranda había llorado. También había olvidado mencionarle lo del último poema. Y lo cerca de él que habíamos estado al inclinarnos para poder oírlo. Luego, entre nosotros, lo habíamos reconstruido y escrito en un papel.

Aún le oía hablar con Thomas Reah. Me alejé un poco más por el pasillo. Empezaba a dudar que pudiera volver a encararme con Turing. Había dictado su juicio en tonos serenos que a duras penas ocultaban su desprecio. Qué tortuoso sentimiento: ser odiado por el hombre que más admiras. Sería mejor que dejara el edificio y me alejara a pie. Sin pensar, me metí las manos en los bolsillos en busca de cambio para el autobús o el metro. Nada, solo algo de calderilla. Me había gastado lo que me quedaba en el pub de Museum Street. Tendría que caminar hasta Vauxhall para recoger la furgoneta. Busqué en los bolsillos pero no encontré las llaves. Si me las había dejado en el despacho de Turing, no iba a volver a buscarlas. Sabía que tenía que irme antes de que acabara de hablar por teléfono. Qué cobarde eres, me dije...

Pero de momento seguí en el pasillo, ofuscado, sentado en un banco, mirando fijamente a través de la puerta abierta de enfrente, tratando de entender lo que era, lo que significaba que te acusaran de un intento de asesinato por el que jamás serás juzgado.

352

Saqué el móvil y leí el mensaje de texto de Miranda: «¡Éxito de la apelación! Jasmin ha traído a Mark a casa. Está fatal. Me ha dado un puñetazo. Suelta patadas y palabrotas y no me habla ni me deja tocarle. Ahora tiene un berrinche y no para de gritar. Ahora se derrumba por completo. Ven pronto, mi amor... M.»

Comprobaríamos por nosotros mismos el tiempo que le llevaría a Mark perdonar a Miranda aquella larga ausencia de su vida. Yo me sentía extrañamente tranquilo y confiado ante tal perspectiva. Estaba en deuda. Más allá de mis preocupaciones. Un propósito claro, limpio: el de hacer que Mark volviera a aquella mirada que me dirigió por encima del rompecabezas, a aquel brazo espontáneo que rodeaba el cuello de Miranda, a aquel espacio generoso en el que podría bailar otra vez. Me llegó de ninguna parte la imagen de una moneda que una vez tuve en mi mano, la Medalla de Fields, la más alta distinción en matemáticas, con su inscripción atribuida a Arquímedes. La traducción rezaba: «Elévate por encima de ti mismo y aprehende el mundo.»

Transcurrió un minuto antes de que me diera cuenta de que estaba mirando el interior del laboratorio donde estaban las dos mesas de acero inoxidable. Parecía haber pasado mucho tiempo desde que había estado allí. En otra vida. Me levanté, me detuve unos instantes; luego, desechando todo pensamiento de autoridad y autorización, entré en el laboratorio y me acerqué a las mesas. La larga sala, con sus conductos y cables industriales en el techo, seguía iluminada por la viva luz fluorescente y estaba vacía a excepción de un auxiliar de laboratorio atareado al otro extremo. De las calles, abajo, llegaba el sonido de unas sirenas lejanas y un cántico repetido difícil de reconocer. Tenía que pasar algo. Avancé despacio, sin hacer ruido, por el suelo brillante. Adán seguía como lo habíamos dejado, tendido boca arriba. El cable eléctrico que antes salía de su diafragma estaba ahora en el suelo. La cabeza de Charlie Parker ya no estaba, y me alegré de que así fuera. No quería estar en la línea de aquella mirada.

Estaba de pie al lado de Adán, y le puse una mano sobre la solapa, un poco más arriba del corazón inmóvil. Buena tela, fue mi pensamiento extemporáneo. Me incliné sobre la mesa y miré en aquellos ojos verdes ciegos y nublados. No tenía ninguna intención especial. A veces el cuerpo sabe, antes que la mente, qué hacer. Supongo que pensé que sería justo que le perdonara, pese al daño que le había hecho a Mark, con la esperanza de que él o el heredero de sus recuerdos nos perdonara a Miranda y a mí nuestro terrible acto. Después de dudar varios segundos, incliné la cara hacia la suya y besé aquellos labios suaves y absolutamente humanos. Esperaba algo de calidez en la carne, y que su mano se alzara para tocar mi brazo, como para mantenerme allí. Me puse derecho y seguí de pie junto a la mesa de acero inoxidable, reacio a marcharme. Las calles, abajo, de pronto habían quedado en silencio. Sobre mi cabeza, los sistemas modernos de construcción murmuraban y gruñían como bestias vivientes. Me venció el agotamiento, y mis ojos se cerraron brevemente. En un instante de sinestesia, frases mezcladas, impulsos dispersos de amor y de pesar se convirtieron en cortinas en cascada de luz multicolor que caían y se plegaban y al cabo se desvanecían. No sentía tanta vergüenza como para no hablarles alto y claro a los muertos y así dar forma y definición a mi culpa. Pero no dije nada. La cuestión estaba demasiado distorsionada. La fase siguiente de mi vida, sin duda la más exigente, estaba empezando ahora. Y yo me había demorado demasiado. En cualquier momento, Turing saldría de su despacho y vendría y me encontraría allí, y volvería a maldecirme. Di la espalda a Adán y fui hasta la puerta de laboratorio a buen paso, sin mirar atrás. Recorrí precipitadamente el pasillo vacío, encontré las escaleras de emergencia y las bajé de dos en dos hasta la calle, y eché a andar para cubrir el trayecto a través de Londres en dirección sur, hacia mi atribulada casa.

AGRADECIMIENTOS

Siento una profunda gratitud por todos aquellos que dedicaron parte de su tiempo a leer el borrador primero de esta novela: Annalena McAfee, Tim Garton Ash, Galen Strawson, Ray Dolan, Richard Eyre, Peter Straus, Dan Franklin, Nan Talese, Jaco y Elizabeth Groot, Louise Dennys, Ray Neinstein y Kathy Nemser, Ana Fletcher y David Milner. Asumo toda la responsabilidad de cuantos errores hayan podido quedar. Estoy en deuda con una larga conversación con Demis Hassabis (nacido en 1976) y con la biografía magistral de Alan Turing (fallecido en 1954) de Andrew Hodges.